W0327358

fiction de l'échiquier

# Panther

Aigles

James A. McLaughlin

# Panther

Rue de l'échiquier fiction

Traduit de l'anglais (États-Unis)

Par Christian Garcin

# Les Aigles de

Rue de l'échiquier fiction

James A. McLaughlin

# Panther Gap

L'édition originale de ce livre a été publiée en anglais sous le titre
*Panther Gap*.

Copyright © 2023 by James A. McLaughlin.
*All rights reserved including the rights of reproduction
in whole or in part in any form.*

© 2023, éditions Rue de l'échiquier, pour la traduction française

Éditions Rue de l'échiquier
16-18, quai de la Loire, 75019 Paris
www.ruedelechiquier.net

ISBN : 978-2-37425-402-9
Dépôt légal : mai 2023

James A. McLaughlin

# LES AIGLES DE PANTHER GAP

Traduit de l'anglais (États-Unis)
par Christian Garcin

Rue de l'échiquier fiction

*Pour Nancy, bien sûr.*

Quand il reste même plus les os dans le désert y a encore les rêves qui te parlent, tu te réveilles plus jamais.

**CORMAC MCCARTHY, *Méridien de sang.***

# 1

*1983*

Bowman s'assit sur le plancher du grenier à foin et frappa le talon de ses bottes contre les planches pour en faire tomber la neige pendant que son père descendait chercher l'aigle.

Il portait un bonnet en laine verte rabattu sur ses oreilles, un pantalon en laine et une veste en laine à carreaux. Par-dessus la veste, son père avait sanglé sur son dos un plastron de receveur de base-ball et y avait épinglé une peau de loup d'Alaska raide et mal tannée. Deux cous de poulets à moitié congelés pendaient à une lanière de cuir attachée à l'arrière de la tête du loup.

Bowman ferma les yeux. L'odeur de l'épaisse et rugueuse fourrure de la peau de loup l'enveloppait, curieusement familière, déclenchant ce qui semblait être de vieux souvenirs, ou les lambeaux d'un rêve s'évanouissant au matin. À la vue de la viande crue des cous de poulets, il sentit sa salive s'écouler et il dut l'avaler pour ne pas baver sur le sol de la grange. Son odorat était trop développé, ce qu'il trouva bizarre, mais il ne s'y attarda pas. Au lieu de cela, il se pencha vers les bottes de foin empilées derrière lui et inhala le doux parfum des après-midi d'été, un mélange de brome, de chiendent, d'élyme et de dichantium qui poussaient dans la haute vallée luxuriante que sa famille appelait Panther Gap. Il quitta en esprit la grange froide et s'allongea à plat ventre dans la prairie, dans la brise, le bourdonnement des insectes et la chaleur du grand soleil, regardant les bisons se déplacer dans les hautes herbes avec la lenteur d'anciens dieux.

Des pas lents dans l'escalier. Alecto apparut en premier, soixante centimètres de haut sur un avant-bras relevé, la tête couverte d'un chaperon de cuir que le père de Bowman avait cousu lui-même. Puis les épais cheveux noirs et la barbe grisonnante de son père, ses yeux ombragés, un froncement de sourcils concentré qui s'adoucit lorsqu'il vit que Bowman attendait.

Bowman se mit à genoux. En marchant, en courant, à cheval, Summer et lui avaient tiré derrière eux un appât attaché à une longue corde, attirant l'aigle du ciel avec la peau de renard raide et moisie qui s'agitait au sol. Mais là, ça allait être différent. Il savait qu'il aurait probablement peur.

Les hautes fenêtres sur pignon ouvraient sur un ciel blanc et vide. Il neigeait toujours, la première neige de la saison, et quand elle s'arrêterait Summer et lui descendraient dans la vallée pour y lire les nouvelles traces. Des cerfs, des wapitis, des orignaux et des bisons, bien sûr. Les ours noirs s'étaient pour la plupart déjà retirés dans leurs tanières, mais il y aurait des traces de lynx, de martres et de loutres. Peut-être pourraient-ils trouver le couguar mâle qui vivait dans la vallée. Une jeune femelle était apparue à l'automne, et Summer espérait voir les chatons l'année suivante.

D'autres étaient arrivés aussi, des animaux qui n'étaient pas censés être là, qui étaient venus de loin.

Au printemps précédent, un couple de loups avait creusé une tanière dans le vieux bois à l'extrémité nord de la vallée. En août, Bowman avait trouvé plusieurs empreintes de longues griffes d'ours dans la boue à l'extrémité du lac, un solitaire provenant de la population relique de grizzlis des monts San Juan. Il avait vu des lynx, au moins un chat pêcheur, et entrevu un glouton à l'aube un jour de mi-septembre, alors qu'il disparaissait au-dessus de la haute crête de la chaîne de Red Creek, en face de la maison.

Et un autre animal, ou peut-être était-ce autre chose, était apparu dans les rêves de Bowman, un animal si puissant et si rare que le jeune garçon ne s'était même pas permis de prononcer son nom, un énorme chat tacheté qui se dirigeait vers le nord depuis la sierra Madre occidentale, retournant chez lui à Panther Gap par des chemins oubliés depuis cinq cents ans, laissant derrière lui une traînée de carcasses, une trace que Bowman lui-même remonterait un jour en suivant les os jusqu'au Mexique.

Il n'en avait pas encore parlé à Summer. Il se demandait où elle était à présent, pourquoi elle n'était pas là pour voir ça.

«Tu devras bouger quand je retirerai le chaperon.»

Bowman sursauta à la voix de son père. Il lui fallut un moment pour décrypter le sens des mots. Il leva les yeux vers l'aigle, noir profond dans la lumière indirecte. Bowman avait l'impression que son père avait presque disparu, qu'il était devenu inerte, insignifiant à côté d'Alecto.

«Elle saura que c'est moi?

– Non. Elle pensera que tu es un animal. Une proie.»

Bowman ne bougea pas. Il savait ce que son père entendait par ce mot, mais il était frappé par l'homophonie*. Il n'y avait pas d'église dans leur vie, aucune religion officielle, mais sa sœur et lui montaient sur le toit la nuit et priaient la pleine lune. Ils se cachaient parmi les saules en bas du lac et priaient les troupeaux de bisons et de wapitis qui paissaient dans la prairie. Et ils se faufilaient par les tunnels de leur grand-père jusqu'au canyon au bord du désert et priaient les fantômes des Anciens qui parcouraient les habitations secrètes dans les falaises et parlaient à Bowman pendant son sommeil. Ils ne disaient à personne qu'ils faisaient ça et, lorsqu'ils priaient, ils demandaient toujours des choses dont ils savaient qu'elles allaient se produire de toute façon: que le soleil se lève, que la neige tombe et fonde au printemps, que leur père tue un wapiti et un bison pour leur viande, que leur mère repose en paix sur la crête à l'est, là où le soleil vient frapper en premier le matin, sous les pierres brisées que Bowman avait aidé à empiler sur elle avant que Summer fût assez âgée pour s'en souvenir.

«Maintenant», dit son père.

Il se déplaça rapidement, à quatre pattes, courbé, essayant de bouger comme le ferait un loup. Il pensa des pensées de loup et fit de grandes enjambées sur le sol de la grange. Il se déplaçait en ligne droite et ne se retournait pas. Un loup qui

* Entre *prey* (« proie ») et *pray* (« prier, prière »). Toutes les notes sont du traducteur.

se retourne pour se battre faisait s'élancer l'aigle dans les airs, ce qui interrompait la poursuite. Le loup n'était vulnérable que lorsqu'il s'enfuyait.

Il se sentit changer, un peu. Cela l'intrigua.

Lorsque l'aigle frappa, il crut que son père l'avait cogné avec une batte de base-ball. Le souffle coupé, il s'écroula à plat ventre, protégeant de ses bras sa tête et son visage. Il était censé ne pas bouger, faire comme si le premier impact l'avait assommé, ne pas se débattre et ruer comme un loup qui essaierait de fuir. Ce serait trop dangereux, cela provoquerait chez l'aigle un désir de tuer encore plus grand.

Pourtant elle le piétina, ses première et deuxième serres perçant le plastron et tirant, puis s'enfonçant à nouveau, traversant sa peau, ses côtes et sa poitrine, faisant découvrir à Bowman une nouvelle sorte de douleur, une trouée, ses entrailles percées et enserrées. Une frontière si parfaite et inviolée dont il n'avait jamais su qu'elle était là, brisée désormais, en train de se dissoudre, comme si l'aigle avait atteint l'intérieur de lui et maintenait son cœur, sans douceur, intimement. Plus tard il lirait que ce genre d'expérience s'appelle une transe chamanique et qu'elle est généralement provoquée par des drogues hallucinogènes, une ferveur religieuse extrême ou des expériences de mort imminente. Cela n'arrivait pas souvent à des enfants de onze ans.

Son père parlait. Une voix blanche, à des kilomètres de distance. «Tu vas bien?»

Il hocha la tête, ne voulant rien dire à voix haute pour ne pas briser l'illusion du loup.

«Reste tranquille maintenant, laisse-la se nourrir un moment.»

Tandis qu'elle se déhanchait sur lui, ajustant sa prise et picorant les cous des poulets, elle semblait être plus lourde que ses six kilos. Il sentait son côté droit comme perforé là où l'une de ses pattes le maintenait encore, l'autre appuyant sur la tête du loup pendant qu'elle se nourrissait. C'est ainsi qu'elle était censée procéder: une patte sur le corps, enfonçant les deux serres principales dans les organes vitaux et comprimant les poumons, l'autre sur la tête pour empêcher la morsure défensive du loup.

Il avait été un loup pendant un moment, et maintenant, avec l'aigle qui le tenait, tandis qu'il commençait à saigner à l'intérieur des deux plaies perforantes, il était le loup, et il était aussi l'aigle. Il les connaissait l'un et l'autre. Il se mit à flotter vers le haut, et s'éloigna de son corps. Il avait lu des choses sur ces gens qui prétendaient avoir vécu ça, mais il avait toujours pensé que c'était ridicule, quelque chose qu'ils inventaient pour se rendre intéressants. Pourtant il était bien là, allongé sur le sol de la grange, et c'était du dessus qu'il se voyait, comme suspendu dans l'air, en train de regarder son père s'approcher de lui.

Alecto le recouvrait, ses ailes déployées sur lui de manière protectrice, abritant sa proie.

Son père parlait à l'aigle d'une petite voix, dans une langue que Bowman ne comprenait plus, portant une couverture pliée qu'il utiliserait pour couvrir et cacher son fils dès qu'il aurait convaincu l'aigle de s'éloigner.

Leo Girard eut un inexplicable pressentiment. Le court vol avait été parfait mais Alecto était désormais très nerveuse. Elle siffla et le regarda par-dessus son épaule, gardant ses immenses ailes déployées au-dessus de Bowman. Il n'y avait pas de loups à chasser à moins de mille cinq cents kilomètres de là, mais Alecto était assez grande et féroce pour en attraper un, et Leo pensait qu'il pourrait l'essayer sur des coyotes plus tard dans l'hiver, lorsque la neige serait plus épaisse.

«Tout doux, ma grande.»

Le grand défaut de Leo en tant que fauconnier était son désir de plaire à son aigle. Il le savait, et il le combattait, mais les petites concessions qu'il faisait avaient créé entre lui et l'oiseau une relation qui était loin d'être idéale.

La nuit, il sortait pour aller voir Alecto, ses bottes crissant dans la neige et, quand il ouvrait la lourde porte de planches, la tête de l'aigle était déjà tournée vers lui, dans l'expectative, les yeux brillants de lune, des yeux plus grands et plus lourds que les siens. Il se tenait debout devant le perchoir, devant la forme sombre de l'aigle silencieuse, ébouriffée telle une caricature contre le froid, et il sentait qu'elle regardait en lui jusqu'à ce que les choses qu'il avait faites et vues, le grand amour qu'il avait perdu, son inquiétude lancinante et désespérée pour l'avenir incertain de ses enfants, les vies qu'il avait prises, la mélancolie qui hantait chaque instant de sa vie déjà trop longue, que tout cela fût réduit à l'insignifiance. Pendant les calmes nuits d'hiver, il fixait ces globes noirs et scintillants, pensant qu'il devrait en émaner une espèce de son, un sifflement faible et sourd comme une rivière en crue. Les yeux d'Alecto étaient silencieux de la même manière qu'un météore décrivant un arc dans le ciel était silencieux, incroyablement silencieux, comme si l'observateur était soudain devenu sourd.

«Bowman.

– Père?

– Tu es sûr que tout va bien?

– Oui.»

La voix du garçon était faible, étouffée, il parlait dans le creux de son bras. «Est-ce que je l'ai bien fait?

– Tu ressemblais à un loup. Même pour moi.»

C'était plus que ça, une performance parfaite, et Leo en avait été effrayé. Le garçon s'était transformé en loup sous ses yeux.

Alecto leva sa patte droite, les première et deuxième serres brillantes, humides de sang.

«Elle t'a piétiné.»

Leo se rapprocha, tendit son bras ganté vers l'oiseau. Elle siffla à nouveau après lui, les plumes de son cou hérissées. C'était encore trop tôt. Quelque chose dans cet ersatz de meurtre l'avait agitée.

«Tu es blessé.

– Je vais bien. J'ai un peu de mal à respirer.»

Leo hésita. C'était risqué d'essayer d'enlever sa victime à l'aigle alors qu'elle ne semblait pas encore prête.

«Monte, Alecto.» Il plaça sur son gant une lamelle de poulet cru et fit un pas en avant. Le visage de son fils était caché. «C'est Bowman que tu as là. Laisse-moi voir ce que tu lui as fait.»

Le plastron sur le dos de Bowman semblait désormais bien insuffisant – que s'était-il imaginé? – mais déjà Leo pensait à quelque chose de plus protecteur, un gilet en cuir lourd et rigide. Ça s'était si bien passé. Il ne s'attendait pas à ce qu'Alecto s'adapte si vite à une proie aussi grosse.

Elle soutenait fixement son regard, le bec ouvert, haletante.

« Elle ne me laisse pas approcher. Nous allons peut-être devoir attendre quelques minutes, le temps qu'elle se calme. »

Bowman restait immobile, l'aigle déployant toujours ses ailes pour le couvrir de son ombre, les plumes comprimées contre son corps. Elle se tenait comme la statue d'un ange fou, ses yeux lançant un avertissement sans équivoque.

« Tu es d'accord pour attendre ? »

Le garçon ne répondit rien.

« Bowman ! »

Il entendit derrière lui le « Papa ? » effrayé de Summer tandis qu'il se précipitait pour s'agenouiller près de l'épaule de son fils. La patte ensanglantée de l'aigle frappa son visage comme un serpent mais il était prêt et encaissa le coup avec son poing ganté, tandis que la griffe de l'hallux aussi grosse qu'un crayon traversait le cuir et pénétrait dans la chair de sa paume. Avant qu'elle ne puisse frapper à nouveau, il rapprocha les deux pattes avec son autre main. Son aile gauche lui fit une entaille dans la joue tandis qu'il la tirait vers lui, la repliant contre sa poitrine. Elle ne pesait pas plus qu'un gros chat domestique mais sa puissance était étonnante, surnaturelle. Leo Girard avait combattu des hommes jusqu'à la mort mais il n'avait jamais rien ressenti de tel que la fureur sifflante, primale, d'Alecto, et il savait qu'elle ne lui pardonnerait pas ce qu'il était en train de faire. Il utilisa son poids pour la soumettre, s'allongeant sur elle tout en glissant le chaperon sur sa tête.

Sa lutte cessa comme s'il avait appuyé sur un interrupteur, et il la posa sur une poutre en pin, enroula ses jets* autour d'un crochet sans trop les serrer, et se retourna pour soulever son fils et le porter jusqu'à la maison. Summer était en haut des marches, les yeux écarquillés. Il lui demanda en murmurant si elle pouvait descendre et ouvrir la porte extérieure.

* Lanières de cuir fixées aux tarses des oiseaux pour les retenir au poing.

# 2

***2009***

Quand les serpents marins apparurent dans la crique, Bowman ne savait pas, d'abord, ce que c'était. Un conteneur rempli de rubans de plastique jaunes avait dû tomber d'un navire au large, se briser et s'ouvrir, déversant sa cargaison brillante et enchevêtrée pour dériver vers la terre ferme, se tortillant et se débattant dans les vagues.

*Pelamis platurus* – le serpent marin au ventre jaune – vit dans les nappes où les courants océaniques se rencontrent, et parfois ils se rassemblent en nombre stupéfiant… pour faire quoi ? S'accoupler ? Migrer ? Il n'était pas sûr. Des rapports de marins du XIXe siècle dans le Pacifique Sud décrivaient des rivières vivantes de serpents qui s'étendaient d'un horizon à l'autre et mettaient deux jours à passer. Des centaines de millions. Il n'en restait plus beaucoup à présent, à la fin de la première décennie du XXIe siècle, bien après les amputations de l'époque dite de l'anthropocène, mais des tempêtes au large avaient poussé une modeste congrégation de serpents marins à ventre jaune vers une partie de la côte Pacifique du Costa Rica, sur la bosse nord-ouest de la péninsule d'Osa, et pendant quelques jours ils s'étaient installés dans la crique de la jungle où vivait Bowman.

L'après-midi, il allait nager avec sa foëne à élastique * pour tuer un vivaneau pour le dîner, mais sous l'eau il était

* Ou lance hawaïenne : lance en métal utilisée pour la chasse sous-marine.

distrait par la vision psychédélique des serpents jaunes sur fond noir qui tourbillonnaient autour de lui, ondulants et parfaits comme les fils d'un métal liquide et fluorescent versé dans l'eau constellée de soleil. Ils n'étaient pas timides, et n'étaient pas agressifs non plus. S'il se tenait tranquille, ils venaient nager tout près de lui. Il tendait les mains et ils se glissaient entre elles, fermes et froids pendant un instant avant de s'éloigner d'un coup de leur queue en forme de pagaie.

La nuit, il faisait ses rêves de ciguatera, et les serpents lui parlaient dans la langue impénétrable des Anciens, dansant en apesanteur dans le bleu du Pacifique.

Tous les matins, quelques serpents s'échouaient à marée basse sur l'étroite bande de sable qui bordait la crique, comme si, des millions d'années trop tard, ils avaient changé d'avis et ne voulaient plus rejoindre la mer. Incapables de se déplacer sur la terre ferme, ils restaient impuissants, juste au-delà de la portée des vagues. Ils finissaient par suffoquer comme des baleines miniatures, leurs poumons écrasés par le poids de leur propre corps ; aussi marchait-il sur la plage aux premières lueurs du jour, ramassait ceux qui étaient encore en vie et les ramenait à l'eau.

Il manipulait les serpents sans faire attention, même s'il savait qu'ils étaient venimeux et peu susceptibles de montrer de la gratitude, et son propre comportement le troublait. Il n'avait pas survécu seul dans des endroits reculés pendant si longtemps en étant imprudent. Mais il était las, plus qu'il ne se l'avouait à lui-même, et il était faible. Avant d'aller sur la côte Pacifique, il avait vécu trop longtemps dans les Caraïbes, se nourrissant des poissons qu'il pouvait harponner, et plusieurs crises d'intoxication à la ciguatera – une toxine naturelle qui se concentre dans la chair de certaines espèces de poissons – avaient endommagé son système nerveux. Pendant ces crises, sa coordination se détériorait et il souffrait de vertiges et d'hallucinations.

Ces épisodes étaient désagréables et entraînaient souvent des aventures forcées à travers ce que sa sœur, à l'esprit plus scientifique, appelait son subconscient. Lui l'appelait Ciguatera City, une version vaste et troublée de la réalité où les vérités les plus dérangeantes se dressaient, concrètes, animées, révélatrices. La semaine précédente, alors qu'il était resté allongé dans son hamac pendant un jour et demi, à peine capable de bouger, son père était sorti de la jungle et s'était assis sur le sable à un endroit où Bowman pouvait le voir, les jambes croisées, à l'ombre, comme si le soleil le dérangeait. Il avait l'air plus jeune que dans le souvenir de Bowman, et il ne parlait pas, ne pouvait peut-être pas parler, en était peut-être empêché par quelque règle applicable aux fantômes, ce qui semblait le contrarier. Leo Girard voulait dire quelque chose à Bowman, et cette insistance muette avait chatouillé un souvenir qui avait failli devenir réalité.

Un souvenir que Bowman n'aurait pas dû laisser échapper, il le sentait.

Il savait qu'il avait été important, qu'il l'était encore, et il se concentra, essaya de tirer sur ce fil mais, plus il essayait de convoquer le souvenir, plus celui-ci reculait. Son père le regardait se battre, fixement, manifestant sa réprobation, un fantôme têtu qui était resté assis dans le sable pendant des heures, sans apporter aucune aide.

Ciguatera City. C'était juste un autre voyage dans cette ville.

Avant l'aube, trois jours après que les serpents étaient pour la première fois apparus dans la crique, Bowman se tenait enfoncé jusqu'à la poitrine dans la fraîcheur du ressac, tenant sur ses deux paumes ouvertes un serpent marin d'un mètre cinquante qu'il avait porté depuis la plage, attendant de voir s'il allait se ranimer, lorsque le serpent se recourba sur lui-même dans une manœuvre invraisemblable et le mordit dans le creux de la paume, entre son pouce et son index.

*Mors osculi.*

La phrase, tirée d'un livre obscur de son père, lu lorsqu'il était adolescent, s'était si vite présentée à lui qu'il avait dû la conserver à l'abri pas très loin, quelque part dans son esprit.

Il secoua sa main et le gros serpent s'éloigna en nageant.

Une mort due à une joie intense ; une mort mystique peut-être. Il ne s'attendait pas vraiment à une telle chose, mais qui sait ?

Il observa la brise dans les feuilles à la lisière de la forêt tropicale, regarda le miroir ondulé de la crique briser le ciel doré du matin, et il sentit une dernière résistance dont il ne soupçonnait même pas l'existence tomber d'un seul coup, nette et claire – un glaçon claquant dans son esprit. Il avait décidé de passer le reste de sa vie à faire la seule chose qui restât possible : être le témoin de l'ultime ascension spasmodique d'*Homo sapiens*, depuis l'inadaptation écologique jusqu'à la catastrophe globale, l'anthropocène à nouveau, un singe comiquement imbu de lui-même qui avait donné son propre nom à une époque géologique, celle où il avait finalement défait le monde qui l'avait engendré, le chanteur dévorant le monde qu'il chantait. Cette saloperie brisait le cœur de Bowman depuis vingt ans, l'épuisait, et jusqu'à présent il n'avait jamais trouvé quoi que ce fût pour apaiser la douleur.

Les deux marques rouges sur sa main, là où le serpent l'avait mordu, n'étaient pas plus douloureuses qu'une piqûre d'abeille.

Le lent mouvement de poussée et de traction de l'océan fit bouger son corps d'avant en arrière jusqu'à ce que, commençant à se sentir vaseux, il quitte l'eau et remonte la plage jusqu'au bosquet de grands palmiers où il avait vécu ces dix-huit derniers mois. Il s'assit dans le sable, tendit la main et traça un large demi-cercle avec son doigt. Il était curieux de connaître cette limite-là. Il n'en était pas obnubilé comme l'étaient certains, mais il voulait y être attentif.

Le serpent marin à ventre jaune peut injecter un venin neurotoxique bien plus puissant que celui du cobra royal, mais les crochets du serpent sont si petits qu'il n'utilise généralement pas beaucoup de venin lors des frappes défensives, de sorte que sa morsure est rarement fatale pour un humain adulte en bonne santé.

Bowman, cependant, n'était pas en bonne santé.

Il s'adossa à un palmier, les ombres noires des feuilles rampant sur sa peau, et rêva de son enfance dans le Colorado. Planant au-dessus de Panther Gap, il observa sa mère et son père, ses deux oncles, sa jeune sœur, lui-même. Il vit les myriades d'Autres qui vivaient là. Les Anciens qui parcouraient les tunnels sous la montagne. Avec Summer sur le toit au-dessus de la fenêtre de sa chambre, préados grelottant dans leurs sacs de couchage, parlant à voix basse. Un décembre lointain, leur père expirant de lents nuages blancs dans une pièce sombre où Alecto se tenait sur son perchoir comme une reine gelée. Son enfance faite de jours et de nuits interminables dans la vallée, vivant à la dure à la poursuite d'un idéal primitif, l'idéal de son père, immergé dans un monde sacré scintillant de vie.

Les rêves s'intensifièrent progressivement, et il comprit qu'il était en train de vivre quelque chose de plus pressant.

La Dague du Soleil de Chaco Canyon pénétra dans le pétroglyphe en spirale et un feu flamba sur une crête.

Summer à nouveau, une femme adulte, assise à une table dans la secrète maison de pierres qui surplombe Panther Gap. Elle portait un pull noir, ses cheveux bruns défaits sur ses épaules. Elle avait l'air confiante. Elle prit un verre de vin rouge sang, trinquant ironiquement, souriant à quelqu'un.

*Elle pense qu'elle est prête pour ce qui va arriver.*

Ce qu'il avait oublié.

Un camp de bûcherons dans la sierra Madre occidentale, au nord d'El Pozo. La tente de l'infirmerie dans l'humidité de la jungle, puant l'infection, son père sur un lit de camp en toile maculé de taches, débitant des absurdités fiévreuses d'agonisant, un avertissement. Bowman ne l'avait jamais cru, ne l'avait jamais dit à sa sœur, il avait tout rejeté.

Il n'était pas le moins du monde intéressé par les héritages ou les mystères familiaux.

Summer était de loin la plus capable des deux. Leurs oncles étaient là pour l'aider. À présent, elle n'avait plus vraiment besoin de lui, et était peut-être mieux sans lui.

Mais il avait promis. Et il était toujours possible que leur père ait dit la vérité.

Il aurait dû la prévenir.

D'autres images: des corbeaux, par dizaines, debout sur le sol et perchés sur des murs de pierre, fixant la ruine ronde fumante d'une *kiva*, attendant qu'elle refroidisse pour se nourrir. Un danseur solitaire, frénétique, vêtu d'une robe bruissante de plumes de perroquet rouge et vert vif et tropical, bondissant et criant à la lumière du feu dans une pièce caverneuse, sous le regard de centaines de visages en sueur, les yeux brillants, émerveillés. Bowman survola une ville de pierre, des silhouettes minuscules dans les rues, des gens rassemblés sur les places, de larges routes s'éloignant dans le désert, des lignes droites posées sur la terre comme des rayons, s'étendant vers d'autres villes à l'horizon, des armées qui marchaient sur les routes en rangs serrés.

Puis, finalement, Jaguar s'allongea sur la branche du chêne, assez proche pour être touché, une carte de l'univers ondulant sur son pelage tacheté, ses yeux dorés et brillants, comme un miroir.

Les visions s'évanouirent, et Bowman roula sur les mains et les genoux.

Il avait décidé depuis longtemps que la seule façon de vivre honnêtement était d'avoir le cœur brisé. Mais ce n'était pas une excuse honnête pour mourir.

Dans son abri, il fouilla à l'intérieur de sa pharmacopée de plantes pour trouver des stimulants. Ses paupières avaient commencé à s'affaisser, et respirer lui demandait un effort de concentration, les toxines du serpent commençant à agir sur son diaphragme. Le centre touristique le plus proche était à vingt miles aériens vers le sud, et le village guaymí, près de la sphère de pierre, à une vingtaine de kilomètres à l'intérieur des terres. Mais un groupe de sympathiques surfeurs australiens campait à trois kilomètres au nord. Ils avaient un bateau et un téléphone satellite.

Il creusa avec ses mains dans le sable derrière son abri et trouva le sac d'urgence étanche. À l'intérieur, son passeport américain dans un étui en plastique et un rouleau épais de billets de cent dollars. L'étui du passeport contenait également une photo de Bowman et de sa sœur à cheval dans le ranch, lorsqu'ils étaient adolescents, le printemps avant que tout ne parte en vrille avec leur père. Summer lui avait donné ça la dernière fois qu'ils s'étaient vus, des années plus tôt. Elle lui avait fait jurer de garder le sac avec lui. Il n'avait jamais déroulé la liasse de billets, ne les avait jamais comptés. Mais il les avait gardés, et ils étaient là, comme la dernière once tangible d'un privilège.

Le sac était muni d'une sangle en nylon qu'il attacha bien serrée autour de la taille. Son kayak de mer cabossé était léger, mais il dut s'arrêter trois fois pour se reposer pendant qu'il le traînait jusqu'à l'eau.

Il s'installa dans le cockpit et s'arrêta, ressentant le besoin de dire au revoir à cet endroit. Il trouvait paradoxal d'être venu dans la péninsule d'Osa en partie parce qu'elle abritait l'une des dernières forêts d'Amérique centrale avec une population de jaguars relativement saine, et de n'en avoir jamais vu un seul en un an et demi. Il les avait entendus la nuit, avait vu leurs proies à moitié enterrées et repéré des traces sur la plage près de son abri, mais les félins n'avaient pas choisi d'interagir avec lui comme ils l'avaient fait quand il était plus jeune.

Il pagaya jusqu'à dépasser les brisants, puis s'évanouit dans le kayak, la tête penchée en avant. Quand il revint à lui, hypoxique et haletant, il dérivait vers le camp des surfeurs, qui se trouvait encore à presque un kilomètre de là. Sa pagaie avait disparu. Puis il se souvint qu'il l'avait gardée attachée au bateau. Elle flottait non loin, au bout d'une corde de parachute. Il la remonta et dirigea le kayak jusqu'à la plage, mais il était trop faible pour s'en extraire. Un des Australiens qui se prélassaient près d'un assemblage de bûches de bois flotté qu'ils avaient disposées autour d'un foyer le remarqua et cria « B-man ! ». Défoncé, il afficha un air caricatural de surprise lorsque la vague suivante renversa Bowman et le fit refluer vers le grand large.

# 3

Le trente-et-unième veau avança en trottant dans la goulotte et passa sa tête par la porte en beuglant. Le vétérinaire lui administra plusieurs vaccins par voie sous-cutanée tandis que Summer agrafait une étiquette en plastique dans son oreille gauche, en prenant soin de ne pas blesser les veines ou les crêtes de cartilages rigides qui donnaient sa structure à l'oreille. Avec l'oncle Jeremy, juste après l'aube, ils avaient amené trente-six vaches avec leurs veaux dans les enclos de manipulation. Summer était épuisée et n'aimait guère cet aspect du travail d'éleveur – les pauvres animaux traumatisés qui meuglaient et chiaient et refusaient de croire que c'était pour leur bien.

Le numéro 31, au moins, était une femelle – aucune castration nécessaire ni possible – mais la créature paniquée gémissait encore à l'application indolore de peinture vermifuge sur son épaule. Summer était en train de frotter le nez du veau avant de le relâcher, comme si ça pouvait l'aider, lorsque le vétérinaire cria : « Elle arrive ! »

Summer se retourna. La mère du veau, cinq cents kilos, folle d'inquiétude dans l'enclos voisin, était en train de sauter, faisant claquer la planche supérieure alors qu'elle n'avait pas tout à fait franchi la barrière intermédiaire, atterrissant avec une grâce étonnante, les pattes avant supportant tout son poids, les pattes arrière musclées prenant le relais dans un mouvement fluide vers une charge résolue, et sans que Summer n'eût le temps de s'écarter, la tête baissée de la vache l'atteignit dans les côtes et la plaqua contre le cadre en acier de la porte principale.

Summer rebondit et tomba sur les mains et les genoux, le souffle coupé, heureuse que ces animaux n'aient pas de cornes. La vache se ramassa sur ses hanches pour une nouvelle tentative. Summer eut le temps de se dire qu'elle devait être possédée par le fantôme de son père, qui lui en voulait d'avoir ruiné la terre avec tout ce maudit bétail. Cette pensée la mit en colère, en colère contre le fantôme, parce qu'elle et ses oncles s'étaient donné du mal pour s'assurer que le bétail ne détruise pas la terre. Bien qu'elle dût admettre que trois douzaines d'angus inséminées artificiellement et une centaine de bouvillons saisonniers ne suffiraient probablement pas à couvrir les factures, les taxes et les intérêts de la ligne de crédit dont le montant provoquait ses crises de panique à trois heures du matin ; et, tous les trimestres, des prédictions de malheur imminent de la part de l'oncle Darwin, qui tenait les comptes. C'est elle qui avait eu l'idée d'élever du bétail, et cela allait à l'encontre d'une tradition familiale en place depuis les années 1970, lorsque son père s'était débarrassé des texas longhorn de son propre père, ou du moins de la plupart d'entre elles, et avait entrepris de restaurer l'habitat sauvage de la vallée, la transformant en « une scène sur laquelle il pouvait jouer ses fantasmes primitivistes », – pour reprendre les mots récents de Summer. Son frère Bowman n'approuverait pas non plus le bétail, mais ni son père ni lui n'avaient à payer les factures du ranch, l'un étant mort depuis près de vingt ans et l'autre étant parti chercher l'illumination au sud de la frontière depuis à peu près aussi longtemps. Alors qu'ils aillent se faire foutre, eux et leur jugement.

Elle réussit à respirer un peu et tenta de se relever. Le veau dans la barrière de tête beuglait toujours, et maman se pointa à nouveau, tête baissée, bavant, les yeux écarquillés, et Summer pensa : *Et merde*, juste au moment où oncle Jeremy s'interposa comme un robuste clown de rodéo, plaqua le front de la vache contre son ventre, se pliant et jurant avec éloquence tandis qu'elle le soulevait et le jetait sur le côté. Summer était debout à présent, le danger qui menaçait son oncle déclenchait un flot d'adrénaline qu'elle n'avait jamais ressenti auparavant. Elle libéra le veau de la barrière et plongea sur la vache qui essayait de piétiner oncle Jeremy, lui empoigna les oreilles et tira, tournant sa tête dans la direction du veau qui courait dans le pâturage, son arrière-train lançant des séries de ruades à chaque bond en un exubérant *fuck you* adressé aux humains. La vache, voyant ça, oublia Summer et Jeremy. Elle trotta après son veau en meuglant joyeusement.

Le vétérinaire avait ri pendant toute la scène et, à un moment, on aurait même dit que l'oncle Jeremy allait le cogner, mais il se ravisa et se mit à rire aussi. Summer avait elle-même envie de rire mais ses côtes lui faisaient trop mal.

Ils étaient en passe de finir quand oncle Darwin arriva sur son quad. Il avait passé la nuit précédente à Durango – pendant les saisons touristiques d'hiver et d'été, il faisait la cuisine trois fois par semaine dans un restaurant haut de gamme de la ville. Summer et ses oncles avaient un travail à l'extérieur du ranch depuis des années, et c'était un vrai défi de programmer la visite du vétérinaire un jour où ils pouvaient tous être là pour aider. Darwin s'excusa d'être en retard, disant qu'il était au téléphone avec Andrew.

Summer jeta un coup d'œil au vétérinaire, attendit qu'il monte dans son pick-up, ferme la porte et se dirige vers l'est, en direction de la longue pente de la coupe de bois qui, de gauche à droite, se prolongeait jusqu'à l'endroit où la route faisait un angle avec la paroi de la vallée. Il faisait partie des rares personnes extérieures à la famille qui connaissaient le chemin de Panther Gap. La plupart des visiteurs devaient se soumettre au bandage des yeux.

« Ils réclament le remboursement ? » demanda-t-elle.

Andrew Coates était le vice-président de la First Denver Bank & Trust. La famille avait effectué des versements partiels au cours des deux derniers mois et, bien que la banque ait convenu de manière informelle que la différence pourrait être comblée lors de la vente des bouvillons en septembre, cet arrangement pouvait être annulé à tout moment.

« Non.

– Un appel de courtoisie ? » glissa l'oncle Jeremy, en souriant.

Andrew et Summer étaient sortis ensemble pendant plus d'un an avant qu'elle ne rompe l'hiver précédent.

Darwin ignora son frère. Il agissait bizarrement, même pour lui.

« Il a dit que quelque chose de la succession de Martin était "ressorti". »

Le grand-père de Summer, Martin Girard, né Camboust, petit malfrat notoirement lié à la mafia, était mort quand Summer était encore bébé. La First Denver Bank avait été coexécutrice. Il avait laissé de l'argent pour le ranch mais cela faisait des années qu'il était dépensé. Il avait aussi créé une fondation caritative – dont la gestion constituait l'autre travail de Summer – mais ils ne pouvaient pas y toucher pour les besoins du ranch. La plus grande partie de sa fortune s'était tout simplement évaporée, bien que des reliquats de celle-ci aient fait surface au fil des ans – des comptes d'épargne négligés, une police d'assurance, des certificats d'actions qui languissaient dans un coffre oublié, autant d'ajouts mineurs mais bienvenus au compte courant du ranch.

« Quelque chose comme quoi ?

– M'a pas dit. Il est en ville, il veut te voir en personne. Il a dit que tu apportes ton pistolet. »

Elle gara son 4 x 4 vieillissant dans une place en épi sur Main Street et sortit dans le soleil de l'après-midi, six degrés de plus à cet endroit que là-haut à Panther Gap. Aucun signe du véhicule d'Andrew, mais il y avait sept longues heures depuis Denver, et il n'aurait pas conduit tout ce temps. Il avait loué un magnifique King Air B300 et ne s'était pas fait prier pour le piloter. Puis il avait pris un taxi depuis le minuscule aéroport de Whitespring.

Le reflet de Summer flottait le long des baies vitrées tandis que le talon de ses bottes claquait sur les planches patinées de la promenade, chaque pas provoquant un élancement vif dans son genou droit, sa hanche, et ses côtes meurtries. Elle avait avalé de l'aspirine mais n'avait pas changé de vêtements, ni même lavé son visage. À l'intérieur du Starlight, elle rangea ses lunettes de soleil dans une poche de sa chemise, laissa ses yeux s'ajuster à la pénombre, puis, saluant la poignée de silhouettes humaines immobiles au bar au cas où elle en connaîtrait une, se dirigea vers l'arrière. Ils s'étaient rencontrés ici les quelques fois où elle avait invité Andrew au ranch. Le bandeau sur les yeux ne l'avait jamais dérangé. Il s'en était accommodé comme d'une manifestation peu surprenante de la paranoïa de sa famille.

Il était assis dans le carré sous le mystérieux tableau d'Henri Rousseau – *La Charmeuse de serpents* – accroché dans un bar sans prétention d'une petite ville du Colorado. Elle avait posé des questions à son sujet des années plus tôt, mais n'avait eu en réponse que des haussements d'épaules.

Elle essaya de ne pas boîter, mais la première chose qu'il dit fut :

« Qu'est-ce qui s'est passé ?

– Maman vache en folie. »

Elle se glissa sur la banquette en vinyle craquelé, soutenant le regard d'Andrew qui attendait, les sourcils levés. Elle refusa de donner plus de détails. Entendit cette phrase dans sa tête : *refuser de donner plus de détails*. Garder ses distances, rester méfiante. Ce n'était pas un rendez-vous galant. Il comprit l'ambiance et n'insista pas, fit glisser une boisson claire devant elle. Un autre verre à cocktail était presque vide à côté de son coude. Les deux contenaient du Gentleman Jack on the rocks.

« D'habitude tu es à l'heure. Je peux en commander un autre. » Andrew était bel homme, plus âgé que Summer, mystérieux sur son passé. Il affirmait avoir grandi au Texas et s'être « fait la main » dans un fonds spéculatif à New York, avant de se laisser attirer deux ans plus tôt par Denver pour son rythme de vie. Les horaires de banquiers*, etc., bien qu'en l'occurrence il semblait ne pas avoir beaucoup dormi.

« Ça ira. » Elle leva son verre et en but un tiers d'un coup. Écrasa un glaçon à moitié fondu avec les molaires. Le whisky

* L'expression « banker's hours » désigne aux États-Unis une journée de travail réduite, de 9 - 10 heures à 14 - 15 heures - les heures auxquelles les banques sont généralement ouvertes au public.

racla sa gorge sèche et elle frissonna, s'attendant à un commentaire d'Andrew. Elle pouvait mieux le voir à présent, et son expression était légèrement différente ; de la tension autour des yeux. Pas d'humeur à plaisanter. Inquiet et essayant de minimiser la chose.

« Darwin t'a dit ?

– Il a dit que tu avais été énigmatique.

– Ouais, bon. Tu as apporté le flingue ?

– Je l'ai laissé dans la voiture. C'est quoi, ce bordel ? »

Il finit son verre et leva la main en direction du barman, tout en adressant un regard interrogateur à Summer. Elle fit non de la tête. Quand une serveuse s'approcha de leur table, il commanda un pichet d'eau et deux verres. La règle des huit heures ne semblait pas vraiment s'appliquer, mais il avait toujours veillé à ne pas voler après avoir bu.

Elle attendait. Andrew était trop calme, il se retenait. D'habitude, il était plutôt du genre loquace. À l'époque elle le taquinait à ce sujet, lui disait qu'il n'était pas très texan, qu'il était, en fait, l'antithèse du cow-boy taciturne, mais il répondait qu'elle ne devait pas connaître beaucoup de Texans. Que beaucoup de gens au Texas aimaient s'écouter parler.

Il prit une inspiration et, en un classique préambule à la délivrance d'un message empreint de sagesse virile, se pencha en avant pour laisser tomber ses poignets épais et ses avant-bras musclés sur le plateau de la table, la faisant se balancer sur ses pieds inégaux, sans se rendre compte, ou en l'ignorant, que les salières et poivrières, le porte-sucre en fil de fer et le whisky de Summer glissaient tous vers lui. Elle tendit la main et attrapa son verre.

« Bon sang, Andrew.

– Désolé. » Bien qu'il ne le fût clairement pas. « Donc : j'ai principalement de bonnes nouvelles. Les actionnaires ont reçu un appel d'un organisme en Suisse qui, depuis tout ce temps, avait gardé un compte secret de ton grand-père. Il y a une réunion à la banque après-demain. Nous confirmerons votre identité et ils vous remettront ce qu'il y a sur le compte. »

Entre la famille et la First Denver Bank & Trust, c'était une longue histoire. On disait qu'à l'époque, Martin avait aidé trois ex-mafieux qui voulaient se ranger à créer la banque à l'époque. Ils en étaient toujours propriétaires, devaient avoir dans les quatre-vingts ans, et au cours des dix dernières années, ils avaient accordé à sa famille des crédits dont ils savaient qu'elle ne pourrait les rembourser qu'en revendant le ranch. Peut-être était-ce le whisky, mais une bouffée d'optimisme la saisit. Un «compte secret» de grand-père Martin pouvait tout changer.

«On ne sait pas combien ça représente, dit Andrew, et il peut y avoir quelques complications fiscales. Des complications juridiques.» Il eut un regard d'excuses, ou ce qui passait pour de l'excuse dans son répertoire, et elle se rappela qu'il avait dit «principalement».

«La Suisse veut que toi et tes oncles soyez présents à la réunion, et ils disent que ton frère doit y être aussi.

– C'est ridicule. Tu sais bien qu'on n'a plus eu de nouvelles de lui depuis...»

Le pichet d'eau arriva. Andrew remplit les verres. Summer attendit que la serveuse soit hors de portée.

«J'ai sa procuration.

– Je sais. J'ai essayé. Mais ça ne suffira pas. Et il y a autre chose. Les Suisses ont engagé des professionnels de la sécurité, pour votre protection. Une société installée à Dallas. Ils vous escorteront de l'aéroport à la réunion, monteront la garde, et vous raccompagneront. Tu connais Jake Salifano.

– Il n'est pas encore mort?»

Le type était un ancien homme de main de la mafia, supposé être un vieil ennemi de son grand-père, célèbre dans la tradition familiale en tant que croquemitaine. Il purgeait actuellement une très longue peine à Victorville pour avoir tiré sur deux indics en 1980, ce qui aurait dû signifier sa fin, mais oncle Jeremy avait gardé un œil sur lui; apparemment Salifano s'était hissé au rang de leader dans l'un des principaux gangs de la prison, et il y avait comme une secte qui le suivait à l'intérieur et à l'extérieur des murs. Lui et son gang étaient la principale raison du secret qu'elle et ses oncles maintenaient autour de Panther Gap.

«On dirait qu'il est trop malfaisant pour mourir. La société de sécurité de Dallas s'inquiète, elle craint qu'il ait découvert ce compte en Suisse. Il pensera qu'il y a droit, et il a probablement déjà des gens qui vous cherchent. Toi et ton frère.

– Personne ne sait où est mon frère.»

Disant cela, elle se souvint de quelque chose, d'un rapport troublant que lui avait fait Sarge, le gardien. Davantage un chien de garde qu'un gardien, Sarge vivait dans une maison à l'entrée non indiquée du ranch et était chargé d'éloigner les curieux. Deux hommes dans un Hummer étaient passés quelques jours plus tôt, cherchant Bowman. Ils disaient qu'ils étaient des amis à lui, et qu'ils savaient qu'il vivait dans le coin. Oncle Jeremy avait vérifié leur plaque d'immatriculation au bureau du shérif et établi qu'il s'agissait d'une société anonyme du Wyoming.

«Tu m'as dit que tu l'avais retrouvé une fois. Au Mexique?

– Ça avait pris des mois. Et on était jeunes, je le connaissais mieux à l'époque.» Elle décida de ne pas parler à Andrew des types dans le Hummer. «Il n'y a aucun moyen de trouver Bowman. Pas en deux jours. Qu'est-ce qui va se passer s'il ne vient pas à la réunion?

– J'sais pas. Peut-être que tu auras la moitié. Peut-être rien.»

Elle déposa Andrew au hangar de l'aviation générale puis rentra chez elle, jetant plus de coups d'œil que d'habitude dans le rétroviseur. Comme elle s'y attendait, un gros fourgon ou SUV noir apparut sur un tronçon désert de la Route 26 au sud de la ville, se maintenant à une distance d'environ cinq cents mètres. Elle chercha le Glock 19 dans la boîte à gants et vérifia qu'il était chargé.

Le pistolet était un cadeau d'Andrew, à l'époque où ils sortaient ensemble. Pour son anniversaire, ils avaient tiré sur des cibles dans un stand à Denver, car Andrew voulait tester ses capacités avant de la laisser partir avec l'arme. Elle avait alors appris qu'il avait servi pendant plusieurs années dans l'armée quand il avait à peine vingt ans – probablement, avait-elle supposé, dans une sorte d'unité d'élite. Il avait déjà admis être un fou d'armes à feu, mais comme elle était elle-même une «*ranch girl*» et que, dès son plus jeune âge, elle avait été formée à leur maniement par son père, cela ne l'avait jamais dérangée.

Sa Toyota tomba dans un léger creux de la route ; elle freina brusquement et s'arrêta en jurant, puis recula dans le bosquet de peupliers d'un ancien cimetière près d'un ruisseau bordé de saules. Elle sortit et se réfugia derrière un arbre, le Glock à la main. Elle se sentait ridicule. L'autre véhicule n'apparut jamais. Il avait dû tourner devant le porche d'un ranch, sans doute quelqu'un qu'elle connaissait, qui devait réparer une clôture ou nettoyer un fossé d'irrigation.

Quelques heures plus tard, Summer se tenait sur un éperon granitique à l'extrémité est de Panther Gap et regardait le ciel s'assombrir au nord, attendant l'apparition de l'étoile Polaire. Cela avait toujours été le signal, chaque année en juin, à la veille du solstice. Une année – la dernière année – le ciel avait été nuageux, et Bowman et elle avaient dû deviner quand allumer le feu. Après une longue période où ils s'étaient soit ignorés, soit carrément battus, ils avaient réussi à faire une trêve pour cette dernière cérémonie du feu. Ensemble, ils avaient ri en regardant passer les nuages. Il y avait vingt ans, exactement.

Bowman ne cessait de répéter qu'il était impossible de voir l'étoile apparaître vraiment ; mais elle, dans sa détermination de petite sœur à lui prouver qu'il avait tort, fixait le ciel, sachant qu'elle regardait au bon endroit, sans ciller, les yeux irrités par la brise sèche, jusqu'à ce que, chaque fois, ils se détournent à la mauvaise fraction de seconde et l'étoile apparaissait, pas tout à fait là où elle l'attendait, une pâle piqûre d'épingle dans le grand balayage ardoise du soir.

Cette nuit-là, elle ne fixait rien. Elle n'était pas moins obstinée, mais son être adulte manquait de patience. Un grand duc ulula son rythme profond, à quatre notes, en direction de l'ouest, et elle se tourna dans sa direction, vers la chaîne de Red Creek qui se détachait dans la douce lumière du soleil déclinant. Au premier plan, le crépuscule bleuté se concentrait dans le creuset béant de Panther Gap. Cette vallée de haute altitude était une relique miraculeuse de la dernière glaciation, une île écologiquement abondante, qui contrastait avec le désert et les terres semi-arides qui l'entouraient. Son grand-père avait commencé à y établir une propriété dans les années 1920 et s'était installé là pour échapper à... quoi ? Une société décadente ? La loi ? Des ennemis ? Selon la légende familiale, grand-père Martin détestait le nom anglais donné à la vallée – « Sterrett Hole », d'après le tristement célèbre hors-la-loi Paul Sterrett, qui s'y était caché dans les années 1840 – et il avait demandé à ses connaissances weenuche comment ils la nommaient. Aucune n'avait accepté de lui répondre, mais il finit par apprendre que l'ancien nom du col caché, le seul accès à la vallée, pouvait être traduit par « Panther Gap », la « brèche de la panthère ». Martin avait aimé la façon dont cela sonnait, et il avait commencé à l'utiliser pour la vallée tout entière, au mépris de la nomenclature topographique.

Avant que le hibou n'ulule à nouveau, une douzaine de vaches dans la vallée mugirent en un chœur qui s'éleva, puis retomba et s'arrêta brusquement.

Quand elle se retourna enfin vers le nord, l'étoile Polaire était là.

Elle s'agenouilla, rentra ses cheveux dans son col et souleva une boîte à braises en bois de fer sculpté à hauteur de son visage. Bien qu'elle eût un briquet dans son sac, cette cérémonie nécessitait une technologie plus ancienne. Elle fit glisser le couvercle qui recouvrait un morceau de champignon d'arbre niché dans la mousse. La braise se mit à rougeoyer lorsqu'elle souffla dessus et, après quelques secondes, une torche de brindilles de genévrier et d'écorce déchiquetée de la taille d'un pouce se mit à crépiter doucement dès qu'elle la mit en contact avec l'amadou à la base du tipi de branches plus grosses.

Son genou droit vacilla lorsqu'elle se dressa, la douleur se propageant à partir du ligament latéral, mais il supporta son poids. Elle allait peut-être devoir le faire examiner. Comme à peu près tout le côté droit de son corps.

Des flammes bleues et jaunes s'élevèrent du petit bois, cherchant à atteindre l'amas de branches brillantes de chêne nain de son feu de signal. Elles provenaient d'une grosse pile derrière la grange. Star et Dove, deux des chevaux de l'oncle Jeremy, l'avaient aidée à les transporter jusque-là. Elle les avait laissés avec des seaux de bon fourrage dans le vieux corral que Bowman et elle avaient construit à l'abri du vent quelques dizaines de mètres en dessous de la crête. L'oncle Darwin, descendant de sa promenade quotidienne sur la crête au-dessus de la maison, s'était écarté du chemin pour laisser passer Summer et les chevaux. Plissant les yeux sur les fagots instables attachés aux bâts, il lui avait demandé si elle pensait sérieusement que cela marcherait.

Le troupeau poussa une autre série de meuglements insistants. Elle détestait que cela puisse la déranger, même un peu, que ce qui restait en elle de la petite fille idéaliste – la fille de Leo et la sœur de Bowman – trouve cela déplacé.

Peut-être devrait-elle y emmener Dove pour voir ce qui les tracassait. Jusqu'à présent, les vaches l'avaient impressionnée par leur détermination à protéger leurs veaux contre les coyotes, les ours noirs, et parfois un couguar. Mais, dans un coin de son esprit, un picotement nerveux et presque superstitieux lui rappelait ce que disait Bowman : la vallée avait autrefois abrité des créatures plus redoutables. Des grizzlis, des loups, des gloutons. Et, lorsqu'il était plus jeune, il avait si souvent rêvé d'un jaguar bien précis qu'il avait décidé que le félin devait avoir vécu dans la vallée à l'époque précolombienne, et que le vieux mot traduit par « panthère » dans « Panther Gap » ne faisait pas référence au couguar, comme tout le monde le supposait, mais au jaguar. Le sud-ouest du Colorado se trouvait au-delà de l'extrême nord de son aire de répartition historique connue, mais ce n'était pas impossible, et Bowman croyait avec certitude que l'esprit d'*el tigre*, au moins, habitait encore l'endroit. Avec le recul, Summer pensait qu'il avait tellement voulu voir ces animaux que son imagination avait peut-être pris le dessus.

Elle secoua la tête pour s'éclaircir les idées – la présence de son frère était si prégnante ici ce soir – et s'éloigna des branches qui crépitaient et fumaient. À dix kilomètres au sud-est se trouvait Rosewater Butte, où, huit cents ans plus tôt, les anciens Pueblos avaient taillé dans la montagne l'équivalent de dix camions de grès pour créer une entaille, dégageant la vue entre ce point et un autre feu de signal sur Smokehouse Mesa, à cinquante kilomètres de là. Au-delà, il y avait d'autres sites, une chaîne s'étendant de Mesa Verde à Chaco et plus loin encore – selon certains jusqu'à Paquimé, dans l'État du Chihuahua. Et, à l'ouest, les archéologues avaient découvert un site de feux de signal sur Comb Ridge, qui aurait été visible sur des centaines de kilomètres carrés de ce qui était maintenant le sud de l'Utah.

Le Sud-Ouest tout entier avait été mis en réseau avec des sites de feux de signal interconnectés, mais personne ne savait ce que les messages signifiaient ni ce qui avait poussé les tribus de la région à se donner tant de mal. Quand ils étaient jeunes, Bowman et elle avaient décidé que les feux de signal constituaient un moyen d'alerte contre les éruptions occasionnelles de psychose de masse et de violence génocidaire dans le sud. Quelqu'un là-bas, près de Paquimé, surveillait la région, déclenchant l'alarme quand les Aztèques marchaient vers le nord, des prêtres au regard fou du dieu de la guerre Huitzilopochtli affublé des peaux écorchées de leurs victimes sacrificielles et jouant sur des râpes musicales faites d'os humains, des esclaves portant des râteliers de crânes montés sur des poteaux. Des fantassins marchant derrière. Ce que disaient les feux était : *Oh merde, les revoilà. Faites gaffe*.

Elle avait appris plus tard, à la fac, que ces messages de feux étaient complexes et variés, le plus souvent liés à des événements astronomiques de signification rituelle, et qu'ils avaient fluctué au cours des siècles. Mais elle se demandait quand même si l'hypothétique observateur du sud avait eu le bon sens d'allumer le feu lorsque les Espagnols étaient arrivés, apportant de l'étranger mort et destruction. Sans que cela eût pu être d'un grand secours. Son frère et elle avaient allumé leur premier feu ici le jour où leur père leur avait raconté ce qui était arrivé aux peuples qui vivaient dans les Amériques après le débarquement à l'aveugle de Colomb aux Bahamas. Summer et Bowman, âgés de dix et douze ans à l'époque, avaient alors ressenti une forme légère de stress post-traumatique par procuration – après tout, il s'agissait de leurs ancêtres maternels –, qu'ils avaient conjuré en l'accord muet de se retrouver au site du signal et d'allumer un feu. Plutôt qu'une commémoration, elle y voyait maintenant une confuse protestation préadolescente, une objection, des enfants agitant le poing et criant «Non!» à une véritable apocalypse perpétrée par des humains sur d'autres humains cinq cents ans plus tôt.

Le feu brillait et brûlait, emportant Summer encore plus loin, ses sourcils et cheveux roussissant et empestant, la sueur coulant en ruisselets le long de son corps. Des volutes de flammes s'élevaient dans le ciel sombre. Des étincelles lévitaient, virevoltant comme des lucioles avant de clignoter et s'éteindre. Il n'y avait que de la roche tout autour, peu de choses à brûler sur une centaine de mètres quelle que soit la direction, mais elle surveillait les foyers ponctuels. Une année, au milieu des années 1980, un vent sec les avait surpris après qu'ils avaient allumé le feu, et Bowman et elle avaient couru partout pour éteindre les flammes qui s'étaient faufilées parmi les touffes d'herbe. Elle était montée sur son poney et avait chevauché jusqu'à la maison pour demander à leur père et à leurs oncles de venir les aider.

Elle s'assoupit puis s'éveilla en frissonnant. La lune décroissante s'était levée, il devait être minuit passé. Elle ajouta du bois. Le feu enfla et s'illumina, un sifflement, un chant de gorge vacillant dans les charbons bleu et orange en son centre. Bowman disait entendre une voix dans le feu, le tambour grondant d'une voix chantant dans une langue qu'ils n'avaient jamais été capables d'identifier. Il avait écrit certains mots phonétiquement, que Summer et lui avaient lus à leurs oncles, à des connaissances locales weenuche, navajo, hopi et pueblo aussi, mais personne n'en avait reconnu un seul.

Summer ne doutait jamais de son frère à l'époque.

*Nom de Dieu*, pensa-t-elle. *Ça fait si longtemps.* Elle était arrivée à un âge où l'accélération du temps la mettait en colère. Un jour, se disait-elle, elle finirait par la trouver terrifiante.

Elle s'assit le dos tourné au feu, assez près pour que sa chaleur réparatrice atteigne son dos douloureux. Au loin vers le sud-est, invisible à présent, se trouvaient la butte entaillée et, au-delà, le prochain site de signal, qui n'avait plus été allumé depuis des siècles. Elle regardait, mais aucun feu n'apparaissait en réponse. Plus bas, mais encore loin, une faible lueur se déplaçait dans la plaine, des phares qui rampaient le long d'une des routes principales. Un éleveur de chez Tomwater, sur le long chemin du retour.

# 4

Sam était perdu, conduisant quasiment sans but dans le désert au clair de lune, quelque part au nord des Four Corners*. Mac avait grimpé sur la banquette arrière avec Melissa, et tous deux s'activaient sur le sac de cocaïne, apparemment sans fond, qu'elle disait avoir volé à son ex-petit ami. Leur conversation animée et sans queue ni tête n'incluait pas Sam. Il essayait de se concentrer sur l'odeur astringente de l'armoise qui s'engouffrait par la fenêtre ouverte, et sur la vieille musique country que diffusait la radio AM. Melissa voulait aller à Moab. Il ne savait pas où ils étaient, mais c'était encore loin de Moab.

«Walt Whitman, intervint-elle soudain du fond du véhicule, sans rapport avec quoi que ce fût, m'excite comme une chèvre.»

Sam jeta un coup d'œil dans le rétroviseur, mais il faisait sombre et il ne parvenait pas à voir ce qui se passait. Mac et lui étaient trop vieux pour ce genre de choses. Il était soûl et trouvait l'ensemble de la scène à la fois minable et amusante. Ils avaient rencontré Melissa dans un café à un carrefour au nom imprononçable, dans le nord-est de l'Arizona, un peu plus tôt dans la journée. C'était une sylphide blonde et nerveuse d'une vingtaine d'années, aux yeux trop bleus, et aux cheveux lisses qui lui tombaient sur les épaules. Un trajet jusqu'à Moab leur avait semblé parfait. Mac et lui expérimentaient

* Région des États-Unis formée autour du Four Corners Monument par le nord-est de l'Arizona, le sud-ouest du Colorado, le nord-ouest du Nouveau-Mexique et le sud-est de l'Utah.

une sorte de road trip en version réduite, cinq jours sans plans particuliers.

Walt Whitman, se souvint-il, était le nom de code prétentieux que Mac utilisait pour la cocaïne. Ça avait quelque chose à voir avec les lignes, peut-être de longues lignes ? Sam n'avait jamais trouvé ça intelligent, et de toute façon il avait laissé tomber le cliché de l'avocat-sous-cocaïne quand il avait eu la trentaine. Mac, manifestement, n'avait pas fait de même.

Il jeta un regard sur la bouteille de Maker's Mark posé sur le siège passager, la saisit et en avala un « sniff ». C'est comme ça qu'il se l'était décrit à lui-même : un « sniff ». Ça sonnait vaguement cow-boy, résolument western. Quand il buvait seul, il se distrayait parfois avec des jeux de rôles en se moquant de lui-même.

*Je suis paumé comme une merde*, pensa-t-il.

Il ne l'avait pas dit à Mac et à Melissa. L'écheveau de routes secondaires et tertiaires qu'il avait tracé du doigt sur l'atlas au Four Corners Monument n'avait plus de raison d'être après six, peut-être sept intersections non signalées, et l'état des routes empirait : nids de poule, ornières, plaques de sable accumulé où la solide Subaru – après seulement quelques jours, il la considérait comme solide – pataugeait, hésitait, s'emballait. Il conduisait avec une confiance surjouée, se guidant à la seule lumière qu'il avait vue depuis des heures, un signal éclatant, jaune et orange, suspendu à la cime d'une crête au nord-ouest. Le signal clignotait et dansait, croissait et décroissait, comme quelqu'un qui attise un feu de joie et illumine la nuit. Chaque fois qu'il avait le choix – c'est-à-dire chaque fois qu'il arrivait à une intersection, où un chemin de terre sans nom en croisait un autre –, il se dirigeait vers la lumière sur la montagne. Ça l'empêchait de tourner en rond.

L'horloge sur le tableau de bord indiquait 1 h 17 du matin, et la dernière station de radio avait cessé d'émettre. Une paire de phares apparut dans le rétroviseur, si loin qu'ils se confondaient presque. Puis ils disparurent. Sam les chercha du regard, mais ils ne réapparurent pas. Peut-être était-ce un effet de son esprit, ou un reflet provenant de l'intérieur de la voiture. Ils n'avaient pas croisé d'autre véhicule depuis la tombée de la nuit. Il continua à rouler, luttant pour rester éveillé. Mac et Melissa bavardaient par intermittence. Au café, alors qu'ils mangeaient des sandwichs bacon-laitue-tomates à leur table, Mac avait pointé du doigt Melissa, affalée seule au bar, sirotant un café, un gros sac à dos jaune à ses pieds.

Mac avait dit: «Ça, mon ami, c'est notre destin.»

Mais Sam avait déjà vécu ça auparavant et il savait qu'elle n'était que le destin de Mac, et uniquement pour un moment. Mac avait trouvé son destin au moins deux fois à Las Vegas pendant le week-end. Sam vérifia à nouveau le rétroviseur sombre. Ils avaient été silencieux plus longtemps que d'habitude. Mac était beau à se damner, d'une douceur légendaire, et, quand il était à la poursuite d'une nouvelle femme, il avait tendance à être obstiné et à n'avoir plus aucune considération pour ses amis.

La route devant lui se divisait en deux pistes de terre à peu près parallèles, deux lumières sur la montagne, quatre lignes de poteaux de clôture reliés par trop de fils barbelés pour les compter. Sam ferma un œil, ce qui élimina la double vision mais l'endormit un peu. Après s'être assoupi une deuxième fois, il abandonna et s'arrêta sur une parcelle plate de terre et de gravier à côté de la route, déclarant qu'ils y passeraient la nuit.

Mac et Melissa montèrent la tente pendant que Sam rassemblait quelques bâtons d'armoise morte et des papiers jetés dans la voiture. Melissa désirait enfermer son lourd sac à dos jaune dans la Subaru et ne voulait pas laisser Sam le faire pour elle, aussi lui tendit-il les clés. Ils essayèrent d'entretenir une conversation, Melissa demandant où étaient les grands arbres, où était le ruisseau gazouillant.

Il prépara son feu de camp, espérant que ses mains tremblantes coopéreraient, mais avant qu'il ne puisse l'allumer, une rafale souleva le papier et dispersa les bâtons brisés sur le chemin de terre et dans les broussailles du côté opposé. C'était peut-être mieux. Il ne voulait pas déclencher un incendie. Il souleva sa frontale et commença à s'excuser auprès de Melissa, mais Mac l'avait plaquée contre la voiture, la chemise déboutonnée, sa bouche dans son cou. Son soutien-gorge avait sauté depuis longtemps et elle avait une main dans les courts cheveux noirs de Mac.

Sam transporta son sac à dos et son duvet dans l'armoise, à la recherche d'un endroit où dormir. Il pinça quelques feuilles et les porta à son nez, les faisant rouler d'avant en arrière entre son pouce et son index. Une odeur entêtante, très puissante de près. Il avança dans les branches raides, se rappelant l'histoire d'un ami et d'une rando en sac à dos dans le sud de l'Idaho qui s'était trouvée interrompue lorsqu'ils avaient trouvé la zone peuplée de petits serpents à sonnette agressifs, qui grimpaient dans les grands buissons d'armoise pour attendre comme des mambas miniatures, cliquetant et frappant les randonneurs à leur passage. L'ami en question, un randonneur expérimenté, avait fait remarquer qu'il y avait une différence notable entre être surpris au niveau de la taille par un petit grésillement semblable à du papier froissé et entendre la même chose à ses pieds.

La lampe frontale de Sam jetait une lueur à peine plus brillante que le clair de lune. Il tendit les mains devant son visage et essaya de se concentrer sur ses paumes blanches, fantomatiques.

Arrivé à la clôture, il resta immobile et regarda fixement devant lui pendant un moment, comme bloqué ; puis il se détourna et la longea, jusqu'à ce qu'il trouve une petite prairie d'herbes éparses. Il déroula son matelas de randonnée et étendit son sac de couchage.

L'air de la nuit était calme et, depuis son campement de fortune, il pouvait entendre Mac et Melissa qui baisaient bruyamment dans la tente, faisant hurler une famille de coyotes sur la crête. Il s'assit et but le reste du bourbon, en regardant le quart de lune qui s'assombrissait et s'éclaircissait au gré des nuages argentés qui traversaient le ciel. Il chanta chacune des sept ou huit chansons qu'il connaissait par cœur.

Alors qu'il avait terminé la bouteille, Mac et Melissa étaient toujours en train de baiser. Sans doute la cocaïne.

Sam se dressa, une poignée de cailloux dans la main, et se mit à les lancer en direction de la tente, qui se trouvait à une trentaine de mètres, tache bleu clair instable dans le clair de lune. Il avait toujours eu un bon bras pour ça, et si les deux premiers cailloux claquèrent sur la route, son troisième lancer sonna comme s'il avait heurté un enjoliveur sur la voiture de location, et le quatrième s'en alla frapper le côté de la tente. Melissa cria et Mac intervint :

« Arrête de lancer des pierres, connard ! »

Il en lança une autre, qui rebondit sur le toit de la voiture. Il tenait son poing au-dessus de la tête, en titubant un peu.

« Le bras de Zeus, grogna-t-il.

– Ne m'oblige pas à sortir de là ! »

Sam répondit par un hurlement de loup et fit le tour de son sac de couchage en trottinant. Ça lui donna le vertige et il s'assit sur le duvet, espérant qu'il n'allait pas avoir le tournis toute la nuit. Les coyotes lui répondirent, hurlant et glapissant, comme si on les battait, comme si le clair de lune les avait rendus fous. Il pouvait distinguer quatre, peut-être cinq voix différentes. Certaines avaient l'air d'appartenir à des chiots. Il décida qu'il aimait les coyotes. Sur le sol à côté de lui, il trouva la bouteille de bourbon. Il la souleva, portant un toast à la lune, aux coyotes, au désert en général, puis la renversa pour boire les dernières gouttes, qui lui picotèrent la langue. Après avoir terminé, il tint la bouteille à bout de bras et la laissa glisser entre ses doigts. Elle retomba sur terre avec un tintement creux.

*Hmm*, pensa-t-il. *La gravité.*

Les coyotes cessèrent de chanter. Les grillons stridulaient près de lui et, pour la première fois, il remarqua le gémissement triste du vent tout en haut des falaises de la montagne. Il chercha sur la crête la lumière qui l'avait conduit ici, mais elle avait disparu.

Puis Mac et Melissa remirent ça. Dieu tout-puissant. Il se souvint de ses bouchons d'oreilles et, s'aidant de la lampe frontale, fouilla dans la trousse à pharmacie de son sac. Il roula la mousse orange en fins cylindres qu'il introduisit dans ses conduits auditifs, s'allongea dans le silence grandissant, avec la lune qui brillait au-dessus de lui et se déplaçait magiquement dans le ciel.

Trois coyotes subadultes arrivèrent à la clôture, attirés par les bruits étranges provenant des humains. Personne ne campait jamais dans cette zone, et la peur qu'avaient les coyotes des tireurs de bord de route avait laissé place à la curiosité. Ils pouvaient facilement sauter par-dessus la clôture ou creuser et se tortiller pour passer sous le fil de dessous, mais ils se tenaient de l'autre côté et observaient Sam, immobile dans son sac de couchage. Mac et Melissa, à l'intérieur de la tente, étaient aussi silencieux désormais. L'un des coyotes s'allongea et posa son menton sur ses pattes avant.

Finalement, un véhicule approcha. Il était bruyant, le pot d'échappement rouillé. Le conducteur ralentit et éteignit les phares à cinq cents mètres de là. Les coyotes attendaient, immobiles.

Un Ford Explorer marron, immatriculé au Nouveau-Mexique, vint s'arrêter derrière la Subaru Outback qu'avaient louée Sam et Mac. Deux hommes en sortirent et s'approchèrent de la tente, l'un d'eux portant une petite lampe de poche. Il baissa la fermeture Éclair et éclaira Mac et Melissa, tous deux nus et essayant de se couvrir du sac de couchage de Mac, plissant les yeux sous la lumière, Mac promettant de botter le cul plein de bourbon de Sam.

L'homme qui tenait la lampe dit qu'il avait une arme, et Mac arrêta de parler. Quand l'homme demanda où était leur ami, Mac dit qu'il ne savait pas, qu'il était parti en direction des montagnes pour camper seul.

L'homme leur dit de s'allonger sur le ventre et de mettre leurs mains derrière le dos. Pendant qu'il tenait la lampe, l'autre homme leur attacha les poignets avec des colliers de serrage, d'abord ceux de Mac, après quoi il lui mit une bande de ruban adhésif sur la bouche, qu'il enroula autour de sa tête. Il lia les poignets de Melissa et commença à lui tripoter les fesses, expliquant à l'autre type comment ça serait quand ils baiseraient la maigrichonne. Elle donna un coup de pied à l'homme, se retourna et cracha, et quand Mac se mit à genoux, l'homme dans la tente lui asséna un bref coup de poing dans le rein droit et il retomba au sol. Il y eut quelques rires. L'homme scotcha la bouche de Melissa et s'extirpa de la tente les bras chargés de vêtements. Il se tint debout près de l'autre homme et se mit à fouiller dans les poches.

Pendant que le second homme se dirigeait vers la Subaru avec les clés, le premier s'avança jusqu'à la limite du gravier et rechercha sommairement Sam avec sa lampe de poche, mais il ne voulait pas marcher dans l'armoise épaisse. Puis il retourna à la tente et jeta un coup d'œil à l'intérieur. Mac et Melissa étaient assis et elle était appuyée contre lui. Nus et attachés, ils se faisaient aussi petits que possible, genoux relevés, têtes inclinées. L'homme demanda où se trouvait le colis, pure question rhétorique puisque ses deux captifs étaient incapables de répondre, mais les yeux de Mac s'agrandirent et il regarda vivement Melissa, qui ferma les siens en réponse. L'autre homme appela depuis la Subaru et dit qu'il l'avait trouvé à l'intérieur, et qu'il était très lourd. Tous les deux inspectèrent le sac à dos de Melissa avec la lampe de poche, sans cesser de rire ou de pousser des exclamations. Le deuxième homme le porta jusqu'à l'Explorer.

Lorsqu'il revint, il entra à nouveau dans la tente, éclairé par la lampe du premier, et força Mac à s'agenouiller face à lui. Il sortit un petit pistolet semi-automatique de la poche de sa veste et le tint appuyé contre le crâne de Mac, derrière son oreille droite. Melissa avait forcé de sa langue le ruban adhésif, et lorsqu'elle cria le volume et la hauteur de sa voix furent à ce point saisissants que les trois coyotes qui attendaient derrière la clôture répondirent immédiatement avec des glapissements et des hurlements de joie. Comme si c'était ça la raison de leur venue, ça qu'ils attendaient. Ils étaient encore plus bruyants que Melissa, et on aurait dit qu'ils se tenaient juste à l'extérieur de la tente. L'homme au pistolet abandonna Mac et Melissa et se mit à côté de l'homme à la lampe. Ils essayèrent de distinguer les coyotes dans l'armoise, mais ceux-ci étaient aussi invisibles que des esprits *banshee** et n'arrêtaient pas de hurler, et après un

* Créatures féminines surnaturelles de la mythologie celtique.

moment les hommes se parlèrent en rapprochant leurs têtes l'une de l'autre.

Sam entendit lui aussi les coyotes, une clameur lointaine à travers ses bouchons d'oreilles, ce qui déclencha un rêve dans lequel une meute de loups courait dans une forêt enneigée au clair de lune. Il se tourna dans son sommeil et mit son avant-bras au-dessus de ses yeux pour se protéger de la lumière de la lune.

Le deuxième homme remit le pistolet dans sa poche. Il dit à Mac et Melissa de sortir de la tente. Il ramassa les vêtements qu'il avait laissé tomber au sol mais sourit à nouveau devant leur nudité, surtout celle de Melissa, et devant leurs mains toujours attachées dans le dos. Les deux hommes suivirent le couple nu tandis qu'ils boitaient, pieds nus sur le gravier, en direction de l'Explorer. La porte de chargement arrière s'ouvrit, la lumière intérieure s'alluma, et après un instant d'hésitation, les yeux écarquillés, Mac hocha la tête et Melissa assit ses fesses nues sur le rebord et se glissa à reculons dans l'espace recouvert de plastique, Mac attendant qu'elle ait terminé pour faire de même. Les hommes regardaient, n'aidaient pas, l'air satisfaits d'eux-mêmes. Ils jetèrent les vêtements à l'intérieur, et l'homme à la lumière ferma la porte, revint à la Subaru et démarra le moteur, fit demi-tour et repartit dans la direction d'où ils étaient venus, l'Explorer derrière lui.

Les coyotes chantèrent jusqu'à ce que les passagers des véhicules soient trop loin pour les entendre.

# 5

*1984*

Leo avait construit la cage avec du contreplaqué d'un demi-centimètre d'épaisseur et du grillage à poules, et avait l'impression d'avoir fabriqué un cercueil. Mais c'était ridicule – l'aigle y serait bien. Il n'enterrait là que ses propres espoirs de la faire voler. Il attraperait un autre jeune aigle à l'automne, mais Alecto était spéciale.

Comme il l'avait craint en la forçant à lâcher Bowman dans sa peau de loup, il l'avait si profondément offensée qu'elle devenait enragée et violente chaque fois qu'elle l'apercevait. Ça faisait un certain temps qu'il devait la laisser s'épuiser avant de pouvoir l'encapuchonner, une situation intenable qui poussait Leo dans d'obscurs retranchements psychologiques.

C'était Bowman qui avait apporté une solution partielle au problème d'Alecto. Dès qu'il s'était remis de ses perforations thoraciques, et avec l'aide de Summer, il s'était occupé de l'aigle et l'avait entraînée avec enthousiasme. Non seulement Bowman n'avait pas peur d'Alecto mais, ce qui était encore plus frappant, c'est que l'expérience semblait avoir également affecté l'aigle, créant un lien fort entre les deux.

Vivre sur la même propriété qu'un aigle qui n'aspirait qu'à le tuer n'était néanmoins pas idéal pour Leo. Au cours des derniers mois, il avait tout essayé pour dissiper son hostilité. La semaine précédente, il avait fini par consulter un fauconnier du Montana, et l'homme avait insisté sur le fait que la seule issue raisonnable était de la relâcher quelque part au loin.

Bowman avait été encore plus silencieux que d'habitude après que Leo lui avait parlé de son projet ; aussi, lorsqu'il ouvrit la porte du box d'Alecto dans la grange, il ne fut pas surpris de constater que le garçon se trouvait là. Un peu plus surprenant était le fait que Summer y soit aussi, les deux enfants encadrant Alecto sur son perchoir.

Heureusement, ils ne lui avaient pas enlevé son chaperon.

« *Et tu*, Summer ? »

Elle ne répondit pas. Elle croisa ses bras sur sa poitrine, imitant son frère.

Au son de la voix de Leo, Alecto gonfla les plumes de son cou en signe d'irritation.

« Tu ne peux pas la prendre », dit Bowman.

Leo lui répondit que l'aigle serait plus heureuse dans le Montana. Libre. Qu'elle trouverait un partenaire et élèverait des générations de jeunes aigles vigoureux, que l'un d'entre eux pourrait un jour s'envoler vers le Colorado, qu'ils l'attraperaient et chasseraient avec lui, et qu'il emmènerait Bowman visiter son territoire, le meilleur, le plus isolé de tous les habitats d'aigles des États contigus*.

Bowman resta silencieux un moment, soupesant cette information, pendant que Summer et Leo le regardaient.

« Pas encore », dit-il.

Leo savait qu'il ne pouvait pas forcer les choses. Garder Alecto serait difficile, voire dangereux. Mais il était fier que Bowman et Summer ressentent un lien si fort avec elle qu'ils étaient prêts à lui tenir tête.

« Elle sera sous ta responsabilité.

– J'aiderai. »

Summer s'était adressée à son frère, nota-t-il, une promesse de soutien qui lui était destinée plutôt qu'une promesse faite à Leo de soutenir leur cause. C'était une différence subtile, mais elle lui plut. Après la mort de leur mère et le départ de leurs oncles du ranch, il avait rencontré quelques difficultés à les placer l'un et l'autre dans des interactions sociales saines, tout comme son propre père en avait eu lorsque Leo lui-même

* Les quarante-huit États des États-Unis situés entre le Canada et le Mexique.

était un garçon dans ce ranch. Martin avait fini par résoudre le problème en l'envoyant en pension. Si Summer et Bowman restaient aussi proches et se soutenaient mutuellement, Leo espérait qu'il pourrait éviter de faire de même.

«Je vais garder la cage, dit-il. On devra la laisser partir un jour ou l'autre, et à moins qu'elle change d'avis à mon sujet, il faudra l'emmener très loin.»

Les épaules de Bowman se détendirent un peu.

«Vous devriez la faire voler maintenant. En bas dans la vallée. Prenez l'appât-renard. Laissez-moi le temps de rentrer à la maison.»

Bowman n'emmena pas Alecto en bas dans la vallée. Il la transporta sur un bâton en T jusqu'à la crête derrière la maison, Summer l'aidant tant qu'elle pouvait. L'aigle fut difficile à maintenir pendant tout le trajet, et ils durent s'arrêter plusieurs fois pour se reposer pendant la montée.

«Pourquoi la faire voler ici? Papa a dit de l'emmener dans la vallée.

– On va voir si elle veut rester avec nous.

– Mais si elle s'échappe, elle va essayer de tuer Papa.»

Ils s'inquiétaient tous les deux pour leur père. Bowman savait que c'était normal: leur père était tout ce qu'ils avaient.

«Si elle décide de s'échapper, je ne pense pas qu'elle restera dans le coin. Elle partira en exploration.»

Il se mit debout sur un rocher pour être le plus haut possible, tenant entre ses dents la languette de cuir au sommet du chaperon de l'aigle, les deux mains soutenant le poteau du bâton en T. Quand il bascula la tête en arrière, ce fut comme s'il avait dévoilé une ampoule lumineuse, l'attention de l'aigle – sa présence – magnétisant l'air. Elle fixa Bowman, soutenant son regard pendant quelques instants, puis jeta un coup d'œil par-dessus son épaule gauche en direction de Summer, avant que ses ailes ne s'ouvrent, battent une fois tandis qu'elle se laissait tomber de son perchoir et plongeait vers le sol pour arriver au-dessus de la paroi rocheuse presque verticale face à l'est, tournant dans le vent et s'élevant, emportée tout en haut, sans même daigner battre des ailes à nouveau, immobile et fixe comme un cerf-volant bien que – Bowman ressentait cela comme une modification et un picotement surnaturels dans ses propres ailes fantômes – le fourreau mobile et vivant de plumes qui recouvraient son corps exécutât chaque seconde des centaines de microajustements. À trois cents mètres là-haut, son esprit se remplissait de détails – ce qu'elle voyait, ce qu'elle sentait – et d'impressions inédites qui s'infiltraient dans la conscience de Bowman tandis qu'il s'ouvrait à elle.

«Je peux balancer l'appât?»

La voix de Summer était lointaine.

«Attends une minute», dit-il.

Il devait d'abord vérifier quelque chose. Loin au-dessous, deux silhouettes droites, des primates, des humains, marchant côte à côte sur la longue allée à leur manière incroyablement lente et laborieuse.

Summer parvint à tenir trente secondes.

«Qu'est-ce que c'est?» demanda-t-elle.

Il lâcha sa connexion et tomba du ciel. Les pierres et les genévriers rabougris et courbés, orientés plein est par des siècles de vent dominant en provenance des Red Creeks – sa petite sœur maigrichonne, sauvage et incorrigible, debout à côté de lui –, tout cela si proche, à en devenir presque claustrophobe.

Il regarda Summer et sourit. C'était une bonne nouvelle.

«Nos oncles sont de retour.»

# 6

***2009***

Bowman ne pouvait pas parler.

Il pouvait plus ou moins pincer les lèvres. Ouvrir et fermer la bouche. Il pouvait fredonner. Bouger les jambes et les bras. L'infirmière hocha la tête et lui dit en espagnol que le médecin pensait que ça se dissiperait bientôt. C'était le venin du serpent, dit-elle. Elle lui apporta un carnet et un stylo, et il commença à écrire en espagnol mais se reprit et écrivit : *Quel jour sommes-nous ?*

L'infirmière regarda le carnet et fronça les sourcils : «*¿No hablas español?*»

Bowman secoua la tête. Touriste ignorant. L'infirmière quitta la salle. Il s'assoupit, et rêva que Summer et lui volaient en deltaplane près de l'océan, bien qu'il n'en eût jamais fait de sa vie. Alors qu'ils s'élevaient au-dessus de l'eau, Summer disait que tout allait bien se passer, et quand il lui demanda ce qu'elle voulait dire, elle lui répondit que, lorsqu'ils mourraient, ils se transformeraient en aigles. Ils revinrent de l'océan et atterrirent près du ranch, à East Canyon, où les habitations dans la falaise étaient remplies de vieux livres poussiéreux que plus personne ne lisait depuis longtemps. Il en ouvrit un au hasard et en lut un passage : *Je suis allé au bord du monde, j'ai regardé de l'autre côté, et il n'y avait rien.* Cela le réveilla.

Même chambre d'hôpital. Faible éclairage fluorescent, pas de fenêtres. Des paravents d'intimité démodés en tissu de chaque côté. Aucune idée du temps qui s'était écoulé, mais il se sentait mieux. Tous ces rêves, pourtant, comme si le venin résiduel du serpent de mer maintenait grand ouvert un portail vers Ciguatera City.

Lorsqu'il se redressa sur ses coudes, une perfusion intraveineuse mordit dans son avant-bras gauche. Devant le pied de son lit se trouvait une porte ouverte qui donnait sur un couloir plus lumineux. Il força un peu la voix. « Hello ? » Rauque et faible, pitoyable. Il essaya à nouveau. Une autre infirmière apparut, puis ressortit aussi vite. Quelqu'un dans le couloir dit quelque chose à propos de l'Américain, et au bout d'un moment une femme habillée en civil entra, sans sourire, suivie de l'infirmière. Elle s'approcha du chevet du lit et se pencha au-dessus de lui, l'air sombre et curieux. Elle était corpulente et donnait l'impression de pouvoir être une personne agréable lorsqu'elle était de meilleure humeur. Elle dit qu'elle s'appelait Luisa, et demanda en anglais si elle pouvait l'aider.

Il lutta pour trouver les mots. « J'ai besoin de savoir quel jour on est, la date – juin... ?

– Le vingt et un. »

Le solstice, déjà.

« Je dois partir », dit-il.

Elle eut un regard encore plus sombre : cette idée ne lui plaisait pas du tout. « Vous n'êtes pas assez bien. Et vous devez payer. »

Il demanda où était son sac, un petit sac avec une sangle. Elle se retourna et dit à l'infirmière : « Il veut son sac, celui où il n'y a pas d'argent. »

L'infirmière chercha sous la table à côté de lui et en sortit le sac étanche de Bowman. Il en déroula le dessus. Le passeport était à l'intérieur, la couverture et les pages déformées et froissées par les multiples intrusions d'eau salée au fil des ans, malgré l'étui prétendument étanche que Summer lui avait donné. Mais Luisa avait raison : pas d'argent. Ils avaient déjà vérifié, bien sûr. Il se trouvait dans un hôpital privé, et Luisa devait être une sorte de directrice. Elle ne l'aimait pas parce qu'elle avait déjà vu des salopards de touristes indigent et fauchés, des gens de pays riches qui s'attendaient à être soignés et prétendaient ensuite ne pas avoir d'argent.

Un médecin entra alors dans la pièce, une femme, et Luisa lui résuma son cas. Il avait perdu conscience et presque cessé de respirer. Il avait été sauvé par l'oxygène qu'on lui avait donné à la clinique de Puerto Jiménez. Le temps qu'il arrive ici, il était inutile de lui administrer un anti-venin, et ils ne pouvaient de toute façon pas déterminer de quelle espèce de serpent il s'agissait. Elle dit que peu de personnes réagissaient ainsi au venin de serpent marin.

Bowman ne manifesta aucun signe de compréhension pendant que le médecin parlait, il attendait la traduction de chaque phrase. Il voulait que le personnel parle librement autour de lui. Il pouvait y avoir des choses qu'il devait savoir, des choses qu'ils ne lui disaient pas.

Il parla de son empoisonnement à la ciguatera et, au moment où Luisa traduisit, le visage du médecin s'éclaira, comme à la résolution d'une énigme. Il dit qu'il allait mieux, qu'il était habitué à ces crises et qu'il pouvait marcher. Encore une fois, il insista sur le fait qu'il devait partir tout de suite. Luisa dit au médecin : « Il veut partir. » Le médecin dit : « La morsure de serpent pourrait aggraver les symptômes liés à la ciguatera, au moins pendant un moment. Il doit rester allongé un jour de plus. Peut-être qu'il a de la famille avec de l'argent ? – Peut-être, dit Luisa. Mais il n'en a pas l'air. »

Quand les femmes quittèrent la pièce, Bowman rouvrit son sac étanche. *C'est comme ça qu'on sait qu'on devient fou*, pensa-t-il. Malgré tout, il regarda à nouveau à l'intérieur. Passeport toujours là, argent non. Tous les gardiens qu'il avait eus avaient dû regarder dans son sac et, si au moins quelques-uns avaient pris l'argent, tous avaient vu le passeport, l'avaient laissé là et s'étaient donné du mal pour s'assurer que le sac resterait avec lui. Il n'avait aucune idée de la quantité d'argent qu'il y avait dans ce rouleau, ni s'il avait surpayé son sauvetage. Probablement pas. Il se souvenait d'avoir pagayé dans son kayak jusqu'au campement des Australiens, puis d'avoir perdu conscience au cours d'une longue et éprouvante traversée en bateau jusqu'à Puerto Jiménez. Il ne se souvenait pas de la clinique là-bas ni de l'oxygène qui lui avait sauvé la vie. À présent qu'il se concentrait, il se rappelait avoir demandé à quelqu'un de le faire monter dans l'avion pour San José et avoir dit qu'il avait de l'argent dans son sac. Ensuite un avion bruyant. Une ambulance pour l'hôpital.

Summer serait heureuse quand il lui dirait qu'elle lui avait sauvé la vie avec cette liasse de billets dérisoire. Elle la lui avait donnée six ou sept ans plus tôt. Il était en convalescence dans un dispensaire municipal de la sierra Madre de Chihuahua. C'était la dernière fois qu'il avait passé du temps dans un établissement médical, bien qu'il fût beaucoup plus petit que celui-ci. On lui avait tiré dans la poitrine. Une sombre période de menaces et de violence. La police locale avait insisté pour qu'un membre de la famille vienne le chercher.

Il ouvrit son étui à passeport jusqu'à la fenêtre en plastique à l'arrière, où Summer avait glissé la photo de tous les deux au ranch. Des temps plus heureux. La photo lui avait paru inhabituellement sentimentale. Comme s'il allait être plus enclin à rentrer à la maison en voyant cette image d'eux à la fin de leur enfance idyllique. Ça ne ressemblait pas du tout à Summer.

Mais elle pouvait être là pour une tout autre raison. Pour la première fois, il essaya de retirer la photo de l'étui, mais elle restait collée au plastique transparent. Il y parvint néanmoins, en essayant de ne pas abîmer l'image, et la retourna.

Numéro ABA*, numéro de routage international, numéro de compte, First Denver Bank & Trust. *Le mot de passe est notre vrai nom.*

C'était la Summer dont il se souvenait.

Le visage de Luisa s'éclaira à la mention d'un compte bancaire. Elle apporta un téléphone et un ordinateur portable, et ils constatèrent que le compte était détenu conjointement avec sa sœur. Summer lui avait dit qu'oncle Darwin avait ouvert un «fonds d'éducation» pour chacun d'eux à la suite du versement d'une assurance-vie après la mort de leur père. Elle avait dépensé le sien, mais celui de Bowman était resté à la banque, et elle avait menacé de le voler et de le

* Séquence de neuf numéros utilisée pour identifier les institutions financières aux États-Unis.

dépenser pour le ranch s'il ne rentrait pas. Il savait qu'elle plaisantait plus ou moins, mais il lui avait dit que c'était exactement ce qu'il voulait, qu'elle le prenne et s'en serve pour le ranch. Elle avait apporté des papiers qu'il devait signer pour lui donner procuration, ce qui signifiait – ainsi qu'elle le prétendait – qu'elle pourrait le voler impunément, mais, à en juger par les relevés de compte que Luisa avait trouvés, Summer avait bluffé. Il n'y avait pas eu de retrait depuis des années, mais les intérêts s'étaient accumulés et le compte était crédité d'un peu plus de cent mille dollars.

Le solde semblait important à Bowman : ayant toute sa vie d'adulte vécu de troc, de collecte et de petites sommes d'argent qu'il gagnait ici et là, il n'avait aucun cadre de référence. Luisa fut assez impressionnée pour devenir plus polie, légèrement solennelle, et cette transformation de la dynamique sociale le rendit triste. Il n'était qu'un autre riche gringo après tout. Ils firent un virement sur le compte de l'hôpital pour couvrir la facture, plus huit mille dollars pour le ramener chez lui. Cela semblait beaucoup, mais Luisa le convainquit. Elle fit aussi remarquer qu'en tant que codétentrice du compte, sa sœur serait avertie de la transaction. Bowman n'y avait pas pensé. Ça ne le dérangeait pas que Summer le sache, mais il espérait que personne d'autre ne surveillait le compte.

Un coursier, accompagné d'un garde désarmé qui avait l'air de s'ennuyer, rapporta l'argent – l'équivalent de deux mille dollars en colones costaricains, et le reste en billets de cent dollars – depuis la banque de l'hôpital en haut de la rue. Luisa habilla Bowman d'une blouse et de chaussons en papier et le libéra avant que le médecin ne puisse s'en rendre compte et s'y opposer.

À l'extérieur c'était le matin, une rue affairée, bruyante et odorante. Il n'avait pas visité une ville de cette taille depuis des années, et pendant un court instant il faillit paniquer. Il se figea, les gens se déplaçant autour de lui, fixant le grand homme maigre vêtu comme un médecin. Il était trop voyant, et tout à fait conscient du paquet de devises dans le sac étanche attaché sous sa chemise. Il choisit une direction et se mit à marcher.

# 7

Sam se réveilla dans le matin chaud, presque neuf heures et demie à sa montre. Il retira les bouchons d'oreilles et se leva, clignant des yeux dans la lumière, tout son corps vibrant désagréablement. Pas de chant d'oiseau matinal. Un vent chaud et nerveux sifflait dans l'armoise. La fidèle Subaru avait disparu mais la tente était toujours montée sur le terrain plat près de la route. Il transporta ses affaires à travers les broussailles jusqu'au bas-côté, se glissa dans la tente par l'entrée en toile de moustiquaire et s'assit sur le fin matelas de mousse. À l'intérieur ça puait la sueur et le sexe.

Il jeta le sac de couchage bleu sur le gravier et s'allongea, heureux d'être à l'abri du soleil. Sa tête, cependant. Comme si quelqu'un perforait sa tempe droite. Fermer les yeux ne faisait qu'empirer les choses, aussi fixa-t-il le dôme brillant en nylon bleu layette. L'abandonner ici devait être la vengeance de Mac pour le jet de cailloux de la nuit précédente. Il finirait par arriver avec un café extra-long et tiède accompagné d'un paquet de pains frits bien gras. Melissa pouvait ou non taper l'incruste : Sam et Mac formaient une paire peu ordinaire, faisant office d'imprévisibles serre-livres pour leur groupe d'amis de la faculté de droit, et ils avaient passé beaucoup de temps ensemble l'année précédente. Ils étaient tous deux célibataires – Sam depuis peu – et travaillaient à Washington, où Mac était avocat dans un cabinet de défense des assurances. Contrairement à Sam, il ne s'était pas marié, et n'avait même jamais été tenté de l'être.

Sam se réveilla de nouveau à onze heures, la tente était un four bleu. Il rampa jusqu'à l'air libre, arracha ses mains du gravier chauffé par le soleil et se redressa sur ses jambes, se sentant à peu près comme avant sa sieste. Tout seul dans un paysage cramé et trop lumineux. Pas de Subaru, pas de Mac, ni de Melissa.

Il remballa son sac à dos et partit seul, suivant la route de terre vers le nord à travers le désert. Toujours en colère, toujours avec la gueule de bois, il marchait à un rythme dont il espérait qu'il ferait transpirer l'alcool hors de son corps. Il but son premier litre d'eau trop vite et celui-ci lui revint sous la forme d'un pâle vomi fluide et puant le bourbon qui atterrit dans le fossé au bord de la route. Il n'avait même pas fait un kilomètre.

Échaudé, il but le deuxième litre à petites gorgées. Il jura de ne plus jamais boire de whisky. Vu la géométrie des Four Corners, ce devait être le Colorado ou l'Utah, mais il n'était pas sûr. À environ un kilomètre et demi vers l'ouest, la montagne se dressait comme un mur. Il scruta les crêtes et les canyons, espérant voir un camping-car ou un pick-up, ou le tracé d'une route dans la pente, vers la personne qui avait allumé le feu là-haut la nuit précédente. Il marcherait jusque-là puis se ferait conduire à la ville la plus proche. Ensuite, il pourrait louer une autre voiture et finirait la semaine en voyageant seul.

Il but la dernière goutte de son eau un peu après treize heures, notant l'heure parce que cela lui semblait être une indication qui pouvait devenir importante. Le soleil tapait. Il aurait peut-être dû laisser un mot pour Mac à la tente.

Une demi-heure plus tard, il s'arrêta dans une petite pente sablonneuse sur la route. De l'eau avait coulé là, mais pas longtemps. Sa mauvaise humeur passée, il sortit son vieux portable pour appeler Mac – l'entreprise lui avait fourni un soi-disant smartphone mais il refusait de l'emporter en vacances – et ombragea de son corps le petit écran afin de pouvoir voir, mais bien entendu il n'y avait pas de réseau. Il l'éteignit pour économiser la batterie.

Le vent chaud qui descendait de la montagne faisait penser au souffle d'un sèche-cheveux, et sa nuque était brûlante sous la morsure du soleil. Il s'imaginait en train de se dessécher, évacuant l'humidité à chaque respiration. Ses yeux piquaient, et il plaqua ses lunettes de soleil sur son visage pour se protéger du vent. Un rapide inventaire : il portait un short en toile légère, une chemise en coton à manches courtes, des chaussettes neuves et de bonnes chaussures de randonnée en cuir. Outre les deux bouteilles d'un litre désormais vides, il avait dans son sac deux barres protéinées, son téléphone, son portefeuille, une trousse à pharmacie en nylon, des allumettes, de la crème solaire, un tee-shirt propre, des chaussettes et des caleçons de rechange, un imperméable léger et un pull en polaire.

La route devant lui était implacablement plate et droite vers le nord, ses deux côtés convergeant en un point de fuite classique dans le lointain brûlant de la chaleur. À sa droite, la plaine sèche s'étendait vers l'est jusqu'à l'horizon, interrompue par une seule butte orange à quelques kilomètres, énorme et trapue dans la lumière chaude et plate. Il n'y avait pas de bétail, pas de maisons, pas de poteaux téléphoniques. Sur sa gauche, le lit asséché d'un ruisseau serpentait à travers une étendue plate couverte de sauge qui s'élevait depuis le premier plan jusqu'à un mur de roches abruptes, fendu par un canyon dont les falaises de grès ombragé disparaissaient dans l'ombre. Au bas du canyon, une tache de vert ensoleillé brillait au milieu du rouge sec des roches et de la terre, et de la sauge poussiéreuse. Cela ressemblait à un petit peuplier, ce qui pouvait indiquer qu'un ruisseau coulait là. Il devait au moins y avoir un affleurement, ou du sable humide dans lequel il pourrait creuser et utiliser sa chemise pour filtrer l'eau.

Il se tint debout et essaya de penser avec clarté. Le soleil le rongeait, ici, à ciel ouvert. S'il faisait demi-tour maintenant, il lui faudrait trois heures pour retourner à la tente. Trois heures de plus à marcher sous ce soleil, sans eau ? D'un autre côté, il pouvait facilement remonter le ruisseau asséché jusqu'au canyon. Il sentait qu'il l'attirait, une sensation étrange qu'il attribuait à la chaleur. Même si le ruisseau était sec, il y aurait de l'ombre. Il pourrait se reposer jusqu'à ce que ça se rafraîchisse dans la soirée.

À la clôture, un panneau métallique indiquant PROPRIÉTÉ PRIVÉE lui faisait face. Le message était sans ambiguïté, mais la nécessité n'était-elle pas une excuse pour entrer ? Souriant à sa propre imprudence, il enjamba la barrière et commença à remonter le ruisseau.

Marcher dans le sable et les gravillons était pénible, et sa foulée se réduisit vite à un misérable traînement de pieds. Après une heure, la montagne ne semblait même pas s'être rapprochée. Il continua à marcher, même s'il savait qu'il avait commis une erreur. Finalement, il ralentit et s'arrêta. Les rives du ruisseau asséché étaient plus hautes ici, et plus rapprochées, une sorte de tranchée, si bien que ce qu'il voyait du désert était au niveau du sol : les buissons clairsemés, les arbres épineux et rabougris et les cactus. Le ciel bleu et chaud. Pas de vautours tournant au-dessus de lui, pas encore. Il avait la même perspective que s'il avait été enterré jusqu'au cou. Il se rappelait une scène dans un film qu'il aimait bien, un type enterré ainsi, comme un genre de torture. Il ne pouvait pas se souvenir de ce qui se passait ni du titre du film, ce qui n'était pas dans ses habitudes. Il y réfléchit plus longtemps qu'il aurait dû, vu la situation.

Qu'est-ce qu'il faisait là, au juste ? Lorsqu'il avait convaincu Mac de renoncer à une semaine de golf et de bars pour célibataires à Las Vegas pour une virée à camper n'importe où dans le désert, il avait été incapable de décrire avec précision ce qu'il cherchait, avait juste dit qu'il espérait que s'il retournait dans le Grand Ouest désertique, où il avait des souvenirs de randonnées en camping-car avec sa famille pendant son enfance, alors quelque chose de réel lui arriverait. Mac avait levé les yeux au ciel mais Sam n'avait rien trouvé d'autre à lui dire.

Était-ce ce qu'il avait imaginé ?

Un picotement dans son cou et à l'arrière de ses bras. Pas le froid, évidemment. Peut-être le symptôme d'un coup de chaleur ? Non, quelqu'un le regardait.

Devant lui, en amont, une paire d'yeux curieux, couleur ambre. Ils clignaient, suspendus dans l'air. Puis un tressaillement d'oreille, et un museau de coyote se matérialisa autour des yeux, puis le reste du corps, exactement de la couleur de la pierre et du sable. Il savait que l'animal était une femelle, sans savoir comment il le savait. Elle était petite, gracile mais apparemment en bonne santé, et se tenait à une dizaine de mètres. Sa queue pendait derrière elle, riche, pleine et fournie, une chose somptueuse qui frétillait et se recourbait tandis qu'il regardait. Elle semblait en être fière. Elle baissa la tête, sans perdre le contact visuel, puis se tourna en un mouvement fluide, lévita jusqu'au bord du ruisseau et s'enfuit en trottinant.

C'était peut-être l'un des coyotes qu'il avait entendus la nuit précédente. Cette idée lui donna un regain d'énergie, le sentiment qu'il n'était pas seul, qu'il avait établi une connexion. Peut-être que Coyote était son animal totem. Le Fripon*. Il continua à marcher. Le temps passa. Il ne s'arrêta plus et, lorsqu'il atteignit enfin l'entrée du canyon, le petit peuplier au pied de la falaise se révéla être un bosquet de vieux arbres, et les blocs de pierre qu'il croyait être de modestes rochers s'élevaient sur plusieurs étages.

Il passa ses mains sur l'écorce profondément plissée des peupliers, écoutant le son liquide des feuilles qui frémissaient dans la brise légère. Le ruisseau, cependant, était aussi sec ici qu'il l'avait été dans la plaine et, lorsqu'il urina à la base d'un des arbres, sa pisse était d'un jaune foncé et concentré indiquant la déshydratation. Son crâne palpitait. Le sac à dos lui avait irrité les épaules. Il le posa sur le sol et essaya de creuser avec une pierre plate dans le lit du ruisseau. Après une trentaine de centimètres de sable sec, il tomba sur du gravier compact et, pour la première fois de la journée, il ressentit un petit serrement de panique dans les tripes.

*Reste calme*, pensa-t-il. *Il y aura de l'eau dans le canyon.* Il écouta, espérant entendre des bruits d'éclaboussures, de ruissellement, le bourdonnement d'insectes attirés par l'humidité. Il sentait l'eau dans la brise chaude et pierreuse. Il y avait quelque chose, une présence, peut-être celle de l'eau. Une attirance. Il mit son sac sur le dos et se laissa entraîner dans le canyon.

---

* Personnage mythique présent dans plusieurs cultures, dit aussi « Le Farceur » : gnome ou lutin dans certaines régions d'Europe, Loki en Scandinavie, Anansi en Afrique de l'Ouest, Coyote dans la culture amérindienne... il s'agit d'un personnage à la fois bon et mauvais, sorte de médiateur entre le divin et l'homme.

L'andouiller faillit le faire trébucher. Il gisait dans le sable meuble de l'ancien lit comme s'il était tombé là récemment, un objet surprenant qui ressemblait à une échelle d'ivoire courbée à laquelle n'aurait manqué qu'un montant. Il s'accroupit et tendit le bras pour le toucher, craignant que ce fût une hallucination, ce qui lui indiquerait qu'il était plus en danger qu'il ne le pensait. Mais il était solide, et il le souleva. Un bois de wapiti, plus léger qu'il n'en avait l'air. Il jeta un coup d'œil autour de lui pour voir d'où il pouvait venir, et là, à une douzaine de mètres de haut, sur la paroi du canyon, se trouvait son jumeau, encore attaché au crâne qui pendait de travers à une boucle de câble rouillé boulonné dans la roche. Sous le crâne se trouvait une ouverture en forme d'arche creusée dans la pierre indigène. Sur la droite, une autre corniche, un alignement de pierres, des fragments d'un vieux mur, puis un petit village se matérialisa, bâti sur plusieurs niveaux de corniches et courant peut-être sur cent mètres de gauche à droite – des habitations troglodytiques et des greniers habilement dissimulés dans les niches et les ombres de la falaise. L'ingéniosité de tout cela le stupéfia. On pouvait traverser ce canyon dix fois sans remarquer que des hommes avaient jadis vécu ici.

Il recula jusqu'à la paroi opposée et grimpa sur les rochers brisés à sa base pour mieux voir. Dans la pénombre de la grotte peu profonde, sous le crâne, il pouvait distinguer les planches usées d'une porte en bois massif.

Une porte conduisant à l'intérieur d'une falaise ? L'endroit lui avait semblé désolé, mais à présent il considérait l'étroit canyon avec un regard nouveau, plissant les yeux en direction des ombres où quelqu'un pouvait être tapi, à le regarder.

Il parcourut la base de la falaise, cherchant un chemin pour grimper, mais la roche était impossible à escalader, si lisse qu'elle avait dû être polie. Des voix chuchotaient – le vent, à nouveau. Un étourdissement le frappa et il chuta en arrière entre les branches d'un saule vert. Tout là-haut, le ciel bleu et un croissant de grès rouge qui brillait au soleil s'estompèrent.

Lorsqu'il revint à lui, la brise était plus forte, un air frais qui venait de plus haut dans le canyon. Il se sentait mieux, toujours étourdi mais plus serein, sa conscience comme élargie, récupérant du brutal effort pour survivre qu'il avait dû déployer tout au long de l'après-midi. L'effet était déconcertant. Était-il un avocat fiscaliste en vacances ou un chasseur-cueilleur se réveillant d'un rêve d'Amérique ? Il rumina un instant sur ce rêve de lui-même, lui, Sam Hay, avocat-conseil insatisfait chez Straton Weyland LLP, un cabinet de seconde zone, récemment divorcé. Pressé de prendre un nouveau départ, il avait mis en vente sa petite maison située sur un agréable terrain boisé dans un quartier huppé d'Alexandria à vingt pour cent au-dessus du prix du marché. Il vivait avec deux chats trop gâtés que son ex-femme lui avait refourgués en janvier.

Son derrière était frais et humide. Il était assis sur une infiltration d'eau. Il se retourna et farfouilla dans le sable grossier qui sentait l'algue. Il ne pouvait pas faire grand-chose à mains nues ; il avait besoin de quelque chose pour creuser.

Les pointes de l'andouiller creusaient des sillons dans le sable – des bois d'orignal auraient mieux fait office de pelle. Il ameublit le sable avec la ramure, écopa de ses mains, puis laboura à nouveau. Au bout d'un moment il se redressa, le dos douloureux. Le trou qu'il avait creusé était profond d'environ trente centimètres dans le sable humide, mais aucune eau boueuse ne s'accumulait au fond.

Il allait devoir retourner jusqu'à la route. L'air était plus frais maintenant, mais il n'était pas sûr de pouvoir y arriver. Lorsqu'il vérifia sa montre, l'écran était vide, les chiffres avaient disparu. Il le tapota avec ses phalanges, poussa quelques boutons, sans résultat. Il aurait aimé avoir une montre de plongée fantaisie en acier comme celle de Mac. Elle n'avait pas besoin de pile, comme Mac le faisait souvent remarquer.

Il se tourna et se pencha en arrière, étirant le bas de son dos. Le vent souffla du sable sur son visage et il se couvrit les yeux. Lorsqu'il retira sa main, une femme se tenait à l'entrée de la grotte voûtée, en train de le regarder. Il ferma les yeux mais elle était toujours là quand il les rouvrit, le bout de ses bottes dépassant du bord.

# 8

Dès que l'oncle Darwin lui avait signalé le virement depuis le compte joint, Summer avait appelé la banque de San José. Elle avait ensuite contacté l'Hospital Biblica Clinica, et fini par parler à l'administrateur plusieurs heures après que son frère l'eut quitté. Il était malade. Il avait été mordu par un serpent marin. Plus surprenant, il prévoyait de s'envoler pour le Colorado. Il avait dû apprendre l'existence de l'héritage, mais il était difficile d'imaginer que Bowman s'intéresse soudain à l'argent. Peut-être, comme l'avait suggéré Darwin, impassible : le feu de signal de Summer avait fonctionné.

Ses oncles se montrèrent méfiants. Darwin, toujours sceptique, fit remarquer qu'il ne devait pas rester grand-chose sur un compte inactif depuis trente-cinq ans à l'étranger, avec ces décennies de frais et de prélèvements, mille et une retenues inévitablement infligées par une succession de gestionnaires anonymes aux doigts avides. Et Jeremy se souciait comme à son habitude des implications pour la sécurité de la famille. La mention de Salifano l'avait inquiété.

Une pile de documents de la fondation attendait Summer au bureau, deux douzaines de demandes de financement émanant d'organisations caritatives et de propriétaires terriens du Colorado, du Nouveau-Mexique et du Wyoming, mais elle était trop préoccupée pour travailler. Des bleus apparaissaient sur sa cuisse, sa hanche, ses côtes, là où elle avait heurté la barrière la veille, et elle se dit que rester assise à son bureau serait la pire chose à faire. Elle reprit donc de l'aspirine et descendit dans la vallée, où elle aida

Jeremy et son chien à déplacer deux groupes de bouvillons vers l'herbe fraîche.

Dans l'après-midi, évitant toujours le bureau, elle parcourut les longues marches sombres des tunnels de Grand-Père jusqu'au village AP d'East Canyon. Elle y passait toujours du temps aux solstices d'été et d'hiver et, maintenant que Bowman était sur le chemin du retour, elle s'était dit que ce serait le bon endroit pour se préparer à le revoir pour la première fois depuis… combien de temps? Sept ans, pensa-t-elle. On lui avait tiré dessus, au Mexique, et elle avait pris un avion pour aller le récupérer à l'hôpital.

Aussi, lorsqu'elle ouvrit la porte, s'avança jusqu'au bord du renfoncement et vit un homme, mince, le dos courbé, qui grattait le sol avec un bois de wapiti, elle crut un instant que c'était son frère. Et qu'il n'allait pas bien du tout.

Mais ce n'était pas Bowman.

L'homme la remarqua et resta là, bouche bée, comme s'il ne croyait pas qu'elle fût réelle. Elle cria pour couvrir les rafales qui soufflaient dans le canyon.

« Qu'est-ce que vous faites ici ? »

Il fit un pas, instable sur ses pieds, et essaya de répondre mais ne parvint pas à émettre un son audible. Il s'éclaircit la gorge. « Bonjour », articula-t-il. Il attendit un moment, comme s'il s'attendait à ce qu'elle disparaisse. Mais comme ce ne fut pas le cas, il baissa les yeux sur le bois de wapiti dans sa main. « J'ai trouvé ça dans le sable. Je creusais pour trouver de l'eau. » Il esquissa un sourire douloureux.

« D'où venez-vous ? »

Elle et ses oncles avaient laissé aux Weenuche libre accès à certaines parties de la propriété, mais l'apparition d'un étranger dans ce canyon était plus qu'inhabituelle. Elle était à peu près sûre que ça n'était jamais arrivé de son vivant.

« On a campé au bord de la route la nuit dernière. On était perdus. Ce matin mon ami est parti avec sa nouvelle copine et m'a laissé en plan. Je marchais sur la route quand j'ai vu les peupliers à l'entrée du canyon. » Il se rapprocha, jusqu'à se trouver juste au-dessous d'elle, six ou sept mètres plus bas. « Je cherchais de l'eau. »

Elle avait avec elle une bouteille, ce qu'elle n'était pas disposée à mentionner, bien qu'il fût manifestement déshydraté, ses lèvres sèches et craquelées entravant ses expressions faciales. Ses vêtements de randonnée étaient poussiéreux, tachés de sueur, et détonnaient avec son outil de creusement primitif. Comme un genre de réfugié, un amateur de plein air écolo et déprimé de Durango, fuyant l'apocalypse.

De sauvages spéculations germèrent dans les coins paranoïdes de son cerveau. Le moment choisi par ce type était pour le moins suspect. Se pouvait-il qu'il ait quelque chose à voir avec l'héritage de son grand-père ? Avait-il été envoyé par le sinistre Jake Salifano ? Ou était-il un policier sous couverture ? Peut-être un agent du fisc cherchant à infiltrer l'enceinte des Girard ?

Elle laissa se dissiper ces idées délirantes sans les affronter, et le réflexe paranoïaque propre aux Girard finit par se transformer en hypothèses plus rationnelles. Celle de l'agent du fisc la fit sourire, mais l'homme ne le vit pas. Il faisait des gestes vers le haut du canyon, péniblement, les bras lourds, les épaules affaissées.

« J'ai pensé que quelqu'un pouvait vivre par ici, dit-il. J'ai vu une lumière la nuit dernière, sur la montagne, comme un grand feu de joie. On pouvait le voir de très loin. C'est ça qui m'a conduit jusqu'ici.

– Que voulez-vous dire, ça vous a conduit jusqu'ici ? »

Elle avait parlé sèchement, et l'homme fronça les sourcils, se demandant ce qu'il avait dit.

« C'est juste que, quand j'étais perdu et que je conduisais sur ces chemins de terre, je n'arrêtais pas de tourner en direction du feu. Sinon, j'aurais... » Sa voix faiblit, comme s'il se trouvait à court d'énergie. Il s'excusa pour l'intrusion et fit demi-tour dans la direction d'où il était venu.

« Attendez », dit-elle.

Elle était en sécurité ici. Elle ressentait l'invulnérabilité recherchée par les bâtisseurs de ce village, et devait envisager la possibilité que cet homme puisse être une menace physique, un criminel violent, peut-être mentalement instable. Mais il n'avait pas l'air dangereux. Son visage était maigre mais doux, ses yeux avaient un air amusé, même dans l'état où il se trouvait. Il parlait avec un soupçon d'accent du Sud.

Une épaisse corde de chanvre, nouée à intervalles d'un mètre, était attachée à la paroi arrière de la niche et enroulée à ses pieds : elle l'utilisait pour descendre dans le canyon et en revenir.

Ce qu'il avait dit sur son feu de signal l'intriguait, et elle ne voulait pas qu'il parte avant d'avoir eu une chance de mieux comprendre qui était celui qu'elle avait attiré jusque-là.

Sa curiosité pouvait la rendre imprudente.

Elle s'accroupit sur ses talons et jeta la corde.

«Vous pensez pouvoir grimper jusqu'ici ? C'est un habitat assez récent, les AP utilisaient des échelles en bois qu'ils pouvaient tirer derrière eux. Ils ne taillaient pas de marches dans la falaise parce qu'ils avaient peur des cannibales.»

L'homme posa le bois de wapiti sur le haut de sa poitrine comme un joug, les pointes du milieu sur chaque épaule, et commença à grimper. La falaise était presque verticale, et il avait dû être boy-scout ou quelque chose comme ça parce qu'il savait comment se tenir penché en arrière et positionner ses pieds le long de la paroi. Mais il était encore faible et, lorsqu'il arriva à l'endroit où se tenait Summer, il était essoufflé, l'air affolé ; elle saisit son bras des deux mains et le tira pour l'éloigner du bord, rattrapant la ramure qui glissait de ses épaules.

Elle recula d'un pas, tenant le bois avec les andouillers pointés vers l'extérieur, posant son poids équitablement sur ses deux pieds, s'accroupissant un peu, l'adrénaline effaçant la douleur dans son genou et ses côtes. *L'instant de vérité*, pensa-t-elle. Le risque très réel qu'elle était en train de prendre la pénétra tout entier et elle observa l'homme, à la recherche du moindre signe d'agressivité. Si elle maintenait son centre de gravité assez bas, elle pourrait le pousser vers le rebord. Le bois de wapiti serait utile.

Mais l'homme tomba à quatre pattes, épuisé. Il portait un petit sac à dos. Au bout d'un moment, il releva la tête et s'assit sur ses fesses. Le regard qu'il lui lança était ouvert, reconnaissant.

«C'était limite», dit-il, essayant de former un sourire avec ses lèvres gercées.

Elle appuya le bois de wapiti contre la paroi du fond, à côté du gros anneau de levage qui fixait la corde au rocher.

«Ce crâne de wapiti est accroché ici depuis aussi longtemps que je me souvienne, probablement par mon père, bien qu'il n'ait jamais dit pourquoi.» Tout en parlant, elle fouillait dans sa veste, d'où elle sortit une gourde métallique. Il la prit, la remercia et dévissa le bouchon.

«Je m'appelle Sam Hay.» Il renversa la gourde et but.

«Summer Girard», dit-elle.

Elle remonta vers elle la lourde corde et la posa en spirale sur le sol de la niche. Lorsqu'il voulut lui rendre la gourde, elle lui dit de continuer et de la finir.

Elle ouvrit la porte épaisse, silencieuse sur ses gonds, pesante comme celle d'un coffre-fort, pour révéler un palier aux parois rocheuses et une volée de marches en pierre. «Vous devriez vous lever. On va chercher de l'eau.»

Il entra, se tourna vers elle et dit:

«C'est vraiment très étrange.

– J'imagine.»

La porte était en acier, et il l'aida à la refermer. Elle la reverrouilla et fit tomber deux barres transversales en acier dans des supports de part et d'autre de la porte, puis alluma une petite lampe de poche. L'air dans le tunnel était doux et frais.

«Avant il y avait des lumières ici, mais le câblage s'est détérioré il y a quelques années.

– J'ai une frontale.»

Il secoua son sac et trouva sa lampe, l'ajusta sur sa tête. Le faisceau de lumière était faible, mais suffisant pour le tunnel. Elle lui fit signe de monter les escaliers et le suivit.

# 9

***1986***

Summer ouvrit le vieux réfrigérateur à gaz de la grange, en sortit un poulet entier décongelé – avec plumes, boyaux, etc. – et le porta dans le box où Alecto se tenait sur son perchoir, piaillant en direction de Summer comme un gigantesque oiseau chanteur.

Elle déposa le poulet sur une plate-forme de planches rugueuses et Alecto sauta dessus, traînant sa longue laisse, et se mit à le plumer avec voracité. Les plumes tombaient en flottant vers le sol tandis que Summer ratissait la sciure recouverte des pelotes de l'aigle – comme la plupart des oiseaux, elle pissait et déféquait en même temps – puis vida le tout dans un seau. Elle changea son eau, nettoya et remplit le petit bassin à l'extérieur, dans lequel Alecto se baignait. Il faisait chaud pour un mois d'octobre, et la porte coulissante de la stalle était ouverte afin qu'Alecto puisse passer du temps dans l'herbe ou sur son perchoir à côté du bassin, limitée par la longueur de sa laisse. Si le père de Summer passait non loin d'elle, il devait être déguisé, le plus souvent avec un blouson à la capuche relevée pour dissimuler son visage. Personne ne pensait que le déguisement trompait Alecto ; elle semblait plutôt l'accepter comme une preuve de respect envers sa colère.

D'habitude, Bowman et elle faisaient ça ensemble, mais il était parti la nuit précédente pour aller randonner et camper en solo. Son père s'occupait des deux autres aigles qu'il avait capturés après qu'Alecto s'était retournée contre lui. Mais s'il entrait là-dedans, même avec sa capuche relevée, Alecto le considérerait comme une offense mortelle et l'attaquerait. Jeremy et Darwin avaient appris à donner un coup de main avec les aigles, mais ce jour-là ils travaillaient avec Leo sur la pompe à eau dans la vallée. C'est donc Summer qui s'occupait, seule, d'Alecto.

L'unique chose qui la dérangeait dans tout ça, c'était que son frère soit en montagne sans elle. Le jour du quatorzième anniversaire de Bowman, son père avait annoncé qu'il allait commencer à « différencier » leurs régimes d'éducation et d'entraînement. Il parlait comme ça à ses enfants, il l'avait toujours fait, et ils avaient dû faire des efforts pour s'adapter à son vocabulaire. Summer n'appréciait pas cette différenciation. Elle la trouvait injuste. Même s'il était son aîné de deux ans, elle était aussi bonne que Bowman dans presque tous les domaines. Il ne devrait pas y avoir de différenciation. Elle avait exprimé cette objection mais son père avait souri et dit que ça n'avait rien à voir avec son niveau, que ce n'était ni une punition pour elle ni une récompense pour son frère, simplement Bowman avait atteint un âge où un jeune homme devait se frotter à certaines choses. Summer se frotterait à d'autres choses, plus tard. Il leur avait toujours appris que les garçons et les filles étaient différents mais égaux. Et que ça, c'était la part différente.

Summer n'était pas dupe des joyeuses conneries de son père – une expression qu'elle avait apprise récemment de l'oncle Jeremy, et qu'elle se répétait plusieurs fois par jour – et n'avait pas l'intention de se laisser faire.

Les portes de la bibliothèque étaient ouvertes et, en y entrant, elle s'inclina devant les énormes hyène et léopard empaillés qui montaient la garde, figés à jamais et sans vie, mais dégageant toujours une puissance qui imposait le respect. Elle adressa également un signe de tête à la peau géante d'ours noir qui pendait au mur au-dessus du manteau de la cheminée. Puis elle vida son paquet de livres sur la table, à côté d'un des grands fauteuils en cuir qui flanquaient l'âtre : histoire naturelle, écologie, des romans de James Oliver

Curwood et de Jack London. Son préféré du moment était le petit livre de poche *Why Big Fierce Animals Are Rare**, même s'il était assez technique et qu'elle était certaine qu'au moins la moitié du texte lui était passée au-dessus de la tête.

Bowman et elle avaient été immergés dans l'histoire naturelle dès leur plus jeune âge : on leur avait enseigné les plantes et les animaux, on les avait encouragés à les rechercher, à les considérer en tant qu'êtres au même titre qu'eux-mêmes, à les nommer, à les dessiner, à en découvrir de nouveaux, à comprendre comment ils étaient liés à tout le reste. Leur père pensait que c'était important car, disait-il, l'esprit humain a évolué, du moins en partie, pour opérer des distinctions taxonomiques et appréhender les interactions écologiques. Pour un omnivore à l'habitat très étendu, souvent confronté à des stress climatiques répétés, cataloguer les composants d'un système écologique et identifier les liens entre les êtres vivants contribuait à sa forte capacité d'adaptation.

L'accent mis par son père sur l'apprentissage par les livres – accompagné d'une critique implacable des hypothèses sous-jacentes construites par les auteurs – était donc relativement nouveau, et Summer adorait ça. Les livres lui convenaient tout autant que les aventures en plein air. Bowman faisait preuve de moins de patience. Il lisait vite, trop vite, pensait-elle, pour apprécier l'expérience. Il se débarrassait de la tâche.

Bowman était parti pendant la nuit, après qu'elle était allée se coucher, et sans lui révéler où il allait ni ce que leur père lui avait dit de faire une fois sur place. C'était la première fois qu'il l'excluait, la première véritable entorse à leur promesse mutuelle de tout partager et à la solidarité qu'ils avaient établie pour survivre à l'approche dominatrice, aimante et parfois franchement folle de leur père en matière d'éducation. Les choses allaient beaucoup mieux depuis que leurs oncles étaient revenus au ranch, mais enfin, ce n'était pas comme si soudain elle et son frère n'avaient plus besoin l'un de l'autre. Quand elle avait compris, ce matin-là, que Bowman l'avait abandonnée, elle s'était d'abord sentie

* « Pourquoi les grands animaux sauvages sont rares », livre de Paul Colinvaux (1978), non traduit en français.

blessée puis, très vite, furieuse. Le temps de finir son petit déjeuner, elle s'était résolue à lui faire face, et elle n'allait pas attendre qu'il revienne.

Elle ouvrit un ouvrage de Loren Eiseley – homme ou femme, elle n'était pas sûre, parce qu'elle n'avait pas commencé à le lire – et le posa sur une chaise. Elle laissa un verre d'eau à moitié vide sur la table, à côté des livres. Elle avait dû utiliser une carafe dans la cuisine, et non le robinet, car son père et ses oncles avaient arrêté la pompe à eau trois jours plus tôt et le réservoir était vide. La pompe manquait de pression depuis une semaine. Elle les avait entendus se disputer pour savoir s'il fallait la réparer ou la remplacer. On pouvait en trouver de nouvelles, de plus efficaces : l'ancienne peinait à acheminer l'eau depuis le fond de la vallée jusqu'au réservoir enterré dans la pente au-dessus de la maison. S'ils pouvaient se l'offrir, un modèle à énergie solaire était la meilleure option. Ils pourraient se débarrasser de la cuve de propane et du générateur bruyant installé dans un hangar en bas dans la vallée, et le chemin secret ne serait plus emprunté par le camion de la compagnie de gaz. Mais, à l'évidence, ils n'avaient pas les moyens de se payer une nouvelle pompe, et encore moins une installation solaire, c'est pourquoi les trois hommes étaient en train de démonter l'ancienne.

Son sac à dos était plus léger maintenant, sans les livres, mais il contenait toujours une veste imperméable, un couteau, une lampe de poche, de quoi faire du feu, une toile de tente, etc., le kit habituel qu'ils emportaient tous lorsqu'ils allaient dans la vallée. Dans le garde-manger, elle prit une poire, une pomme, un peu de viande séchée, et remplit une gourde à la cruche en céramique. Elle sortit par la porte-fenêtre, grimpa la colline, coupant hors sentier pour rester en bas de la pente, regardant par-dessus son épaule pour s'assurer qu'un arbre ou un affleurement rocheux se trouvait constamment entre elle et la petite station de pompage, plus bas. Une fois qu'elle eut repéré le sentier menant sur la crête au-dessus de la maison, elle put trottiner vers le nord, puis vers l'ouest, à bonne cadence, bien cachée tout le long du chemin jusqu'aux forêts de l'autre côté. Elle aurait pu partir à dos de poney, ou peut-être avec la jument que Bowman montait habituellement – Milly lui aurait été utile pour le retrouver –, mais s'éclipser en douce aurait été plus difficile à cheval.

Le coin nord-ouest de la vallée était le préféré de Bowman, car c'était la partie la plus reculée de leur propriété, où l'on pouvait trouver les animaux les plus rares et les plus secrets, ours noirs, couguars et lynx, ainsi que ces animaux plus exotiques dont Bowman prétendait connaître l'existence.

Summer marchait à bonne allure, et une heure et demie plus tard elle repéra ses traces, qui se dirigeaient vers le nord-ouest à travers une forêt mixte de pins, au pied des Red Creeks. Elle avançait avec aisance sur le tapis d'aiguilles de pin. Au bout de vingt minutes, elle entendit comme le bruit de quelqu'un en train de vomir, puis plus rien. Troublée, et au lieu de courir à la rencontre de son frère, elle se faufila dans la montée pour avoir un meilleur point de vue, se déplaçant en silence à travers un bosquet d'énormes pins ponderosa, glissant d'un tronc à l'autre jusqu'à un affleurement qui donnait sur une petite clairière au milieu de buissons en contrebas.

Dans la clairière se trouvait Bowman, complètement nu, le visage, les jambes, la poitrine et les bras peints d'un pigment de boue rouge. Elle faillit éclater de rire lorsqu'elle vit qu'il avait aussi peint son pénis incirconcis et son scrotum. Il tournait en rond dans la clairière poussiéreuse, qui ressemblait à une bauge de bisons presque sèche. Elle ne vit ni sac, ni toile de tente, ni feu, ni aucun autre signe qu'il y avait établi un campement.

Elle était sur le point de l'appeler et de se moquer de lui quand il tomba à quatre pattes et vomit à nouveau. Il ne rendit pas grand-chose, juste un peu d'eau. Il se leva et se remit à marcher.

Quelque chose disait à Summer de rester tranquille. Dans son esprit, le comportement de Bowman était passé de loufoque à inquiétant. Ou alors il savait qu'elle était là, et il la taquinait ? Non, c'était trop sophistiqué pour être une blague, et il ne pouvait pas savoir qu'elle était en chemin. Aurait-il pu s'empoisonner ? Elle connaissait les plantes médicinales mieux que lui ; il avait peut-être avalé quelque substance hallucinogène, comme de la stramoine, ou alors trouvé des champignons psilocybes coprophiles qu'il avait intentionnellement mangés.

Il disparut dans les broussailles. Elle entendit qu'il s'agitait et, lorsqu'il revint, il portait dans chaque main un lourd bâton qu'il utilisait pour se soutenir tout en continuant à faire ses cercles, penché en avant, comme s'il essayait de rapprocher sa posture de celle d'un animal à quatre pattes.

Elle regardait, fascinée, et commençait à se sentir coupable d'espionner son frère. Il était si sérieux dans tout ce qu'il faisait. C'était un moment privé, dont elle ne devait pas être témoin.

Il s'arrêta et vomit un jet de liquide clair entre ses bâtons. Puis il y eut une vocalisation gutturale dont il ne pouvait être à l'origine. Elle regarda autour d'elle, cherchant… quoi ? un orignal ? Mais ensuite il recommença, et elle sentit un frisson la parcourir. Elle se baissa un peu plus, se cachant derrière l'affleurement rocheux. Elle ne savait pas pourquoi, mais il lui semblait désormais important qu'il ne sache pas qu'elle fût là.

Elle réfléchit à ce qu'elle allait faire ensuite. Les ombres commençaient à s'allonger, et elle estimait qu'il lui faudrait deux heures pour rentrer. Ça ne la dérangeait pas de marcher dans l'obscurité, mais elle ne voulait pas alarmer son père et ses oncles. Typiquement le genre de considération que son frère n'aurait jamais prise en compte, se dit-elle. Elle se demanda si cela la rendait faible. Peut-être qu'elle devrait être nue et avoir des hallucinations elle aussi, et le fait que ce ne soit pas le cas signifiait que leur père avait reconnu en elle une limite que Bowman n'avait pas.

Il faudrait qu'elle réfléchisse à tout ça. Elle n'était plus jalouse ; elle n'avait plus aucune envie de rejoindre son frère. Ce truc étrange qu'il faisait n'était pas quelque chose dont elle voulait faire partie. C'était un sentiment nouveau, et ça la rendait triste. Elle fit demi-tour et reprit son chemin, préoccupée par les implications de ce changement fondamental dans son univers.

Elle marchait de plus en plus lentement au fur et à mesure qu'elle s'éloignait, se sentant vaincue, avançant à l'intérieur d'une bulle faite de ses propres pensées et émotions, à un faible niveau d'interaction avec le monde qui l'entourait. C'était à la fois irrespectueux et dangereux, mais elle ne pouvait pas s'en empêcher. Juste avant de tourner vers l'est sur la partie ombragée du sentier, elle s'arrêta au pied d'un pilier de pierre illuminé par le dernier rayon de soleil qui traversait un canyon à l'ouest. Elle s'appuya contre la pierre chaude et croqua un morceau de la poire qu'elle avait apportée.

Celle-ci provenait d'un petit verger près de Whitespring. Sa mère, qui aimait ce fruit non indigène, avait essayé de faire pousser quelques arbres près de la serre, sur une terrasse en contrebas de la maison, mais les hivers, les insectes et le manque d'eau les avaient condamnés. Lorsqu'ils finirent par mourir, trois ans après sa mère, son père les avait coupés et brûlés, le tout en pleurant. Elle se souvenait avec précision des arbres mais ne possédait qu'une poignée de souvenirs flous de sa mère. La différence entre cinq et huit ans, supposait-elle. Summer chérissait ces quelques souvenirs d'Anna, parce qu'ils étaient la preuve qu'elle, Summer, avait un jour été présente dans l'esprit et le cœur de sa mère. Elle aimait se mettre à sa place, imaginer ce qu'elle avait dû penser et ressentir – l'odeur des cheveux de Summer, le poids de la petite fille dans ses bras, les choses que Summer avait dû dire. Elle ne pouvait pas connaître sa mère, mais sa mère l'avait connue. Ce n'était pas rien.

Au milieu de la poire elle s'arrêta, envahie par un soudain malaise. Elle regarda le fruit. Rien d'anormal. Est-ce que ça pouvait être une réaction à retardement, après avoir vu Bowman vomir ? Mais ce n'était pas vraiment de la nausée. À présent elle reconnaissait ce que c'était : la certitude intense et déroutante qu'un autre animal – quelque chose de terrible, de dangereux – se tenait là, invisible mais proche. La réaction d'une proie à l'odeur terrifiante du prédateur. Elle se souvint du gros couguar mâle que Bowman et elle avaient vu l'hiver précédent, mais elle n'avait jamais ressenti ce genre de menace de la part d'un couguar en bonne santé.

Bowman lui avait dit qu'il y avait d'autres animaux, plus rares, qui se cachaient par ici.

Essayant de ne pas faire de mouvements brusques, elle regarda tout autour d'elle, scrutant les arbres, puis les rochers à proximité – peut-être un serpent à sonnette ? – et même le ciel au-dessus d'elle. Là, au sommet du pilier, le visage peint en rouge de Bowman la regardait fixement. Elle s'écarta pour mieux voir.

Il était perché sur le sommet de la flèche rocheuse, douze mètres plus haut. Ça n'avait pas dû être une ascension facile. Elle fit un signe de la main, impressionnée.

Il ne lui fit pas de signe en retour. Ses yeux étaient froids, sa posture tout entière lui était étrangère – ce n'était pas celle de Bowman. Elle ressentit à nouveau le frisson et, plus encore, la sensation de nausée qui accompagnait la prise de conscience que quelque chose ne tournait pas rond dans son monde. Devait-elle avoir peur ? À peine cette pensée lui eut-elle traversé l'esprit qu'elle la mit en colère.

Elle mit ses mains en porte-voix et cria : « Je n'ai pas peur de toi ! »

Bowman recula et disparut par-dessus le bord de la falaise. Un moment plus tard, il réapparut plus bas, plus près, marchant à quatre pattes.

Il la chassait.

D'aussi loin que Summer se souvenait, leur père avait encouragé la fiction, l'imagination, les jeux de rôles, mais toujours avec un avertissement essentiel : ce devait être une entrée, pas une sortie. Jamais un moyen soporifique d'échapper à la douleur, à l'ennui, à la terreur et aux désagréments de la vie quotidienne, mais une tactique pour élargir son esprit, enrichir son expérience, transcender les barrières, habiter la perspective des Autres.

Il lui fallait croire que c'était ce dont il s'agissait. Elle se disait aussi que Bowman allait peut-être un peu trop loin. Il ne lui ferait jamais de mal, et l'animal qu'il imitait ne lui en ferait probablement pas non plus. Mais qu'en était-il de l'hybride ? De la projection imprévue et contre-nature d'une intention humaine illimitée sur un Autre sauvage et non humain ? Plus tard, elle apprendrait ce qu'est un thérianthrope. Une sous-catégorie de thérianthrope était le lycanthrope.

Elle se mit à courir.

# 10

***2009***

Sam avait une crampe au mollet droit et, après avoir boîté sur quelques pas, il s'arrêta sur un palier étroit où les marches tournaient. La femme, Summer, marchait derrière lui, tout près, dans le sombre escalier. Elle était grande, l'air vigoureux, habillée d'un jean et d'une veste en toile délavée qui avait dû être noire. Son large visage était vaguement asiatique ou amérindien. Des cheveux noirs et raides, coupés à hauteur d'épaule. Pas de maquillage. Des boucles d'oreilles turquoise. Plus âgée que Sam l'avait pensé au début, la trentaine environ. Elle produisait un effet saisissant, quelque peu exotique, et dans la lumière de sa frontale ses yeux brun foncé étaient si perçants, si curieux, qu'il dut détourner le regard.

« Une crampe, dit-il. Ça va. »

La proximité de Summer provoquait des éruptions biochimiques dans diverses parties de son corps. Il était conscient de sa propre odeur de transpiration, mais il en sentait une autre qui émanait d'elle, comme si elle avait travaillé avec des animaux, une odeur de ranch. Pas vraiment désagréable. Cuir et sueur de cheval. Il s'immobilisa un instant, espérant qu'elle continue son chemin.

« Ce n'est plus très loin. »

Elle agrippa une rampe métallique – pas d'alliance, il avait déjà vérifié, nouveau réflexe pour lui – et le dépassa avec sa lampe de poche ; pas silencieux, raclement des semelles de ses bottes sur la pierre. Il y avait un léger décalage dans sa démarche, aussi. Peut-être qu'elle se moquait de lui. Il pensa à la scène «*walk this way*» dans *Frankenstein Junior*. Il se souvenait à nouveau des titres de films, signe certain de guérison.

«Mon grand-père avait engagé des mineurs pour creuser des tunnels dans cette montagne dans les années 1930. Je ne les ai pas encore tous explorés.» Elle montra de la main une applique murale en verre foncé. «Nous avons notre propre électricité: panneaux solaires, générateurs. Nous n'avons jamais été raccordés au réseau, même si nous nous faisons livrer du propane plusieurs fois par an.

– Qui vit ici?

– Mes deux oncles et moi. On s'occupe du bétail, on essaie de garder l'endroit en bon état. Ce qui veut dire qu'on a tous des boulots à temps partiel en dehors du ranch.»

Sam montait les marches avec difficulté. Il sentait son estomac ballonné, et il regrettait d'avoir bu toute l'eau d'un coup. S'il vomissait ici, dans le tunnel, il se mettrait dans une position de faiblesse vis-à-vis de cette femme. Il questionna Summer sur sa famille, lui demanda depuis quand ils vivaient ici. Elle répondit que son grand-père avait émigré de France en 1898 avec une modeste fortune et investi dans les mines, le bois et les chemins de fer. Il était devenu un riche capitaliste américain, puis il était reparti pendant la Première Guerre mondiale et avait rejoint l'armée française.

«Attendez, votre grand-père était vivant au XIX^e^ siècle? Mes grands-parents à moi sont nés pendant la Grande Dépression.

– Mon frère et moi sommes issus d'une longue lignée de géniteurs tardifs.»

Après Verdun, expliqua-t-elle, et la pandémie qui avait suivi la guerre, son grand-père avait décidé qu'il ne voulait plus rien avoir à faire avec le XX^e^ siècle. Il était rentré aux États-Unis et avait acheté ce ranch éloigné de tout, construit la maison et stocké des provisions, pour être aussi autosuffisant que possible.

«Je vous ai dit tout à l'heure qu'il avait demandé à des mineurs de creuser ces tunnels dans la montagne, mais ils ont été ensevelis. Comme les nains de la Moria, ils avaient creusé trop profond et réveillé quelque chose, les esprits des AP peut-être, quelque chose qui a eu pour effet de contaminer Martin – et notre famille – d'une profonde paranoïa.

– AP ?

– Anciens Pueblos. C'est l'appellation politiquement correcte pour Anasazi, qui est un terme navajo insultant.»

Ils passèrent deux paliers, chacun avec une porte aménagée dans le mur, et les marches en pierre brute firent place à des dalles lisses ; un garde-corps de poteaux en bois apparut, puis quelques tentures navajo poussiéreuses. Les murs étaient des blocs de pierre étroitement ajustés ; devant eux, de hautes fenêtres laissaient entrer une lumière blanche de fin d'après-midi.

Un homme se tenait en haut de la dernière volée de marches, silhouette mince contre l'éclat des fenêtres. Sam et Summer plissèrent les yeux, leur vision étant encore ajustée à la pénombre du tunnel. Elle fit un signe de la main mais l'homme disparut avant qu'ils ne le rejoignent.

« C'est mon oncle Darwin, dit Summer. Je pense qu'il a été surpris de vous voir. C'est le frère de ma mère – à demi amérindien, tribu inconnue.»

Sam ne sut quoi répondre. Il se retint de demander pourquoi ils ne connaissaient pas leur tribu, s'avisant que ce serait déplacé. Ils traversèrent un hall, dépassant des portes vitrées sur leur gauche qui donnaient sur une cour de gravier et de sable. La cuisine était haute de plafond, équipée d'appareils électroménagers des années 1960, de plans de travail en pierre sombre et d'armoires en bois non peint. Une table de bois rustique était installée au milieu de la pièce, avec des chaises et une grande planche à découper. Sam sortit ses bouteilles d'eau de son sac, et Summer les remplit à l'évier.

Il se souvint qu'il devait rappeler Mac. Summer lui proposa le téléphone fixe, mais il avait aussi besoin de vérifier ses messages et ne savait comment faire sans son portable. Elle lui dit qu'il lui arrivait de capter un signal sur une crête au-dessus de la maison, s'il était disposé à marcher un peu plus.

Avant qu'il pût répondre, l'oncle entra en trombe et, sans un mot, sortit du réfrigérateur un plateau de viande en train de mariner, puis déposa des légumes sur la table : des tomates, un oignon, une sorte de courge. Il avait la peau rougeaude et des cheveux noirs et raides, coupés en brosse, à la militaire. Un front large et plissé s'élevait au-dessus de son nez arrondi ; des pommettes saillantes, un menton carré. Des yeux marron foncé. Il avait l'air robuste, probablement dans la soixantaine. Sam perçut une influence ethnique similaire mais, à part ça, il n'y avait guère d'air de famille avec Summer.

« Oncle Darwin, c'est Sam Hay. Je l'ai trouvé dans East Canyon. Il mourait de soif.

– Il m'a l'air d'aller bien. » Darwin parlait à ses légumes.

Cela fit sourire Sam. Il traversa la cuisine et tendit la main.

« Enchanté. »

L'oncle Darwin avait sorti un couteau de chef de son bloc de bois. Après un moment, il posa le couteau et serra la main de Sam d'une poigne solide. Il fronçait les sourcils, comme si Summer lui avait joué un mauvais tour.

« Summer m'a donné de l'eau, elle m'a probablement sauvé la vie. Je me sens mieux maintenant, merci. »

Darwin prit le couteau et retourna à ses légumes.

« Encore un yuppie, fit-il.

– Je ne suis pas un yuppie.

– D'habitude c'est un artiste. Ou un intellectuel.

– Et je ne suis pas son…

– Il y a eu une phase cow-boy. Elle ressemble à un mannequin pour le catalogue Sheplers*, vous ne trouvez pas ? »

*J'aime bien ce type*, pensa Sam, tout en se demandant où Summer pouvait rencontrer des artistes et des intellectuels dans ce coin.

Summer l'emmena dans le couloir puis revint se pencher par la porte de la cuisine. « Tu pourrais être poli. On va jusqu'à la crête pour que Sam puisse utiliser son téléphone.

– Ha ! » dit l'oncle.

* Catalogue d'articles et de vêtements de type western.

# 11

Fuyant la cuisine et Darwin, Summer ouvrit la porte devant Sam et ils avancèrent dans le jour le plus long de l'année, sous les piliers de grès rouge qui dominaient la cour et renvoyaient la chaleur accumulée. Elle le conduisit vers le sentier qui gravissait la pente à l'arrière. Ils sortirent de l'ombre de la maison, passant devant le réseau de panneaux solaires installés sur des poteaux métalliques, qui brillaient d'un éclat noir dans le soleil déclinant sur les Red Creeks déchiquetés. La colline était chaude et xérique, la végétation composée de figuiers de barbarie, d'agrostide et d'armoise.

Le sentier coupait à droite dans le premier virage alors que la pente devenait plus raide. Summer marchait d'un rythme modéré et, lorsque Sam se mit à faiblir à mi-parcours, elle s'arrêta pour le laisser se reposer. Son genou commençait à enfler. Elle se baissa pour le masser tandis que Sam se retournait pour regarder le chemin parcouru, se servant de sa main pour abriter ses yeux du soleil.

Couverte de tuiles couleur sable pour être camouflée vue du ciel, la maison tentaculaire était tapie au milieu d'énormes rochers rouges sur la pente en contrebas. Au-delà et à quelques centaines de mètres en dessous de la maison, Panther Gap s'étendait sur six kilomètres au sud-ouest, verte comme une oasis.

Cachée entre les falaises et les crêtes visibles depuis la route, et la chaîne de Red Creek à l'ouest, la vallée était parcourue de torrents accrochés comme des fils d'argent sur des pentes lointaines, le ruissellement des montagnes alimentant un lac qui avait la forme d'un rein, la source de Red Creek.

« C'est incroyable, dit Sam. Ça me rappelle le cratère du Ngorongoro, sauf pour les vaches. Si on plisse les yeux, ça pourrait être des gnous.

– Le Ngorongoro était un peu l'idée, du moins pour mon père. Si vous regardez au-delà des vaches… »

Elle désigna une prairie à un kilomètre de là, où une poignée de formes sombres et volumineuses se déplaçaient presque imperceptiblement dans le vert. Elle n'était jamais allée en Afrique, mais son père lui avait montré ses photos. Cette vallée était plus petite, plus enfouie dans la géographie environnante – des mesas désertiques cédant la place aux hautes terres alpines des monts San Juan et La Plata – et sa forme n'était pas une cuvette parfaite, bordée tout autour de falaises et de pentes montagneuses abruptes plutôt que de parois de cratères volcaniques. Mais, comme le Ngorongoro, Panther Gap donnait l'impression d'être une enceinte presque magique, un monde égaré et hors du temps.

« Ce sont des bisons ?

– Mon père les a amenés ici dans les années soixante-dix, depuis le Dakota du Sud. Le troupeau sauvage compte maintenant une trentaine de têtes. Il aimait ça, réintroduire des espèces indigènes, surtout celles qu'il pouvait chasser. Il était allé dans le Ngorongoro dans les années soixante, et quand il est rentré il a voulu reproduire ici ce qu'il avait vu. Il s'est débarrassé des longhorn du grand-père Martin, bien que quelques-unes aient échappé à l'élimination. Maintenant elles sont comme des aurochs, une autre espèce sauvage du coin, avec le wapiti et le bison. »

Ils franchirent la crête par un bosquet clairsemé de genévriers rampants et s'arrêtèrent près d'un banc de pierre qui reposait sur de courts piliers. Vers l'est, la plaine ouverte n'était qu'un vaste tapis couleur terre et vert pâle poussiéreux, et Rosewater Butte était toujours illuminée de rouge dans le soleil couchant. La route n'était qu'une ligne claire : aucune voiture, aucun panache de poussière dans les deux directions. Le vent, qui soufflait toujours fort par ici, les poussait dans le dos. Sam ouvrit son sac et en sortit une polaire. Elle l'observa. Si un trop-plein de soleil rendait plus sensible au froid, elle ne pensait pas que ce fût autre chose qu'un coup de chaleur sans gravité.

Il alluma son téléphone et attendit qu'un signal apparaisse. Elle pensait qu'il pourrait obtenir une barre, ou deux s'il le pointait vers le nord-est. Il sentit qu'elle le fixait et leva les yeux du téléphone.

«Vous êtes avocat, ou quelque chose comme ça? demanda-t-elle.

– Mince, c'est si évident? Je m'occupe principalement de droit fiscal.

– De droit fiscal?»

Elle éclata de rire. La veille du jour où elle était censée réclamer un héritage avec, comme l'avait dit Andrew, des complications, son feu de signal avait attiré un avocat fiscaliste.

«Qu'y a-t-il de si surprenant? Je m'assieds à mon bureau, et je fixe mon écran.»

Il revint sur son téléphone. Au bout d'une minute, il lâcha un «Merde», et le porta à son oreille, détournant le visage. Il ne parlait plus, écoutant un message. Ses gestes trahirent d'abord la confusion, puis la perplexité, et enfin la panique.

# 12

Bowman était au comptoir de Delta Airlines, huit cents dollars à la main, expliquant à Chloe, la jeune CONSEILLÈRE DU SERVICE CLIENTS – d'après son badge – qu'il n'avait pas de carte de crédit pour acheter son billet pour le Colorado. Elle marmonna quelque chose à propos de frais supplémentaires et d'un délai avant qu'il puisse prendre l'avion. Elle jeta un coup d'œil à son passeport.

«Il a eu un dégât des eaux, ou quelque chose comme ça?»

Il soupira, ouvrit le sac étanche et y chercha de l'argent en plus, effleurant du bout des doigts la liasse de billets de cent dollars. Puis s'arrêta, parce que c'était Miami, aux États-Unis d'Amérique. Parce que Chloe la conseillère du service client ne sollicitait pas de pot-de-vin.

Une voix d'homme provenant d'un haut-parleur au plafond rappela à Bowman qu'il ne devait pas laisser sans surveillance les bagages qu'il n'avait pas. Le vacarme des voix humaines augmenta à nouveau, toutes à la fois. Partout, de minces télévisions futuristes. Il avait dormi pendant le vol depuis San José, mais son esprit était toujours embrumé par intermittence, sans doute à cause de la combinaison insidieuse du venin de serpent marin, des produits chimiques qu'on lui avait administrés à l'hôpital et, plus largement, des agressions sensorielles de la civilisation.

«Je vivais en Amérique centrale, dit-il. Déconnecté de tout. Mon passeport a été mouillé. Et il n'y a pas besoin de cartes de crédit dans la jungle. Je dois prendre l'avion pour une urgence familiale.»

La conseillère lança un regard oblique sur cet homme étrange qui lui compliquait sa journée.

« Aucun vol ne part pour Denver avant 15 heures, de toute façon. »

Il hésita, ne sachant trop que répondre, mais elle en avait fini avec lui, adressant un signe empressé au couple suivant dans la file. Il fit un pas en arrière, rejoignit le flot de l'humanité en marche et se laissa porter.

Son estomac gargouillait, lui rappelant qu'il était vide, et il commença à se déplacer avec détermination, à la recherche de quelque chose à manger. Il vit des panneaux indiquant une zone de restauration, ce qui semblait prometteur, mais avant qu'il n'y arrive il remarqua que deux hommes le suivaient. Sa vieille paranoïa le submergea un instant, mais ils étaient tellement visibles qu'il devait s'agir d'agents de sécurité de l'aéroport qui partaient du principe que, s'il se savait observé, il se comporterait bien. Dans les toilettes pour hommes, il utilisa l'urinoir et se lava les mains. Ses chaperons attendaient dehors. Devant le miroir, il s'aspergea le visage au robinet. Aux yeux de tous les bons citoyens qui l'entouraient, une réaction véritablement saine à la folie de la civilisation passerait pour de la schizophrénie. Aussi essaya-t-il très fort de compenser, de passer à autre chose. Il ne pensait pas avoir agi de façon déséquilibrée. Ce devait être son apparence qui avait attiré l'attention des agents. Les gens l'avaient dévisagé toute la journée : barbe en lambeaux, longue queue de cheval, visage tanné par le soleil. Grand, maigre. Bizarre. Il avait acheté un short et des sandales bon marché dans la rue à San José et s'était changé dans le taxi pour l'aéroport, mais il portait toujours la blouse que Luisa lui avait donnée. Il sentait l'antiseptique mélangé à son odeur corporelle.

En sortant, il fit un signe de tête aux deux gardes et traversa l'allée jusqu'à un magasin de vêtements haut de gamme pour hommes. Son père l'avait emmené dans un magasin Brooks Brothers à Denver quand il avait seize ans, dans le cadre de sa tentative accélérée – ou, rétrospectivement, peut-être paniquée ? – de civiliser son fils sauvage. Ce magasin-là ressemblait un peu à cet endroit, mais en plus branché. Le vendeur qui se tenait près de l'entrée cligna des yeux et fit un pas en arrière. Évidemment.

Les enseignements de son père avaient provoqué quelques difficultés. Tout d'abord, le changement brusque et perturbant de priorité, du monde sauvage au monde civilisé, avait coïncidé avec la poussée hormonale associée à la rébellion adolescente. Son père s'en était excusé, expliquant que les circonstances l'avaient forcé à s'écarter du calendrier prévu. Mais cela n'avait aucun sens pour un adolescent comme Bowman, qui préférait l'ancien programme, où il pouvait camper tout seul pendant des semaines. Et puis le temps qu'avait passé Leo dans la civilisation avant de revenir au ranch – en gros, de 1951 à 1971 – ayant été dédié au gouvernement américain, d'abord comme tireur d'élite de l'armée, puis comme « diplomate en Afrique centrale » – ce qui, pour le jeune Bowman, constituait un euphémisme pour « agent de terrain de la CIA » –, les compétences en matière de civilisation transmises à son fils étaient celles que jugeait nécessaires un combattant retraité de la guerre froide – à savoir : la tromperie, le jeu d'acteur, la manipulation des autres, l'art de se dissimuler, de s'échapper, de tuer. Tout cela ne convenait pas à la nature de Bowman.

*Et pourtant*, pensa-t-il. *Et pourtant. Ce n'est qu'un jeu de rôles. Tu peux le faire. Est-ce qu'il a un badge ?* Oui, bien sûr, ils étaient omniprésents désormais, un changement significatif. Il se concentra sur les yeux sombres de l'homme, qui n'avait pas dépassé la trentaine, sûr de lui.

« Salut Tommy, dit Bowman. J'espère que vous pourrez m'aider. J'ai pris de très longues vacances de surf au Costa Rica, je veux dire des années, et j'ai dû partir aujourd'hui en catastrophe. Une urgence familiale dans le Colorado, si la gentille dame de chez Delta Airlines veut bien me vendre un billet. Mais pour l'instant, la sécurité me suit dans l'aéroport parce qu'on me prend pour un SDF. Il faut que je me nettoie et que je me change. » Il patienta un instant pour que ça rentre.

« Il n'y a rien de mal à être SDF », dit Tommy.

*En effet*, pensa Bowman, qui se demandait d'où ça sortait. Il attendit. Au cours des vingt dernières années, il avait lui-même vécu comme un SDF.

«De nos jours, n'importe qui peut devenir SDF, juste comme ça.» Claquement de doigts.

La crise, donc. Et cette mode récente chez les jeunes consistant à cultiver une conscience sociale simpliste. Tout le monde jouait un rôle, tout le temps, et ça le fatiguait déjà. Il jeta un rapide coup d'œil au magasin, aux étagères de chemises et de costumes, aux chaussures, aux savons et parfums odorants et aux produits de rasage. Tous ces *trucs*. Des trucs chers.

Il sortit de son sac étanche un rouleau de billets maintenu par un élastique et, sans le regarder, le posa sur une table d'appoint en simili-noyer. Le déploiement appuyé de tout ce lucre le dégoûtait un peu, mais il avait entendu son père dire qu'il fallait habiter son rôle, même s'il était de mauvais goût, et il s'était instinctivement mis dans la peau d'un hypercapitaliste mettant en scène son retour d'un séjour spirituel dans le soi-disant tiers-monde.

Il sourit à nouveau, pensant combien l'expression «un sourire de loup» était fausse par rapport au vrai *Canis lupus*, mais se disant aussi que l'image des contes pour enfants décrivait bien l'effet qu'il voulait obtenir.

Il détestait ça, se détestait lui-même de penser ainsi. Sa réinsertion soudaine dans la clameur et le monde commercial américains avait déclenché en lui une sensation de dislocation, comme s'il s'était trouvé téléporté dans une autre dimension, où il ne se connaissait même pas. Cette perception, il le savait, était fausse. Le cadre urbain, le voyage en avion, l'enceinte des quatre murs de l'aéroport, la soupe technologique, tout cela ne faisait qu'un avec le fait d'être en suspension à trois mètres sous l'eau, de retenir sa respiration, de regarder les serpents marins jaune et noir nager dans la crique. Tout cela était réel, tout faisait partie du même monde terrible et magnifique. Ce n'était pas quelque chose que l'on pouvait quitter puis rejoindre. On était toujours à l'intérieur.

Pendant des années il avait vécu avec sobriété, seul dans des endroits reculés, tout en étant conscient, dans «une déclinaison sardonique et même humoristique de l'illusion de soi» (leur père avait insisté pour que Bowman et Summer lisent Faulkner pendant leur adolescence), qu'il ne pourrait jamais s'échapper vraiment, jamais accéder à cette liberté que les humains avaient connue avant l'hégémonie de l'État industrialo-agricole sur toute la planète. Par exemple, il n'était resté à l'abri de toute forme d'oppression dans «sa» crique sur la péninsule d'Osa que parce que le gouvernement du Costa Rica ne s'était pas intéressé à sa présence. De façon plus générale, son existence même – comme celle de chacun – dépendait des superpuissances mondiales qui parvenaient, par pur hasard et égoïsme cynique, à ne pas immoler la planète avec leurs armes nucléaires. Et son propre bien-être – si étroitement lié à celui de l'écosystème lointain dans lequel il vivait – se détériorerait inévitablement à mesure que le réchauffement climatique incontrôlé et d'autres dévastations anthropiques continueraient de modifier l'équilibre de la planète.

Après une brève discussion, l'argent étant posé sur la table entre eux, brillant et scintillant de son étrange pouvoir, Tommy téléphona à une coiffeuse du hall D et lui proposa de rencontrer Bowman un peu plus tard à l'Admirals Club, après qu'il se serait restauré, rasé et douché. L'équipe de sécurité finit par perdre patience et entra dans le magasin. Bowman s'attendait à ce qu'ils posent une question stéréotypée, du genre «Cet individu vous cause-t-il des problèmes?». Mais au lieu de cela ils restèrent debout et regardèrent Bowman entrer dans la cabine d'essayage les bras chargés de boxers, de jeans et de chemises hors de prix. Il entendit des bribes de conversations murmurées, les mots «rapport», «comportement» et «pas de problème». Tommy attendait seul près de la caisse lorsque Bowman ressortit, vêtu d'un polo marron et de la première paire de jeans qui lui allait. Le jean, expliqua Tommy, coûtait plus cher parce qu'il était fabriqué au Japon, ce que Bowman trouva amusant, et parce qu'il avait été lavé, malaxé et abrasé de manière à paraître vieux d'un an exactement.

«Je crois que ces mecs s'ennuyaient, c'est tout», dit Tommy. Il tira sur les épaules du polo de Bowman, vérifiant la coupe. Puis il ouvrit le chemin vers un présentoir de vestes de sport.

« Il y avait un autre type, lança-t-il à Bowman de manière à la fois étudiée et décontractée. Il passait là quand vous avez sorti votre rouleau de billets, et je l'ai remarqué parce qu'il a marqué un temps d'arrêt assez long. Puis il est repassé pendant que je parlais aux agents de sécurité. J'ai pris mon téléphone comme si je lisais un SMS et j'ai essayé de le prendre en photo. »

Il répéta le geste en le pointant sur Bowman, qui tendit la main vers l'appareil. Les touristes et les surfeurs qu'il avait rencontrés lui avaient parlé des appareils photo numériques et de ces téléphones « intelligents », désormais omniprésents.

Tommy prit une grande inspiration et ses yeux s'agrandirent, il ne devait pas être habitué à ce qu'on touche à ses affaires. « Je n'allais pas... » Bowman abaissa le téléphone jusqu'à ce qu'il ne soit plus dirigé sur lui.

« OK. Quoi qu'il en soit, j'ai essayé de le prendre en photo, mais il savait ce que je faisais, et hop, juste comme ça » – un autre claquement de doigts théâtral – « il s'est détourné, et il est parti.

– Vous l'avez photographié de dos ? »

Tommy, le vendeur plein de ressources, pressa quelques boutons et tourna l'écran vers Bowman. « Il n'avait pas l'air d'un voleur. »

Un homme aux épaules carrées, en pantalon de treillis ample et tee-shirt moulant, se dirigeant vers la porte. Cheveux blond couleur sable, indéfinissables. Bowman savait qu'il avait pris un risque en transférant cet argent. Summer et Darwin avaient essayé de garder le compte secret mais, s'il s'avérait que l'une ou l'autre des suppositions paranoïaques de son père était justifiée, d'autres avaient pu en prendre connaissance aussi.

« Le mec doit être de la police, plus haut dans la chaîne alimentaire. »

Clairement, Tommy ne croyait pas à l'histoire de surfeur riche de Bowman. Il voulait lui montrer qu'il n'était pas dupe. Bowman esquissa un sourire. *Et voilà pour mes talents d'acteur. Il me prend pour un dealer.*

Il fixait la photo sur le téléphone de Tommy. Ouais, pas un voleur. Un flic ne s'enfuirait pas comme ça. Il était autre chose. Ou peut-être n'était-il personne. Tommy le regardait avec impatience.

«Et des chaussures? demanda Bowman. Je ne pense pas avoir besoin d'une veste de sport.»

La déception d'avoir essuyé un refus dura environ une demi-seconde avant que Tommy ne retrouve son attitude professionnelle. «Les chaussures sont la clé de tout, dit-il. C'est dans les chaussures que vous devez dépenser votre argent.»

# 13

Sam maintint son téléphone entre Summer et lui et repassa le premier message, le volume du haut-parleur au plus haut.

«*Merde... je sais pas où il est. Peut-être qu'il n'a pas de réseau. Sam, j'ai besoin de ton aide, mec, rappelle-moi sur mon portable dès que tu peux, c'est vraiment la merde... – Donne-moi ça ! – Monsieur Sam, rappelez votre ami aujourd'hui, où il va disparaître.*»

«Passe les autres, ceux de sa secrétaire.

– Je dois d'abord rappeler Mac, tu as entendu.

– Non, attends quelques minutes. Sois prudent, réfléchis à ce que tu vas dire. Et c'est peut-être plus important d'écouter d'abord la secrétaire.»

Sam la regarda fixement, la surprise que son ton lui inspirait se trouvant balayée par les circonstances. Il mit à la suite le premier message de Talley, enregistré quarante minutes après celui de Mac. Cela faisait presque six heures. Il leva à nouveau le téléphone pour qu'ils puissent tous deux entendre malgré le bruit du vent, leurs têtes proches l'une de l'autre. Son esprit moulinait dans le vide, inefficace, entre incrédulité et choc toujours pas encaissé, comme une voiture bloquée dans la neige.

La voix de Talley était un falsetto anormalement strident: «*Où tu es, bordel? Mac a été kidnappé ! Il faut que tu récupères l'argent de sa rançon et que tu le déposes quelque part. Ils ont dit "pas de police". J'ai ouvert un compte pour toi à la banque de Whitespring et transféré l'argent. Ça ferme dans une heure environ. Ils le tueront si tu ne fais pas comme ils disent. Appelle-moi !*»

Le message suivant, moins d'une heure plus tard, n'ajoutait pas grand-chose quant au contenu. Elle avait l'air paniquée.

«Rappelle-la d'abord, calme-la, lui ordonna Summer. Dis-lui que tu as la situation en main et qu'en aucun cas elle ne doit avertir la police ni en parler à qui que ce soit.

– Tu sais où est la banque ?

– Ce n'est pas le sujet. Elle est fermée, et tu dois récupérer ton ami ce soir. Plus tu attends, plus ses chances sont faibles.

– Comment je peux faire ça si je n'ai pas l'argent ?

– On va se débrouiller, on a du cash ici. Appelle-la. Elle flippe, il faut l'empêcher d'en parler à quelqu'un d'autre. Tout de suite. C'est peut-être déjà trop tard.»

Voyant que Sam hésitait, elle ajouta que son oncle avait été officier de police à Denver, dans les forces spéciales, et qu'il pourrait l'aider.

«Le cuistot était dans les forces spéciales ?

– Non, l'autre oncle. Je l'appellerai dès que tu auras parlé à la secrétaire.»

La conversation avec Talley se déroula mieux que prévu. Dès lors qu'elle n'avait plus été la seule à avoir la responsabilité de sauver Mac, elle s'était calmé. Plus à l'aise dans son rôle habituel d'intermédiaire, elle répondit aux questions de Sam avec une intensité dramatique qui diminua progressivement. La rançon était de cinquante mille dollars, mais ils n'avaient pu en retirer que trente-sept mille au pied levé, et les ravisseurs avaient accepté à contrecœur de s'en contenter. Non, elle n'en avait parlé à personne d'autre. Oui, elle promettait de n'en parler à personne. Elle comprenait bien que la vie de Mac était en jeu, Sam n'avait qu'à lui dire ce qu'elle devait faire, et ainsi de suite. Elle s'était déjà fait porter pâle pour le lendemain et ferait tout ce qu'elle pourrait pour aider. La secrétaire de Mac lui était totalement dévouée, ce n'était pas nouveau, à un point qui alimentait les rumeurs. Et comme elle était mince, élégante et sexy comme une top model, cela n'arrangeait rien. À une époque, Sam avait flashé lui aussi sur elle. Mais quand, l'année précédente, elle avait commencé à porter un appareil dentaire qui lui donnait des allures troublantes d'adolescente, il s'était senti mal de penser à elle ainsi.

« J'appelle Mac.

– Attends. Il faut que tu aies un plan. » Summer tendit la main vers son téléphone. « Oncle Jeremy saura quoi faire. »

Comme personne ou presque ne connaissait le numéro du ranch, lorsqu'il arrivait au téléphone de sonner, elle et ses oncles se précipitaient. Mais, en l'espèce, il dut sonner au moins dix fois avant que l'oncle cuistot – Darwin – ne décroche, puis il lui fallut trouver l'oncle des forces spéciales et le mettre en ligne. Sam n'entendait de la conversation que ce que disait Summer. D'évidence, elle se faisait sermonner par son oncle, jusqu'au moment où elle l'interrompit en expliquant que ce n'était pas l'heure de débattre du bien-fondé de tout cela. Elle reformula sa question en la présentant comme une hypothèse. Puis elle l'écouta pendant un long moment. Elle le remercia, raccrocha et commença à donner des conseils à Sam. Des trucs de base : être agréable mais ferme, réclamer une preuve de vie, dissiper toute ambiguïté dans les demandes des kidnappeurs, s'assurer de ne pas raccrocher sans un plan spécifique pour échanger la rançon contre le captif, et ainsi de suite.

« Remets sur haut-parleur », dit-elle.

Ils se déplacèrent vers l'est, au-dessus du bord de la crête, sous le vent, là où on l'entendait le moins.

Sam composa le numéro.

« *Enfin, tu appelles !*

– Qui êtes-vous ?

*– Je suis celui qui va couper la tête de ton ami si t'apportes pas ce putain de fric.* »

La malveillance crasse – le venin – dans la voix de l'homme surprit Sam. D'une certaine manière, elle était pire que le message. À l'écouter, il n'avait rien d'un acteur feignant d'être un criminel – la référence cinématographique étant en la matière la seule dont disposait Sam. Il avait l'air de quelqu'un qui avait l'habitude de faire du mal à autrui, qui aimait ça, dont la vie avait été définie par sa volonté et sa capacité à blesser les autres. La plupart des gens n'étaient pas comme ça, en tout cas personne que Sam ait jamais connu n'était comme ça. Il se sentait comme un enfant naïf, mis à nu, même au téléphone.

Summer attira son attention, mimant la réponse qu'il devait faire.

«Laissez-moi lui parler», dit-il. Ça sonnait comme un cliché à son oreille, parce que c'est ce qu'on dit toujours dans les films, mais Summer hocha la tête pour l'encourager. Il y eut une pause, des bruissements, des murmures en arrière-plan.

«*Sam?*

– Ouais, c'est moi. Tu es blessé?

– *Non, ça va. Tu as parlé à Talley?*

– Bien sûr. On s'occupe de tout.»

Selon Summer, il était important de rassurer à la fois le kidnappeur et le kidnappé. Il ne s'agissait pas de céder à toutes les demandes, mais les ravisseurs devaient sentir qu'on les prenait au sérieux, qu'on réagissait par des actions précises, et non de façon évasive. Il fallait rester calme, atténuer la peur toujours très présente dans l'air, même si Sam trouvait que Mac avait l'air plus fatigué qu'effrayé.

«*Tu pourras avoir l'argent?*

– Je l'ai déjà.» Summer et lui avaient inventé une histoire qui semblait plus plausible que la situation réelle.

«Un type d'ici m'a emmené en ville et j'étais à un pâté de maisons de la banque quand j'ai eu un signal, et tes messages. Ils ne voulaient pas me donner l'argent mais Talley a eu le directeur de la banque au téléphone, et a expliqué que c'était une urgence, une dette de jeu.

– *C'est bien, Monsieur Sam.*» C'était l'autre voix; il avait dû récupérer le téléphone, ou peut-être étaient-ils aussi sur haut-parleur.

«Et Melissa? Vous devez la libérer aussi.»

L'homme se mit à rire.

«Quoi, où est le problème? On va payer. Laissez-la partir.

– *Melissa? C'était son nom?*

– Oh putain, qu'est-ce que vous lui avez fait?»

Summer fronça les sourcils et secoua la tête. Non.

Pas de réponse. Sam déglutit, luttant pour continuer. «J'ai l'argent, et je vous retrouve ce soir. Je suis dans un ranch, chez quelqu'un, il me prêtera son véhicule. Je peux retrouver la tente, là où on a campé la nuit dernière. On s'y retrouve dans quatre heures.

*– Non, Monsieur Sam. C'est moi qui vais te dire où on se retrouve, et quand.* »

Ils discutèrent de l'heure et du lieu, Sam objectant qu'il ne connaissait pas la région, qu'il ne pouvait pas demander son chemin au propriétaire du ranch sans le mettre au courant de la situation. Ça faisait partie de la stratégie de l'oncle : encadrer les négociations tout en laissant croire au kidnappeur qu'il avait toujours la main. Sam finit par accepter qu'ils se rencontrent à 2 heures du matin à un carrefour isolé au sud-est de Whitespring. Summer hocha la tête : elle savait où c'était.

Après avoir raccroché, Sam s'assit sur le banc dans l'obscurité, écoutant à moitié les propos rassurants de Summer : son oncle savait gérer ce genre de situations, il s'assurerait de sa sécurité et il pourrait récupérer son ami, ce n'était pas sa faute, et ainsi de suite. Puis ils reprirent le sentier, Summer marchant en tête. Elle évoqua le passé de l'oncle dans les forces spéciales, comment, lorsqu'il avait à peine une vingtaine d'années, son père à elle l'avait formé, puis comment il avait quitté le ranch après la mort de la mère de Summer pour rejoindre la police de Denver.

Sam ne prêtait guère attention à son récit : il savait qu'elle essayait simplement de le rassurer. Mais soudain le ton de la jeune femme changea, comme si elle était gênée ou sincèrement désolée de lui demander, à lui, un service. Une réunion devait se tenir le lendemain dans une banque à Denver, en lien avec la succession de son grand-père. Les oncles y participeraient, et son frère aîné aussi, qu'elle n'avait pas vu depuis des années mais qui était en route depuis le Costa Rica. Ils avaient besoin d'argent pour le ranch, mais la situation n'était pas simple et cela la préoccupait. Leur grand-père avait été un personnage douteux, et le type qu'elle connaissait à la banque avait un comportement étrange.

Il ne comprenait pas son insistance à lui raconter cette histoire, comme si elle cherchait elle-même à y voir plus clair, à se convaincre de quelque chose. Un long silence s'ensuivit. Il pensa qu'elle attendait peut-être qu'il réponde.

« Quoi, tu veux que je te représente ? À cette réunion ? Demain ?

– Pas officiellement. Sois simplement là avec nous. Pour nous conseiller. Ça me rassurerait que tu sois là. Tout se passera bien ce soir. Je sais que ça semble fou mais je pense que c'est pour ça que tu es arrivé dans ce canyon, pour ça que je t'y ai trouvé : mon oncle est le seul à pouvoir t'aider à récupérer ton ami, et tu es le seul à pouvoir nous aider avec cet héritage. C'est le cas le plus évident de sérendipité que j'aie jamais rencontré. »

Il objecta qu'il ne s'occupait pas vraiment d'impôts sur les successions ni sur les donations. Mais il n'avait pas le cœur à discuter. Il accepta donc, distrait par la conviction qu'il risquait de toute façon de ne pas survivre à la nuit, et par la nécessité de marcher prudemment sur le sentier à peine visible de peur de tomber dans les cactus qu'il avait vus un peu plus tôt pousser de part et d'autre.

# 14

*1986*

Ce jour-là, Leo faisait voler Horkos et Hesperus pendant qu'Alecto était restée dans l'étable. Summer et Bowman avaient amené les chevaux et ils étaient tous descendus dans la vallée. Leo et Jeremy portaient les deux aigles sur des bâtons en T calés dans leurs étriers, tandis que Summer et Bowman suivaient derrière sur leurs montures, bien emmitouflés contre un front froid de novembre. Darwin travaillait à Durango. Il était de toute façon rare qu'il chasse avec eux.

Au cours des deux premières heures, les aigles avaient tué deux lièvres et un tétras sombre sur les pentes d'armoise enneigées à l'extrémité sud-est de la vallée. Puis le calme était revenu, et pendant un moment ils ne virent presque plus d'animaux. Ils continuèrent à avancer, les bruits de pas des chevaux étouffés par la neige. Si Leo pensait qu'ils pourraient débusquer un renard, il avait abandonné l'espoir de trouver des coyotes où que ce fût sur la propriété ; il avait dû conduire les aigles au sud de la terre des Weenuche pour en dénicher. Il savait pourquoi : un couple de loups s'était installé à Panther Gap, repoussant plus loin les plus petits canidés. Les loups étaient résolument crépusculaires, presque nocturnes, ce qui expliquait comment ils avaient pu arriver jusque-là. D'où qu'ils vinssent, d'ailleurs. D'Alberta ? Il le supposait. Leur présence était remarquable, inexplicable, et il faisait semblant de ne pas savoir qu'ils étaient là. Bowman les protégeait secrètement, s'arrangeant toujours pour que les chasses à l'aigle se déroulent loin du nord-est de la vallée, là où les loups avaient creusé leur tanière. Leo ne les aurait pas chassés de toute façon. Ils étaient bien trop rares, trop singuliers. Mais il laissait Bowman croire qu'ils étaient sous sa protection.

Jeremy avait confié Horkos et son bâton en T à Bowman. Il trottait à présent sur sa jument baie, faisant des va-et-vient rapides en zigzag, essayant de débusquer quelque chose pour les aigles. Il fronçait les sourcils de concentration, comme lorsqu'il entreprenait n'importe quelle tâche. Mais c'était là, à cheval, qu'il était le plus heureux, chassant à l'aigle avec cette jument fougueuse et athlétique. Il avait attendu ce moment avec impatience toute la matinée. Leo le regardait en souriant. Pour la millième fois, il remercia en silence ses beaux-frères d'être revenus vivre ici.

Leo savait maintenant à quel point il avait mal compris ces hommes, bien qu'il ait vécu avec eux pendant des années, bien qu'il soit tombé amoureux de leur sœur, qu'il se soit marié et qu'il ait eu deux enfants avec elle. Lorsqu'il avait cessé de travailler pour l'État en 1971 et était revenu au ranch, il avait eu la surprise de découvrir que son père, Martin, souffrant sans doute de solitude depuis le décès de sa mère à la fin des années 1950, avait adopté une nouvelle famille. Darwin, Jeremy et Anna St John étaient les enfants du contremaître de la scierie que Martin possédait au centre de l'Oregon et de sa femme indienne, dont l'identité tribale avait en quelque sorte été perdue la nuit où une bande d'autochtones ivres qui désapprouvaient le métissage avait lancé un cocktail Molotov dans la fenêtre. Le père avait fait sortir les trois enfants, puis était retourné à l'intérieur pour sauver sa femme, mais aucun des deux n'avait réchappé aux flammes.

Lors du retour de Leo, les trois enfants St John vivaient au ranch depuis treize ans, et ils se sentaient autant chez eux que Leo. Il avait été heureux de la vie et de l'énergie que les jeunes apportaient au ranch, et, avec le recul, il savait qu'il avait fait preuve d'un enthousiasme naïf à propos de leur héritage indigène. Encore étourdi par les révélations que lui avaient apportées ses séjours auprès de plusieurs tribus d'Afrique, Leo avait idéalisé ses jeunes quasi-frères et sœur. Il s'était sans doute ridiculisé à plusieurs reprises, sans pour autant que cela décourage Anna lorsqu'il lui fit sa demande en mariage.

Jeremy et Darwin avaient quitté le ranch après la mort d'Anna. Leo supposait qu'ils étaient partis à la recherche de leur véritable héritage, de leur peuple, de leur tribu. Ils n'avaient pas voulu de son aide et, pendant ce qui s'était avéré être une absence de cinq ans, Jeremy était devenu officier de police à Denver et chef d'équipe dans les forces spéciales, tandis que Darwin avait suivi des cours de cuisine française et s'était fait une vie à New York, acquérant une solide réputation dans le milieu de la restauration.

Ils étaient revenus voici un an et demi, en même temps et sans prévenir. S'excusant d'être partis, ils avaient demandé à Leo la permission de se réinstaller dans le ranch – bien que son père eût fait en sorte qu'ils aient légalement le droit d'y vivre. Au bout de quelques mois, avec l'argent qu'ils avaient hérité de Martin – et d'Anna, sur l'insistance de Leo –, Jeremy et Darwin avaient acheté une demi-parcelle de terres agricoles irriguées près de Whitespring. L'été précédent, ils y avaient planté de la luzerne. Ils avaient passé un contrat avec un habitant du coin pour qu'il les aide à la récolter et à confectionner des balles, puis ils avaient revendu leur foin à des éleveurs de chevaux près d'Alamosa, reversant les bénéfices sur le compte du ranch. Mais, même avec la pension de Leo, le compte n'y était pas. Il avait du mal à comprendre que la pension versée par l'État, et qui lui semblait être une grosse somme d'argent, ne suffise pas à faire vivre le ranch, mais Darwin lui avait montré les comptes. Pour augmenter les revenus, Jeremy envisageait de rejoindre le bureau du shérif du comté en tant qu'adjoint à temps partiel, et Darwin avait déjà commencé à travailler les week-ends dans un restaurant de Durango.

Après une autre heure à tracer des chemins compliqués dans l'armoise sans faire fuir ne serait-ce qu'un moineau, Jeremy abandonna, fit pivoter son cheval et revint comme un setter anglais frustré. Il sourit aux autres, signalant qu'il était temps pour Leo de lancer son défi habituel : si Bowman parvenait à échapper aux deux aigles pendant cinq minutes, Leo lui accorderait une récompense dont il savait qu'elle lui ferait plaisir. Ce jour-là, il s'agissait d'une surprise : il avait prévu d'emmener Bowman et Summer à Chaco Canyon à l'occasion du solstice d'hiver, ce que l'un et l'autre avaient réclamé. Bowman s'était renseigné sur l'histoire de cet endroit à la bibliothèque de Whitespring, et il tenait à le voir et à y passer la nuit. Leo n'était pas vraiment au courant mais, apparemment, certaines constructions de Chaco avaient été conçues pour honorer divers événements célestes, dont les solstices.

Summer et Bowman descendirent, ouvrirent leurs imposantes sacoches. Cordiaux l'un envers l'autre, mais froids. Cette froideur s'était installée après le long épisode en solo de Bowman à l'automne. Summer était jalouse de la tournure qu'avait prise l'éducation de son grand frère. Peut-être que le voyage à Chaco arrangerait ça.

Bowman enfila le pourpoint en cuir et tourna le dos afin que Summer puisse attacher la peau de loup et un morceau de poulet cru. Leo avait cousu le pourpoint lui-même, trois couches de cuir de bison pleine fleur. Il avait un col relevé dans le dos et une doublure molletonnée. Pour l'armure impénétrable qu'il fournissait contre les serres des aigles, le pourpoint était léger, et il donnait à Bowman la liberté de bouger, de courir et d'esquiver.

Bowman était très sérieux ce jour-là, presque réticent à jouer le jeu. Leo lui demanda s'il se sentait d'attaque. Ils n'étaient pas obligés de faire voler les aigles sur lui ; ils avaient assez volé sur le tétras et les lièvres plus tôt dans la journée, mais Bowman secoua la tête, comme si les mots de Leo étaient des mouches qui l'agaçaient.

« Il est comme ça, dit Summer *sotto voce*, parce qu'il pense qu'il est sur le point de se transformer en loup. »

Bowman ferma les yeux, exhala un long et lent soupir, censé faire la démonstration de son immense patience.

Leo avait décelé chez son fils un virage prononcé vers la métaphysique. Les deux enfants avaient toujours été curieux de connaître leur héritage indien et ils étaient fascinés par le mystérieux peuple Anasazi, qui avait autrefois vécu dans la région. Pendant des années, ils avaient emprunté les tunnels de leur grand-père jusqu'à East Canyon pour explorer la colonie cachée qui s'y trouvait, et ils s'étaient adonnés à diverses pratiques amérindiennes sur lesquelles ils avaient lu et qu'ils avaient observées parmi les tribus locales. Leurs oncles ne pouvaient leur être d'aucune aide parce que Martin, le père de Leo, les avait élevés comme des Blancs et n'avait jamais cherché à savoir de quelle tribu ils venaient ; ils étaient allés à l'école locale, se faisant passer pour les enfants adoptifs du gardien. Longtemps après les faits, Leo s'était excusé auprès d'Anna de la façon dont son père les avait élevés, elle et ses frères, mais elle s'était contentée de hausser les épaules. Martin était blanc, avait-elle dit. Que pouvait-il faire d'autre ?

Plus récemment, Bowman s'était mis à décrire ses expériences avec les fantômes des Anasazi – il les appelait les « Anciens » – et il prétendait pouvoir entrer dans une sorte de réalité alternative ou améliorée, impliquant parfois une communication directe avec des animaux sauvages. Peut-être que Summer avait raison, et que Bowman pensait vraiment qu'il allait se transformer en loup. Il pouvait agir comme un loup pour les aigles ; son mimétisme était étrange, depuis cette première fois dans la grange trois ans plus tôt. Leo soupçonnait que Bowman observait le couple de loups lorsqu'il était autorisé à passer des nuits dans la vallée : récemment, il était devenu plus loup dans ses mouvements, imitant leur fluidité furtive et leur légèreté. Ou peut-être était-ce l'imagination de Leo : le garçon était juste en train de grandir.

Jusqu'à présent, Leo n'avait ni encouragé ni découragé les recherches spirituelles de Bowman. Il avait élevé ses deux enfants en insistant sur l'expérience directe du monde physique, de la nature sauvage en particulier. Après avoir passé près d'un an dans une tente dans la vallée, ils vivaient à présent la plupart du temps dans la maison, mais le monde réel, le monde important, était toujours à l'extérieur. Une intense et constante immersion dans l'histoire naturelle, en contact direct avec les systèmes écologiques de Panther

Gap, avait pris la place de la religion et des superstitions simplistes. L'histoire que leur enseignait Leo ne commençait pas avec les cités-États de Mésopotamie, mais englobait le dernier million d'années, ou à peu près, d'évolution des primates, la «civilisation» et l'agriculture généralisée ne caractérisant que la plus récente des périodes postglaciaires, un bond calamiteux des primates sociaux vivant en liberté vers ce qu'il craignait être un avenir d'esprit de ruche, une humanité réduite à un rassemblement de termites à l'intérieur d'une termitière mondiale.

Leur éducation peu commune, espérait-il, permettrait à Summer et Bowman d'acquérir une vision du monde solide et bien enracinée, une conscience aiguë qui leur serait utile dans la vie qu'il savait leur être destinée. Concernant le récent virage de Bowman, il était possible, se disait-il, que l'expérience qu'avait eue son fils d'un univers immanent l'ait naturellement conduit à ignorer ou à rejeter les limites de sa raison à lui. Si Bowman ressentait le monde comme vivant et sacré, pourquoi insister sur les limites de la compréhension scientifique actuelle ? Cette frontière entre réel et non réel semblerait arbitraire. Si c'était bien ce qui était en train de se passer, avait décidé Leo, il laisserait la phase de maturation de Bowman suivre son cours. Si Leo n'interférait pas, le garçon pourrait atteindre un niveau de conscience situé au-delà de ce que Leo lui-même pouvait imaginer.

Il se demandait, cependant, pourquoi Summer n'avait pas suivi son frère dans ce domaine. Elle l'avait imité dans presque tous les autres depuis la mort de leur mère, mais ils étaient différents, et ils s'éloignaient l'un de l'autre. Summer était moins dédaigneuse des relations humaines, moins disposée à les sacrifier ou à les endommager au service d'une noble quête de croissance personnelle ou de voyage spirituel. En ce sens, elle était plus mûre que Bowman. Leo voyait bien qu'elle avait été blessée par la tendance grandissante de son frère à la maintenir à l'écart depuis un an environ, et surtout par son désir plus récent – pas vraiment inhabituel ni inattendu – de passer du temps seul. En retour, Summer avait redirigé l'essentiel de sa tendresse vers son père et ses oncles. Leo appréciait cette attention, mais il détestait voir se creuser le fossé entre le frère et la sœur, qui pendant si longtemps avaient été si proches.

Fils unique, Leo s'inquiétait du lien entre ses enfants. Il n'avait aucune expérience de ce genre de choses. Longtemps auparavant, Anna lui avait dit de ne pas s'en faire, qu'en grandissant ils allaient sûrement s'éloigner et se rapprocher l'un de l'autre à de multiples reprises. Ce qui le préoccupait, cependant, c'était d'envisager un moment où, dans le futur, la solidarité entre ces deux-là deviendrait nécessaire pour leur survie.

Il se rendit compte que tous le regardaient – ses enfants, ses beaux-frères, les chevaux, les aigles. Il sourit, chassant ses appréhensions, et tendit le chronomètre à Summer. Si Bowman tenait le temps imparti, elle soufflerait dans le sifflet en cuivre qu'elle portait et Bowman s'effondrerait face contre terre dans l'herbe, les aigles bondissant et s'acharnant sur la viande jusqu'à ce que Leo et Jeremy arrivent pour les calmer. C'était comme monter un taureau de rodéo : Bowman ne pouvait rivaliser avec les aigles que pendant un certain temps. Il se fatiguerait avant eux, tout comme les coyotes. En pleine nature, les aigles gagnaient toujours.

Bowman sentit l'odeur de la fourrure de loup et commença à perdre l'esprit.

Il bascula dans un monde fait de sensations, de matières et d'histoires coupé de son être parlant.

Il se tenait immobile, essayant de ne pas révéler à sa famille ce qui se passait. L'un des chevaux s'éloigna de lui et les autres le regardèrent, oreilles tendues. Il les entendait respirer. Il sentait les cheveux de sa sœur, la sueur de son oncle. L'armoise et l'agrostide se déplaçaient sans bouger, scintillant sur place bien que le vent fût léger. Chaque brin d'herbe, chaque campagnol creusant un tunnel sous la neige, même les rochers qui essayaient de le faire trébucher – tout, plante, animal ou autre, avait une histoire, une sorte de moi. Une vie.

Summer le regardait, l'air sceptique.

Ce n'était que la semaine précédente qu'elle avait fini par lui dire qu'elle s'était immiscée dans son expérience en solo du mois d'octobre, et ce qu'elle y avait vu. Au début, il croyait qu'elle inventait tout mais, au fur et à mesure qu'elle racontait, c'était comme un rêve qu'il avait oublié. Il s'était excusé de l'avoir effrayée et lui avait demandé de ne rien dire à leur père.

«Tu avais pris quelque chose? avait-elle demandé. Des champignons? De l'herbe à dormir*?

– Non.» Il en était sûr. Il avait seulement voulu être avec les loups, qu'ils le laissent entrer dans leur monde. «Je voulais approcher les loups, et j'ai eu l'idée de masquer mon odeur avec de la boue. J'ai trouvé une bauge de bisons et j'ai enlevé mes vêtements. Puis ça a été comme si j'avais sauté d'une falaise dans quelque chose d'inconnu. Je ne me souviens plus de rien après ça.» Il était à mi-chemin de la maison lorsqu'il s'était rendu compte qu'il était nu. Il était revenu sur ses pas en courant et avait trouvé ses vêtements, son sac à dos. Il n'avait même jamais déballé son duvet.

«Tu as vu les loups, au moins? Je parie qu'ils se sont enfuis en courant quand ils t'ont vu tout peinturluré de boue rouge, comme un dément. Comme je l'ai fait.

– Je pense que je les ai vus.» Il se souvenait de deux paires d'yeux jaunes perçants, de deux formes spectrales courant rapidement à ses côtés, à travers la forêt, la nuit. Un autre rêve, peut-être.

Elle l'avait regardé pendant un long moment. Elle semblait très triste. Mais lorsque, enfin, elle avait parlé, son ton était ferme et résigné.

«Tu vas dans des lieux où je ne te suivrai pas.

– Je sais», avait-il dit. Et il s'était senti triste lui aussi. «Je suis désolé.»

Le souvenir se dispersa tandis qu'il s'éloignait des autres, ses pieds perçant la croûte de la neige, son corps commençant à frémir. Quand Summer siffla, il tomba à quatre pattes et se mit à fuir immédiatement dans l'armoise, faisant de

* *Sleepy grass*, ou *Achnaterum robustum*.

grandes enjambées, recherchant vitesse et distance. C'était ce qu'un loup essaierait d'abord de faire. Il était facile de tuer des loups depuis un avion, parce qu'ils n'avaient pas eu à se soucier, au cours du dernier million d'années, d'un danger aérien. Les aigles qui tuaient des loups étaient une aberration qui se produisait si rarement dans la nature que cela n'avait eu aucun effet sur leur évolution.

Un sifflement d'air dans les plumes. Bowman feinta vers la gauche, glissa sur la droite, et Horkos le dépassa, freinant frénétiquement, tournant pour corriger sa trajectoire, mais il avait perdu sa vitesse et Bowman était déjà loin. Où était Hesperus ? Il s'arrêta et recula précipitamment, sans même chercher le deuxième aigle, mais il l'entendit à temps : il plongea alors à terre, roula puis se releva, avança au ras du sol derrière une épaisse rangée de grandes armoises, se tapit au fond d'un ravin, utilisant les reliefs du terrain. Les aigles se précipitaient, sans coordonner leur chasse, faisant des erreurs qu'Alecto n'aurait pas commises. Les aigles femelles étaient beaucoup plus grandes que les mâles, et Alecto l'aurait saisi dès le premier assaut, attendant qu'il tente de s'enfuir pour s'engager, puis se laissant retomber sur lui sans hâte, comptant sur sa force pour le soumettre.

Il entendit l'un des deux aigles arriver et roula à nouveau, puis se remit à quatre pattes et fila dans une autre direction. Il finit par s'essouffler, ses mains gantées de cuir douloureuses et froides, ses pieds devenant stupides, s'empêtrant dans les pierres et l'armoise. La peau de loup perdait de son pouvoir, et au fur et à mesure Bowman régressait, jusqu'à redevenir un adolescent épuisé. Il entendit le sifflet de Summer.

# 15

***2009***

« Où est-il maintenant ?

– Il prend un bain. Il se calme. Il est épuisé, et se sent responsable de ce qui s'est passé. Je lui ai dit d'essayer de dormir jusqu'à ce que vous partiez. »

Jeremy détacha la longe du licou de Star. Elle trotta dans l'enclos sombre, se retourna, réapparut à la lueur des lampes de l'auvent et commença à boire bruyamment dans un abreuvoir en pierre. Summer et son oncle la regardaient en silence. Summer savait qu'il ne fallait pas le presser quand il s'agissait de la sécurité de la famille, et c'était bien de cela qu'il s'agissait. Le chien de Jeremy mâchait bruyamment ses croquettes quelque part dans la grange. À moitié sur le ton de la plaisanterie, parce qu'elle connaissait le caractère de son oncle, elle lui dit que le destin avait livré en Sam le représentant fiscal idéal pour la famille, et qu'on ne pouvait pas laisser passer une chance pareille.

« Je ne te savais pas si superstitieuse. C'était plutôt le truc de Bowman. »

Elle laissa passer. Il y avait une zone grise dans laquelle quelqu'un comme Bowman pouvait dire qu'une chose était magique tandis qu'elle en parlait comme d'un phénomène naturel, sans qu'ils soient vraiment en désaccord. Lorsqu'elle avait parlé à Jeremy du virement depuis le compte de Bowman et de sa conversation avec l'administrateur de l'hôpital, il l'avait mise en contact avec un détective privé de Denver, afin qu'il intercepte Bowman à DIA* avant son vol pour Whitespring et l'emmène dans un motel, où ils pourraient le récupérer le matin de la réunion.

«Tu vois, continua-t-il, cette coïncidence, ce type qui se pointe pile la veille de la réunion, tu me dis que c'est un heureux hasard. L'intervention divine ou je sais pas quoi. Tu te doutes bien que je vais trouver ça carrément suspect, avec le nom de Jake Salifano qui vient de réapparaître. Et puis ces deux types qui cherchaient Bowman l'autre jour.»

Summer faillit rire. Sarge avait décrit les hommes dans le Hummer comme étant «probablement des ex-taulards». Il n'y avait pas moins ex-taulard que Sam.

«Attends de le rencontrer. Il est gentil. C'est un type qui s'est perdu dans East Canyon. Qui se trouve être un avocat fiscaliste. Et dont l'ami s'est fait kidnapper.»

Jeremy s'empara de la selle posée sur la traverse supérieure de la barrière de l'enclos et, lorsqu'il se retourna pour passer devant elle et entrer dans la grange, il lui lança un de ses regards dont il l'avait parfois gratifiée depuis son enfance, le regard qu'il lui adressait lorsqu'elle transgressait tellement les limites du raisonnable qu'il pouvait à peine croire qu'ils étaient parents. Il lui parla de dos, par-dessus l'épaule.

«Et pour que ce gentil avocat perdu vienne avec toi en avion jusqu'à Denver, tu prévois de lui donner trente mille et quelque dollars, et tu veux que je le conduise dans le désert pour l'aider à remettre cet argent à une bande de trafiquants de drogue armés. Combien d'argent on a à disposition, au juste?

– Cette somme-là, environ.»

Un peu après la Seconde Guerre mondiale, comme tout riche paranoïaque digne de ce nom, le grand-père Martin avait acheté un gros coffre-fort, l'avait caché dans les tunnels et l'avait rempli d'argent liquide et de pièces d'or Saint-Gaudens de vingt dollars. Ce magot était réservé aux «vraies» urgences – du genre apocalyptique – et la tradition voulait que personne dans la famille ne s'en serve pour payer les

* Denver International Airport.

factures. Summer n'y avait puisé qu'à de rares occasions. L'oncle Darwin avait fait remarquer que, si le cours de l'or s'était bien tenu, l'argent liquide avait subi des décennies d'inflation et était loin d'avoir la valeur qu'il avait eue dans les années 1950 et 1960. Un jour, elle s'était penchée sur la valeur de collection des vieux billets eux-mêmes, mais ils n'en avaient aucune au-delà de leur valeur nominale.

Elle suivit son oncle dans la sellerie. Son père avait l'habitude d'y garder l'attirail des aigles, avec l'équipement des chevaux. Jeremy l'avait reprise après la mort de Leo et l'avait remplie de souvenirs du Far West. D'antiques Winchester dans des casiers sur les murs, des crânes d'animaux blanchis, des tapisseries indigènes. Il était fier de ses selles et de ses brides, même si ces temps-ci il utilisait autant son quad que les chevaux.

« Ce n'est pas un pro, reprit-elle.

– Qui ?

– Le ravisseur. Celui à qui Sam a parlé. Mauvais comme la peste, mais ce n'est pas un homme de main des cartels ou quelque chose comme ça. Il avait l'air défoncé, nerveux. Je suppose qu'il n'est pas tout seul, c'est probablement un gang de rue opportuniste qui s'est retrouvé avec un riche avocat entre les mains. Je suis sûre qu'ils ont tué l'auto-stoppeuse et que l'ami de Sam ne passera pas la nuit. Et je ne serais pas surprise que leur projet soit juste de tuer Sam et de prendre l'argent. »

Il fit glisser la selle sur un support vide et accrocha la bride au mur. Pulvérisa du savon pour selle sur un chiffon et se mit à frotter le cuir.

« Sam et son ami sont d'accord pour trente-sept mille, dit-elle.

– Je n'en doute pas. Ce n'est pas l'argent qui m'inquiète. »

Non, pensa-t-elle, et ce n'était pas non plus le danger qu'elle lui demandait de courir. Le secret était la religion de la famille Girard, et l'oncle Jeremy en était le grand prêtre. En offrant l'aide de sa famille à Sam et à son ami, elle savait qu'elle enfreignait des règles ancestrales, qu'elle faisait un saut dans l'inconnu essentiellement fondé sur de la superstition, sur sa conviction qu'en raison des circonstances et du moment de son apparition, Sam allait d'une manière ou d'une autre jouer un rôle important dans le drame auquel la famille serait peut-être confronté.

« J'ai pris son téléphone », lança-t-elle.

Cela provoqua un petit rire ; elle sentit que son oncle était sur le point de critiquer quelqu'un qui l'avait laissée faire ça, mais il n'insista pas, sachant à quel point elle pouvait être convaincante. Ses épaules se détendirent, il poussa un soupir fataliste et secoua la tête, comme s'il comprenait qu'à ce moment-là il avait lui aussi été convaincu. Elle était heureuse de ne pas avoir eu à exiger d'accompagner Sam elle-même.

« Pas de police, ajouta-t-il, réaffirmant un semblant de contrôle. À part moi. Pas de FBI. Il est au courant ?

– Il l'a juré.

– Et je vais faire ça à ma manière.

– Je ne te l'aurais pas demandé, sinon. »

Là, elle jetait Sam dans la gueule du loup.

Jeremy passa devant elle, sortit de la sellerie et retourna vers la grange, probablement à la recherche de son chien.

« Tu sais ce qu'on risque pour ces étrangers, dit-il. Même si je suis prudent, on ne tirera rien de bon de tout ça.

– Je sais », répondit-elle.

# 16

Bowman régla le chauffeur de taxi, ajoutant un pourboire de cent dollars pour sa patience. Leur premier arrêt avait été un grand parking en périphérie de DIA, où Bowman prétendit avoir oublié où il s'était garé. Ils avaient fait le tour du parking jusqu'à ce qu'il se rende compte qu'il était trop éclairé, avec un lampadaire sur trois équipé de caméras, si bien qu'il avait simulé la confusion et dit au chauffeur de le laisser dans un motel bon marché où il pourrait dormir un peu, et qu'il essaierait de retrouver sa voiture le lendemain.

Une fois que le taxi fut parti, Bowman s'éloigna de la réception du motel et rejoignit un coin d'ombre pour observer le parking. Deux douzaines de voitures de différentes époques étaient garées là, mais toute technologie trop récente mettrait à mal ses compétences dépassées, aussi jeta-t-il son dévolu sur les modèles les plus anciens. Il devait être presque minuit à présent, et le lieu était plutôt calme. Deux projecteurs faibles et vacillants, ménageant de grandes flaques d'ombre. Pas de *slim jim**, donc il devait trouver un véhicule non verrouillé. Il commencerait par la voiture la plus dans l'ombre, la plus indistincte, une Toyota bleu clair avec un désodorisant en sapin de Noël accroché au rétroviseur, et continuerait en se frayant un chemin dans le parking.

Une femme corpulente en robe fleurie sortit d'une porte au rez-de-chaussée et se dirigea vers un SUV, farfouilla çà et là, puis retourna dans sa chambre. Il attendit un moment. Puis

---

* Outil conçu pour crocheter les portières.

se leva et se frotta les cheveux pour la vingtième fois. Il avait les cheveux longs depuis qu'il était enfant.

«Faites-moi ressembler à un banquier en vacances», avait-il dit à la coiffeuse, une jeune Vénézuélienne exubérante. Ils avaient échangé quelques phrases en espagnol mais, là encore, il n'avait pas laissé entendre qu'il le parlait couramment. En traversant l'aéroport, douché et rasé de près, vêtu d'un jean délavé avec goût, d'une chemise à sa taille et des bottines Chukka de fabrication hongroise qui avaient tant excité Tommy le vendeur de vêtements, Bowman s'était senti comme un étranger dans sa propre peau. Hommes et femmes le remarquaient à nouveau, mais différemment. Il y avait des sourires, des regards furtifs. Il ne se fondait pas très bien dans la masse, en fin de compte. La conseillère de Delta Airlines qui lui avait donné du fil à retordre était rentrée chez elle, mais le directeur de l'agence avait pris son argent et lui avait fourni son billet pour Whitespring *via* Denver, en lui disant qu'il ressemblait «trait pour trait» à une célébrité dont Bowman prétendit avoir entendu parler.

À l'aéroport de Denver, il avait remarqué qu'une autre personne le suivait – pas la sécurité de l'aéroport, cette fois. Il s'était faufilé dans la foule et, au dernier moment, avait décidé de dépasser la porte d'embarquement de son vol pour Whitespring. Si des gens le cherchaient, le seul vol qu'il y avait pour Whitespring serait un point de passage trop évident. Ils l'attendraient à l'autre bout ; ils pourraient l'enlever, le tuer ou – encore pire – le suivre jusqu'au ranch, où ce serait l'oncle Jeremy qui le tuerait pour en avoir compromis la sécurité.

Son père aurait décrit l'état d'esprit dans lequel se trouvait Bowman à ce moment-là comme une «paranoïa constructive». Il aurait dit que Bowman entrait déjà dans «leur» jeu en volant directement pour le Colorado, qu'il agissait de manière trop prévisible. Il aurait insisté sur le fait que la seule façon de leur échapper était de faire quelque chose d'inhabituel.

Comme voler un véhicule.

Il pensait trop à son père. C'était peut-être le début d'un épisode de ciguatera. Leo Girard n'allait sûrement pas se montrer en personne, conduisant sa vieille jeep Willys, capote baissée, pare-brise rabattu sur le capot. Papa adorait cette bagnole. Il avait une grande caisse ventilée boulonnée à l'arrière, pour les aigles.

Bowman traversa le parking mal éclairé, testant les portes et les fenêtres de toutes les vieilles voitures, déclenchant une alarme sophistiquée qui avait été installée sur une Coupé De Ville 77 restaurée, ce qui provoqua sa fuite rapide dans le sombre terrain vague d'à côté. Il ne restait plus qu'un pick-up Ford rouillé de la fin des années 1980, qu'il avait gardé pour la fin parce que ses pneus étaient usés et qu'il avait de sérieux doutes sur son état de marche. Les phares ne fonctionnaient peut-être même pas. Il savait qu'il pouvait la voler car la vitre du passager avait déjà été cassée et réparée avec du ruban adhésif et une feuille de plastique translucide. Le plastique était noirci par le soleil, le ruban adhésif effiloché et poussiéreux. Le propriétaire n'avait pas l'argent pour installer une nouvelle vitre et, de toute façon, qui volerait un pick-up comme celui-ci ?

Les portières n'étaient pas verrouillées ; il trouva une contrefaçon aiguisée de Ka-Bar* dans la boîte à gants, et était sur le point de commencer à dénuder les fils lorsqu'il pensa à chercher les clés, qui étaient sous le tapis de sol du côté conducteur. Il utilisa le couteau pour échanger les plaques avec une voiture de l'autre côté du parking. Dans la lumière tamisée de l'intérieur, il vit sur les papiers d'immatriculation que le pick-up appartenait à Sherman K. Carver de Longpoint Highway, à Bird City, Kansas. Sur le sol, une lourde ceinture à outils en cuir, recouverte de poussière de plâtre. Il la laissa sur le trottoir du parking, en s'excusant silencieusement.

Il conduisit dans la nuit, se fiant au Front Range** qui se dressait à l'horizon. Sept heures jusqu'à Whitespring, plus ou moins. Bowman n'était pas fier de lui. Porter des vêtements dont le prix l'aurait nourri pendant des mois au Costa Rica. Voler la propriété d'un artisan plâtrier fauché

* Marque de couteaux.
** Chaîne de montagnes, à l'est des Rocheuses et à l'ouest des Grandes Plaines.

de Bird City. Il éprouvait une certaine consolation en se disant qu'il demanderait à Summer ou à l'oncle Darwin de verser anonymement à M. Carver de quoi s'acheter un meilleur véhicule, mais invoquer a posteriori l'avantage de sa famille pour justifier un comportement contraire à l'éthique le mettait mal à l'aise, une voix dans sa tête lui disant que c'était exactement la raison pour laquelle il était resté loin de tout pendant si longtemps.

# 17

*1986*

Le temps qu'ils finissent de monter la nouvelle tente murale, le père de Summer s'était excusé deux fois d'avoir choisi ce camping si bondé. Il ne s'était absolument pas douté, disait-il, qu'il y aurait tant d'*aficionados* du solstice d'hiver disposés à conduire sur les routes abominables de Chaco et à passer la nuit dehors dans le froid. Summer s'en moquait – ils voyaient si rarement des étrangers, c'était intéressant d'observer leur comportement – et Bowman s'était comme d'habitude drapé dans une impassibilité stoïque.

À l'origine, Bowman avait proposé qu'ils se faufilent jusqu'à Fajada Butte pour voir le célèbre site de la Dague du Soleil, où, en fin de matinée, deux rayons de lumière – deux « dagues » – encadreraient la même spirale qui, gravée sur un rocher, en recevait un seul lors du solstice de juin. Leo avait remarqué l'utilisation par Bowman du verbe « se faufiler » et s'était renseigné lui-même, découvrant que le Service des parcs avait interdit l'accès public à Fajada Butte parce que de nombreux visiteurs endommageaient le site de la Dague du Soleil. Ils avaient prévu donc de marcher du camping à la « grande maison » de Wijiji, qui, sans doute à des fins cérémonielles, avait été construite à l'endroit précis d'où l'on pouvait observer le soleil se lever dans une encoche sur l'horizon, le matin du solstice d'hiver.

Leur tente était grande, avec suffisamment de place pour tous les trois, mais Bowman avait insisté pour rester dehors malgré les prévisions de températures négatives. Cela avait éveillé les soupçons de Summer et, bien entendu, lorsque son père et elle se réveillèrent, deux heures avant l'aube, Bowman avait disparu, son sac de couchage et son tapis de sol enroulés et rangés sous la jeep.

Leo dit qu'il était sûr que Bowman était parti «pour escalader cette fichue butte et se faire arrêter» mais, lorsqu'ils partirent à sa recherche avec des lampes de poche, ils virent ses empreintes qui remontaient le sentier en direction de Wijiji. Le temps qu'ils arrivent à la grande maison, une poignée de visiteurs s'y trouvaient déjà rassemblés, mais pas Bowman, et Summer finit par repérer ses traces qui continuaient hors sentier vers Chaco Wash. Après un autre kilomètre environ, ils le trouvèrent dans une alcôve au pied d'une falaise. Il était assis là, les yeux vitreux, à moitié catatonique dans la pâle lumière qui précédait l'aube. Summer voulut l'interroger mais son père dit qu'ils feraient mieux de s'asseoir avec lui et d'attendre le lever du soleil.

Elle s'assit jambes croisées à gauche de Bowman, se moquant de son expression sérieuse, ce qui n'amusa qu'elle. Leur père s'était donné du mal pour les amener ici, et elle avait trouvé désobligeant que Bowman s'en aille seul rejoindre un site isolé à l'écart des touristes. Cependant, il avait laissé des traces qu'ils pouvaient suivre, et visiblement Leo ne partageait pas son indignation, alors elle se tut. Dix minutes plus tard, la courbure supérieure du soleil apparut, parfaitement alignée sur le côté droit d'une entaille dans une butte loin à l'est.

Ils étaient tous les trois silencieux, plissant les yeux sur l'orbe jaune qui émergeait au ralenti, un gros champignon lumineux qui poussait et montait de l'horizon. Summer avait beau être habillée chaudement, elle frissonnait toujours dans cette dernière brise de l'aube, la plus froide.

Quand le soleil eut dépassé l'horizon de deux doigts, elle se leva et s'étira. Derrière elle, son père se leva aussi. Il émit une sorte d'exclamation – pas un juron, mais une expression de surprise. Lorsque Summer regarda, il montrait la paroi rocheuse derrière eux, qui était dans l'ombre un peu plus tôt mais se trouvait à présent illuminée par le soleil: des spirales, des empreintes de mains, une figure humaine debout avec une tête de wapiti.

Elle frissonna à nouveau à la vue de ce dernier dessin.

«Comment savais-tu que c'était là?» demanda-t-elle.

Bowman prit un moment avant de répondre. «Je ne le savais pas.»

Ils regardèrent les dessins. Summer sentait que leur stupéfaction béate était un peu surjouée, mais elle se savait aussi sur la défensive. Elle avait accepté que Bowman soit doté d'une troublante sensibilité et accède à une conception élargie de la réalité à laquelle elle-même n'avait pas accès. Mais son père, se disait-elle, était exagérément impressionné par le talent, ou quoi que ce fût, de son frère, et il avait tendance à être très indulgent lorsque Bowman se montrait égoïste et désobligeant. Cette dynamique lui semblait malsaine et peu propice à une évolution positive.

«Que recherches-tu, fils?» demanda Leo.

Summer se mit à lever les yeux au ciel en entendant la question trop sérieuse de son père, mais elle voulait savoir aussi. Bowman lui avait dit que l'humanité était devenue folle à un moment donné, probablement plus d'une fois, et il voulait savoir pourquoi, comment, et quand. Il lui avait montré les graphiques et les cartes qu'il avait dessinés, retraçant les migrations humaines et les divers développements culturels et technologiques, les situant dans le temps et la géographie par rapport aux extinctions massives connues et aux perturbations écologiques anthropiques à l'échelle des paysages.

Comme la fois précédente, Bowman réfléchit à sa réponse pendant quelques instants. Ils attendirent.

«Il y a quelque chose dans ces ruines. C'est semblable à ce que Summer et moi ressentons dans le village des Anciens, chez nous, et dans les tunnels.»

Il fit une autre pause, le rythme lent de la conversation et l'effort manifeste pour y inclure Summer faisant partie d'une forme de mise en scène, mais il semblait vraiment avoir du mal à trouver ses mots. Ce qui était inhabituel.

« Il y a un résidu, continua-t-il, quelque chose de persistant ; un résidu de ce qui s'est passé ici il y a longtemps. Une sorte de transformation. Je pense que ça a quelque chose à voir avec la façon dont les gens ont merdé dans le premier endroit. »

Il cherchait la Chute. Ce qui présupposait un Jardin. Summer doutait qu'il puisse le trouver.

# 18

*2009*

Sam se réveilla dans la chambre d'amis, toujours habillé. Il lui fallut quelques minutes pour comprendre où il était et ce qui se passait. Que ce n'était pas un mauvais rêve. Combien de temps avait-il dormi ? Sa montre était toujours inutilisable, et bizarrement Summer lui avait pris son téléphone. Mais il était sans doute temps de partir avec la rançon.

Il marcha dans la maison silencieuse. Des appliques douces, comme celles du tunnel, éclairaient les couloirs. Dans le hall d'entrée, les murs en stuc étaient lisses et incurvés, des poutres en bois brut foncé se détachaient sur le plafond. Une lourde porte en bois lui rappelait celle qu'il avait vue pour la première fois dans le canyon. Il était sur le point de l'ouvrir et de regarder dehors lorsqu'il entendit quelque chose dans le couloir à sa droite, des pas rapides qui se dirigeaient vers lui. Comme un enfant surpris en train de fouiner, il resta là, plus ou moins paralysé, jusqu'à ce qu'un énorme chien blanc à poil long surgisse au coin, ses griffes martelant le sol en pierre.

Le chien ralentit. Ne grogna pas. Ne remua pas la queue non plus. Un mâle, à coup sûr ; il s'arrêta et scruta Sam de ses yeux noisette grands comme des pièces d'un demi-dollar. Une longue queue blanche en plumeau s'enroulait sur son dos comme un cobra. Sam déglutit et se mit à genoux pour regarder le chien dans les yeux. Le chien lui rendit son regard. Lorsqu'il tendit la main et demanda « Comment tu t'appelles ? », parce qu'il ne trouvait rien d'autre à dire, la queue se détendit et remua lentement. Le chien renifla sa main.

« C'est Marco. »

Sam se dressa et se retourna. L'oncle Darwin était arrivé furtivement et se tenait derrière lui, vêtu d'un jean, de bottes éraflées et d'une chemise en jean avec un empiècement de style western sur les épaules.

« Marco, répéta Sam. Quelle race ?

– Un gros bâtard.

– Où est Summer ? » Au moment où il posait la question, il se rendit compte à quel point elle pouvait sembler absurde à cette heure de la nuit.

« Au lit, je suppose. » L'oncle leva un sourcil, sans que Sam puisse dire s'il voulait suggérer quelque chose.

« Je suis censé venir avec vous tous bientôt. À une réunion, à Denver. »

Pourquoi évoquait-il ce sujet ? Probablement parce que, s'il commençait à parler de l'échange et de la rançon, sa voix aurait tremblé.

« J'ai entendu parler de ça. Tu veux des œufs ? » Darwin lui sourit, comme s'ils étaient devenus amis. « Elle m'a dit que je devais te préparer le petit-déjeuner avant qu'on y aille.

– Vous venez aussi ? Pour la rançon ? »

Darwin hocha la tête. « Laisse-moi d'abord te montrer quelque chose. »

Il traversa le couloir pavé, Marco sur ses pas. Sam le suivit, perplexe. L'oncle ouvrit une lourde double porte et alluma la lumière d'une grande pièce lambrissée. C'était comme entrer dans la salle des mammifères du Smithsonian*, ou peut-être dans un magasin Cabela's**. Des animaux se tenaient sur le sol ou regardaient fixement depuis les murs, entre les étagères. Marco entra dans la salle en trottinant et se planta, immobile, devant une hyène aux épaules massives, comme si ce chien de l'enfer était bien mort la dernière fois

* Smithsonian Institution : ensemble de musées à Washington, parmi lesquels un musée d'histoire naturelle.

** Entreprise américaine de vente de matériel de chasse, de pêche, de plaisance, de camping, et d'autres activités de plein-air.

qu'il l'avait vu, mais que ça ne faisait pas de mal de s'en assurer. Une énorme peau d'ours noir pendait, la tête en bas, au-dessus de la cheminée, mais la plupart des animaux étaient africains. À la gauche de Sam, en face de la cheminée en pierre, une profonde alcôve contenait un diorama de six antilopes africaines immobilisées en pleine action.

Darwin actionna un autre interrupteur qui illumina les antilopes à l'approche de Sam. Il reconnut un koudou aux gracieuses cornes en tire-bouchon tournoyant vers le plafond, un bongo rougeâtre, un oryx. Le plus grand était un animal marron foncé de la taille d'un cheval, avec une crinière noire et blanche sous le cou et des cornes torsadées aussi épaisses que la jambe de Sam. Sa plaque disait : ÉLAND DE DERBY (*TAUROTRAGUS DERBIANUS GIGAS*), ZEMONGO, RCA, 1962.

« Summer dit que tu es allé en Afrique de l'Est. J'ai pensé que ça pouvait t'intéresser.

– Qui les a chassés ?

– Le père de Summer, Leo. Il a passé les années soixante là-bas, à travailler pour le gouvernement. Devait pas y avoir grand-chose à faire, on dirait qu'il n'a fait que chasser. Selon les critères du Safari Club International, toutes ces antilopes étaient soit des records du monde, soit des numéros deux à l'époque. Ce gars-là » – Darwin avança vers un léopard schwarzeneggerien tapi sur une bûche érodée par les ans à côté d'une des deux grandes fenêtres, le gratouilla entre les oreilles – « serait un record du monde aujourd'hui si la sous-espèce d'Afrique centrale était encore reconnue. »

Marco se montra intéressé par le léopard et s'approcha pour lui renifler précautionneusement l'oreille gauche comme si le geste de Darwin pouvait l'avoir ramené à la vie. Le chien ne voulait pas baisser sa garde. Sans doute n'était-il pas très souvent autorisé à entrer dans la pièce.

« Ils commencent à tomber en morceaux, et ça coûterait un bras de les remettre en état. J'ai dit à Summer qu'elle devrait donner ces trucs à un musée, mais elle est sentimentale.

– Elle n'était même pas née quand son père était en Afrique, n'est-ce pas ? Ils n'y sont jamais retournés ?

– Jamais. Leo a abandonné la chasse au trophée. Il disait qu'il avait laissé ça derrière lui, dans sa jeunesse, là où ça devait être. Summer a chassé avec lui ici au ranch pour la viande, mais c'était plus tard.»

Sam s'accroupit devant le léopard et regarda fixement les yeux en verre brillant. «Donc Summer et son frère ont grandi avec tous ces animaux ici?» Les babines étaient retroussées pour montrer les canines jaune et blanc, longues de cinq centimètres. «Ça devait être incroyable pour un enfant.

– Tout l'était. Tu imagines, grandir dans un endroit pareil.» Darwin tapota amicalement l'épaule de Sam. «Allez, tu n'as pas dîné hier soir. Faut manger quelque chose. On ne peut pas affronter ces trafiquants l'estomac vide.»

Marco les suivit dans la cuisine et se pelotonna sous une fenêtre. Darwin versa des œufs battus qu'il fit grésiller dans une énorme poêle en fonte noire sur la cuisinière à gaz. L'estomac de Sam faisait de petits bruits discrets. La nuit précédente, il avait été trop nerveux pour manger autre chose que sa dernière barre protéinée avant de tomber, épuisé, sur le lit.

Au bout d'un moment, Darwin posa sur la table une assiette remplie d'un monticule d'œufs fumants et de saucisses réchauffées, avec une tranche épaisse de pain rustique et noir. Ses sourcils broussailleux remuaient de bas en haut. «Le grille-pain est à côté de la cafetière – le café est frais, si tu en veux.»

Sam versa du café noir dans un vieux mug en céramique blanche aussi lourd qu'un marteau, y ajouta ce qui ressemblait à du lait entier dans un pot en verre. Les œufs étaient délicieux. Frais et fumants, mais pas baveux. Sam détestait les œufs brouillés baveux. Il ajouta du sel et du poivre, et un peu de sauce piquante. Darwin était debout devant l'évier, en train de laver la vaisselle, et il racontait qu'ils avaient autrefois eu des poules, mais qu'ils avaient fini par renoncer à les protéger des vingt et une espèces différentes de prédateurs qui vivaient à Panther Gap, dont chacune était déterminée à les détruire totalement. Ils achetaient désormais leurs œufs à une famille qui vivait dans le bas-pays, près de Whitespring.

Sam essaya de dénombrer mentalement les espèces de prédateurs mais il n'alla pas très loin. Peut-être que Darwin se moquait de lui. Puis il se rendit compte d'autre chose. Il avala une longue gorgée de café noir et reposa le mug sur la table en faisant un bruit sourd.

«Vous êtes l'oncle Jeremy, n'est-ce pas ?» dit-il, à moitié pour lui-même.

L'oncle l'entendit et rit, mais ne répondit pas.

# 19

Bowman emprunta une nouvelle rocade et se dirigea vers le sud de la ville, puis il tourna en direction des montagnes sombres, vers le sud-ouest, toujours affamé. Il commençait à se dire qu'il pourrait arriver à temps au ranch pour le petit-déjeuner, lorsqu'il remarqua que la jauge de température du moteur était dans le rouge. Il s'arrêta pour le laisser refroidir. Mais, une heure plus tard, même résultat. Cette fois il attendit plus longtemps, tandis que ses espoirs de petit-déjeuner s'évanouissaient. Le pick-up surchauffa de nouveau à deux reprises dans les deux heures qui suivirent.

Dans la montée vers Creede, de la fumée sortit de sous le capot. Il se rangea sur l'accotement en terre battue, éteignit le moteur et les phares. S'assit et écouta le faible sifflement du radiateur. L'odeur métallique et doucereuse de la vapeur du liquide de refroidissement le prit à la gorge.

Il aurait dû voler un véhicule en meilleur état.

La route sur laquelle il avait échoué n'était pas très fréquentée à cette heure. Il attendit dans l'obscurité. La vitre côté conducteur était baissée et, par-dessus le bruit faiblissant du radiateur, il entendait le murmure d'un ruisseau non loin de là. Le bruit de l'eau devint plus fort, incroyablement fort, et sa tête se dilata comme un ballon. Il se cramponna au volant pour ne pas passer par la fenêtre et se mettre à flotter dans la nuit.

Parfois ça commençait comme ça, une entrée forcée dans Ciguatera City. Celle-ci s'annonçait mal, et une suée s'ensuivit, qui trempa sa nouvelle chemise. Il sortit, ayant toujours l'impression qu'il pouvait perdre à tout moment le contact avec le sol, déverrouilla le capot et l'ouvrit. Il lui fallait un chiffon pour le bouchon brûlant du radiateur. Sherman Carver de Bird City avait sûrement déjà été confronté à ce genre de problème. Il devait y avoir une recharge de liquide de refroidissement quelque part dans le pick-up. En y réfléchissant, conduire de Bird City à Denver n'impliquait pas beaucoup de montées raides. Quelques centaines de mètres de dénivelé sur quelques centaines de kilomètres, puis une longue et douce descente vers la maison une fois que M. Carver avait terminé son travail. Bowman avait transgressé les limites habituelles et convenues du pick-up en l'amenant dans ce canyon escarpé. Il s'excusa à haute voix auprès du vieux Ford pour son ignorance et son insensibilité.

Il se détourna du moteur cliquetant et puant. À sa droite, le canyon sombre descendait depuis le bitume vers le ruisseau bruyant. Il respira lentement, profondément.

« Je parle à une bagnole », dit-il.

Au Costa Rica, il avait appris à s'adapter à la façon dont la ciguatera lui déformait l'esprit. Dans la jungle au bord de l'océan, l'issue potentielle de mauvaises décisions – les problèmes qu'il était susceptible de rencontrer – était prévisible, et assez facile à contrôler. Les choses étaient différentes ici.

Avait-il été sous l'influence de l'épisode de ciguatera à venir quand il avait volé ce pick-up ? Possible. Et à l'aéroport, quand il avait renoncé à son vol pour Whitespring ? Difficile à dire. Ces décisions pourraient ne pas résister à l'examen approfondi d'une Summer, mais elles lui semblaient toujours justifiées.

Il allait bien. Étourdi, fiévreux, mais ça allait.

Où était-il ? D'après les étoiles qu'il pouvait voir, cette voie rapide allait dans la bonne direction. La lumière d'un ranch éloigné brillait d'un jaune pâle dans l'échancrure du canyon, dans la direction d'où il était venu, à des kilomètres de là.

Derrière le siège, il trouva une vieille serviette maculée de ce qui semblait être de l'huile de moteur. Regrettant de ne pas avoir de lampe de poche, il plissa les yeux sur le bric-à-brac dans la benne du véhicule et commença à tâtonner avec les mains. Principalement des débris de matériaux de construction, sans doute récupérés sur des sites où Carver avait travaillé, des trucs qu'il trouvait dommage de jeter, qu'il pourrait utiliser un jour. Puis, attachés dans un coin, deux bidons de lait vides. Il les sortit de là et avança jusqu'au bord de la route, examinant la pente raide jusqu'à la ligne sombre de broussailles le long du ruisseau.

Il avait chaud, comme si sa peau était sur le point de s'enflammer, aussi ôta-t-il sa chemise ; il la suspendit au rétroviseur côté passager pour qu'elle sèche. Dans le magasin à l'aéroport de Miami, Tommy lui avait assuré que les bottines iraient bien pour la randonnée, mais leurs semelles étaient souples, sans adhérence, si bien qu'il les retira, fourra les chaussettes à l'intérieur, retroussa le bas de son nouveau jean et descendit la pente, les pieds nus endurcis par la vie au Costa Rica. Se tournant de profil pour se frayer un passage à travers les saules, il sentit de la boue entre les orteils, puis se retrouva à genoux près du ruisseau effervescent, la neige fondue des hautes terres dégringolant joyeusement sur un lit de roche brisée. Le son l'enveloppait, l'apaisait mais l'empêchait aussi d'entendre quoi que ce soit d'autre. S'il en avait eu le temps, il aurait attendu là une accalmie dans l'épisode de ciguatera, toute la nuit si nécessaire, faisant confiance aux esprits de l'eau pour le protéger pendant qu'il traverserait la ville, glissant de la mémoire à la vision et au fantasme paranoïaque, espérant apprendre quelque chose ou acquérir, à la fin, de nouvelles perspectives.

Au lieu de cela, il remplit les deux bidons d'eau fraîche au ruisseau et remonta vers la route. À mi-chemin, il s'arrêta et s'accroupit. Un long SUV sombre s'était garé derrière le pick-up. Il attendait là, tous feux éteints. Après un moment, une silhouette apparut sur le bas-côté de la route.

Bowman attendit, espérant qu'il n'avait pas été repéré, mais le faisceau d'une lampe de poche l'aveugla, puis s'éteignit.

Une voix masculine amicale se fit entendre : « Oh, merde, désolé ! »

Il cligna des yeux pour chasser l'éblouissement résiduel.

«Vous allez bien, en bas? Je me suis arrêté pour voir si vous aviez besoin d'un coup de main!»

Bowman ne bougeait toujours pas, considérant les options qui étaient les siennes. Estima qu'il n'en avait aucune. Il n'aurait pas dû laisser ce putain de capot relevé: n'était-ce pas là une sorte de signal indiquant qu'il voulait de l'aide? Ou pire encore, aurait-il été suivi? Depuis l'aéroport, pendant le trajet en taxi jusqu'au motel, quelqu'un garé sur l'autoroute, l'observant avec un appareil à vision nocturne, tandis qu'il volait le camion, puis restant habilement derrière lui sur plusieurs kilomètres? Et le trouvant maintenant en panne, et vulnérable.

Il essayait de se concentrer, mais son esprit continuait de dériver. D'habitude, ce n'était pas un problème, mais avec les prétendues exigences de la «vie réelle» qui l'obligeaient à réagir au monde de telle ou telle manière, il trouvait cette dérive incroyablement frustrante, comme s'il utilisait un pied-de-biche dont la tête serait recourbée dans le mauvais sens. Il n'avait aucune prise.

Il réussit enfin à se remettre en mouvement et à atteindre le bas-côté de la route, où il se redressa avec ses bidons d'eau dégoulinants, torse nu et sans chaussures, tâtonnant dans l'obscurité vers un homme penché sous le capot ouvert. La lampe de poche éclairait le moteur du pick-up.

«Ce machin est une antiquité – je veux dire, c'est bien, on peut voir ce qui est quoi là-dedans. Les nouvelles Chevrolet comme la mienne, tout est informatisé, vous ne pouvez même plus réparer votre propre voiture.»

Bowman observa le visage dans le rai de lumière. Le type semblait un peu plus âgé que lui – début de la quarantaine peut-être –, blanc, rasé de près avec une forte mâchoire. Bel homme, bien bâti, musclé mais pas trop. Il portait des vêtements de ville décontractés: pantalons de treillis et veste de pluie noire sur un tee-shirt sombre. Une casquette de base-ball rouge, des chaussures de running flambant neuves. Il se souvint de l'étranger dans la boutique pour hommes à Miami, sur la photo que Tommy lui avait montrée. Même carrure, mais des cheveux différents.

«Vous auriez un chiffon, ou quelque chose comme ça, pour ce bouchon de radiateur?» L'homme souriait. Le fait que Bowman soit à demi nu ne semblait pas le gêner. En fait, les vêtements coûteux qui lui avaient permis de passer inaperçu à l'aéroport auraient détonné de façon suspecte avec l'état de délabrement du pick-up de Carver. «Quand j'étais gosse, mon père s'est brûlé les bras au second degré dans le même genre de situation.

– Merci de vous être arrêté», dit Bowman. Il n'oublia pas d'ajouter à son accent un peu de Colorado rural. Les plaques qu'il avait volées étaient du Colorado, ce dont il se félicitait, car il n'avait aucune idée de ce que pouvait être l'accent du Kansas. «J'ai un chiffon mais j'attendais un moment, pour la laisser refroidir un peu. Elle fait ça tout le temps.» Il montra les deux bidons. «Un peu d'eau du ruisseau la remettra en état, et je pourrai passer le col. Ensuite, ça descend», ajouta-t-il gaiement, avec une petite grimace, craignant d'en faire un peu trop.

«Bon, OK, dit l'homme. Mais ça ne me dérange pas d'attendre avec vous. Au cas où vous n'arriveriez pas à redémarrer.» Il s'éloigna du pick-up et éteignit sa lumière. Bowman pouvait distinguer sa tête qui tournait de gauche à droite, parcourant du regard la route vide. «Vous risquez de passer la nuit ici.

– Ça ne serait pas la première fois que je passe la nuit dans le pick-up», fit Bowman en riant.

L'homme se tenait là, hochant la tête. Grand sourire. Bowman se rendit compte que la seule manière de se débarrasser de lui était de faire démarrer la voiture. Il enfila sa chemise, ses chaussures et ses chaussettes, trouva le chiffon qui puait l'huile, et se concentra pour ouvrir le bouchon du radiateur sans se brûler les bras. Il y versa les deux bidons d'eau.

«Actionnez le démarreur», suggéra aimablement l'homme.

Bowman s'assit derrière le volant et actionna le démarreur, mais rien ne vint, juste un petit cliquetis électrique. L'homme regarda à nouveau sous le capot avec sa lampe de poche. Puis il s'approcha de la fenêtre du côté conducteur.

«Je crois que votre thermostat est cassé. Heureusement que j'ai attendu.

– Je devrais essayer encore, dit Bowman.

– Je ne sais pas quoi vous dire.»

La pointe de menace dans sa voix pouvait relever de l'imagination de Bowman, ou bien l'homme pouvait avoir coupé un fil quand il trafiquait sous le capot. Il pouvait être armé. Leo Girard chuchota à l'oreille de Bowman de continuer à jouer le jeu, de découvrir ce que cherchait cet étranger, d'économiser ses mouvements pour le moment opportun, que ce soit fuite ou combat.

«Je vais vous déposer à Stumptown. Vous pourrez appeler une dépanneuse dans la matinée.» Là-dessus, l'homme remonta dans son véhicule. Les phares s'allumèrent en même temps que le moteur, d'un bleu brillant et glacé, sans âme, sans doute un nouveau type d'ampoules. La Chevrolet Suburban vint se placer à côté de Bowman, capot pointé vers l'ouest. «Allez, montez.»

Bowman ressentit le glissement abrupt, irrésistible, de la fatalité, un sentiment de prédestination. Il jeta un coup d'œil dans la cabine sombre du pick-up qu'il avait volé. Ne parvint pas à imaginer qu'il y ait là-dedans quelque chose dont il pourrait avoir besoin. Il chercha son sac étanche, toujours attaché à sa taille. Il contenait le reste de son argent liquide – un montant inconnu, mais assez important, il n'avait pas vraiment compté – ainsi que son passeport. Il se rappela qu'à Miami il avait acheté trois barres de céréales à base de noix, de beurre de cacahuète et de chocolat, qui lui avaient semblé délicieuses alors, mais elles ne semblaient pas être dans le sac, donc il les avait peut-être mangées.

«Vous venez?»

Bowman dit adieu au pick-up de Carver et en sortit.

La lune était suspendue au-dessus de la crête des montagnes, scintillant comme un drapeau dans le vent, ce qui indiquait que sa fièvre était plus importante qu'il ne l'avait pensé. À l'est, la pente abrupte du relief s'ouvrait largement, sa végétation clairsemée, la lumière de la lune révélant les ossements rocheux de la terre. Aucun signe de l'aube.

Il fallait qu'il arrive au ranch dans la journée. Summer était en danger. Une fois de plus il regretta de ne pas l'avoir prévenue quand il en avait eu l'occasion, sept ans plus tôt.

Laissant ses scrupules de côté, il ouvrit la porte passager de la Suburban et se glissa sur le luxueux siège en cuir. L'homme lui tendit la main.

«Bickford Rangely, dit-il. Mais appelez-moi Bick.»

Bowman hésita, pensant que cela ressemblait à un nom inventé ; puis, comprenant qu'il devrait aller de l'avant et faire avec, il saisit la main et la serra, se présentant comme Sherman Carver.

# 20

Jeremy, Sam et Marco descendaient dans un gros quad un chemin étroit qui zigzaguait depuis la crête. Selon Jeremy, la famille n'utilisait les quads et les chevaux qu'à l'intérieur de la propriété, et ils gardaient leurs pick-up dans une grange tout près de la maison du gardien, au bord de la route. Les camions à dix-huit roues qui amenaient les culards – Sam comprit qu'il s'agissait d'un genre de bétail – ne pouvaient pas aller plus loin que la maison du gardien, si bien qu'ils déchargeaient là, et pour passer la montagne et rejoindre la vallée, Summer et les oncles conduisaient le troupeau sur plusieurs kilomètres le long du chemin, à l'ancienne. Même chose en sens inverse à l'automne.

Le premier tronçon traversait une profonde tranchée dans la roche mais, au fur et à mesure qu'ils descendaient, le chemin devenait plus escarpé, le précipice du côté de Sam plus abrupt – à présent la lune brillait au-dessus de la butte à l'est – et il faisait de son mieux pour ne pas regarder en bas. Le chien, qui pour une raison inconnue semblait fasciné par Sam, ne cessait de presser son museau humide contre son oreille et de souffler bruyamment, le faisant sursauter à chaque fois.

Ils s'arrêtèrent devant une porte métallique massive, où Jeremy actionna une clé sur trois verrous, libérant une lourde barre d'acier reliée à un câble sur un guindeau. Sam l'aida à soulever la barre, et ils firent pivoter le côté gauche de la porte vers l'extérieur. Après qu'ils furent passés, Jeremy arrêta le quad, et ils revinrent tous deux à la porte pour accomplir la manœuvre inverse. Lorsque Sam fit un commentaire sur la sécurité, Jeremy répondit que c'était mieux avant, ce que Sam interpréta comme signifiant «plus sûr». Il dit qu'il était plus difficile de se cacher maintenant avec les satellites qui prenaient des photos et les mettaient sur Internet.

«D'habitude on bande les yeux des gens à l'aller et au retour, dit-il. Mais comme tu sais déjà où nous sommes, je fais une exception.»

Sam se mit à rire, puis se ravisa. Peut-être était-il sérieux.

Après avoir roulé dix minutes de plus sur une piste de terre accidentée, une petite maison de ranch apparut sur un monticule, à cinquante mètres de la route. Sam supposa que c'était la même route que celle qu'il avait empruntée la veille. Encore quelques kilomètres et il aurait pu frapper à la porte de cette maison. Au lieu de Summer, il aurait rencontré Sarge, le gardien de la famille. Celui-ci l'aurait conduit à Whitespring et déposé à l'aéroport. Où il aurait pris connaissance des appels de Mac. Il aurait alors essayé de gérer la situation tout seul. Il commençait à comprendre ce qu'avait dit Summer sur la sérendipité.

Ils s'engouffrèrent dans la grange derrière la maison, déclenchant un projecteur qui éclaira un SUV Toyota poussiéreux et deux pick-up, un Ford noir récent et un vieux Dodge. Jeremy se gara à côté du Dodge, expliquant qu'il n'avait pas besoin d'un véhicule luxueux puisqu'il n'avait pas à conduire très loin pour se rendre au travail. C'est Summer qui roulait le plus, dit-il, avec ses allers-retours à Denver ou aux aéroports de Whitespring et Durango.

«Elle m'a expliqué que vous aviez tous un travail en dehors du ranch.

– Il le faut, de toute façon. Le bizness de la vache rapporte pas, pour sûr.»

Sam remarqua l'irruption du parler cow-boy, mais rien n'indiquait que l'oncle voulait faire de l'ironie.

«Elle m'a dit que vous étiez dans la police?»

Pas de réponse.

«Que Darwin était chef cuisinier, et qu'elle travaillait dans une sorte d'association à but non lucratif, mais elle n'a pas dit de quoi il s'agissait ni quel était son but.

– T'es bien curieux, non ? »

Sam fut pris de court. « C'était juste pour parler.

– Rien de que du très banal, je peux te dire. Son grand-père a créé cette association caritative il y a longtemps, et Summer est payée une misère pour s'envoler quelque part tous les mois et donner de l'argent à d'autres ranchers qui font les mêmes choses que nous ici. »

Sam supposa qu'il s'agissait d'une fondation familiale et qu'il y avait des règles sur les montants que les membres de la famille pouvaient percevoir.

Tandis que Sam abaissait le hayon, Jeremy força l'ouverture d'une grande boîte à outils en acier rouillé boulonnée derrière la cabine et y transféra, depuis le quad, une longue mallette en plastique et un sac de voyage. Marco se ramassa et sauta sur le hayon. Une fois sur la plate-forme du pick-up, il posa ses pattes avant sur la boîte à outils et se tint droit comme un homme, la tête dépassant du toit de la cabine. Jeremy rangea le sac en papier kraft contenant trente-sept mille dollars en espèces derrière la banquette, comme s'il s'agissait d'un quelconque sac à pique-nique, et ils partirent dans le vieux pick-up.

Le lieu de rendez-vous était à près d'une heure de route et suffisamment loin de tout, d'après Summer, pour que le risque que quelqu'un les observe à deux heures du matin soit insignifiant. Jeremy arrêta le pick-up dans une déclivité de la route. Il éteignit les phares et sortit avec un tournevis pour forcer la boîte à outils. Extirpa un paquet de vêtements de son sac de voyage. Le temps que Sam contourne l'arrière du camion, Jeremy s'était muni d'une lampe frontale émettant une faible lueur rouge et s'apprêtait à enfiler une combinaison de camouflage. Sur la plate-forme, Marco se tenait près de Sam et lui soufflait dans l'oreille son haleine chaude de clébard. Sam tendit le bras et gratouilla distraitement l'énorme tête du chien.

« Tu fais confiance à ton ami ? demanda Jeremy, apparemment rassuré sur sa fiabilité à lui. Il ne faut pas qu'il raconte ça à la police. Et tu ne dois rien lui dire à notre sujet. Pas de noms, rien sur Summer ou le ranch, il ne doit pas voir mon visage, ni la plaque d'immatriculation du pick-up, rien. »

Jeremy fouilla dans la boîte à outils et sortit la mallette rectangulaire. Il débloqua les clips de fermeture et s'empara d'un fusil d'assaut noir équipé d'une volumineuse lunette noire. Saisit un silencieux de la taille d'un tube d'essuie-tout et le fixa au canon.

«Waouh», fit Sam. Jeremy avait apporté une petite glacière avec des canettes de Coors, et ils en avaient bu quelques-unes en chemin. Malgré la bière, le trac de Sam s'était lentement transformé en nausée ; mais cette vision de l'oncle Jeremy armé d'un fusil militaire avait des vertus franchement apaisantes. « C'est à vision nocturne ?

– Tu sais utiliser une boîte de vitesses ? Je serai en embuscade, dans les broussailles qui montent au nord de la route. Laisse-moi dix minutes d'avance, puis conduis jusqu'à ce que tu voies leur véhicule – à trois cents mètres d'eux environ. Continue et arrête-toi à cent mètres. Éteins les phares. Marche jusqu'à mi-chemin avec le sac et, avant de le leur lancer, fais en sorte qu'ils te montrent ton ami vivant. Ne t'approche pas d'eux, recule, laisse-les compter le fric s'ils le veulent. Quand ils auront libéré ton ami, fais-le entrer dans le pick-up et attends qu'ils soient partis.»

Se sentant incapable d'émettre un son suffisamment intelligible, Sam hocha la tête. Jeremy ordonna à Marco de rester là et disparut aussitôt dans l'armoise. Sam compta jusqu'à six cents et fit démarrer le moteur. Ça faisait plus de dix ans qu'il n'avait pas conduit une voiture à embrayage et il cala deux fois avant de pouvoir faire avancer le pick-up en première. Les réflecteurs rouges d'un véhicule apparurent au loin. Il freina, cala de nouveau, éteignit les phares, descendit et sortit de derrière le siège le sac en papier rempli d'argent. Complètement dégrisé, il se tenait à côté du capot cliquetant et chaud du pick-up.

L'autre véhicule alluma ses feux. Sam se souvint brusquement de la Subaru qu'il avait louée. Qu'en avaient-ils fait ? Deux silhouettes sortirent, des têtes lisses et noires – sans doute revêtues de passe-montagnes. Il sentit quelque chose se liquéfier dans son ventre, et ne parvint à empêcher ses jambes de flancher que parce qu'il savait que Jeremy veillait.

*OK*, pensa-t-il, *j'ai trente-sept mille dollars dans un sac et je suis en train de marcher en direction de deux trafiquants-de-drogue-slash-kidnappeurs. Mais je ne suis pas le kidnappé. C'est mon ami Mac. C'est pour lui que je fais ça, c'est lui qui a des problèmes.*

Il se sentit plus fort. Un pas de plus.

Les hommes avancèrent de quelques mètres puis attendirent que Sam se rapproche d'eux. C'est Sam qui allait devoir briser la glace. Comment dire ce qu'il avait à dire ? Il avait sûrement déjà vu ça dans un film, mais il ne se souvenait pas d'une scène précise, d'une réplique appropriée lancée par un héros plein de sang-froid.

« Où est Mac ? » cria-t-il.

C'était peut-être trop fort. Mais c'était direct.

« Monsieur Sam ! Où est notre argent ? »

C'était la voix du téléphone, railleuse, imitant son cri nerveux. Les deux hommes rirent. Sam montra le sac, et celui qui avait crié fit un signe de tête à l'autre, qui marcha jusqu'au SUV et fit sortir un troisième homme du hayon surélevé, portant une capuche, plus grand que les deux autres mais courbé, se redressant progressivement à mesure qu'on le faisait avancer. Au moins il pouvait marcher tout seul. Ils retirèrent la capuche et braquèrent une lampe de poche sur son visage : c'était Mac, avec du ruban adhésif sur la bouche, tabassé mais reconnaissable. Il avait les yeux fous, secouait la tête, criait dans le ruban adhésif, essayant de dire quelque chose à Sam. La capuche retomba sur son visage.

« Donnez-nous l'argent, monsieur Sam ! »

Toujours le même ton moqueur. Sam lança le sac.

Comme le deuxième type se penchait pour le ramasser, Sam demanda : « Et Melissa ? »

L'homme au sac regarda l'autre et tous deux haussèrent théâtralement les épaules. Ils regardèrent dans le sac avec une lampe de poche. Un échange à voix basse, presque chuchoté, que Sam ne put comprendre, puis ils se retournèrent et renvoyèrent Mac vers le SUV.

« Il y a trente-sept mille, vous pouvez compter... Hé ! »

Ils poussèrent Mac à l'arrière du véhicule. Tous les deux riaient.

« Hé, vous avez le fric, ramenez-le ! »

Dans la lueur des phares, les deux hommes se dirigèrent vers Sam avec une agressivité saisissante, chacun tirant une arme de sa ceinture.

Sam ne pouvait pas bouger. Sa bouche était grande ouverte et il ne parvenait pas à la fermer. Il en était gêné mais ne pouvait rien y faire. Plus près maintenant, les deux hommes pointaient nettement leurs pistolets sur lui, exigeant quelque chose, les oreilles de Sam bourdonnaient, les hommes se rapprochaient, jusqu'à ce que Marco rugisse depuis son perchoir sur la plate-forme du pick-up, d'une façon qui ressemblait à peine à un bruit de chien. Ils eurent une hésitation, quelque chose vint frapper leurs têtes – d'abord l'un, puis l'autre – et ils tombèrent mollement sur le gravier. Une partie de ce qui avait été à l'intérieur de leurs crânes jaillit en fines gouttelettes éclairées par les phares et mit un peu plus de temps que leurs corps à atteindre le sol. Fasciné, Sam les regarda tomber.

Une galopade derrière lui. Marco apparut et renifla les deux cadavres, la queue droite. Oncle Jeremy arriva en courant, éloigna les pistolets d'un coup de botte, tâta du bout du pied les corps des deux ravisseurs puis s'approcha du SUV, le fusil à l'épaule. Lorsqu'il se fut assuré qu'il n'y avait personne à part Mac, il éteignit les phares.

L'obscurité fut soudaine ; les yeux de Sam s'adaptèrent progressivement à la lumière de la lune.

Jeremy revint, guidant Mac par le bras et lui parlant à voix trop basse pour que Sam puisse entendre.

Sam se rendit compte qu'il n'avait pas bougé depuis qu'il avait jeté le sac avec l'argent, que Jeremy portait désormais coincé sous un bras.

Il réussit à faire quelques pas. Il se rapprocha de Marco, posa une main dans l'épaisse fourrure du chien. C'était étrangement réconfortant.

« Sam ? » Mac lui parlait de sous la capuche. Jeremy avait dit vrai : bien qu'il lui ait ôté le ruban adhésif de sa bouche, il ne voulait pas que Mac voie son visage.

« Je suis là. Tu vas bien ? » Sam enjamba l'un des ravisseurs et saisit l'épaule de Mac. Elle tremblait. Ses poignets étaient toujours attachés par un collier de serrage. «On peut enlever ce putain de truc?

– Ils allaient te kidnapper aussi, pour obtenir plus de rançon, dit Mac. Ils nous auraient tués tous les deux.

– C'est bien l'impression que j'ai eue. Et Melissa?

– Elle est morte.»

Jeremy avait récupéré les pistolets et fouillait sans ménagement les poches des ravisseurs. Il ne répondit pas à la question de Sam.

«Ce type dit qu'il nous aide mais il ne veut pas m'enlever ma capuche, reprit Mac.

– Il est un peu parano. Mais il nous a sauvé la vie. Fais juste ce qu'il dit.

– S'ils en ont vraiment après toi, c'est pas de la parano», dit Jeremy, à nouveau avec un accent de la campagne. Il portait toujours sa lampe frontale, et fouilla dans un portefeuille en cuir que Sam reconnut comme étant celui de Mac. Vérifia son permis de conduire. Tendit le portefeuille à Sam. Marcha vers son pick-up, ouvrit la boîte à outils, rangea le fusil et la tenue de camouflage, et lorsqu'il revint le sac d'argent avait disparu – il avait dû l'y mettre aussi. Sans dire un mot, il s'agenouilla et saisit l'un des deux hommes pour le hisser sur ses épaules, comme dans un ballet, puis se dirigea vers le SUV.

Lorsqu'il hissa sur son dos, en grognant cette fois, l'autre ravisseur, plus massif, Sam demanda s'il avait prévu de les abattre depuis le début.

«Sûrement pas. Les gangsters morts, ça me fait carrément chier.»

Il referma le hayon sur les corps. Puis il fouilla le SUV, ouvrant les portes, les claquant. Quand il revint, il portait le gros sac à dos jaune de Melissa.

«C'est ça?»

Sam hocha la tête.

«Merde.

– Quoi?

– C'est lourd. Douze, quinze kilos.

– Elle disait que c'était surtout des bouquins.

– Ah.» Il ouvrit le sac et regarda à l'intérieur. Fixa le tout un moment, puis referma. « Ça n'a aucun sens.

– Qu'est-ce qui n'a aucun sens ?

– Ben, la dernière fois que je me suis renseigné, ce produit-là coûtait quatre-vingts dollars le gramme en gros, et peut-être cent quatre-vingts dans la rue. Si tu as cinq kilos de coke... » Il fit une pause, calculant mentalement. « Quatre cent mille en gros, dit Sam. Neuf cent mille dans la rue. Deux fois plus si c'est dix kilos.»

Jeremy jura de nouveau. « Ces deux abrutis ne travaillaient pas pour les vrais propriétaires. Je ne sais pas comment ils vous ont trouvés. Et je ne sais pas comment ceux que les propriétaires ont vraiment envoyés n'ont pas encore remis la main sur ce sac.

– Melissa disait qu'elle avait un mouchard sur elle.»

Sam et Jeremy se regardèrent, puis regardèrent la tête encapuchonnée de Mac.

« Elle m'a avoué deux, trois trucs. Ils nous avaient bâillonnés, mais elle pouvait encore parler.»

Sam explosa : « Vous pouvez couper ce putain de truc en plastique et libérer ses poignets ? C'est n'importe quoi, c'est comme s'il était notre prisonnier et qu'on l'interrogeait.»

Jeremy sortit un couteau pliant de sa poche. « Garde la capuche », dit-il tandis qu'il coupait le collier de serrage. Le relâchement soudain de ses épaules déséquilibra Mac, qui trébucha vers l'avant. Sam le rattrapa en le retenant par le coude. Jeremy trépignait sur place à présent, impatient de partir, mais il demanda à Mac si la fille lui avait dit autre chose.

« Ouais, c'était comme si elle se confessait, elle se sentait coupable de m'avoir attiré des ennuis. Son copain était un gros bonnet dans un des cartels mexicains, il travaillait à Phoenix. Ils s'étaient disputés, il était violent, elle pensait qu'il allait vraiment la tuer cette fois, alors elle l'a attaqué avec un club de golf. Elle l'a assommé. Il agissait bizarrement, il était parano avec ce sac à dos, du coup elle l'a pris en partant. Elle a abandonné sa Porsche à un relais routier et a commencé à faire du stop. Elle était dans le business depuis assez longtemps pour savoir qu'elle devait être équipée d'un mouchard, et elle s'en est débarrassée.

– Pas un mouchard, dit Jeremy. Un genre de transmetteur GPS. Et donc ils vous ont trouvé comment ?

– La rumeur s'est répandue. Elle disait que le cartel avait offert une grosse récompense. Ces deux-là ont dû tomber sur elle dans le café où on l'a ramassée, ou peut-être avant, et ils l'ont suivie. Malchance à la con. Ils sont devenus gourmands, ont décidé de laisser tomber la récompense et de garder la coke pour la vendre eux-mêmes. »

Jeremy réfléchit un moment. « À quoi ressemble ton téléphone ? »

Mac décrivit son BlackBerry. Jeremy retourna au SUV, rapporta deux téléphones et le BlackBerry, marmonnant quelque chose sur la putain de batterie qui était morte.

« Où est le chargeur ?

– Je sais pas. Peut-être dans la voiture qu'on a louée.

– Qu'est-ce qu'elle est devenue ?

– Ils l'ont vendue à quelqu'un.

– Sans doute un garage de pièces détachées. »

Jeremy vint se placer derrière Mac, souleva sa capuche et lui montra le BlackBerry à la lumière. Mac hocha la tête et Jeremy retira la batterie morte, puis la glissa dans une poche avec le téléphone. Il essaya les deux autres téléphones mais ils étaient verrouillés.

« Ils se sont servis des autres téléphones pour appeler les gens que tu connais ?

– Je crois pas. Ils ont utilisé les contacts de mon téléphone.

– Ils ont appelé quelqu'un d'autre avec ?

– Non... je ne sais pas. Je ne crois pas.

– Il faut que tu sois sûr. Dès que tu pourras le recharger, tu l'allumeras, tu chercheras les appels sortants et noteras les numéros. Puis tu l'éteindras à nouveau et enlèveras la batterie. » Il saisit le bras de Mac avec une surprenante sollicitude et l'entraîna vers le SUV. « Sam, avec Marco, vous nous suivez dans le pick-up. Laisse-le monter dans la cabine avec toi. La route va être mauvaise. »

Avec Marco qui passait la tête par la fenêtre côté passager, Sam suivit pendant plus d'une heure, s'habituant à la longue à l'embrayage. Ils conduisirent sur un enchevêtrement déconcertant de routes secondaires à peine praticables, puis un kilomètre environ hors piste à travers le désert, phares éteints, roulant à petite vitesse le long du lit d'un ruisseau à sec, manquant de s'enliser une demi-douzaine de fois, pour finalement s'arrêter à l'embouchure d'un canyon. Jeremy sortit et accompagna jusqu'au pick-up Mac encapuchonné.

« Attendez-moi ici tous les deux. Ne me suivez pas. » Et à Mac : « Garde la capuche pour l'instant. »

Dès que Jeremy fut parti, Sam dit à Mac d'enlever sa foutue capuche, mais Mac refusa. Ils attendirent dans le camion, avec le chien assis confortablement sur la banquette entre eux, reniflant l'oreille de Sam quand l'idée lui en prenait. Mac répondait aux questions de Sam d'un ton lourdement monocorde, disait qu'il avait déjà tout raconté à l'autre type. Les deux ravisseurs avaient conduit Mac et Melissa dans un bâtiment abandonné, quelque part près d'une voie ferrée. Ils avaient violé Melissa et lui avaient tiré une balle derrière la tête. Mac avait réussi à les convaincre qu'il était un otage de valeur, une occasion de se faire de l'argent facile et rapide qui les aiderait à vendre la coke ensuite. Ils l'avaient forcé à creuser une tombe dans le terrain derrière le bâtiment et à y enterrer Melissa. Les masques et la capuche lors de l'échange n'étaient là que pour le spectacle. Il était persuadé qu'ils n'avaient jamais eu l'intention de les épargner. Il s'excusa d'avoir failli faire tuer Sam.

Après ça, Mac ne voulut plus parler, et Sam trouvait que c'était de toute façon trop bizarre de parler à son ami sous une capuche, si bien qu'ils restèrent assis en silence, à écouter Marco haleter. Puis une lumière orange se mit à danser sur les parois du canyon.

« Il est en train de brûler le SUV. Je vais aller voir ça. » Sam s'extirpa de derrière le volant, referma la portière du pick-up et remonta prudemment le lit du ruisseau, dans la faible lueur de la lune. Le SUV était garé sur une légère hauteur dans le canyon étroit, enveloppé de flammes rougeâtres et furieuses qui se tordaient et bondissaient sous l'effet du vent. Ça lui rappela le feu de signal de Summer, et il ressentit un moment de dislocation, se rappelant son ancien moi conduisant ivre dans le désert, utilisant le feu comme une balise.

Jeremy avait choisi un bon endroit. Contrairement au feu de signal de Summer, son brasier ne pouvait être vu de loin, dans quelque direction que ce fût, et il ne semblait pas y avoir beaucoup de broussailles susceptibles de s'enflammer et de provoquer un feu de forêt. Ça devait être un terrain BLM*, ou peut-être le coin reculé d'une réserve. Ensuite il remarqua que Jeremy était assis à la limite de la partie éclairée, contre le vent par rapport au véhicule en feu, et qu'il fouillait dans le sac à dos de Melissa, dont il sortit quatre paquets rectangulaires qu'il empila un par un sur le sol, à côté de lui. Il s'assit à côté du sac vide et regarda les paquets.

Il resta assis là si longtemps que Sam craignit qu'il ait eu un malaise ou un AVC. Mais, en fin de compte, ce fut comme s'il avait pris une décision : il remit les paquets dans le sac, le referma et, au lieu de le jeter au feu, le mit sur son épaule et rebroussa chemin.

* Le Bureau of Land Management, ou « Bureau de gestion du territoire », est une agence rattachée au ministère de l'Intérieur des États-Unis qui gère les terrains publics.

# 21

*1987*

Pendant le vol pour Mexico, Leo sirotait un whisky sur le siège côté couloir en observant ses enfants, Bowman qui regardait par le hublot, Summer qui se penchait pour voir par-dessus son épaule, nommant tout ce qu'elle reconnaissait : les *sky islands** du sud de l'Arizona, le vaste désert de Chihuahua, la sierra Madre occidentale, qui n'était qu'une vague gravure à l'horizon, vers l'ouest. Bowman endurait le trajet en silence, perdu dans ses pensées. Leo savait qu'il parcourait en esprit le pays en dessous, imaginant les plantes et les animaux, les rochers et les rivières, les gens qui s'y trouvaient, comment ils vivaient. Ce qu'ils croyaient. Quels étaient leurs dieux, leurs fantômes.

Lorsque l'avion descendit en cercles au-dessus de la vallée et de la ville de Mexico, Summer se tut, réduite au silence par le spectacle urbain, ce minuscule morceau de planète où quinze millions de personnes vivaient leurs vies.

Aucun des deux enfants n'avait jamais rien vu de semblable, ni même d'approchant. Ils étaient habitués à Whitespring. Durango était leur grande ville. Il était arrivé à Leo de conduire de longues heures pour les emmener à Santa Fe visiter des musées et des galeries, mais là, c'était sans commune mesure avec Mexico.

---

* Un *sky island* est un massif de montagnes dont les conditions d'isolation topographique se répercutent au niveau des écosystèmes, souvent endémiques. Dans le sud-ouest de l'Arizona, il s'agit des montagnes Galiuro, Pinaleño, Chiricahua, Mule, Huachuca et Whetstone.

Peut-être avait-il attendu trop longtemps. Le choc serait peut-être trop fort.

*Trente-cinq ans*, lui avait dit son père. *Tu as trente-cinq ans pour leur apprendre tout ce que tu veux. Je serai parti depuis longtemps mais tu peux les préparer, si tu saisis ce que ça veut dire.*

Ainsi avait parlé Martin Girard sur son lit de mort, un jour froid de novembre 1974, projetant tous ses espoirs d'un héritage dynastique sur un enfant de deux ans et un nourrisson. Leo n'avait même pas été vexé. Tant que le ranch était sûr, il ne s'était jamais soucié de ce que le vieil homme faisait du reste de sa fortune. Leo touchait sa pension du gouvernement, ce qui était suffisant, et il mesurait la chance qu'il avait de pouvoir élever ses enfants dans un endroit comme Panther Gap.

Il avait chassé cette histoire de succession de son esprit. Dans les années 1970, l'an 2009 se tenait très loin dans les brumes du futur, une pure théorie, un fantasme de science-fiction. Anna et lui élèveraient Bowman et Summer au ranch pour faire honneur à l'héritage indigène de leur mère ainsi qu'à la sagesse que Leo avait acquise en Afrique, si tard dans sa vie. La réalité des enfants serait ancrée dans la vaste communauté immersive des Autres avant qu'ils ne se trouvent exposés à la modernité. Mais Anna était partie trop tôt, et du jour au lendemain Bowman et Summer s'étaient métamorphosés en ces êtres inexplicables qu'on appelle adolescents, se forgeant des opinions sur le monde, opinions dont il s'était rapidement rendu compte que, non seulement il ne pouvait pas les contrôler, mais qu'il n'avait, en fait, quasiment aucune influence sur elles. Son père le savait, il en avait fait l'expérience avec Leo lui-même. Leo se sentait stupide d'avoir imaginé le contraire.

Anna avait toujours répété que le jour viendrait où ils auraient à décevoir l'idéalisme qu'ils encourageaient chez leurs enfants. Mais sans elle pour insister sur ce point, Leo avait repoussé ce jour depuis trop longtemps. À défaut de décider de leur position par rapport au monde, il pouvait veiller à ce qu'ils en voient le plus possible avant que leurs caractères ne se figent. Comme l'avait suggéré son père, il essaierait de les préparer.

Penché sur le hublot, le visage au-dessus de la tête de ses enfants, sentant leur inhabituelle odeur de savon, Leo regardait l'avion s'incliner au-dessus d'une chaîne de montagnes vertes où la ville venait s'échouer, comme une épave, sur les pentes les plus raides. Ils descendaient, survolant des bidonvilles très denses, des immeubles, de larges autoroutes et des quartiers boisés, une terre peuplée au-delà de l'imaginable.

« Comment peut-il y avoir autant de monde ? » C'était Summer, sa voix ordinairement confiante soudain faible et choquée.

Bowman était silencieux, son nez touchant presque le hublot. Ils réagissaient tous les deux de la façon que Leo avait redoutée : ni crainte ni étonnement, mais du dégoût. Ce n'était pas bon signe. Une aversion trop forte pour les villes risquait de les paralyser dans le futur qui s'annonçait.

Son propre idéal des potentialités humaines s'était forgé au contact des modes de vie difficiles, essentiels, empreints de sagesse et spectaculairement volontaires des tribus de chasseurs-cueilleurs libres avec lesquelles il avait vécu en Afrique mais, pour le reste de l'espèce, ce bateau-là avait pris le large depuis très longtemps. Aussi se lança-t-il dans un discours imprévu sur l'importance de se rappeler que les villes faisaient autant partie du monde que les ranchs, le désert et les montagnes. Que Mexico était un endroit magnifique, de haute culture, cosmopolite, avec une histoire longue et complexe qui remontait à des centaines d'années avant l'arrivée des Espagnols. Il expliqua que beaucoup de ses habitants étaient très pauvres, injustement privés d'un grand nombre de choses essentielles à une vie épanouie, et qu'ils devaient faire face chaque jour à des défis que Summer et Bowman ne pouvaient même pas imaginer. Il continua à discourir ainsi jusqu'à ce que l'hôtesse récupère son verre de scotch, et tous trois regardèrent en silence le paysage urbain s'élever progressivement jusqu'à l'avion, puis la piste s'écrasa sous le train d'atterrissage, rompant le charme.

Le matin, ils se levaient tôt et passaient toute la journée en ville. Leo les emmena dans les quartiers pauvres, les quartiers des classes moyennes, le centre-ville ; là, ils parlaient aux gens dans la rue, améliorant leur pratique de l'espagnol en discutant avec tout le monde, des policiers aux mendiants. Il essaya également de leur montrer ce qu'un citadin satisfait considérait comme étant les attractions de la ville : séjourner dans un hôtel du centre, manger dans des restaurants, la musique, l'art, les musées, le shopping, le marchandage avec les vendeurs de rue, les déplacements en taxi et en bus, le bourdonnement omniprésent de tout cela.

Summer aima les musées. Elle dit qu'ils étaient comme des entonnoirs qui concentraient les efforts et les connaissances humaines en un seul endroit, ce qui permettait d'en absorber une grande quantité à la fois. Bowman se montra dédaigneux, disant que ces « entonnoirs » servaient principalement à concentrer les anciens êtres vivants ainsi que les artefacts créés par les peuples indigènes, tous commodément retirés de leur contexte afin que les humains occidentaux à l'esprit étroit puissent en faire l'expérience de manière isolée et élaborer des analyses réductrices faisant des Autres et de l'humanité indigène des objets qu'ils s'autorisaient à dominer.

Summer en fut ébranlée, mais au lieu de s'emporter elle traita gentiment Bowman de foutu rabat-joie et dit que de toute façon elle parlait surtout de l'art moderne. Comme ils se montraient courtois et relativement respectueux l'un de l'autre, Leo les laissa se disputer.

Une partie de chaque journée était consacrée aux techniques de survie en milieu urbain : comment avoir une conscience claire de la situation dans un environnement bruyant, animé et perturbant, que faire et où aller si l'on perçoit une menace, comment suivre quelqu'un sans se faire remarquer, comment remarquer que quelqu'un vous suit et lui échapper, ou l'affronter. Ils s'entraînaient à se fondre dans la masse : s'habiller comme les locaux, camoufler ce qui les distinguait, imiter les comportements et les façons de se mouvoir. Une fois, dans les faubourgs à la périphérie du centre-ville, ils eurent à désamorcer une confrontation avec un groupe d'adolescents hostiles mais, pour le reste, la formation se déroula sans incident.

Le cinquième jour, ils étaient tous las, et l'humeur de Bowman, en particulier, s'était assombrie. La ville avait provoqué une réaction physique : la peau de ses bras et de ses épaules était rouge et marquée, il ne dormait pas la nuit, n'en finissait pas de tout critiquer.

« Il n'y a que des gens, disait-il. Ils vivent enfermés, et lorsqu'ils sortent c'est pour trouver des murs, des immeubles, des rues et encore plus de gens. Pas de calme, pas d'espace. Pas de ciel nocturne. Pas d'animaux sauvages, pas de solitude. Comment peut-on vivre ainsi ? Ceux qui ne sont pas pauvres pourraient vivre dans des endroits moins surpeuplés. C'est ça qu'ils veulent ? Ça ne semble même pas réel. »

Leo comprenait mais il affirmait : « Pour la plupart des gens, c'est *ça* qui est réel. Ils diraient que c'est toi qui ne peux pas voir le monde réel.

– Certains peuvent vivre sans le monde sauvage, d'autres ne le peuvent pas. » C'était Summer, qui récitait sa citation favorite d'Aldo Leopold. Leo savait qu'il lui serait difficile de transmettre à ses enfants quelque chose qu'il ne comprenait lui-même qu'avec difficulté : que pendant des milliers d'années, des milliards d'humains avaient réussi à vivre une vie riche et épanouie dans des villes. Summer semblait moins troublée par cette situation que Bowman.

Le but de leur expédition était de faire l'expérience de la ville, mais Leo avait choisi Mexico en partie parce qu'ils pouvaient passer du temps dans les grands parcs et relâcher, s'il le fallait, la tension de la vie urbaine. Ainsi passèrent-ils le sixième jour à Chapultepec et dans la réserve naturelle du campus de l'Unam*. Cela les revigora tous les trois et donna l'occasion d'une rencontre fortuite, dans le jardin botanique, avec un ancien collaborateur de Leo, un ex-espion qui avait trouvé un emploi de bureau à l'ambassade des États-Unis. Ils dînèrent ensemble le soir même et, lorsqu'il proposa d'organiser une visite privée des tunnels sous Teotihuacán, les deux enfants manifestèrent leur désir d'y aller.

---

* Université nationale autonome du Mexique.

Leur hôte mentionna aussi, en passant, deux hommes notoirement puissants qui étaient récemment arrivés au pouvoir dans des pays d'Afrique où Leo et lui avaient travaillé. Leo pensait avoir dissimulé son étonnement mais, en sortant, l'ancien officier de la CIA le prit à part et lui dit de ne plus penser à l'Afrique, que de nouvelles façons de voir les choses s'imposaient désormais au département d'État, que c'était injuste, mais qu'il n'y avait rien à faire.

Cette nuit-là, il resta éveillé, préoccupé par ces nouvelles, s'inquiétant pour les personnes qu'il avait connues là-bas et luttant contre les premiers signes sournois d'une paranoïa qu'il n'avait pas ressentie depuis qu'il avait quitté le service et était revenu à Panther Gap.

Pendant le trajet en bus vers l'ancienne cité de Teotihuacán, Summer et Bowman étaient assis sur le siège en face de Leo, et il pouvait les entendre parler, confronter leurs points de vue, Bowman faisant l'exégèse de la religion et de la mythologie pré-aztèques ; sa fascination pour ces peuples et la façon dont ils comprenaient le cosmos et leur place dans celui-ci le sortaient de son abattement. Comme d'habitude, Summer l'interrompait constamment avec des questions précises. Mais Bowman conservait son calme et répondait sans s'agacer. Il décrivit les points communs entre les représentations chthoniennes dans diverses cultures précolombiennes des déserts du sud-ouest des États-Unis. Il épela le mot pour Summer, qui prétendit savoir déjà ce que ça signifiait et comment l'épeler. Il parla de la théorie aztèque d'un monde souterrain d'où l'humanité aurait émergé après la destruction complète d'un monde plus ancien, et émit l'hypothèse qu'il pût s'agir d'une référence à une catastrophe physique ou culturelle, d'un changement par rapport à un meilleur mode de vie que les gens avaient connu auparavant, peut-être une utopie qui s'était vraiment réalisée à Teotihuacán.

Outre les tunnels, il voulait aussi voir la sculpture de la tête de jaguar, ainsi que les jaguars représentés sur les fresques. Pour essayer de comprendre la façon dont les gens réagissaient devant cet animal à l'époque. « C'est la terre, disait-il – la géologie et l'écologie locales –, qui donnait aux peuples leurs dieux, comme leurs terroirs. Et ces appellations prévalaient encore. Le panthéisme a persisté, même aujourd'hui, parce qu'il répond à un besoin humain fondamental. Grattez n'importe quel grand monothéisme et vous trouverez dessous les anciens dieux, le dualisme des forces du bien et du mal. Et toujours, ajoutait-il, le démon est là.» Leo trouva ce dernier propos un peu glaçant, comme un étrange écho à ses souvenirs, au pessimisme latent et profond que son ancien compatriote de la CIA avait réveillé, et qui l'avait empêché de dormir la nuit précédente.

Summer descendit une échelle jusqu'à une chambre éclairée – la zone de rassemblement des archéologues où Julio Cesar, leur guide, les attendait. Bowman suivait et, avant que leur père ne les rejoigne, il chuchota à sa sœur qu'il allait jeter un coup d'œil de son côté, et lui dit de ne pas s'inquiéter pour lui. Elle pensa que c'était une mauvaise idée mais se tut, même après que Julio les eut avertis: «Restez groupés, c'est facile de se perdre par ici.»

Après une demi-heure de déambulation dans les tunnels, Summer vit Bowman s'éloigner en douce. Elle le laissa partir. Loyauté résiduelle entre frère et sœur, se dit-elle. Et si Bowman voulait passer un peu de temps tout seul afin d'éprouver une expérience mystique inaccessible aux imaginations rabougries de son père et de sa sœur, qui était-elle pour l'en empêcher?

Elle compta jusqu'à cent avant de feindre un regard dramatique tout autour d'elle, sa lampe frontale éclairant à peine l'agrégat friable des murs et le sol poussiéreux et rocheux. «Où est Bowman?» demanda-t-elle.

La chambre dans laquelle ils se trouvaient n'était pas aussi vaste que la salle de restaurant des touristes de Teotihuacán, mais elle l'était assez pour ouvrir sur une demi-douzaine de passages. Selon Julio, le réseau de tunnels et de grottes à l'est du temple du Soleil avait à peine été exploré. Ils se trouvaient aux niveaux supérieurs: des tunnels grossiers dans une pierre de mauvaise qualité, abandonnés par les Aztèques qui, cinq cents ans plus tôt, avaient peut-être trouvé un accès vers des tunnels plus anciens, plus étendus, dont on disait qu'ils se trouvaient beaucoup plus bas, dans le socle basaltique.

«Bowman!» Le cri de son père était puissant, mais il n'aboutit nulle part, absorbé et étouffé par les bouches sombres des passages. Suivis par Julio, inquiet, son père et elle rebroussèrent chemin jusqu'à l'endroit où, dans la poussière du sol, les empreintes de Bowman se séparaient des leurs. Il n'en avait pas laissé beaucoup, probablement à dessein. Mais bientôt ses traces se modifièrent: elles n'indiquaient plus une avancée sur la pointe des pieds, mais sur la plante des pieds, et elles étaient plus espacées.

«Il court», dit Summer.

Julio maugréa, et dit quelque chose à propos de fosses ouvertes et de plafonds fragiles. Un passage s'était effondré récemment. Des gens avaient été blessés.

«Attendez là.» Leo commença à descendre le long du passage. Summer jeta un coup d'œil à Julio, éclairant de sa frontale le côté de son visage. Il enleva son sac à dos et en sortit une bobine de ficelle blanche enroulée sur un fuseau, qu'il tint par sa poignée.

«Nous devons toujours avoir ça avec nous, mais je ne l'ai jamais utilisé avant. Je ne comprenais pas son utilité: si vous vous perdez, il est par définition trop tard pour commencer à laisser une ficelle vous indiquer le chemin du retour.» Il attacha le bout de la ficelle à un gros clou en aluminium, qu'il planta dans le sol avec une pierre descellée. «Mais là, nous devrions nous en servir.»

Tout en déroulant la ficelle, ils se mirent à courir pour rejoindre Leo, suivant la lueur de sa lampe de poche.

Summer savait bien que le temps passait différemment sous terre, elle l'avait remarqué chaque fois qu'elle et Bowman exploraient les tunnels sous la maison de Panther Gap. Il semblait pourtant que Bowman eût parcouru un très long chemin, et la bobine de ficelle de Julio Cesar était presque épuisée lorsqu'ils émergèrent du tunnel dans une salle plus grande que toutes celles qu'ils avaient vues jusque-là.

Bowman était allongé sur le sol au centre de la pièce, en position fœtale. Leo avait les doigts appuyés sur son cou, cherchant la carotide, alors que Summer courait vers lui, attendant un hochement de tête : *Il est vivant*. Il palpa le corps de Bowman, à la recherche de blessures. N'en trouvant aucune, il demanda à Summer de l'aider à placer son frère en position assise afin qu'il puisse le hisser sur son épaule. Bowman était grand et fort, mais mince, et Leo put le porter facilement. Bowman remua et commença à parler dans son sommeil.

Plus tard, dans le taxi, Bowman leva sa tête de l'épaule de Summer et demanda où ils allaient.

« À l'hôpital, dit Leo. Qu'est-ce qui t'est arrivé ?

– Je ne sais pas. » Il dit qu'il se sentait étourdi, mais pas malade. Il allait bien. Pas besoin d'aller à l'hôpital. La torpeur le reprit mais il fut capable de franchir l'entrée des urgences. Summer s'assit avec lui dans la salle d'attente pendant que leur père parlait à un préposé à l'accueil.

« Qu'est-ce que tu as vu ?

– Je ne me souviens plus. Une voix m'a appelé et j'ai couru vers elle.

– Tu n'as pas vu des étangs souterrains argentés, un ciel nocturne rempli d'étoiles, des sphères métalliques ? »

Il fronça les sourcils, désorienté.

« Pas de jaguar ? »

Il fit non de la tête.

« Lorsqu'on t'a trouvé, tu disais que c'était là que tu allais. Un jaguar allait t'y emmener. Nous n'avons rien vu de tel, c'était juste une autre salle. Rien à l'intérieur, à part un tas de pierres. »

Elle voyait maintenant qu'il se souvenait, et que le souvenir lui donnait la chair de poule, un tremblement de peur sur le visage.

« Je pouvais le voir en esprit. C'était bien plus ancien que tout ce que les Aztèques ont construit, un endroit que les Anciens ont créé pour invoquer les dieux chthoniens. Ils pensaient que ça leur apporterait le pouvoir et la connaissance. Mais la ville a brûlé, les gens l'ont brûlée il y a mille quatre cents ans. Ce qui est sorti de terre n'était pas ce à quoi ils s'attendaient. C'était important pour moi de savoir ce que c'était. Une grande silhouette humaine m'a rejoint dans cette salle. Elle a pris la forme d'un esprit-jaguar, comme si elle reflétait, ou essayait de me montrer le jaguar qui était dans mon esprit. Je ne pense pas qu'elle m'aurait blessé.»

Summer ricana. Et le regretta immédiatement. Cela ressemblait à une réaction défensive. Il lui faisait peur, et elle n'aimait pas ça. Elle commença à s'excuser mais à présent il la fixait, le regard surpris et blessé.

«Ou alors ce n'était qu'une crise d'hystérie, dit-il. Ou une piqûre de scorpion.» Sa voix était monocorde, comme s'il s'était résigné à ce que sa propre sœur ne le croie plus.

# 22

***2009***

Lorsque Sam entra dans la chambre du motel avec son sac en papier – deux grandes canettes de Bud, des chips de maïs et un mélange de noix provenant de la supérette –, Mac, assis sur le lit du fond, les yeux vitreux, regardait CNN, le son éteint. Il leva la main et jeta à Sam un regard vide, le front et la pommette gauche ornés de pansements papillon. Jeremy lui avait administré les premiers soins à la lumière de sa lampe frontale, mais s'était opposé à une visite aux urgences.

Est-ce à cela que ressemblait un *thousand-yard stare** ? Mac avait subi un traumatisme que Sam avait du mal à imaginer. Il commença à lui demander s'il avait quelqu'un à qui parler de tout cela une fois de retour à Washington, puis s'arrêta : raconter à un thérapeute l'enlèvement, le viol, le meurtre et le double homicide plus ou moins justifié suivi de l'incinération des corps – dont personne n'avait parlé à la police – aurait des conséquences qu'il n'était pas prêt à envisager.

« J'ai de la bière », dit-il à la place.

Mac tendit une main contractée comme une pince. « Donne. » Il but une longue gorgée, émit un rot sourd. C'était le comportement standard de Mac ; Sam se sentit rassuré à son sujet.

---

* *Thousand-yard stare* (« regard à mille yards ») est une expression utilisée pour décrire le regard vide et égaré de soldats ayant traversé des expériences émotionnelles traumatisantes.

Il lui lança le sachet de chips et s'assit sur son lit avec les noix. Selon une tradition établie pendant leurs longs trajets depuis Las Vegas, chacun mangeait sa moitié puis échangeait avec l'autre. La télé diffusait une pub pour une sorte de médicament contre la tension artérielle. Sam ouvrit sa bière, qu'il était presque trop fatigué pour boire.

«Tu as trouvé un vol?

– Départ de Durango à 7h45, dit Mac. De Dallas à Reagan dans l'après-midi.»

Sam chercha les clés de sa voiture dans son sac. Ils s'étaient garés à Reagan, dans un parking couvert. Il fouilla dans la poche intérieure où il était sûr d'avoir laissé le reçu.

«Tu te souviens où on a garé ma voiture?»

Il jeta les clés sur le lit. Mac les regarda sans les ramasser.

«Je voulais réserver pour toi aussi mais je n'ai pas pu.»

Pendant un moment, Sam s'inquiéta de l'état de la mémoire de son ami, de son rapport à la réalité. «Jer... le type qui nous a aidés vient me chercher à 6 heures, en bas de la rue; on a rendez-vous avec quelqu'un à l'aéroport de Whitespring. Je te l'ai dit déjà.

– À quoi elle ressemble?

– Ça n'a rien à voir avec ça. J'ai donné ma parole.

– Il a dit qu'il était son oncle.

– Oncle Seal, équipe Six*.

– Putain d'oncle Seal, équipe Six.»

Mac répéta ça sans rire. Sam se demandait de quoi Mac et Jeremy avaient parlé quand ils étaient ensemble dans le véhicule des ravisseurs, Mac toujours encapuchonné et deux cadavres encore tièdes affalés à l'arrière, qui se heurtaient et laissaient échapper leurs fluides corporels.

Sam se glissa sur l'autre lit. Ils restèrent assis en silence pendant un moment. Sam termina sa bière. Pour commencer, il n'aurait pas dû laisser Mac et Melissa se faire enlever, mais qu'aurait-il pu faire s'il avait été réveillé quand les ravisseurs s'étaient pointés à leur campement? Leur jeter des pierres?

---

* Seal est l'acronyme de *Sea, Air and Land*, la principale force spéciale de l'US Navy.

«Je suis désolé.» Il dit ça avant même de se rendre compte qu'il allait prononcer ces mots.

Mac ne répondit pas. Sam le regarda, pensant qu'il s'était peut-être assoupi, mais il fixait toujours la télé. Repassant en boucle, imaginait Sam, les horreurs auxquelles il avait assisté. Viol et meurtre.

«De quoi ?

– D'avoir dormi pendant que ces types vous enlevaient, toi et Melissa. J'avais mis des boules Quies.»

Mac eut l'air de trouver ça drôle. Après une longue pause, il parla à nouveau de la même voix monocorde.

«Dès que j'ai compris qu'ils étaient vraiment dangereux, j'ai commencé à faire de la télépathie, en te disant de rester hors de vue. Je pensais que tu serais intelligent et appellerais la police.

– Faut croire que non.» Le fossé entre le ridicule de ses actions et ce que Mac avait espéré le faisait se sentir plus minable encore.

«Mais tu as fait mieux que ça, Sam. Tu as amené l'oncle Seal, équipe Six. Il a dit que sa nièce t'avait impliqué dans quelque chose d'important, dont tu n'as pas le droit de parler et dont je ne dois pas essayer de te faire parler.

– Ouais. Elle pense qu'il y a quelque chose de spécial avec moi, lié au moment où j'ai débarqué chez eux. Je ne sais pas du tout ce qui se passe. Ils sont assez paranos.»

Mac détourna les yeux de l'écran de télévision. «Reviens à Washington avec moi, mec. Tu sais très bien qu'on est déjà complices, après coup, d'un tas de crimes. En plus j'ai passé du temps seul avec l'oncle, et à vrai dire j'ai encore plus peur de lui que des kidnappeurs.»

Sam posa sa canette de bière vide sur la table de chevet. Mac avait raison. Jeremy était effrayant. Summer aussi était effrayante – un peu. Et puis, que Jeremy n'ait pas brûlé la cocaïne, ça aussi l'inquiétait.

Il fallait qu'il rentre chez lui. Il fallait appeler cette compagnie aérienne régionale, bien qu'il doive pour cela emprunter le téléphone de Mac – remettre le sien à Summer tant qu'il n'y avait pas de réseau ne lui avait guère coûté, mais à présent il aurait aimé l'avoir – et prendre une place dans l'avion avec Mac. Il fallait qu'il retourne à Alexandria et retire du marché sa petite maison au charme désuet, qu'il nourrisse ses deux chats affectueux et change leur litière. Raser cette affreuse barbe, prendre une douche, enfiler un de ses costumes de style classique, pas somptueux mais convenables, conduire en ville sa BMW d'occasion, prendre l'ascenseur, se replonger dans les méandres divertissants, stimulants, complexes et en définitive futiles du Code des impôts.

Et savoir pour le reste de sa vie – quelle était la phrase ? – qu'il avait été pesé dans la balance et qu'il avait été trouvé léger*.

« Je dois rester », dit-il.

À la télé, une publicité présentait une longue séquence où la caméra, sans doute montée sur un drone, suivait un homme qui courait et sautait dans une ville comme un gymnaste, s'élançant d'un mur à l'autre, sautant par-dessus des objets et bondissant de toit en toit. L'environnement urbain comme parcours d'obstacles. Il en avait entendu parler mais n'en avait jamais vu. Il avait un nom à consonance française, dont il avait du mal à se souvenir. Parquet ? Non. Quelque chose comme ça. Le type était incroyable, et l'esprit de Sam plongea dans une demi-rêverie, les images à la télé se fondant en un scénario parodique à la Walter Mitty** où Sam gambadait à travers une ville comme Batman, agile et puissant, courageux. Il essayait de retrouver Summer. Quand il s'en rendit compte, il s'éveilla.

---

* Verset de la Bible : Daniel, chap. 5, v. 27.

** Personnage d'une nouvelle de James Thuber, « La vie secrète de Walter Mitty » – un homme ordinaire, enfermé dans son quotidien, qui n'ose s'évader qu'à travers des rêves à la fois drôles et extravagants.

# 23

***1988***

«Tu l'amènes ?»

Bowman ne s'attendait pas à ce que son oncle soit là à l'attendre. Mais, comme il avait demandé à emprunter son pick-up, il trouva ça finalement logique. Oncle Jeremy se tenait juste derrière la porte ouverte de la grange de la maison du gardien, dans l'ombre, vêtu de son manteau de toile. C'était un début d'après-midi ensoleillé, mais une ligne d'orages était passée la nuit précédente, suivant un front froid, et l'air était frais pour la fin juin.

Bowman descendit de cheval et enroula les rênes de Milly autour du poteau pelé à l'extérieur de la grange, tenant de l'autre main le bâton en T d'Alecto. Puis, des deux mains, il souleva la partie horizontale qui supportait le lourd poids de l'aigle. Elle était encapuchonnée mais n'aimait pas être bousculée. Elle ébouriffa ses plumes, et remua une aile pour assurer son équilibre.

La jument renifla la queue d'Alecto pendant que Bowman reposait la base du bâton sur le sol. Il frotta le nez de Milly et la remercia d'avoir porté l'homme et l'aigle jusqu'en bas de la montagne. Tous les chevaux du ranch appartenaient à Jeremy, mais Milly aimait chasser avec les aigles et c'était Bowman qui la montait presque exclusivement.

«L'oiseau ne va pas chier dans mon pick-up, hein ?»

Bowman ne répondit pas. Son oncle savait qu'il avait entreposé dans la grange la cage de transport que Leo avait construite pour Alecto. Elle tenait à peine sur la banquette en vinyle craquelée et tachée du véhicule.

«Tu ne trouveras pas grand-chose à chasser là-bas. Des lièvres, peut-être.

– Je sais. Mais ça lui permettra de voler dans de nouveaux endroits.»

Il installa Alecto sur le perchoir bas et rembourré à l'intérieur de la cage. Lorsqu'il se retourna, Jeremy avait descendu son sac à dos de la selle et attachait Milly à un poteau d'attelage à côté de la grange.

Il revint avec le sac, le posa sur la plate-forme du pick-up et regarda Bowman ajuster les rétroviseurs.

«Le réservoir est presque plein. J'ai vérifié la pression des pneus. Deux bidons d'huile derrière le siège. Y aura pas de station-service entre ici et là où tu vas.

– Pas de police non plus.»

Ce serait seulement une bonne centaine de kilomètres aller-retour.

«Si tu te fais choper par un fédéral ou un policier de la réserve, je dirai à Leo que tu as volé mon camion.

– Je sais.» Bowman se surprit à sourire à son oncle, s'avouant peut-être pour la première fois de sa vie à quel point il aimait cet homme. À quel point les frères de sa mère étaient bons, forts, complexes – et totalement différents l'un de l'autre. Il s'imagina essayant de leur dire ça, ce qui le fit sourire encore plus.

L'oncle Jeremy lui lança un regard interrogateur et suspicieux.

Bowman sentit un picotement dans les yeux et se détourna pour aller voir Alecto dans sa cage. Comme il s'en était douté, le simple fait d'imaginer lui dire au revoir lui faisait mal.

Ses expériences de l'année précédente à Mexico avaient bouleversé nombre de ses hypothèses naïves sur la vie en général, et lui avaient progressivement fait prendre conscience que Leo les avait élevés, Summer et lui, pour qu'ils connaissent et aiment un monde qui était mort ou en train de mourir partout ailleurs, un monde que peu de gens pouvaient connaître. La chance de vivre à Panther Gap avait été aussi invisible et intériorisée que l'air qu'ils respiraient, que la gravité qui les tenait attachés à la terre. Il ne savait qu'en penser exactement. Mais cela ne lui semblait pas une bonne chose de vivre comme ça alors que tant de gens ne le pouvaient pas, et il commençait à se dire qu'il ne pourrait pas rester au ranch Girard pour toujours.

Le trajet jusqu'au pied de Smokehouse Mesa lui prit un peu plus de deux heures. Les routes gérées par le BLM étaient en mauvais état, et il ne croisa pas le moindre véhicule – certainement pas la police. Non qu'ils lui auraient vraiment donné une contravention ni même appelé le ranch. Que le neveu de Jeremy St John conduise un vieux pick-up sans permis ne les aurait pas beaucoup dérangés.

Il n'y avait rien d'autre qu'une petite aire de stationnement, encore boueuse à cause des orages, mais la journée s'était finalement bien réchauffée dans l'après-midi. Il saisit la cage et défit les jets d'Alecto, ne lui laissant que ses tourets*, et la sortit sur un gant, lui parlant à voix basse, lui disant que c'était un entraînement pour lui mais que, si elle voulait partir, il comprendrait. Il retira son chaperon, la regarda dans les yeux et lui dit qu'elle était la meilleure aigle du monde. Peut-être le meilleur oiseau qui ait jamais vécu. L'aigle le fixait, impassible. Ses membranes nictitantes scintillaient d'un blanc laiteux dans ses yeux. Summer se moquerait de lui si elle l'entendait parler ainsi à l'aigle lorsqu'ils étaient seuls. Il la lança en utilisant ses deux mains et la suivit du regard jusqu'à ce qu'elle fût hors de vue.

Sac à dos à l'épaule, il repéra une piste de gibier étroite dont il espérait qu'elle mènerait à une route cachée. Il avait lu qu'elle avait été tracée par les Anciens, et ne comptait qu'un seul lacet jusqu'à la crête de la mesa. Il n'y avait ni carte topographique relevant les départs de sentiers ni panneaux indicateurs, en partie parce que le BLM ne voulait pas que les gens puissent facilement accéder au site du signal.

Plusieurs fois en montant il aperçut Alecto, tournoyant là-haut, qui le regardait. Il ne lui avait fait chasser aucun

* Anneaux de fer qui empêchent les jets de s'emmêler.

lièvre, ni quoi que ce soit d'autre, mais elle restait proche, afin que se maintînt une partie de l'ancienne connexion, inaltérable même lorsqu'il ne pouvait pas la voir. Elle ne le quittait pas encore.

Les Anciens avaient construit leur site de signaux à l'extrémité la plus septentrionale du plateau, un endroit vertigineux où, sur trois côtés, des murailles de grès tombaient abruptement de cent cinquante mètres jusqu'à la base inclinée d'éboulis et de blocs de pierre brisés. Le foyer lui-même était similaire à celui de la propriété des Girard – des pierres de cinquante kilos disposées en un cercle grossier de deux mètres de diamètre – sauf qu'ici il ne voyait aucun signe de feu récent, pas de charbon de bois, seulement des formes brillantes et noircies sur les surfaces intérieures des pierres. La muraille d'un abri rocheux non loin de là était marquée d'une spirale, d'une main et de trois figures ambiguës qu'il ne parvenait pas à identifier. Il se disait qu'il avait dû y avoir une sorte d'habitation, un abri pour une équipe tournante de guetteurs, mais si tel était le cas elle avait été démantelée depuis longtemps.

Au sud-est, un long et bas plateau s'illuminait de rouge et de vert dans le soleil couchant. Il essaya de repérer la crête où devait se trouver le prochain site de signal, mais ce n'était pas évident. Il se tourna vers le nord-ouest et mit ses mains en visière. À cinquante kilomètres de là, Rosewater Butte dressait son rouge profond et ombragé, faisant obstacle à la paroi rocheuse plus pâle de l'escarpement qui protégeait Panther Gap, dix kilomètres plus loin. L'entaille de Rosewater était invisible à cette distance, mais le sommet de la butte se trouvait juste devant la partie la plus élevée de l'escarpement, où Summer ne tarderait pas à arriver. Plus loin encore et s'élevant de plusieurs centaines de mètres, la forêt sombre de la chaîne de Red Creek. Et entre les deux, caché comme toujours, se trouvait le vert Panther Gap, un endroit qu'il aimait de toutes les fibres de son corps.

Il examina les marques rupestres de plus près. Il y avait plusieurs empreintes de mains presque effacées, qu'il n'avait pas remarquées auparavant, et quelques petits pétroglyphes géométriques qu'il ne reconnaissait pas. Aucun hybride animal-humain n'était représenté sur la roche, ce qui le soulagea. Il se méfiait des thérianthropes depuis Teotihuacán.

Le jaguar-garou – c'est ainsi qu'il avait fini par se représenter l'esprit qui l'avait assailli sous le temple du Soleil – avait tenté de l'attirer dans l'ancien monde souterrain en lui promettant sagesse et révélation. Il pensait à présent qu'il n'y avait là aucune sagesse, aucun conseil d'une civilisation antérieure et humainement plus riche, rien que les profondeurs intemporelles et abyssales de la misère humaine, de l'arrogance humaine.

Une théorie à moitié sérieuse que Summer et lui avaient élaborée plus jeunes était que les êtres spectraux appelés par les humains dieux et démons étaient apparus spontanément comme des épiphénomènes de la première activité biologique de la planète – les émanations vertes de la photosynthèse, les premiers flashs neuronaux –, se manifestant par une bizarrerie de la mécanique quantique, hors de portée de la science. Les dieux les plus répandus et les plus destructeurs étaient apparus plus tard, lorsque les humains avaient évolué et étendu leur influence sur la planète. Les dieux humains n'étaient pas dignes de confiance car éternellement insatisfaits, et ils étaient particulièrement dangereux lorsqu'ils essayaient de se doter du pouvoir d'animaux non humains. Le jaguar-garou, par exemple, ne contenait qu'un aspect de Jaguar : le pouvoir d'un prédateur vorace, perverti par les objectifs et les échecs des humains.

Pendant un moment, il souhaita que sa sœur fût là pour en discuter avec lui, mais la nouvelle Summer n'avait aucune patience pour ce genre de choses. Quand il lui avait demandé d'allumer toute seule le feu pour qu'il puisse se rendre jusqu'ici et confirmer l'histoire des Anciens qui avaient creusé l'entaille à Rosewater Butte, elle lui avait dit qu'elle n'accepterait que s'il promettait de ne rien faire de « bizarre ».

À présent le soleil était couché, et l'air commençait à se rafraîchir. Il sortit une chemise en laine de son sac et l'enfila. Bientôt, il ferait assez sombre. Summer et lui avaient ramassé le bois et construit le feu de camp deux jours plus tôt. Il lui avait dit qu'ils seraient connectés grâce au signal, reliés par-delà les kilomètres par une technologie de communication vieille de milliers d'années.

Où était Alecto ? Il pouvait encore la sentir, mais il ne l'avait pas vue depuis qu'il avait atteint le sommet de la mesa. Il devait essayer de la faire venir. Elle savait qu'il avait de la nourriture – trois cailles entières, enveloppées dans du papier journal dans son sac. Gelées quand il avait quitté la maison, mais à présent décongelées.

Il déballa l'appât, un leurre pour chiens d'eau sur lequel était cousue une peau de colvert, le tout attaché à une longue corde. Il le fit tourner en cercles, déroulant progressivement la corde. Il observa le ciel. Si grande qu'elle fût, Alecto pouvait surgir et se saisir de l'appât avant même qu'il eût remarqué qu'elle était à proximité. Les ailes de canard étaient attachées de manière assez lâche, flottant et virevoltant lorsque Bowman fit tourner le leurre plus vite. Elle n'arriva pas en douce cette fois mais descendit en planant le long de Smokehouse, qui s'étendait vers le sud-ouest. Lorsqu'elle saisit le leurre, il lâcha la corde et elle l'emporta presque au bord de la falaise.

Elle sauta du leurre à son gant, regardant son visage avec une curiosité inhabituelle. Tout était différent. Un nouvel endroit, et du temps pour voler de ses propres ailes. De la mélancolie dans le visage de Bowman, un air distant.

Sans doute voulait-elle simplement son dîner. Il lui mit sa laisse et l'installa sur un rocher, puis renversa devant elle les cailles du journal humide, et elle commença à manger.

Une poignée d'étoiles brillaient à présent. Jupiter aussi. Pas d'étoile Polaire. Une forte brise, plus fraîche, presque froide, soufflait la poussière au sommet de la mesa. Il s'allongea contre la dalle de pierre chaude où Alecto s'attardait sur sa caille, les plumes arrachées glissant dans le vent et voltigeant par-dessus le bord de la falaise. Même là, au crépuscule, elle s'arrêtait souvent pour regarder autour d'elle, voyant des choses qu'il ne pouvait pas voir. Il ne l'avait jamais emmenée camper avec lui auparavant. Elle semblait aimer ça.

Quand il vérifia de nouveau, l'étoile Polaire brillait d'une lueur pâle à son emplacement habituel, au nord. Summer détestait le foret à archet, elle était donc en train de jouer avec sa boîte à braises pour essayer d'allumer le feu sans utiliser d'allumette.

Il regardait fixement, les yeux larmoyants dans le vent poussiéreux. Puis, comme s'il l'avait convoquée par sa propre volonté, une lumière jaune s'alluma sur Rosewater Butte, le feu de Summer luisant à travers l'entaille. Peu visible au début, elle se mit à briller plus fort que n'importe quelle étoile, jusqu'à éclipser Jupiter, et sa couleur se réchauffait, à présent aussi rouge que Mars, un joyau orange et chaud au sommet de Rosewater. Il sourit. C'était sa sœur, qui lui tendait la main.

Mais il y avait aussi autre chose, qui ne venait pas de Summer, un signal indépendant de sa volonté.

Il ressentit un avertissement, ambigu mais glacial. Comme lorsque la part archaïque d'un cerveau s'allume au bruit d'un serpent à sonnette, une demi-seconde avant qu'on ne l'identifie.

Dans ses rêves, les Anciens redoutaient une menace venant du sud. Il y a des siècles, la mission du guetteur était de surveiller l'horizon et de transmettre tout avertissement à la crête au-dessus de Panther Gap ; de là, il était transmis à Comb Ridge et plus loin encore. La nouvelle se répandait rapidement, tout le monde pouvait se préparer, transporter des provisions jusqu'aux habitations cachées dans les falaises, rassembler les armes défensives, récolter tout ce qui était disponible et – peut-être le plus important – commencer les cérémonies destinées à parer à ce qui allait arriver. Parce que la menace était toujours plus profonde que les pillards ou les guerriers ennemis. Quelque chose qui ressemblait à l'être rencontré sous Teotihuacán. Une force dérivée des humains, mais non contrôlée par eux.

Le feu de Summer lui disait quelque chose de nouveau. La menace viendrait du nord ?

Ou de partout ?

Il devait transmettre l'avertissement, mais il avait promis à oncle Jeremy de ne pas faire de feu à cet endroit. Il fouilla dans son sac, sortit la lourde Maglite de Jeremy et la fit clignoter vers Summer, puis il se retourna, la pointa vers Mesa Verde et la fit clignoter à nouveau. Malgré tout, il se sentait toujours insatisfait, inquiet. L'avertissement qu'il avait ressenti était profond et puissant mais il n'en avait pas vraiment compris le sens. Il savait qu'il n'en avait pas fait assez.

Alecto pépia doucement, ses yeux humides et brillants reflétant les dernières lueurs de l'ouest, regardant Bowman avec ce qu'il ressentit comme de la sympathie.

Elle termina la caille et sauta sur le bâton en T qu'il avait fixé verticalement avec des dalles de pierre. Il se demanda s'il devait l'encapuchonner pour la nuit. Il décida que non.

Après l'extinction du feu de signal de Summer, il étendit son sac de couchage sur la pierre lisse à côté du perchoir d'Alecto. Un quartier de lune décroissante se leva, découpant la silhouette de l'aigle sur le ciel. Pendant la nuit il se réveilla plusieurs fois après des rêves tourmentés à propos de l'avertissement contenu dans le feu de signal et, à chaque fois, lorsqu'il ouvrit les yeux, Alecto était là. Il savait qu'elle dormait mais il ne pouvait s'empêcher de penser qu'elle veillait sur lui.

# 24

***2009***

Bick Rangely était du genre bavard. Bavard à un point cataclysmique, sa logorrhée menant Bowman au seuil de la rupture.

Sa propre réaction excessive avait peut-être quelque chose à voir avec sa fièvre, qui montait à nouveau. Il essaya d'occulter assez longtemps la voix amicale de l'homme pour analyser sobrement cette idée, forcer une bulle de calme à se maintenir dans son esprit, afin de s'offrir quelques instants de méditation.

Raté.

La voix de l'homme était impossible à occulter. Elle coulait librement dans la conscience sans défense de Bowman, déclenchant les réponses cognitives les plus basiques, les plus instinctives. D'abord, la pitié : *C'est ça que les Américains font de leurs vies hyper-privilégiées ?* Puis : *C'est à ça que l'humanité a abouti ?* Suivi par le dégoût, la douleur et, finalement, la paranoïa. Il se cala, un peu raide, dans le siège en cuir de la Suburban dernier modèle, et écouta en souffrant.

Bick Rangely parlait de lui. Bick Rangely parlait de sa famille. Sa famille là-bas en Arkansas. Sa femme depuis vingt-deux ans et leurs trois filles, toutes les trois ados, toutes les trois « à fond », peu importe ce que cela signifiait, la maison de vacances en A sur le lac Dunwin – un lac qui n'existait sans doute même pas –, la maison en brique de cinq chambres à coucher dans un quartier de Little Rock aux rues calmes et aux grands arbres, son boulot de gestionnaire d'assurance maladie, ses collègues, les intrigues de bureau, beaucoup d'intrigues de bureau. Les œuvres de charité de sa femme avec l'église, Bick étant lui-même une sorte de grand manitou dans le Loyal Order of Moose*. C'est à ce moment-là, lorsqu'il se lança dans une explication détaillée de ce qui devait être des rituels d'initiation Moose complètement inventés, que Bowman décida que Bick ne jouait pas seulement un rôle pour essayer de faire baisser la garde de Bowman. Non, sa performance était trop parfaite. Il connaissait Bowman, il connaissait son histoire, la façon dont il avait été élevé, ses inclinations philosophiques, les mesures extrêmes qu'il avait prises pour vivre un certain type de vie. Bick le torturait intentionnellement.

«Bref, je suis un type très ordinaire», dit-il en ralentissant sa cadence, approfondissant sa voix jusqu'à atteindre un timbre solennel, comme s'il livrait là le résultat ultime d'une longue autoanalyse menant à une révélation, un joyau adamantin auquel Bowman, pour son propre bien, devait prêter attention. «Mais je suis fier d'être un homme, fier d'être américain. Je travaille dur et je subviens aux besoins de ma famille. J'agis conformément aux intérêts de ma communauté et de mon pays. Je ne crois pas qu'il y ait de plus noble vocation.»

Il jeta un coup d'œil à Bowman pour voir comment il recevait cette sagesse durement acquise. Bowman cligna des yeux, hocha la tête, mais était trop assommé pour répondre.

À l'unique feu rouge de Stumptown, Bick déclara que la ville était endormie.

«En fait je ne sais pas si vous serez en mesure de trouver une dépanneuse ici. Ni un motel.»

Il y avait un Kum & Go** fermé et un petit bureau de poste qui avait l'air si pittoresque, si XIXe siècle, que ce devait être un clin d'œil, peut-être un Potemkine***. Quelques petites

---

* Organisation de fraternité fondée en 1888 et basée à Mooseheart, dans l'Illinois.

** Entreprise de commerce de détail.

*** Allusion aux « villages Potemkine » en URSS, désignant des trompe-l'œil à des fins de propagande.

maisons bien entretenues. Un camping plus loin. Puis à nouveau la route sombre.

«Non, je ne pense pas, parvint à dire Bowman.

– Où voulez-vous aller, alors?» Bick avait laissé le SUV tourner au ralenti au feu désormais vert. Ils étaient les seules personnes réveillées dans Stumptown. «Retourner à votre voiture? Ou alors on peut continuer à chercher une dépanneuse. La prochaine ville est...» Il tendit la main vers l'écran lumineux sur le tableau de bord, appuya sur quelques boutons, et une carte apparut – «Marlton. On aura peut-être plus de chance là-bas».

Bowman capitula. «Je n'ai pas vraiment besoin de retourner à la voiture. Je pense que vous le savez.»

Bick cligna stupidement des yeux dans la lumière du tableau de bord. Son insistance mettait Bowman en colère. Le fait qu'ils se soient trouvés tous les deux en train de rouler dans le Colorado rural à quatre heures du matin n'était pas apparu dans la conversation, uniquement centrée sur les pénibles détails de la vie de Bick en Arkansas.

«Quand avez-vous commencé à me suivre? À l'aéroport?»

Le sourire que Bick adressa à Bowman était sournois, crocodilien, comme s'il avait renoncé à rester dans son personnage mais qu'il continuait sa mascarade par pur désir pervers d'agacer. «Mais pourquoi diable ferais-je ça?»

Bowman retrouva un peu de self-control. Il laissa passer. Revint dans son rôle de Sherman Carver. «OK, alors, où alliez-vous? Où iriez-vous si vous n'étiez pas en train de m'aider?

– Je me balade en voiture, c'est tout. Je choisis un État et j'explore. C'est ma troisième fois dans le Colorado. Et j'aime conduire quand personne d'autre, ou presque personne...» – il jeta un regard complice à Bowman, son compagnon de route du petit matin – «... n'est dehors. Je pensais que je pourrais m'arrêter à Durango. J'ai entendu dire que l'hôtel historique là-bas est assez bon. Et vous? Où est votre port d'attache?»

La Suburban accéléra, laissant la ville derrière eux. Bowman regardait droit devant lui, se disant que le mot «port d'attache» sonnait faux dans la bouche de Bick. Peut-être qu'il lançait là une sorte de menace maladroite. Il n'arrivait pas à comprendre le jeu que jouait Bick. Il aurait aimé ne pas avoir été si imprudent, ne pas être monté dans la Suburban avec Bickford Rangely sans résister. À nouveau étourdi, il regardait l'asphalte noir se précipiter vers lui dans la lumière des phares, la route grimpant maintenant une chaîne de montagnes peu élevée, il ne savait pas laquelle, il n'avait vraiment aucune idée de l'endroit où ils étaient. Bick prenait les virages rapidement, d'une main experte.

«Whitespring, dit-il entre ses dents.

– Whitespring ? Jamais entendu parler. C'est où ?»

Bick joua à nouveau de ses doigts sur la carte du tableau de bord, sans attendre la réponse de Bowman. Comme s'il avait posé la question à l'appareil plutôt qu'à lui. L'écran se remplit de contours, de routes, de noms de lieux.

«Bon sang, Whitespring n'est pas très loin de mon chemin.»

Le doigt de Bick traça un grand détour qui ajouterait au moins deux heures au trajet jusqu'à Durango, allant vers le nord-ouest et faisant une boucle pour longer sur une quinzaine de kilomètres le côté nord de la chaîne de Red Creek avant de descendre vers Whitespring. Cet itinéraire n'avait de sens que si Bick avait logiquement déduit l'emplacement du ranch des Girard.

«Et votre véhicule ? Vous allez retourner le chercher ?» Bick semblait s'amuser maintenant. «Ce pick-up est une pièce de musée.

– Ce pick-up est mort», dit Bowman.

Trois femelles wapitis bondirent sur la route. Bick freina et fit une embardée sur la gauche, tout près de heurter la dernière, mais à la dernière seconde celle-ci prit appui sur ses pattes arrière, banda ses muscles et se projeta hors de la route tandis que le pare-chocs avant droit lui frôlait le flanc. Au moment où ils la dépassèrent Bowman la regarda, sa tête en arrière, ses yeux fous clignotants dans la lumière vive et bleue des phares.

La Suburban zigzagua sur les gravillons et se déporta trop loin sur la gauche, un pilier de roche grise se profilant sur l'étroit accotement intérieur.

La femelle wapiti de tête se laissa tomber sur le côté droit de la route et disparut. Les deux autres suivirent, et Bowman vit par les yeux de la dernière, celle qu'ils avaient presque percutée : une pente raide d'éboulis, de la poussière soulevée au clair de lune par les deux premières qui descendaient en courant. Des feuillages sombres le long d'un ruisseau tout au fond.

Bick braqua doucement pendant le dérapage, freinant, ralentissant jusqu'à ce que Bowman estime leur vitesse à quarante kilomètres à l'heure, descendant à trente, puis à vingt-cinq tandis que Bick corrigeait sa trajectoire et remettait le véhicule dans la bonne direction.

En vingt secondes, il pouvait disparaître complètement : un saut, une roulade dans le gravier de l'accotement, puis se relever et sprinter dans la descente derrière les trois wapitis, glissant dans les éboulis, les suivant dans leur cachette. Bick ne tenterait même pas de le poursuivre, mais il commettrait l'erreur d'attendre sur la route, faisant des allers-retours, cherchant à rattraper Bowman lorsqu'il reviendrait inévitablement pour tenter de trouver une autre voiture. Sauf que Bowman avait vu la carte sur le tableau de bord, avec le point vert mobile représentant la Suburban, et qu'il savait à peu près où ils se trouvaient à présent. Il marcherait dans le désert. Même faible et halluciné par la ciguatera, même s'il ne trouvait rien à manger, il pourrait marcher pendant dix, voire douze heures jusqu'au col de Bear Creek. De là il trouverait un véhicule pour l'emmener à Whitespring. Il rejoindrait Summer aussi vite que possible. Mieux vaut tard, pensa-t-il, que jamais.

Il posa le pouce sur le bouton de déblocage de sa ceinture de sécurité et, de son autre main, souleva la petite manette en plastique de la portière pour la déverrouiller.

Rien ne se produisit. Il saisit la poignée elle-même et tira, mais la porte était verrouillée. Birk accéléra à quatre-vingts kilomètres à l'heure. Bowman tenait toujours l'extrémité de la ceinture de sécurité détachée dans sa main gauche. Un carillon électronique s'était mis à sonner quelque part.

Les carillons arrivaient lentement, un toutes les secondes et demie. Puis ils commencèrent à accélérer. Ou c'était peut-être son imagination.

# 25

Sam se doucha, se rasa et sortit en douce pendant que Mac dormait encore. Dehors, le soleil se levait à peine sur le matin clair et vif d'une ville de montagne. Il trouva le pick-up de Jeremy garé dans la rue près d'un snack-bar animé, et Marco assis sur la plate-forme qui le regardait s'approcher. Un lourd cadenas chromé, apparemment neuf, fermait désormais le couvercle de la vieille boîte à outils rouillée. Il s'arrêta pour frotter la tête du gros chien. Ses yeux, marron clair avec des mouchetures dorées et vertes dans la lumière du matin, ne ressemblaient pas vraiment à ceux d'un chien, pas plus qu'à ceux d'un humain. Sam avait l'impression que Marco voyait quelque chose de bon en lui. C'était une expérience apaisante, reposante.

Il s'éloigna et ouvrit la porte côté passager.

« Possible de prendre un café ? »

Mais Jeremy était au téléphone, fronçant les sourcils face à l'intrusion de Sam, attendant que quelqu'un réponde. Il secoua la tête pour dire non et tendit le bras pour mettre le contact. Comme Sam, il portait les mêmes vêtements que la veille. Il n'avait sans doute pas pu retourner au ranch. Il avait l'air dépenaillé, les yeux rouges et fatigués – plus que fatigués, comme si le fait de tuer les ravisseurs la nuit précédente avait eu plus d'effet qu'il n'en avait laissé paraître.

Pendant qu'ils descendaient la rue principale de Durango, tout le monde – des vacanciers BCBG d'âge moyen aux écolos piercés et tatoués à l'hygiène douteuse, en passant par les travailleurs sociaux barbus dans des pick-up géants – les saluait, heureux de les voir. Sam saluait en retour, perplexe. Jeremy parlait sans faire de longues pauses, sans doute laissait-il un message, marmonnant doucement dans son téléphone comme s'il ne voulait pas que Sam l'entende, ce qui le poussa à prêter attention. Il entendit les mots « bavarder » et « chasse à l'oie sauvage ». Jeremy récita son numéro à dix chiffres et termina l'appel.

« Bonjour », dit Sam. Jeremy l'ignora.

« Pour un reclus parano qui vit dans une maison camouflée au fond d'une vallée reculée, vous avez vraiment beaucoup d'amis en ville.

– Je ne connais pas ces gens. C'est juste qu'ils aiment voir Marco. »

Sam se retourna et regarda par la vitre arrière. Marco était debout sur la boîte à outils, les pattes avant sur la cabine. Sam ne pouvait voir que ses pattes arrière et sa queue, mais il pouvait imaginer la scène : un pick-up délabré, un énorme chien blanc qui sourit au monde, l'air heureux. La plupart de ces villes de montagne adoraient les chiens, jusqu'à l'obsession.

Jeremy prit un virage pour traverser un pont sur une rivière pittoresque de l'Ouest, et les griffes du chien crissèrent sur le toit métallique. Puis il y eut un grand bruit quand il sauta sur la plate-forme, se préparant pour la route sinueuse en direction de l'ouest. Jeremy dit que Summer avait convaincu la banque de reporter la réunion à plus tard dans la journée, afin qu'ils puissent prendre un autre vol. Elle voulait donner à Bowman plus de temps pour arriver. Sam devait, quant à lui, rester collé aux basques de Jeremy pendant que celui-ci faisait quelques courses.

« Vous avez enfermé votre sac à dos plein de cocaïne dans la caisse à outils là-derrière ? »

Jeremy soupira. « Je savais depuis le début que toute cette affaire était une mauvaise idée.

– Vous voulez dire le fait de m'aider à sauver Mac des ravisseurs ?

– Ouais.

– Il faut que je regarde dans le sac.

– Pourquoi ?

– Je pense que nous devrions annoncer à la famille de Melissa qu'elle est morte.

– Certainement pas.

– Bon, alors : est-ce qu'on ne devrait pas savoir au moins qui elle était ? Pour avoir une meilleure idée de ce à quoi nous attendre ? C'est peut-être la fille d'un milliardaire qui va remuer ciel et terre pour la retrouver. Si c'est ça, ce serait bien de le savoir.

– J'ai déjà vérifié.

– Allez, mettez-moi au courant... »

Jeremy était silencieux. Il réfléchissait.

« Hé, ajouta Sam. Je suis avocat, je pourrais peut-être voir là-dedans des trucs que vous n'aurez pas vus. »

C'était de la foutaise et Jeremy le savait sûrement, mais il arrêta la voiture et en sortit avec la clé du nouveau cadenas. Il ouvrit la boîte à outils, tout en disant quelques mots à Marco. Puis il posa le lourd sac jaune sur le siège entre eux et continua à rouler sans rien dire.

À l'intérieur, la brique de cocaïne que Melissa avait dérobée pour sa soirée avec Mac avait été refermée avec du ruban adhésif. Sam sortit les quatre paquets, les posa soigneusement sur le sol à ses pieds. Le sac lui-même était presque neuf – rien de particulier, le genre qu'on achète à Walmart. Il passa en revue les poches et les compartiments : tous étaient vides, et n'avaient probablement jamais été utilisés. Il se rassit, le sac sur les genoux. En signe de contrariété, il le secoua, s'attirant un froncement de sourcils de la part de Jeremy. Quelque chose était encore à l'intérieur, comme une masse dans le tiers inférieur du sac, au-dessous du tissu vide, des sangles noires et de la doublure en mousse.

Passant la main par le haut, il tâta du bout des doigts et constata que la séparation entre la poche principale et celle du fond était doublée ; mais il n'y avait aucune raison qu'elle soit faite d'autre chose que d'une couche légère de tissu. Il sortit la frontale de son propre sac et jeta un coup d'œil à l'intérieur. Les coutures de la séparation étaient similaires à celles du reste du sac, mais moins régulières. Il les toucha de l'ongle, et un fil se détacha.

«Qu'est-ce que tu fais? demanda Jeremy. Ne joue pas avec ça.» La route suivait la grande rivière qu'ils avaient traversée, serpentant dans une vallée verte qui se rétrécissait progressivement. Leurs fenêtres étaient ouvertes et le vent frais du matin s'y engouffrait.

«J'ai peut-être trouvé quelque chose. Un compartiment secret.»

Jeremy soupira. Continua à conduire.

Sam se concentra sur le fil. Il pouvait sentir l'extrémité d'une sorte de sachet. Lorsqu'il eut retiré suffisamment de points, il le fit aller et venir jusqu'à ce qu'il sorte. Il le tint à bout de bras: à peu près la taille d'un carnet, cinq centimètres d'épaisseur. Jeremy y lança un coup d'œil.

«C'est une bande de sécurité, inviolable.»

Sam tourna le sachet entre ses mains. «Vous ne voulez pas qu'on l'ouvre? C'est peut-être du fric.

– Ne déchire pas cette bande.

– OK, ne vous énervez pas. On dirait plutôt des documents.»

Sam réfléchit. «Vous savez, ça pourrait être des bons au porteur. C'est assez vieille école, mais ça existe toujours.» Ce que cela impliquait faisait son chemin, se modifiait de façon déroutante vers de plus dangereuses perspectives.

Le paquet faisait cinq centimètres d'épaisseur.

Il était lourd, trop lourd pour être maintenu à bout de bras. Il s'abattit sur ses genoux. Sam se força à prendre une grande inspiration, puis une autre. Lorsqu'il parvint à retrouver ses esprits, il parla avec précaution.

«Si c'est bien ce que c'est... hum.» Il respira, respira. D'une voix forte, se dit-il. «Ça pourrait valoir des tonnes de fric. Je veux dire, genre des dizaines de millions.

– Raison pour laquelle je dis de ne pas l'ouvrir. Remets-le à sa place.»

Jeremy entra dans un centre commercial décrépit et se gara devant ce qui paraissait être la seule vitrine encore en activité. Le logo représentait un ours massif se tenant debout avec deux pistolets dans leurs étuis en bandoulière:

CHEZ AUGIE ARMES GRIZZLY. Ça semblait être un peu tôt, mais deux Harley délabrées étaient garées à l'extérieur, à côté d'un antique camion International Harvester à plateau, immatriculé en Arizona.

« Il vous faut d'autres fusils ?

– Des munitions, dit Jeremy. Fais sortir Marco. »

Sam abaissa le hayon pendant que Jeremy déverrouillait la boîte à outils, faisait levier pour ouvrir le couvercle et soulevait le sac à dos jaune qui, dans l'imagination de Sam, brillait comme sous l'effet d'une sorte de radioactivité ; la boîte à outils rouillée et le camion lui-même commençaient à briller aussi, Jeremy, Sam et Marco étant tous affectés, marqués par ce phénomène que tous les automobilistes passant par là pouvaient observer.

Jeremy fouilla dans le sac en papier contenant l'argent de la rançon et fourra une pile substantielle de billets dans la poche de sa veste. Ça semblait beaucoup pour des munitions, mais Sam ne dit rien.

Le magasin était minuscule et sentait la fumée de cigare. Sam, Jeremy et Marco tenaient à peine dans l'espace étroit le long du comptoir vitré. Les armes de poing étaient disposées sous la vitre, sur des étagères mal éclairées ; les carabines, les fusils de chasse et autres étaient suspendus à des crochets sur le mur derrière. Au moins trois caméras sophistiquées surveillaient le petit espace. Une femme aux allures de grand-mère était assise derrière le comptoir, les observant, peu impressionnée par le salut amical de Jeremy, mais elle les fit passer par une porte de service et ils entrèrent dans un garage spacieux et haut de plafond.

Un nuage de fumée dissimulait plusieurs hommes qui s'éloignèrent d'une table en planches brutes jonchée de bouteilles de bière vides et d'une douzaine d'armes de poing. Sur le mur derrière eux, une rangée d'écrans montrait des images du parking, de ce qui devait être l'arrière du bâtiment, et de la devanture du magasin.

Un petit homme trapu s'avança vers eux, sans doute Augie. « Qu'est-ce que ce foutu chien fait ici ? » Marco se tenait près de Jeremy, qui rit et enchaîna amicalement, serrant la main du type, acceptant une Budweiser matinale et tiède qu'il tendit à Sam. Les autres hommes s'étaient dirigés vers une partie plus éloignée du garage sans avoir été présentés, dont un Blanc musclé et tatoué qui se tint en retrait un peu plus longtemps que les autres. Lorsque Sam regarda à nouveau, ils avaient tous disparu. Quelques propos préliminaires sur les armes à feu suivirent, mais Jeremy dit qu'ils avaient un emploi du temps serré et qu'ils n'avaient besoin que de quelques boîtes de .45.

«J'ai quelque chose qui va te plaire», dit Augie, et il sortit un étui en plastique noir d'une étagère sous la table. À l'intérieur, un gros pistolet noir était niché dans une découpe en mousse. Deux chargeurs supplémentaires, un laser ou une torche, ou autre chose du même genre, et un gros silencieux noir mat se trouvaient aussi dans leurs propres découpes.

Jeremy souleva le pistolet, ouvrit la glissière, regarda à l'intérieur et la referma en la claquant. Le pistolet lui remplissait les mains. Il avait un grand viseur et le canon dépassait d'un demi-millimètre de l'extrémité de la glissière.

«C'est le meilleur .45 de série de la planète, dit Augie, souriant devant l'expression de Jeremy. Tout neuf. C'est une boîte dans l'Utah qui a fabriqué le silencieux. Une cinquantaine ont été commandés pour une unité que tu connais bien. Je pourrais le vendre cinq ou six mille dollars sur Internet.

– Je sais ce que c'est. Où tu l'as eu?

– C'est le hic. Le type avait l'air louche.

– Alors c'est volé. Tu ne peux pas le vendre sur Internet, même pour des prunes.

– Je te laisse y réfléchir.» Augie disparut dans le magasin.

«Qu'est-ce qu'on fait ici?» Sam rendit la bière non ouverte à Jeremy, qui la posa sur la table. «Vous allez vraiment acheter un pistolet volé? C'est un silencieux, vous aurez besoin d'un timbre fiscal.

– Qu'est-ce que t'en sais?»

Sam pensa que c'était à son tour de hausser les épaules. Quelques années plus tôt, un riche client de son cabinet était mort en laissant derrière lui un coffre-fort rempli d'armes de type II, mais sans aucun permis pour cela – pistolets-mitrailleurs, armes silencieuses, fusils à canon court –, et Sam avait été chargé par un avocat associé de déterminer ce que la famille devait faire de tout ça.

Quand Augie revint avec deux boîtes de munitions, Jeremy sortit de sa poche arrière le rouleau de billets de cent dollars et commença à compter. Il posa une liasse sur la table. «Trois mille pour le HK et les munitions.» Il compta un peu plus. «Deux mille pour l'information que tu vas me donner.»

Augie se tendit d'un coup, en colère. Et déçu, comme si Jeremy l'avait trompé, avait violé une règle d'engagement tacite entre eux.

«Tu sais bien que je suis pas une balance.

– Je sais. C'est pour moi, pas pour le shérif. C'est personnel.»

Augie attendait la suite.

«J'ai besoin de parler à quelqu'un de haut placé. Il y a quelque chose qu'ils veulent vraiment en ce moment, et je sais où c'est.»

Les yeux d'Augie s'agrandirent avant même qu'il ne puisse se contrôler.

«C'est une arrestation que tu cherches, ou une récompense?

– Ni l'une ni l'autre. Je veux leur parler avant qu'ils ne se mettent à faire de grosses conneries.

– Je peux pas les joindre, dit Augie. Ils m'appellent et me donnent un nouveau téléphone à chaque fois.» Il ouvrit un tiroir et en sortit un portable bon marché. «Regarde ça.» Il le tendit à Jeremy.

Jeremy secoua la tête de façon presque imperceptible et Augie mit le téléphone dans sa poche, puis il ferma l'étui à pistolet en plastique en faisant claquer les loquets.

«Tu veux toujours le HK?»

Des maisons et des commerces commençaient à apparaître des deux côtés de la route, et ils passèrent devant un panneau à la limite est de Whitespring, pop. 7787. Jeremy conduisait trop vite, ignorant deux panneaux de stop, pour finalement se garer derrière un restaurant du nom de Chicken Neck.

Il montra du doigt une supérette au bout de la rue. «Va m'acheter trois téléphones jetables. Personne ne sait qui tu es. Ça fait de toi quelqu'un d'utile. Prends aussi un chargeur de voiture. Et de la bière fraîche.

– Qu'est-ce que vous allez faire ?

– Le café est moins cher ici que dans ce piège à touristes de Durango. Et je vais nous prendre quelque chose à manger. Tu suis un régime alimentaire particulier ?»

La cabine du pick-up était verrouillée et Jeremy toujours dans le restaurant lorsque Sam revint avec les téléphones, le chargeur et la bière ; il s'assit donc sur le hayon, buvant une bouteille d'eau qu'il avait achetée et grattant le cou de Marco, sa main enfouie dans l'épaisse crinière blanche du chien. Un pack de six Tecate et un sac de glace étaient posés à ses pieds sur le trottoir, au milieu de taches humides. Le soleil du matin était chaud ; Sam donna à Marco quelques morceaux de glace, mais le chien les vomit tout de suite sur la plate-forme du pick-up, avec ce qui ressemblait à un petit-déjeuner de croquettes.

«Tu vas bien ?» demanda-t-il. Marco revint vers lui et en réclama davantage. «Jeremy va me tuer.» Il nettoya le vomi avec un bout de carton, trouva ce qui devait être le bol d'eau du chien renversé dans un coin et y versa le reste de sa bouteille.

Le bruit du chien en train de boire masqua le son des motos jusqu'au moment où elles surgirent derrière le Chicken Neck. Deux grosses Harley se dirigeaient vers Sam. Marco leva la tête, des fils de bave de soixante centimètres de long pendant de sa mâchoire inférieure. La queue dressée.

Les motos ralentirent et s'arrêtèrent derrière le pick-up. Un des motards resta à l'écart tandis que l'autre, un homme blanc, bronzé, portant une casquette de base-ball noire des Rockies et des vêtements sombres, s'approchait et éteignait son moteur. Il portait un gilet sans manches en cuir marron clair avec une sorte d'insigne sur la poitrine ; ses bras étaient couverts de tatouages complexes.

«Vous étiez chez Augie, dit Sam.

– Ouais. J'vous ai entendu parler.» Il jeta un coup d'œil à Marco, qui s'était mis à grogner, comme s'il imitait les Harley.

Sam sentit que le regard de l'homme était attiré par la boîte à outils brillante, qui contenait assez d'argent pour s'acheter une petite île. Il lutta contre l'envie de se retourner et de la regarder aussi, et regretta que Jeremy ne soit pas sorti de ce foutu restaurant. Quand le motard mit la main sous le revers de son gilet, Sam crut qu'il allait se faire tirer dessus, mais le type sortit un téléphone portable. Sam l'attrapa sans broncher quand l'autre le lui lança furtivement.

« Dis au shérif adjoint St John qu'il s'attende à un appel. Dans une heure ou deux. »

Il fit redémarrer sa moto, qui toussota.

« Qui êtes-vous ? cria Sam.

– Juste un citoyen responsable », dit l'autre avec un petit rire. Il tourna son engin, et son partenaire et lui accélérèrent et repartirent dans le rugissement habituel des Harley.

# 26

Première lumière, grisaille de l'aube. À travers la fenêtre située à quelques centimètres de son nez, Bowman regardait les systèmes d'irrigation à pivot central pulvériser les eaux souterraines sur les champs de luzerne. Sa tête palpitait encore. Il s'était assoupi en position allongée : après avoir failli percuter le wapiti sur la route, Bick était devenu pensif et avait réussi à rester silencieux pendant un bon bout de chemin.

Indéniablement, le siège passager moelleux de la Suburban était confortable. Il chercha le bouton d'inclinaison sur le côté extérieur et un moteur électrique presque silencieux le redressa face au pare-brise. Lorsqu'il bougea les pieds, il heurta du pied trois canettes de Red Bull vides qui roulaient au plancher – toutes de Bick. Il avait appelé ça « boissons énergétiques ».

« Vous parlez en dormant.

– Qu'est-ce que j'ai dit ?

– C'était du charabia. »

Puis, comme si Bick avait ouvert une porte, les rêves de Bowman lui revinrent d'un coup, en une vague de désespoir. Des rêves de ciguatera de la pire espèce, fiévreux et effroyablement incohérents, le cauchemar d'un nourrisson avec d'immenses démons amibiens, une conscience rudimentaire saisie par la terreur et l'anxiété, mais dépourvue de toute narration sensée ou de tout langage permettant d'évoquer la peur. Les rêves nihilistes de toutes les formes de vie endormies ayant jamais vécu, le cauchemar primitif du ver de terre, du crocodile, des créatures étranges de l'explosion cambrienne. Un demi-milliard d'années de souffrances dans la nuit.

Il balaya tout cela. Les endroits où son esprit allait parfois pendant un épisode. Ce qui le troublait, c'est que son esprit-ciguatera empirait au lieu de s'améliorer.

Il inclina son siège à nouveau, se tourna vers la fenêtre. Le Colorado rural défilait.

Une main sur son épaule. Il tressaillit et s'éveilla. Ils étaient garés devant une pompe à essence dans une station jaune criard avec une demi-douzaine d'îlots de distribution et une supérette. Le soleil était haut, et Bick lui souriait.

«Vous avez de l'argent pour l'essence?»

Bowman déroula le haut de son sac étanche, fit glisser un billet de cent dollars de la pile, et le lui tendit.

«Ça ira», dit Bick. Il ouvrit sa portière et sortit en agitant le billet en l'air. «Ça vous dérangerait de faire le plein?» Il traversa le parking jusqu'à la supérette, laissant Bowman seul.

Il testa la porte. Elle s'ouvrit. L'endroit était moyennement fréquenté, d'autres voitures faisaient le plein. Il sentit les vapeurs d'essence, le café brûlé, la friture. Il cligna des yeux et fit un tour sur lui-même, vérifiant les reliefs environnants. C'était bien Whitespring: Mirror Butte se profilait à l'est, et il pouvait distinguer dans la brume du soleil matinal l'ombre ténue des grands Red Creeks au sud-ouest. La vue de ces montagnes familières le surprit et l'emplit d'un vif sentiment de reconnaissance.

Il pouvait rentrer chez lui. Clairement, Bick l'avait laissé sans surveillance. Devait-il s'enfuir? Et d'ailleurs, était-il vraiment prisonnier? Sa fièvre était tombée pendant son second endormissement, et avec elle la panique qu'il avait ressentie. Sa détermination à ouvrir la porte et à sauter de la Suburban quand ils avaient presque percuté le wapiti semblait lointaine et difficile à comprendre.

Bick lui faisait signe, penché vers la porte d'entrée de la supérette, le pouce levé. Bowman fit le tour du véhicule jusqu'au côté conducteur. Le clapet du réservoir d'essence était déjà ouvert. Bowman manipula la pompe, poussa quelques boutons et fit couler l'essence.

Un ronronnement aigu couvrit les bruits de fond. Un son qu'il ne se rappelait pas avoir entendu auparavant. Il semblait provenir du soleil. Alors qu'il faisait face à l'est et levait la main pour se cacher les yeux, un petit hélicoptère à quatre rotors descendit et se mit à planer au-dessus du parking voisin, à cinq ou six mètres de hauteur. Sans doute une sorte de jouet télécommandé. Il ne pouvait se départir du sentiment que la chose le regardait. Elle resta en vol stationnaire, bourdonnant avec colère et agacement, pendant encore une dizaine de secondes, ajustant sa position lorsqu'une brise menaça de la pousser vers le bâtiment du magasin. Puis, brusquement, elle s'éleva et s'envola vers l'est.

La pompe ralentit et s'arrêta à 91,33 dollars. Il n'avait jamais vu quelqu'un dépenser autant en essence. Bick apparut, traversant rapidement le parking avec deux gobelets en polystyrène et un sac en papier blanc.

« Petit-déjeuner ! » dit-il. Puis : « Vous habitez où ? Je vous dépose. »

Bowman réfléchit. Il n'allait pas conduire Bick à l'entrée du ranch, mais il ne devrait pas être trop difficile de trouver quelqu'un en ville pour l'y conduire.

« La bibliothèque est à quelques blocs de là, au nord, dit-il. Je rejoindrai un ami là-bas. »

Pendant qu'ils traversaient la ville, Bowman termina le sandwich aux œufs et au fromage que Bick lui avait donné, se surprenant lui-même à avoir faim, bien qu'il s'inquiétât des effets de cette nourriture sur son organisme. Continuant d'agir contre son intuition, il but aussi le café noir, et comme prévu il sentit sa température monter à nouveau.

Dans le parking presque vide de la bibliothèque, Bick freina brusquement.

« Merde. »

Il se pencha sur le volant et plissa les yeux vers le ciel. Un autre petit engin volant, ou le même, leur apparut furtivement tandis qu'il passait au-dessus d'eux et se déplaçait vers un peuplier dont l'ombre se détachait sur le bâtiment de la bibliothèque à un étage. Bowman pensa à un écureuil se cachant derrière un tronc d'arbre.

«Merde», dit à nouveau Bick.

Il enclencha la marche arrière et une image vidéo du parking derrière eux remplit l'écran à la place de la carte. Bick la regarda plutôt que le rétroviseur, traversant rapidement le parking de la bibliothèque en marche arrière. Les pneus émirent un crissement bref tandis qu'il accélérait pour revenir dans Main Street.

«Désolé pour tout ça, dit-il. Je crois qu'il vaudrait mieux trouver un autre endroit où vous déposer.

– C'était quoi, ce truc? Il y en avait un à la station-service aussi.»

Bick lui lança un regard furieux que Bowman lut comme sincère, une rare fissure dans le rôle qu'il jouait. «Pourquoi vous ne me l'avez pas dit? Il vous a vu?» Comme Bowman ne répondait pas, Bick ajouta: «Ils ont des caméras.

– Oui. Sans aucun doute.»

Bick grilla un stop et traversa la ville en direction de la route principale. Un type avec une barbe de Père Noël blanche et broussailleuse qui conduisait une Mercedes neuve klaxonna et leur fit un doigt d'honneur. Ils firent demi-tour après la station-service et quittèrent la ville sur la Route 26, en direction du sud. Vers le ranch.

Bowman regarda le rétroviseur du côté passager. «Il y a une autre Suburban noire qui nous suit.»

Les yeux de Bick ne quittaient pas la route. «C'est bizarre», dit-il, d'une voix indiquant qu'il ne trouvait pas ça bizarre du tout.

«Ça m'allait bien, la bibliothèque.

– Non, ça n'allait pas bien. On doit te ramener chez toi. Indique-moi juste précisément l'endroit où on doit tourner, bordel. Je suis sérieux.»

Trente minutes plus tard, la Suburban dépassait la modeste ferme en brique et les quelques dépendances à l'entrée. Un chemin rudimentaire menait à la grande porte située au pied de l'escarpement et à la voie taillée dans la paroi rocheuse de la montagne, conçue par son grand-père et ses ingénieurs des mines pour être à la fois défendable et presque invisible depuis la route. Même vue du ciel, elle ne présentait aucun intérêt, comme une vieille piste minière.

Bick ne manifesta d'aucune manière qu'il avait reconnu l'endroit, ne relâcha pas l'accélérateur, le visage impassible. Bowman s'enfonça en arrière sur son siège, soulagé, mais se demandant toujours qui pouvait bien être Bick et ce qu'il voulait. Ils avançaient sur le chemin de terre à bonne allure, faisant parfois quelques zigzags.

«Vous avez kidnappé ma sœur aussi ?»

Pas de réponse.

«Vous êtes de la police ?»

Sourire de Bick.

Bowman abandonna et regarda l'escarpement qui s'élevait à l'ouest. Il avait connu cette terre si intimement, il y avait si longtemps. Les crêtes, les gorges et les affleurements familiers se déployaient dans un tableau au ralenti tandis qu'ils roulaient vers le sud. C'était une attraction physique, comme si des limailles de fer sous sa peau réagissaient à un aimant géant. Il avait dit un jour à Summer qu'il ne reviendrait jamais à Panther Gap, qu'il ne laisserait pas la pesanteur du lieu le gouverner. Mais la famille revenait toujours. Jeremy avait même ramené du Mexique le corps de Leo pour l'enterrer sur la crête.

Bick remarqua ses yeux fixes. «Tu ne vas pas me montrer comment y entrer, n'est-ce pas ?»

Bowman regarda Bick d'un air stupide puis se tourna sur son siège pour voir derrière. La Suburban qui les suivait était toujours là, se maintenant avec constance à une trentaine de mètres, à peine visible dans la poussière.

Ils passèrent un pont avec un bruit sourd puis Bick freina, dérapa, prit un virage serré sur la droite et accéléra sur une autre route qui remontait le long de Red Creek. Des hirondelles surgirent du dessous du pont en planches et glissèrent vers le bas, au-dessus de l'eau bleue qui déferlait. Le torrent, puissant, incongru dans cette plaine xérique, s'écoulait depuis le lac de Panther Gap, rassemblant l'eau de la fonte des neiges de la chaîne de Red Creek. La route de terre longeait le ruisseau sur une vingtaine de kilomètres avant de bifurquer vers le sud. Une espèce de saule, probablement invasive, avait poussé dans les fourrés le long des berges, cachant le torrent à la vue.

La route commençait à s'élever du fond du vallon en suivant un étroit passage latéral. Des sons parasites crépitèrent quelque part sur le torse de Bick. Il fouilla dans une poche de sa veste et inséra un écouteur dans son oreille. Bowman se retourna pour regarder à nouveau derrière eux. L'autre véhicule était plus loin derrière, peut-être à cinq cents mètres. Bowman présuma que Bick était en conversation avec le conducteur, s'exprimant par grognements et monosyllabes – *ouais, non, pas ça*. Puis, la voix soudain plus tendue : « *Je vois ça… je ne sais pas comment.* »

Un nuage de poussière s'élevait au sud-est, où un autre chemin de terre croisait celui sur lequel ils roulaient. Finalement, la poussière se transforma en un pick-up argenté à double cabine qui tourna pour leur faire face. Un large SUV noir d'allure militaire sortit de derrière le pick-up et accéléra pour se positionner à ses côtés. Tous deux bloquaient complètement la route.

Bickford poussa un long soupir et se tourna vers Bowman avec le même regard dramatique et écarquillé que l'ancien Bick. Il s'apprêtait probablement à dire quelque chose de désagréable sur le fait qu'ils ne seraient pas dans ce pétrin si Bowman lui avait seulement montré le chemin du ranch. Mais tout ce qu'il dit fut : « Accroche-toi. »

Les véhicules devant eux avaient manœuvré de telle sorte que, lorsqu'ils s'arrêtèrent, leurs capots pointés vers l'intérieur formaient un chevron. Leur nuage de poussière les dépassa et les masqua l'un et l'autre avant d'être emporté latéralement dans le vent d'ouest. Pour l'esprit à présent lourdement enfiévré de Bowman, l'effet produit par tout cela était sinistre, inquiétant, et les deux véhicules fumaient avec malveillance.

Le conducteur du véhicule militaire ouvrit sa portière mais se ravisa lorsque Bick accéléra, braquant à droite sur l'accotement étroit, la Suburban s'inclinant sur la gauche tandis qu'il positionnait ses roues droites sur un petit talus qui protégeait de la descente vers le ruisseau. La vue de

Bowman était obscurcie par les broussailles de l'accotement ; le véhicule bruyant, forçant le passage, ballottait et s'inclinait dangereusement, arrachant les saules.

Un homme armé d'un fusil-mitrailleur sauta sur la plate-forme du pick-up et tira une rafale sur les pneus avant de la Suburban, mais Bick allait trop vite, et sa manœuvre les avait pris par surprise. Il aurait mené l'opération à son terme si le véhicule militaire n'avait pas fait une marche arrière rapide sur l'accotement pour venir heurter, dans un mouvement parfaitement synchronisé, le panneau arrière de la Suburban au moment où elle passait. L'impact poussa les deux roues arrière sur le talus, et Bick perdit le contrôle du véhicule.

À ce moment-là, Bowman, qui n'avait jamais eu d'accident automobile de quelque ampleur que ce fût, constata une forte dilatation temporelle, probablement exacerbée par l'épisode de la ciguatera. Plus tard il serait capable de se souvenir de l'accident dans ses moindres détails, et ce depuis plusieurs points de vue auxquels il n'avait pas réellement pu accéder, d'autant plus que, pendant la plus grande partie de l'épisode, sa vue avait été bloquée par les différents airbags qui s'étaient gonflés quelques secondes après que l'autre véhicule avait percuté la Suburban.

L'avant du véhicule s'enfonça dans le talus, et il s'envola dans les airs en un saut gracieux, retomba bruyamment sur le côté, puis glissa le long d'une pente raide vers le torrent. Un tronc d'arbre de trois mètres de long traversa le pare-brise et faillit embrocher Bick sur son siège, avant que le véhicule ne fasse un quart de tour supplémentaire et atterrisse sur le toit dans Red Creek, face à l'amont.

Les airbags se dégonflèrent, l'eau froide s'engouffra à travers le pare-brise détruit et le courant entraîna la Suburban, qui raclait et rebondissait le long du lit rocheux du torrent. Bowman détacha sa ceinture de sécurité et se remit tant bien que mal sur le côté, inspirant rapidement à trois reprises tandis que le véhicule se remplissait d'eau. Il tritura le tissu des airbags et découvrit Bick, inconscient. La lumière était faible et verdâtre, l'eau d'une froideur saisissante, le bruit du toit qui raclait le fond du torrent assourdissant.

Cependant, avec ses poumons remplis d'air, Bowman était envahi par la curieuse sensation que tout allait bien. Tandis qu'il se baissait pour détacher la ceinture de sécurité de Bick, il se sentait confiant, si ce n'est à l'aise, mieux qu'il ne s'était senti depuis que ces visions troublantes l'avaient interrompu alors qu'il était en train de mourir paisiblement par le venin d'un serpent marin au Costa Rica.

Pendant un moment, il se dit qu'il était à nouveau en train de mourir, que sa fièvre venait s'ajouter à une blessure grave ou qu'il avait peut-être inhalé de l'eau et non de l'air. Mais sa poitrine commença à sentir la pression familière du dioxyde de carbone qui s'accumulait dans son sang, une sensation qu'il connaissait de ses milliers de plongées avec sa foëne. Il était transporté dans un endroit de son passé, l'esprit rempli d'eau claire. Il attendait une vision de serpents marins, mais au lieu de cela il vit une brise rider l'eau du lac de Panther Gap, la lumière du soleil se transformer en diamants à la surface, sentit une odeur de boue, de roseaux, et le musc vague de lointains bisons.

La sensation provenait de l'eau elle-même. Elle transportait avec elle l'ancienne magie de Panther Gap. Il était chez lui.

Il poussa Bick à travers le pare-brise cassé et le suivit, nagea quelques brasses à contre-courant, le bras autour de sa poitrine, jusqu'à ce que leurs deux têtes remontent à la surface. De la route, un bruit de rafales d'armes automatiques. Pas sur eux, cependant ; aucune balle ne venait marquer l'eau à proximité. La Suburban suivante avait dû s'arrêter, et les associés de Bick attaquer les deux autres véhicules.

Continuant de soutenir Bick, il nagea sur le côté vers la rive opposée et le souleva sur la berge. Il appuya fort sur sa poitrine, éjectant une bonne quantité d'eau et provoquant un spasme de toux. Lorsque le bruit de quelqu'un appelant le nom de Bick et descendant de la route devint trop proche, il le laissa là, couché sur le côté, et s'éloigna à la nage. Il saignait d'une coupure au front mais ne sentait aucune douleur. Encore plus de rafales sur la route.

Il plongea sous la surface, imaginant une loutre de rivière épaisse et lisse, sa fourrure grasse et scintillante au soleil, ses moustaches extravagantes qui frétillaient, sentant dans l'eau le goût de chez elle. Il tendit les bras loin devant et tira fortement vers l'arrière, s'élança dans le courant, pointant ses orteils, s'allongeant. Il prit une autre grande inspiration et nagea en amont vers Panther Gap.

# 27

Summer jeta un coup d'œil dans le petit terminal – pas de Bowman, pas de Sam, pas d'oncles – puis sortit pour attendre. Son genou allait mieux aujourd'hui, mais pour ses côtes cela prendrait un peu plus de temps. Le soleil était haut et la chaleur lui faisait du bien. Une journée tranquille à l'aéroport de Whitespring. La plupart des journées étaient calmes ici.

Elle était fatiguée, n'avait pas beaucoup dormi, inquiète de savoir où se trouvait Bowman, inquiète après les péripéties de Sam et de Jeremy avec les ravisseurs, attendant l'appel de Jeremy qui, lorsqu'il arriva, avait été sibyllin, comme d'habitude, et pas vraiment rassurant: les «bons» allaient tous bien, mais ils avaient trouvé «des trucs intéressants». Elle avait appelé le détective privé qui, la nuit précédente, était supposé avoir mis Bowman au lit dans un Best Western près de DIA. Il avait répondu tout de suite et, parlant vite et s'excusant, avait décrit avec beaucoup trop de détails comment son frère lui avait échappé dans l'aéroport bondé.

Bowman préparait quelque chose. Il aurait dû rester à Denver et l'attendre – mais ça, il ne pouvait pas le savoir. Elle surmonta sa frustration. Sa morsure de serpent, une maladie ou un démon intérieur, une force extérieure, tout pouvait l'affecter, le forcer à faire des choix bizarres.

Leur avion était un Beechcraft 1900D de Great Lakes Airlines – une heure de vol jusqu'à DIA, puis un long trajet en taxi en ville. Elle aimait bien ces turbopropulseurs régionaux, en partie parce qu'elle pouvait s'imaginer en prendre le contrôle et piloter l'avion en cas d'urgence, ce qui était plutôt idiot. Andrew lui avait enseigné quelques rudiments sur son King Air lorsqu'ils étaient ensemble, et sa passion pour le pilotage avait été si contagieuse qu'elle avait pris des leçons et obtenu sa licence. Elle était restée à niveau parce qu'il était toujours utile de pouvoir louer un avion et de se rendre par elle-même dans des endroits éloignés où la fondation finançait des projets.

Elle avait appelé Andrew une demi-douzaine de fois ce matin-là, et laissé des messages. Lorsqu'elle avait essayé de le joindre à la banque, on l'avait directement mise en relation avec M. Runnel, l'un des trois propriétaires, qui avait paru soulagé de l'entendre. Il lui avait confirmé que le rendez-vous pouvait être différé sans problème. Il précisa qu'Andrew Coates avait disparu et était injoignable depuis deux jours. Et que depuis une semaine ou plus, il avait un comportement bizarre.

Sam arriva du parking, en contrejour, le soleil derrière lui. Grand et mince, un sac à dos en bandoulière. Lorsqu'il grimpa sur le trottoir, il esquissa un sourire forcé et commença à dire quelque chose, mais elle avança vers lui et l'enlaça.

« Je suis vraiment désolée que tu aies eu à subir ça. On en parlera plus tard. » Elle lui maintint les épaules à bout de bras. Il s'était douché et rasé, mais était vêtu des mêmes habits de randonnée. « Tu vas bien ? Et ton ami ? »

Il rougit sous ses coups de soleil, mais parvint à hocher la tête.

« Bowman n'est pas encore là, dit-elle. Ni Darwin. Où est oncle Jeremy ? »

Sam ouvrit la bouche mais rien n'en sortit. Summer se sentit un peu coupable de l'effet qu'avait eu son étreinte. Elle allait devoir faire attention. Encore une chose dont il fallait s'inquiéter.

« Il est dehors... » Il montra le parking. « Là-bas. Dans son pick-up. Darwin aussi, ils discutent. Il t'a expliqué ce qui s'est passé ? Ce qui se passe maintenant ?

– Tu me raconteras, dit-elle en ouvrant la porte. Rentrons : on embarque dans vingt minutes. » Sam passa le premier et elle resta un moment en arrière, jetant un dernier coup d'œil aux alentours. Il n'était pas impossible que Bowman soit tapi dans l'herbe, à observer, à agir bizarrement. « J'ai réservé cinq places sur ce vol, même s'il n'est jamais plein. » Elle fouilla dans une poche extérieure de sa vieille sacoche en cuir pour prendre le téléphone de Sam et le lui tendit. « J'ai chargé la batterie. »

Elle leur acheta des cafés au kiosque du terminal. Sam se mit à parler, comme s'il venait soudain de comprendre quelque chose. Il la regarda de haut en bas.

« Je ne suis pas habillé pour une réunion dans une banque. »

Elle réfléchit. Elle-même n'était pas vraiment sur son trente-et-un – ils n'allaient qu'à Denver – mais Sam avait raison. « On aura du temps pour s'arrêter dans un magasin en chemin. C'est moi qui offre.

– Tu ne vas pas m'acheter mes vêtements, dit-il – sans toutefois s'opposer à l'idée.

– Pourquoi Jeremy et Darwin ne sont-ils pas rentrés ?

– Jeremy ne vient pas à Denver avec nous. » Sam tenait son café distraitement, trop nerveux pour le boire, comme s'il en avait déjà trop pris. « Il ne t'a pas dit, pour le sac à dos de Melissa ? »

Summer secoua la tête, pensant : *Qui donc est Melissa ?* Puis elle se souvint : l'auto-stoppeuse avec la cocaïne, celle qui était présumée morte. Ils se tenaient dans le hall près des trois comptoirs de vente. Sam regardait les alentours avec méfiance. Une demi-douzaine de passagers qui traversaient le terminal, des guichetiers qui s'ennuyaient devant leur écran d'ordinateur, le personnel de la TSA* qui se prélassait au poste de contrôle de sécurité. Un homme qui poussait une poubelle sur roulettes et balayait des détritus invisibles.

Il l'entraîna par le bras jusqu'à un coin derrière un imposant ficus et se mit à parler à voix basse. Summer souriait, sur le point de lui signaler qu'il se comportait comme l'oncle Jeremy, mais l'outrance de ce qu'il dit l'arrêta : une voiture

* Transportation Security Administration : Agence nationale américaine de sécurité dans les transports, créée après les attentats du 11 septembre 2001.

brûlée, deux corps – «ton oncle les a tués» – plus d'un million de dollars de cocaïne, peut-être beaucoup plus en bons au porteur, la tentative d'arnaquer un type qui vend des armes à un mec des cartels, et puis un motard qui leur donne un téléphone, et Jeremy qui attend un appel. Sam avait l'air paniqué.

Super, pensa-t-elle. Les *trucs intéressants* de Jeremy.

«Il ne va pas apporter tout ça au shérif? Après tout il est adjoint.

– Je ne crois pas.»

Les haut-parleurs diffusèrent l'appel de préembarquement, et elle se rendit compte qu'elle n'avait pas encore payé leurs billets. Ses oncles feraient mieux de se grouiller. À moins que l'oncle Jeremy ne vienne vraiment pas? Le récit de Sam l'avait déstabilisée et elle avait besoin de lui parler en personne.

Au comptoir de Great Lakes Airlines, Sam tendit sa carte d'identité et sa carte de crédit à l'agent, insistant pour payer son billet, lorsque le téléphone de Summer se mit à sonner. Un numéro qu'elle ne reconnaissait pas, aussi refusa-t-elle l'appel, mais il sonna une nouvelle fois, quelques secondes plus tard. Elle s'excusa auprès de Sam et répondit.

Elle entendit un bruit de fond, du vent. Elle s'apprêtait à mettre fin à l'appel lorsque la voix d'Andrew se fit entendre, métallique mais reconnaissable.

«Andrew?

– Où es-tu?» Encore plus de bruit derrière sa voix, un moteur bruyant ou quelque chose comme ça, un son caverneux et lointain.

«Pourquoi? Qu'est-ce que tu fais?

– S'il te plaît, Summer.»

Elle soupira. «Je suis à l'aéroport. J'ai parlé à la banque. On a reporté la réunion. Où étais-tu passé?

– Merde. Tu as passé la sécurité?

– Pas encore, pourquoi?

– Fais demi-tour, trouve une excuse, dis que tu as oublié quelque chose. Tu es en danger, et il faut que tu quittes le terminal maintenant.

– Oh, allez. M. Runnel m'a dit que tu te comportais bizarrement. Il s'inquiète pour toi.

– Summer, tu ne peux pas leur faire confiance, ni à lui ni à la banque. Je t'expliquerai quand on aura le temps, mais tu dois sortir de là tout de suite.»

Elle posa sa main sur le bras de Sam, s'excusa auprès de l'agent. Le téléphone glissa de son oreille tandis qu'Andrew disait quelque chose sur la gravité de la situation et sur le fait qu'il avait besoin qu'elle lui fasse confiance.

«Alors ils ont encore changé la réunion?» Elle parlait un peu plus fort, regardant Sam en levant les sourcils. «On doit prendre un autre vol?»

Sam se tenait là avec sa carte de crédit à la main; le regard de l'agent, qui fronçait les sourcils à présent, allait de Sam à Summer et de Summer à Sam. Summer mit son sac sur l'épaule et se dirigea vers la sortie, espérant que Sam la suivrait.

«C'est bien, dit Andrew. Ne fais pas confiance aux inconnus. Évite les caméras de surveillance. Éteins ton téléphone après qu'on aura raccroché.

– C'est ridicule. Qu'est-ce qui se passe?»

Il y avait plusieurs caméras de surveillance dans le terminal, et encore plus dans la rue à l'extérieur. Elle s'arrêta sur le trottoir, et Sam la rejoignit. Il avait l'air perdu.

La voix d'Andrew au téléphone: «Je ne veux pas que tu retournes au ranch, c'est trop dangereux. J'ai une idée. Marche jusqu'au hangar de l'aviation générale. Ils ne s'attendront pas à ça. Trouve – comment il s'appelle? Stu? Loue ce qu'il aura de disponible.»

Il lui fallut un moment pour comprendre ce qu'il disait.

«Tu veux que je pilote un avion.

– Est-ce que tu as volé depuis...

– Depuis qu'on a rompu. Oui, mais juste assez pour rester à jour.

– Ça ira, tu es une bonne pilote, une pilote née. Tu as piloté tous les avions de Stu quand tu prenais des cours. Dépose un plan de vol jusqu'à... je ne le dirai pas... tu te rappelles où on se rencontrait avant d'aller pêcher?

– Quoi, tu crois que quelqu'un nous écoute ? On parle en code maintenant ?

– S'il te plaît, Summer. Est-ce que tu t'en souviens ? »

Andrew parquait son King Air dans un aérodrome municipal au sud de Denver. Ils décollaient de là pour aller à Cabo*.

« Je m'en souviens. Attends une minute. »

Elle mit le téléphone en mode muet et parla à Sam à voix basse. « Je ne sais pas si tout le monde est devenu fou en même temps ou quoi, mais Andrew pense que je suis en danger immédiat et il veut que je prenne un autre avion. »

Il la regarda fixement. « Qui est Andrew ?

– Un responsable de la banque, et un ami. »

Le regard de Sam changea, peut-être de la suspicion ? Ou de la déception ? Peut-être avait-elle révélé quelque chose dans la façon dont elle avait dit « ami ».

« Retrouve-moi au bâtiment de l'aviation générale – celui en parpaings marron, juste après le parking, là, tu le vois ? »

Il regarda l'endroit qu'elle indiquait. « Où vas-tu ?

– Je vais y aller en faisant un détour. Il veut que je reste loin des caméras de surveillance. »

Sam se mit en route. Elle le regarda pendant un moment, puis réactiva le son du téléphone tandis qu'elle se dirigeait vers la gauche, à l'écart du parking et des caméras fixées sur les lampadaires.

« Je suis à nouveau là. Écoute, c'est débile, Stu n'a peut-être même pas d'avion à disposition. Je pense que je ferais mieux de rentrer directement à la maison. » C'était le mieux pour elle. S'il y avait vraiment un danger, le ranch était l'endroit où elle voulait être. C'est vers là que Bowman était sans doute allé. Il avait peut-être senti que quelque chose n'allait pas hier soir, et il avait changé ses plans. Une fois qu'il arriverait au ranch, ils pourraient régler tout ça, avec Sam et leurs oncles.

« Non, ce n'est pas une bonne idée. » Andrew l'avait presque crié, mais il contrôla mieux sa voix lorsqu'il reprit la parole. « Ils savent où se trouve le ranch. Tu seras plus

* Cabo San Lucas, ville côtière du Mexique.

en sécurité à Denver. Je ne pourrai pas te rencontrer, mais quelqu'un en qui j'ai confiance sera là. Il aura une pancarte, avec le nom véritable de ton grand-père dessus.

– Qui sait où se trouve le ranch? Ça a quelque chose à voir avec ce connard de Salifano? Et comment connais-tu le nom de mon… »

Il l'interrompit, disant que son associé l'aiderait à accéder au compte, insistant sur le fait qu'il était de la plus haute importance qu'elle le fasse dès que possible. «Tu ne pourras rien faire sans ça, dit-il.

– Ce que tu dis n'a aucun sens.

– Tu es déjà sortie du terminal?» D'habitude, Andrew n'était pas si insistant, si brusque. Les premières fois où ils s'étaient vus en société, il avait essayé de lui donner quelques ordres, et elle n'avait pas bien réagi. Il n'avait plus jamais essayé, tout le temps qu'ils étaient restés ensemble. En regardant par-dessus son épaule, elle vit Sam s'arrêter et fixer quelque chose vers le fond du parking.

Elle recula sous le surplomb à l'extrémité sud de la voie des arrivées et départs. Pas de caméras par ici. Sam avait changé de direction et marchait vers quelque chose qu'elle ne voyait pas, dissimulé par un bus touristique garé là. Elle ôta son blazer.

«Je suis dehors, mais je ne vais pas piloter un Cessna rafistolé pour aller à Denver tant que tu ne m'auras pas dit ce qui se passe.» Elle fouilla dans son sac et trouva un élastique pour les cheveux. Pas de réponse. «Tu n'es pas vraiment toi-même, Andrew. Est-ce que tu vas bien?» Elle attendit, crut l'entendre respirer au téléphone, mais quand elle regarda l'écran elle vit que la communication était coupée.

# 28

Les deux pick-up – le tas de ferraille de Jeremy et le Ford noir de Darwin – étaient garés près de la clôture arrière, côte à côte et dans des directions opposées afin que les deux conducteurs puissent se parler sans crier à travers leur cabine. Concentrés sur leur conversation, ils ne remarquèrent pas que Sam approchait.

« Je vais appeler Jicky, il nous est redevable. » C'était Darwin.

Une pause. « Nan. Jicky a atterri en catastrophe à Pueblo il y a quelques mois pour rendre visite à la veuve de son frère. Je ne crois pas qu'il l'ait encore réparé.

– Ben je vais quand même l'appeler, et je lui demanderai. »

Marco avait dû le sentir. Il sauta sur la boîte à outils, remuant la queue et haletant, ce qui fit vaciller le vieux pick-up. Derrière le pare-brise, Jeremy fronça les sourcils à la vue de Sam. Celui-ci salua et marmonna un bonjour, ne sachant pas très bien comment expliquer ce qui était en train de se passer avec Summer.

Il se retourna, espérant qu'elle serait derrière lui, mais elle avait disparu. Nulle part sur le parking. Il se tenait devant le pare-chocs de Jeremy, mal à l'aise.

Les deux hommes le regardaient, Darwin clignant lentement des yeux dans le grand rétroviseur latéral de son pick-up. Il portait un beau chapeau de cow-boy noir. Ce qu'un rancher porterait pour rencontrer ses banquiers à Denver.

« Le vol n'est pas sur le point d'embarquer ? demanda Jeremy. Darwin allait justement vous rejoindre. »

Sam hocha la tête. «Euh… oui, mais Summer a reçu un appel…»

Son propre téléphone se mit à sonner dans sa poche, la sonnerie standard qu'il avait éteinte il y a longtemps. Summer, se dit-il, avait dû le rallumer pendant qu'elle l'avait avec elle.

Il enfourna la main dans sa poche de pantalon. «C'est sûrement elle.»

Mais c'était Mac, qui appelait, paniqué, de l'aéroport de Dallas.

«Mac, je ne t'entends pas.»

Son ami criait et chuchotait en même temps; depuis le tarmac, une brise soufflait un air chaud aux odeurs de fuel. Sam appuya le téléphone plus fort contre son oreille.

«Quoi?

– Ils ont passé un tas d'autres appels.»

La portière de Jeremy s'ouvrit, il avait sans doute entendu Sam prononcer le nom de Mac. Il suivit Sam à l'abri du vent, contre le pick-up de Darwin. Sam mit le haut-parleur et monta le volume à fond.

«Tu es sur haut-parleur. Jere… euh, l'oncle est là. Qui a passé un tas d'appels?

– Les deux types… les putains de ravisseurs!

– De son téléphone, dit Jeremy. Bordel, tu avais dit qu'ils n'en avaient pas passé. Quels sont les indicatifs? C'étaient des appels nationaux?

– Ouais, tous les trois aux States, sept ou huit appels chacun, les indicatifs étaient Phoenix, Denver et Albuquerque.»

Jeremy retourna prendre un carnet dans son camion. «Lis-les à haute voix.»

Quand Mac eut terminé, Jeremy lui dit de raccrocher et d'éteindre à nouveau son téléphone, d'enlever la batterie et de s'en débarrasser.

«Je vais le faire, mais il y a autre chose.» Mac baissa la voix, sa respiration se fit plus appuyée, comme s'il était en train de marcher. «Il y a un type, hispanique, qui attend mon vol pour D.C., il a des tatouages bizarres sur le visage et sur le cou, ses bras aussi en sont remplis, toute cette merde de têtes de mort et compagnie. Il n'arrête pas de me regarder en souriant, comme s'il savait quelque chose.

– Qu'est-ce qu'il fait, là tout de suite ?

– Attendez.» Bruit de pas, sons d'aéroport, une annonce. Puis : «Ah, il lit un livre.

– Quel genre de livre ? demanda Sam.

– J'en sais rien, putain, un livre sur la meilleure façon de tuer les gens.

– Essaie de voir ce que c'est, dit Jeremy.

– Pourquoi ?

– Parce que c'est sans doute un truc de suspense ou de développement personnel, il est probablement inoffensif, et même s'il ne l'est pas il n'y a aucune chance que quelqu'un ait déjà pu te suivre.

– Décris-le, dit Sam.

– Il est jeune, la vingtaine, maigre, en jeans et tee-shirt avec un logo en espagnol. Probablement assez beau gosse sans ces tatouages. Le cuir chevelu rasé pour qu'on puisse voir les putains de crânes et tout ça. Un nom sur le côté de son cou, ça ressemble à «Lydia». Oh merde, il m'a vu le regarder, maintenant il sort quelque chose de son sac à dos.

– Calme-toi, Mac.

– C'est un grand carnet, comme un portfolio. Je vais faire le tour derrière lui.»

Sam s'attendait à ce que Jeremy lève les yeux au ciel ou fasse un sourire narquois, mais son visage était impassible. Un groupe de cinq femmes s'approcha en riant du parking des employés, la plupart en uniforme. L'une d'elles s'écarta, salua les autres, s'avança entre les deux pick-up et posa la main sur le bras de Darwin, qui était appuyé sur le montant de la fenêtre. Commença à lui parler. C'était Summer, qui avait retourné son blazer et s'était coiffée différemment. Elle bougeait différemment aussi, la démarche plus relâchée, moins contrainte.

Mac à nouveau sur haut-parleur : «Ce sont des, euh... des dessins, des esquisses.

– De quoi ?» Jeremy avait remarqué Summer à présent.

«Des têtes d'animaux, surtout des chiens, quelques chevaux.» La voix de Mac était devenue morne, embarrassée. «Ils sont plutôt bons.

– Mac, raccroche, éteins ton téléphone et essaie de te calmer. Il est trop tôt pour que quelqu'un soit après toi. Je vais me renseigner sur ces numéros, mais on va s'occuper de tout ça à partir d'ici.»

Alors que Sam essayait de rassurer Mac et de le persuader de raccrocher, Darwin sortit de son pick-up. Les oncles et Summer se rapprochèrent et se lancèrent dans une brève et intense conversation que Sam n'était clairement pas censé entendre. Il se rendit compte que c'était la première fois qu'il voyait les jumeaux ensemble. Ils n'étaient pas tout à fait identiques, mais assez pour qu'on puisse les confondre. Maintenant, tous les trois fixaient Sam. Mac avait fini par raccrocher.

«Quoi?

– On a décidé de te faire confiance, dit Summer en esquissant un sourire.

– Tu es trop perdu pour être associé à tout ça, ajouta Jeremy.

– OK, dit Sam. Merci.» Puis, regardant Summer: «Tu leur as parlé du coup de fil de Machin?»

Les oncles se tournèrent vers elle.

«Andrew est paniqué, dit-elle. Je ne sais pas jusqu'à quel point il faut le prendre au sérieux.»

Elle n'avait pas l'air inquiète, mais elle n'avait visiblement pas ignoré l'avertissement. Sam se dit qu'elle minimisait peut-être la situation afin d'éviter de déclencher une réaction excessive de la part de Jeremy.

«Il a dit que j'étais en danger, que ça avait à voir avec le compte de grand-père Martin, peut-être avec le gang de Salifano, et il a voulu que je quitte le terminal.»

Elle se retourna pour jeter un coup d'œil dans le parking, comme s'il lui était soudain venu à l'esprit de vérifier si quelqu'un la suivait. Sam et les oncles firent de même.

À quelques centaines de mètres de là, un taxi solitaire était garé à l'extrémité du terminal. À l'autre extrémité, une femme se tenait devant l'entrée et parlait sur son portable.

Pendant qu'ils regardaient, un grand SUV bleu s'arrêta entre le taxi et la femme. Le hayon de chargement arrière commença à s'ouvrir, sans doute télécommandé. Sam se tendit un peu, mais une femme portant un chapeau de cow-boy blanc émergea du côté conducteur et rejoignit deux adolescents à l'arrière du véhicule, d'où ils sortirent des sacs à dos et se soumirent aux étreintes fougueuses de la femme avant de disparaître dans le terminal.

Toujours aux aguets, Summer poursuivit. « Andrew dit qu'il est trop dangereux pour moi de rentrer à la maison. Des types, je ne sais pas qui, savent où est le ranch. Il me demande de louer un avion de la société de Stu et de voler jusqu'à Denver, vers ce petit aérodrome à Moremount. Son "associé" me retrouvera là-bas.

– Tu sais piloter ? » demanda Sam – mais il n'obtint pas de réponse.

À la mention d'un avion, Jeremy et Darwin échangèrent un regard qui, bien qu'il parût inexpressif à Sam, indiquait probablement une réaction extrême.

« Quoi ? » Cette fois c'était Summer qui posait la question.

« Je n'ose même pas te le dire, dit Jeremy.

– Pourquoi pas ?

– Tu vas... je ne sais pas. » Il s'arrêta et regarda Sam, comme s'il pouvait l'aider à expliquer les choses.

« Ils ont fini par appeler ?

– Ouais. Une femme nommée Mia Cortez. Elle est le numéro deux de la plate-forme de distribution d'un des plus gros cartels mexicains. Elle n'a pas dit lequel, mais ce n'est pas très difficile à deviner.

– Et ?

– Et je dois rendre cette merde. Ils savent qui je suis, et maintenant on sait que le téléphone de Mac était un maillon faible. Je parie que les numéros qu'il nous a donnés sont des contacts de bas niveau du cartel ; les deux abrutis essayaient de savoir ce qu'ils avaient, combien ils pourraient en tirer. Le cartel n'aura aucun mal à trouver Mac et sa secrétaire. Ils vont tous nous tuer : Mac, la secrétaire, toi, moi, Summer, Darwin. Ils tueront Marco tant qu'ils y seront. »

Sam sentit ses tripes se liquéfier à nouveau. Ça devenait une sensation familière.

« Alors rends-le leur. Comme on avait dit.

– Pas si simple. Elle ne me fait pas confiance, et je ne lui fais pas confiance. Je lui ai dit que j'avais besoin de rencontrer quelqu'un dont la parole engagerait le cartel avant de tout rendre. Il n'y a aucune garantie qu'ils ne vont pas nous traquer et nous tuer de toute façon, mais c'est le mieux que je puisse faire. Elle est au Mexique maintenant, et elle ne peut pas convaincre un sous-fifre de venir ici pour le récupérer. Ils sont trop vulnérables aux États-Unis et je suis trop vulnérable au Mexique. Donc on va se rencontrer à la frontière, dans un endroit isolé. Elle me trouvera un guide. »

Personne ne parlait, les mots faisaient leur chemin. Le bruit d'un avion roulant vers la piste d'atterrissage se fit entendre depuis l'autre côté du terminal. Sam observa une sorte d'indéchiffrable communication non verbale entre Summer et ses oncles.

« Comment allez-vous faire pour aller là-bas ? » demanda-t-il.

# 29

*1989*

Summer apparut la première, comme d'habitude, précédée par le clic-clac rapide et métronomique, sur le sol en pierre du couloir, des bottes de cow-boy qu'elle avait portées toute l'année, le visage candide et inquiet tandis qu'elle se dirigeait vers la cuisine. Leo avait essayé d'avoir l'air décontracté quand il avait frappé à la porte de sa chambre, lui demandant de le retrouver dans la cuisine pour le petit-déjeuner.

« Qu'est-ce qu'il y a ? Bowman ne vient pas ?

– Il arrive. »

Leo l'avait trouvé en train de nettoyer les écuries et de nourrir les aigles. Il était d'humeur maussade et Leo n'était pas sûr que le garçon ait l'intention de venir.

« Darwin nous a préparé une omelette. »

Les mains de Leo tremblaient tandis qu'il servait leurs assiettes. Il avait affronté une centaine d'adversaires armés avec moins de nervosité qu'il n'en éprouvait ce matin-là face à ses propres enfants. Il y aurait deux écoles, sur des côtes opposées. Les normes exigeantes ne seraient pas un problème. Les frais de scolarité seraient un peu élevés, mais il en avait parlé avec Darwin et avait trouvé un moyen de les payer.

« Je n'ai pas faim. »

Mais elle saisit sa fourchette et se mit à manger en fronçant les sourcils. Il savait qu'elle essayait de savoir ce qu'il avait en tête. Après quelques bouchées, elle demanda si l'oncle Jeremy était malade. Il était parti une semaine à Denver, pour enseigner à l'académie de police. Depuis que sa mère était morte d'un cancer, Summer s'était d'abord inquiétée de la santé de Leo, puis, progressivement, de celle des frères de sa mère au fur et à mesure qu'elle acquérait plus de connaissances sur les substances cancérigènes, les *downwinders** et les facteurs de risques héréditaires.

«Rien de tel, dit Leo.

– Mais quelque chose t'inquiète.»

Une ombre traversa la lumière de fin d'hiver qui filtrait du couloir, et Bowman se matérialisa silencieusement derrière Summer. Elle vit le regard de Leo et se retourna.

«Bon sang», fit-elle, sans poursuivre plus avant.

Bowman fit un signe de tête à Leo, se dirigea lentement vers la cuisine en chaussettes – il avait laissé ses bottes à la porte – et se servit une assiette depuis la poêle en fonte chaude. Il s'assit en face de sa sœur. Il fit une pause – sans doute une sorte de prière silencieuse: *Merci, ô grands esprits et généreux poulets pour ce repas* – et s'installa. Leo et Summer le regardèrent manger.

*Je pourrais simplement attendre*, pensait Leo. *Remettre à plus tard, ne pas le faire du tout, jamais.* S'il inventait tout de suite une autre raison pour cette rencontre, leur vie pourrait continuer comme il l'avait prévu, et comme ils l'attendaient.

À de nombreux égards, ils allaient bien tous les deux, mieux que bien, et bien mieux que lui à leur âge. Ils se disputaient, évidemment, mais depuis quelques semaines ils s'entendaient bien. Tous deux étaient passionnés, créatifs, conscients et engagés dans le monde qui les entourait, à un degré que Leo leur enviait. Ils absorbaient les connaissances, remettaient tout en question et, à plus d'un titre, confirmaient les choix qu'avait faits Leo pour leur éducation. Il les avait élevés pour qu'ils connaissent la vérité violente et dérangeante du monde, pour qu'ils la connaissent plus profondément que Leo ne le pouvait lui-même, ne l'ayant entrevue que tard dans sa vie, en Afrique. Pour qu'ils la connaissent à l'ancienne. Dans leurs os.

* Personnes qui, en Arizona, dans l'Utah et le Nevada, ont été exposées aux contaminations radioactives à la suite des essais nucléaires effectués dans le Nevada dans les années 1950 et 1960. Le terme signifie littéralement « personnes sous le vent ».

Mais cela ne suffirait pas. Depuis la rencontre fortuite avec son ancienne connaissance du département d'État à Mexico, il avait discrètement suivi ce qui se passait en Afrique, le pouvoir accumulé entre les mains de gens qu'il connaissait trop bien, et il avait acquis la conviction que sa propre survie était en jeu. S'il n'était plus là pour continuer à préparer Bowman et Summer à ce qu'il considérait être la malédiction de son père, prévue dans vingt ans, alors il fallait accélérer leur éducation. Il leur avait appris ce qu'il pouvait sur la façon de fonctionner dans le monde civilisé, mais il connaissait ses propres limites. Il était temps qu'ils quittent le ranch, qu'ils apprennent des choses sur le monde qu'ils ne pourraient jamais apprendre de lui.

«Nous allons devoir procéder à des changements difficiles», se lança-t-il, sentant déjà qu'il commençait mal. Il avait néanmoins pu capter leur attention, deux paires d'yeux sur lui, des prédateurs observant une menace potentielle, ou un repas. «En août, vous partirez tous les deux à l'école.»

Summer fit un bruit de renard, comme un jappement incrédule.

«C'est dingue ! s'exclama-t-elle. Et tu dis ça comme si on n'avait pas notre avis à donner. Comme si tu avais pris cette décision pour nous, comme si on était des bébés.»

Elle se tourna vers Bowman, attendant manifestement un soutien, un retour vers leur ancienne solidarité en ce moment de crise. Mais le visage de son frère était impénétrable.

«D'accord, dit-il.

– D'accord ?» La voix de Summer avait grimpé d'une octave, puis elle sembla se reprendre, ou prendre conscience de quelque chose.

Leo trouvait lui aussi l'acquiescement de Bowman déconcertant, mais il poursuivit avec le raisonnement qu'il avait répété : il était impossible de les préparer pleinement, ici au ranch, à la vie qui les attendait ; l'université devait être une option pour eux, et un lycée privé, même pour un an ou deux, ferait une grande différence pour qu'ils y soient admis. Ils écoutaient, mais la passivité de Bowman avait refroidi l'indignation de Summer. Elle bouda pendant que Bowman retournait à la cuisinière pour y prendre d'autres œufs, se coupait quatre tranches de pain dans une miche que Darwin avait faite la veille, les toastant avec du beurre et des myrtilles en conserve. Summer le regardait d'un air incrédule.

« Où ça ? demanda-t-elle, les yeux toujours fixés sur son frère.

– La tienne est à l'ouest du Massachusetts. À la campagne. Celle de Bowman est à San Diego. Près de l'océan.

– Attends. On ne va pas dans la même école ?

– La meilleure école pour toi n'est pas la meilleure pour Bowman. »

Kentwood était une école d'élite, scolairement rigoureuse, et assez classique. Darcy Academy serait plus adaptée pour faire face aux éventuels problèmes de comportement de Bowman qui, craignait-il, pourraient survenir du fait de son tempérament bien plus sauvage.

« Pourquoi ? demanda Summer. Qu'est-ce qu'il y a de particulier chez moi ? Ou chez lui ?

– Vous êtes tous les deux très particuliers. Mais vous êtes aussi très différents l'un de l'autre. » Leo n'attendait pas de réponse sur ce point, et il n'en eut pas. « Vous serez tous les deux scolairement en avance sur les autres dans vos groupes d'âge.

– Mais on n'a pas les moyens ! insista Summer.

– Darwin dit qu'on peut. » *De justesse*, pensa-t-il.

Au crépuscule, Summer était assise dans le grand fauteuil à bascule devant la cheminée de la bibliothèque. Son livre d'algèbre était ouvert, mais elle regardait son frère assis au petit bureau de l'autre côté de la pièce. Il écrivait quelque chose sur un carnet. Elle n'avait aucune idée de ce dont il s'agissait – leurs chemins éducatifs avaient divergé depuis un certain temps. Il s'arrêtait toutes les minutes ou presque pour regarder par la fenêtre la neige qui tombait : des flocons lourds et humides qui descendaient rapidement, plutôt comme du grésil. C'était peut-être la dernière grosse neige de l'année. Leur père avait conduit l'oncle Darwin en bas de la montagne dans la vieille Willys, qui pendant l'hiver était équipée de chaînes et d'une lame à l'avant. Darwin passait le week-end à Durango, où il travaillait au restaurant et dormait sur un canapé dans la maison d'un ami en ville.

«Pleine lune ce soir, dit-elle. De la bonne neige fraîche pour le pistage.»

Bowman l'ignora, continua ses gribouillages.

«Awoooooo!»

Des années plus tôt, il lui avait appris à faire un bon hurlement de loup. Son crayon s'arrêta. Il avait le regard fixe. Elle planta sur lui une paire d'yeux exorbités, puis esquissa un demi-sourire.

«Tu savais déjà, pour les écoles? demanda-t-elle. Il te l'avait dit en premier?

– Non.

– Qu'est-ce que tu prévois de faire?

– Je ne prévois rien du tout.

– Bien sûr que si. Quoi, tu vas t'enfuir? Comme un gamin, avec des sandwiches dans un baluchon noué sur un bâton?»

Il sourit, de ce sourire patient, si caractéristique. Elle avait envie de le gifler.

«Depuis quand parles-tu comme ça?» demanda-t-il.

Summer fulminait. Cet air indécrottable de supériorité. Mais il dut se rendre compte qu'il l'avait mise en colère. Son visage se détendit, le masque s'abaissa. Elle détourna le regard.

«Tu m'as manqué», dit-il.

Essayait-il d'être conciliant? Il s'était tenu à l'écart pendant si longtemps qu'elle avait renoncé à leur ancienne alliance et s'était installée dans une détente glaciale. Elle n'en était pas fière et ça la mettait sur la défensive.

«Nos disputes m'ont manqué», dit-il.

Elle regardait ses problèmes de maths sans les voir, encore trop en colère pour répondre. Il y avait tant de fermeté dans son comportement. Les choses qui avaient toujours été touchaient à leur fin, et Bowman l'avait compris – accepté, peut-être – alors qu'elle n'avait rien vu venir.

«Tu es plus intelligente que moi, tu sais.»

C'en était trop. Elle leva les yeux mais se rendit compte qu'elle ne voulait pas croiser son regard, et fixa plutôt le visage de la hyène surdimensionnée qui grognait pour l'éternité de l'autre côté de la cheminée.

«Je vous ai entendus discuter ici hier, Papa et toi», dit-elle.

Il referma son cahier, l'air patient. «C'était une conversation intéressante.

– Qu'est-ce qui l'a déclenchée ?

– Je lui ai demandé pourquoi il n'y avait aucun primate.» Il désigna du bras la demi-douzaine d'antilopes dans l'alcôve, le phacochère, l'hyène, le léopard. «Pourquoi il n'avait jamais tué de chimpanzé, de gorille ou de babouin. Il a dit qu'il n'y avait jamais pensé. Que ça aurait trop ressemblé à un meurtre.

– J'ai raté cette partie, dit-elle. Je l'ai entendu te traiter d'enfant naïf.» Cela lui avait fait plaisir, sur le moment – son frère mystique et supérieur défini en des termes avec lesquels elle pouvait être d'accord.

Mais Bowman rit. «J'ai suggéré que les sociétés et les cultures qui partageaient leur écosystème avec les autres grands primates avaient peut-être plus d'humilité, étaient moins convaincus de l'exceptionnalisme humain. Il n'était pas d'accord.»

Elle avait entendu son père insister avec une certaine ardeur sur le fait que, si les gens pouvaient régulièrement se réduire en chair à pâté sur la base de différences insignifiantes de couleur de peau, de tribu, de religion ou de nationalité, ils ne devaient logiquement avoir aucun mal à faire de même avec des primates d'espèces différentes. Il avait dit que, dans certaines régions d'Afrique, les gorilles et les chimpanzés n'étaient considérés que comme du gibier, de même que toutes les autres espèces assez grandes pour représenter un repas ou deux.

«Tu l'as traité de misanthrope.

– C'est bien ce qu'il est, non ? Il s'est persuadé que les gens en général étaient complètement désespérés, ce qui justifie en quelque sorte que nous vivions ici dans une splendeur idyllique, que nous apprenions les anciennes méthodes et que nous développions notre conscience, tandis que le reste de l'humanité continue à détruire la planète et à vivre le destin misérable qu'elle s'est imposé.»

Bowman s'était levé et il commençait à faire les cent pas dans la bibliothèque. « On ne peut pas évacuer la souffrance humaine en disant que l'humanité en général la mérite, que les gens n'auraient jamais dû abandonner les anciennes méthodes, n'auraient jamais dû se mettre à l'agriculture, à la sédentarité, aux sociétés hiérarchisées, à la surpopulation catastrophique... Tout cela est exact, mais échoue en tant que justification personnelle pour jouir de manière arrogante d'avantages non mérités. Pour se détourner et laisser le monde brûler. »

Elle attendait qu'il s'arrête et la regarde.

« C'est à cause de cette conversation qu'il a décidé de nous envoyer à l'école, et que tu ne t'y opposes pas ? »

Le visage de Bowman se referma. « Non, dit-il. Il avait déjà pris la décision. Il y a quelque chose d'autre qui se passe, et dont il ne parle pas.

– Tu penses toujours qu'il y a quelque chose d'autre qui se passe. » Comme il ne répondit pas, elle continua : « Je ne veux pas partir d'ici, et je ne peux pas croire que toi, tu le veuilles.

– Tu seras contente de l'avoir fait. Et tu reviendras un jour. On revient toujours. »

Le fait de l'entendre dire ça titilla une part d'elle-même – une part égoïste – qui avait été secrètement excitée par la perspective d'un pensionnat dans la campagne exotique de la Nouvelle-Angleterre. Mais elle laissa cela de côté. Son père avait besoin d'elle ici. Elle s'inquiétait de ce qui lui arriverait si elle partait.

« Tu parles comme si tu étais supérieur. Et tu n'as pas répondu à ma question. Comment peux-tu être d'accord avec le fait de partir d'ici ? »

Mais leur conversation entre frère et sœur à cœur ouvert était terminée, et Bowman retourna à son carnet. Elle était loin d'être satisfaite mais trop fière pour implorer l'attention de son frère. Quelque chose au creux de son estomac ressemblait beaucoup à de la peur, comme si ce qui allait arriver était plus qu'un changement, comme si c'était la fin de toute chose.

# 30

***2009***

Summer était assise dans le siège de pilotage du Cessna 185 vieux de trente ans, son téléphone à l'oreille, écoutant distraitement celui d'Andrew sonner dans le vide. Elle avait déjà essayé d'appeler le numéro inconnu qu'il avait utilisé plus tôt. Par la fenêtre latérale, elle regardait les toilettes mobiles près de la clôture grillagée qui marquait la limite de la section d'aviation générale de l'aérodrome. Elle les avait utilisées, puis avait trouvé Sam qui attendait dehors ; apparemment, il n'y en avait pas dans ce petit avion. Elle aimait bien Sam, mais elle devait admettre que son apparition dans le village AP n'avait peut-être été qu'une simple coïncidence, sans importance après tout, ses suppositions quant à l'utilité d'un avocat fiscaliste s'étant révélées prématurées. Vu les circonstances actuelles, il aurait mieux valu que son feu de signal ait été repéré par un ex-Seal. Même si, s'avisa-t-elle, l'oncle Jeremy remplissait cet office.

Après l'inspection prévol, elle avait eu un bref débat avec Jeremy à propos de la répartition du poids, mais ils s'étaient finalement mis d'accord pour que Jeremy s'installe dans le siège du copilote, Sam derrière Summer, et leurs bagages en face de Sam : la sacoche en cuir de Summer, le petit sac à dos de Sam, pour Jeremy une valise en plastique rigide qui contenait une arme, et le sac à dos jaune rempli de cocaïne de la défunte auto-stoppeuse. Le plan était de déposer Jeremy et le sac à dos jaune à un aérodrome près de la frontière, après quoi Sam et Summer continueraient jusqu'à Denver. Jeremy insista pour qu'ils ne l'attendent pas : il les retrouverait à Denver dès que possible. Darwin était sur le chemin du retour vers le ranch avec Marco au cas où Bowman se présenterait, puis il s'envolerait de La Plata le lendemain, avec ou sans lui. Une fois tous réunis à Denver, ils décideraient de la marche à suivre avec la banque, forts de l'avertissement d'Andrew.

Vibrant d'impatience, Jeremy marchait de long en large derrière l'avion en parlant au téléphone. Avec un peu de chance, la personne du cartel et lui allaient arriver à s'entendre sur l'endroit précis où se retrouver.

La personne du cartel... avec qui Jeremy était en train de parler... espérant apprendre où, à la frontière mexicaine, ils voulaient qu'il leur remette un sac à dos rempli de cocaïne.

Summer se répéta à deux reprises cette phrase invraisemblable avant que la messagerie vocale d'Andrew ne se déclenche. Appuyant sur la touche 1 pour abréger son annonce, elle laissa un message enjoué disant qu'elle allait bien, qu'elle emmenait en avion son oncle en Arizona pour une affaire, et qu'elle souhaitait repousser la réunion de Denver au lendemain.

Grand-père Martin avait attendu trente-cinq ans pour mettre ce compte à disposition de la famille : ses oncles et elle s'étaient mis d'accord pour dire qu'il pouvait patienter encore quelques heures. Quelle que soit la menace représentée par Jake Salifano, elle passait après le danger plus concret et plus immédiat du cartel.

La porte des toilettes s'ouvrit, et Sam courut jusqu'à l'avion. Summer fut sur le point de sortir, mais Jeremy n'était plus au téléphone à présent : il aidait Sam à s'installer dans son siège, lui montrant comment attacher la ceinture-harnais. Avant de démarrer le moteur, elle leur expliqua à tous les deux comment utiliser leurs casques et où les brancher. Jeremy s'assit dans le siège du copilote, examinant la manette devant lui.

« Qu'est-ce qu'elle a dit ? demanda Summer.

– Elle veut qu'on se rencontre sur une piste de contrebandiers à mille lieues de tout, près de la frontière Arizona-

Nouveau Mexique. Je lui ai dit que je louerais une voiture à l'aéroport de Sierra Vista et que je conduirais moi-même, mais elle tient absolument à ce que le guide vienne me chercher. Quelqu'un va appeler sur ce téléphone dans une heure environ. Je devrais avoir du réseau si on est près d'une tour.»

Summer mit les gaz, tourna la clé et le moteur s'anima, manifestant son indignation; ça lui faisait toujours penser au réveil d'un gros dinosaure de mauvaise humeur. Après avoir allumé les lumières et la radio, elle vérifia à nouveau le son de leurs casques et demanda à la tour l'autorisation de rouler.

À l'extrémité de la piste, vent arrière, elle répéta une fois de plus la séquence de décollage, en prenant son temps. Comme Andrew lui avait rappelé, elle avait appris sur des Cessna comme celui-ci, et avait piloté ce même avion plusieurs fois. Ils étaient robustes, fiables et très bruyants. Ils n'étaient pas très rapides mais, même à deux cent cinquante kilomètres à l'heure, ils devraient atteindre le sud de l'Arizona en moins de trois heures, ce qui lui laissait le temps de faire le plein et de retourner à Denver avec Sam avant qu'il ne soit trop tard. Elle pouvait voler de nuit, mais elle n'était théoriquement pas homologuée pour le faire avec un passager à bord. Elle commençait à se dire qu'elle était partie pour une très longue journée de vol.

Une autre voix à la radio, la superviseuse de l'aéroport cette fois, dont Summer comprit qu'elle s'appelait Misha, lui ordonna de faire demi-tour et de revenir au terminal de l'aviation générale. Summer était sur le point de demander pourquoi, lorsque Jeremy lui désigna à travers le pare-brise un véhicule de sécurité de l'aéroport et un camion de pompiers, tous deux feux clignotants, convergeant vers le Beechcraft encore garé à la porte d'embarquement.

La radio: *Nous avons un problème ici, tout le monde reste au sol.*

«On doit y aller, Summer.» Jeremy fit un geste impatient en direction de la piste. «Décolle et puis c'est tout. Vole vers le sud. Dis-leur que c'est une urgence médicale ou quelque chose du genre.»

Elle poussa la manette des gaz à fond.

« Désolé, tour de contrôle, nous avons une urgence médicale, je dois emmener mon oncle âgé et sénile à l'hôpital, ça ressemble à une appendicite. » Elle lança un regard à Jeremy et éteignit la radio. Vérification de la visibilité, vérification de la piste, tout allait bien, vérification du ciel : aucun avion nulle part.

Tout en accélérant, elle surveillait les voitures de police – allaient-elles se lancer à sa poursuite et bloquer son décollage, comme dans les films ? Mais les policiers étaient occupés : la porte du Beechcraft était ouverte, l'escalier était au sol et les passagers débarquaient précipitamment.

Quitter la terre avec un tel tacot était une expérience déconcertante qui l'aurait affolée si elle n'avait pas déjà piloté ce type d'appareil. Le bruit du moteur était assourdissant sans casque, et même avec il y avait une vibration gênante jusqu'au tréfonds des os. Elle se stabilisa et effectua son virage de sortie, le bruit passant de « perforation du crâne » à « éclatement de la tête ». Jeremy suggéra qu'ils volent vers le sud jusqu'à la I-10*, puis lentement vers l'ouest, le long de l'autoroute, où il pourrait capter du réseau.

À une hauteur de trois cents mètres, elle fit demi-tour et survola l'aérodrome, s'inclinant sur la gauche pour mieux voir. Un autre camion de pompiers tous feux clignotant débouchait de l'autoroute – sans doute le Whitespring Volunteer.

« On dirait qu'il ne s'est rien passé, dit Jeremy en se penchant pour voir par le hublot. Pas de fumée. Personne n'est sorti de l'avion avec des menottes.

– Tu penses que c'était quoi, alors ? demanda Sam. Une sorte d'alerte à la bombe ? »

Le bipeur de Jeremy se mit à sonner. Il le consulta et le replaça à sa ceinture. « C'est Sam qui remporte le prix. Alerte à la bombe. Le shérif me réclame à l'aéroport.

– Alors c'est à propos de ça que ton gars t'a appelée ? »

Summer sourit à l'expression « ton gars ».

* Interstate 10, autoroute transcontinentale qui relie Santa Monica (Californie) à Jacksonville (Floride).

« Qui ça peut être ? demanda Sam. Et dans quel but ? Pourquoi une bombe, ou même juste une alerte ?

– Pour faire sortir Summer de l'avion, suggéra Jeremy. Et la mettre à un endroit précis à un moment précis, confuse et en état de choc.

– Donc ils veulent me kidnapper ?

– Les gens riches se font kidnapper tout le temps.

– Pas à Whitespring. Et je ne suis pas riche.

– Tu pourrais l'être, répliqua Sam. Si ce compte de ton grand-père contient de l'argent sale, offshore, anonyme, et dissimulé au fisc, ces types, peu importe qui ils sont, se disent que tu ne pourras pas aller te plaindre à la police. »

Ça ne lui était pas venu à l'esprit. Elle ne voyait pas comment le fait de la kidnapper permettrait aux ravisseurs de voler de l'argent auquel elle n'avait elle-même pas accès, mais Sam avait probablement raison au sujet de la police.

Jeremy appela le central sur son portable et put, en élevant la voix, signaler qu'il n'était pas disponible et qu'il serait hors du secteur pour gérer une urgence tout le reste de la journée. Ils continuèrent à voler. Personne ne parlait. Summer relevait automatiquement les conditions de vol, qui étaient parfaites. Un cumulo-nimbus menaçait au sud-ouest mais, au sud, le ciel était clair : une vague brume d'été.

Le téléphone de Jeremy se mit à vibrer à quelques kilomètres au nord de Gallup. Elle relâcha les gaz pendant qu'il répondait, hurlant à nouveau par-dessus le bruit. Des deux côtés, la conversation était difficile. « Vos coordonnées ? » demanda Jeremy. Summer n'aimait pas ça. « Coordonnées », ça ne sonnait pas comme un code d'aéroport. « Coordonnées », ça sonnait comme une piste d'atterrissage privée. Elle avait bien passé le test d'atterrissage « terrain mou / terrain court » pour être homologuée mais, depuis, elle avait toujours eu la chance d'avoir des pistes parfaitement entretenues.

Jeremy le savait. « Pourquoi pas un aéroport municipal ? Bisbee-Douglas ou Sierra Vista, il y en a des tas par là-bas. » Il écouta, l'air de plus en plus agacé. « Compris, mais si on n'aime pas ce qu'on trouve, on va à Douglas et vous pourrez venir nous chercher là-bas… Eh bien, vous leur direz que j'ai dit que notre pilote n'est pas à l'aise pour atterrir sur la piste d'atterrissage d'un ranch pourri.» Jeremy commença à entrer les coordonnées dans le GPS, les relisant à son interlocuteur, s'assurant qu'il les avait bien notées. Summer ressentit une petite nausée dont elle savait qu'elle allait durer jusqu'à ce qu'elle et Sam aient atterri à Denver, plus tard dans la journée.

# 31

La jeep grimpait les lacets trop vite, dérapait dans les virages, faisait des tête-à-queue, soulevant un nuage de poussière que l'on voyait de loin. La police allait le remarquer, et ils enverraient sans doute quelqu'un. Ils feraient demi-tour lorsqu'ils se rendraient compte que c'était elle, mais quand même.

Rice Moore posa ses jumelles et actionna le micro de sa radio.

« Ralentis. »

Pas de réponse. Pas de ralentissement.

Il rampa à reculons depuis le bord de la paroi rocheuse jusqu'à l'abri d'un fourré de mesquites. Une fois caché, il se leva, se retourna et courut le long d'une pente raide jusqu'à leur campement.

Apryl était partie plus tôt, ayant reçu un message satellite de Jorge lui disant de l'appeler dès que possible. Le réseau cellulaire le plus proche était à Douglas, à une heure de voiture sur des routes merdiques. Après son départ, il avait fini de changer les cartes de données de leur ligne de caméras positionnées le long d'un affluent de la Guadalupe, où il avait surpris un groupe de cinq migrants sous un palo verde, trois femmes et deux adolescents trop terrifiés pour fuir. Abandonnés par leur « coyote ». Il les avait calmés, les avait laissés vider sa bouteille d'eau, leur avait donné ses barres protéinées. Lorsqu'il leur avait demandé de lui donner les emballages, de ne pas les laisser par terre, ils n'avaient pas compris. Accablés. Un type blanc préoccupé par les déchets. Mais bon sang, c'était un endroit spécial !

Apryl et lui offraient toujours de l'eau, de la nourriture. Nettoyaient les déchets qu'ils laissaient. Avaient toujours dans la jeep une boîte de sacs-poubelle de cent litres à cet effet. Apryl scandait : *Fait chier fait chier fait chier je juge pas mais fait chier.*

Non pas que les déchets des migrants fussent la véritable menace. Loin s'en fallait. Le socle méridional accidenté des Peloncillos était une fragile mosaïque écologique, la partie d'un passage précaire entre la sierra Madre occidentale et les montagnes Rocheuses, où les déserts de Sonora et de Chihuahua se rencontraient, où l'habitat le plus méridional de plusieurs espèces nord-américaines chevauchait l'habitat le plus septentrional d'espèces que l'on trouvait au Mexique et en Amérique centrale. La région avait toujours été trop éloignée et trop accidentée pour que les fédéraux s'en préoccupent mais, récemment, le département de la Sécurité intérieure avait commencé à évoquer la construction d'un mur. Rice et Apryl s'étaient spécialisés – pour de multiples raisons – dans la recherche biologique le long de la frontière, et l'année précédente les propriétaires de cette parcelle les avaient engagés pour établir une base de données fiable pour recenser les espèces dont l'existence dépendait de leur capacité à se déplacer entre les États-Unis et le Mexique.

Ils n'exploiteraient pas les nouvelles images avant d'être de retour à Tucson dans quelques jours – une sorte de chasse au trésor zoologique qui était montée en gamme depuis qu'ils avaient photographié un jaguar ici en mars – pas un mâle en dispersion* mais une femelle en âge de se reproduire. Les propriétaires avaient décidé de ne rien dire pour le moment : ils ne voulaient pas du coup de projecteur que susciterait la confirmation de la présence d'une femelle jaguar, du moins pas encore. Ils voulaient plus d'images, un certificat de résidence. Ils voulaient des lionceaux. Rice se demandait quel poids cela aurait dans la bataille autour de ce putain de mur : bébés jaguars *vs* paranoïa de sécurité nationale.

* Désigne la colonisation de nouveaux territoires par des individus séparés de leur population d'origine.

Arrivé à leur tente, Rice déposa son sac à dos et attendit, écoutant le moteur de la jeep monter en régime puis ralentir : rugissements de frustration effrénés, puis impatients gémissements de rétrogradation. La voix d'Apryl au volant, inimitable. Elle ralentit enfin lorsqu'elle quitta la route principale du canyon et se traîna en petite vitesse jusqu'à une montée, puis avança jusqu'à leur place de parking habituelle. Elle sortit de la voiture et ferma la porte doucement, comme ils le faisaient toujours ici.

« C'est foutu, dit-elle. Tu dois partir en éclaireur à Los Robles. »

Rice essuya la poussière sur la fenêtre et regarda à l'intérieur. Des sacs de courses en plastique sur le siège arrière. Derrière, une nouvelle glacière s'était ajoutée au bazar existant.

« Maintenant ?

– Ouais. On est censés guider un type vers la frontière dans la journée. Jorge est tout excité, ce truc vient de gens hauts placés. Mais ensuite il a dit : "Il faudra que tu le caches à la police."

– Impossible. Ils sont partout. Randy est passé avec une nouvelle recrue pendant que tu étais partie.

– J'ai dit à Jorge qu'on déguiserait le gars en ornithologue. »

Elle vida au sol ses sacs Walmart : combinaisons de camouflage XL, chapeau de brousse, jumelles bon marché, barres énergétiques, une bâche en plastique verte. En général ils achetaient leur équipement au magasin de surplus militaires de Tucson, où ils pouvaient se fondre dans la masse des survivalistes, des miliciens et des passionnés de machins militaires. Apryl était donc sur les bandes de vidéosurveillance du magasin de camouflage. Ce n'était pas vraiment un problème, mais il fallait le garder à l'esprit. Au moins, ils avaient une couverture.

« J'avais rendez-vous à l'arrière du parking avec un gamin de dix ans qui a couru jusqu'à la clôture métallique avec ça. » Elle tendit un téléphone satellite haut de gamme. « J'ai appelé notre colis en revenant. Lui ai dit où atterrir.

– Sur la piste de Baker ?

– Ouais, il est en chemin, j'ai dû faire demi-tour. La meilleure, c'est que son pilote est un débutant.

– C'est pas bon signe.» Rice avait déjà atterri sur cette piste une fois avec un ami d'Apryl, un pilote expert, et il avait juré que ça ne se reproduirait pas. «S'il est si important, pourquoi ne lui ont-ils pas trouvé un bon pilote?» Apryl et lui avaient toujours transporté des colis, jamais des personnes, mais il savait que parfois un big boss connu, ou un membre de sa famille, ne pouvait pas courir le risque d'un retour au Mexique selon des voies classiques, et il fallait le faire passer en douce.

«On dirait qu'il vient de son propre chef. Il n'est pas du cartel, il a rendez-vous avec le cartel. On l'accompagne à la frontière, ils ont un pow-wow, puis on le ramène et on le dépose à Douglas.»

Rice fit glisser la lourde glacière à l'arrière de la jeep. «On ne fait jamais ça.

– Jorge dit qu'ils triplent les honoraires, près de vingt mille dollars pour une journée de travail, alors j'ai dit: "Peu importe, Jorge, on peut le faire", mais il n'a pas répondu, il a juste soupiré, il semblait presque s'excuser, comme s'il se sentait mal – or Jorge ne se sent jamais mal.»

Apryl remonta dans la jeep et referma la portière.

Rice se pencha pour parler à travers la vitre ouverte côté passager. «Notre nouveau boulot: guider des ornithologues sur la frontière.

– Ouais, ce serait assez drôle. Mais.»

Elle fit démarrer la jeep.

«Mais? répéta-t-il.

– Avant de raccrocher, Jorge a dit: "Encore une chose, *mija*, apporte tes flingues. Cet homme va transporter quelque chose de très grande valeur."»

# 32

Insectes piqueurs, soleil chaud, vaches qui mugissent. Encore plus d'insectes piqueurs. Bowman était allongé sur le ventre dans l'herbe et les gravillons, jambes dans l'eau. Des petits poissons lui mordillaient les orteils. Il ne fut pas surpris de constater qu'il était complètement nu. Il ressentait au fond de ses os l'appel lointain de la maison, mais il ne savait pas pourquoi il était parti, ni combien de temps, ni où il avait été, qui il avait été. Comment il était revenu chez lui. De toute façon, ce n'était pas la peine de s'interroger sur tout ça dans l'immédiat.

Les insectes, en revanche. Les insectes nécessitaient son attention.

Il était habitué aux insectes. Ils ne le dérangeaient pas souvent.

Mais ceux-là étaient mauvais. Des morsures comme des coups d'aiguille, qui lui tombaient dessus comme une pluie.

Il remonta ses mains vers le haut de son corps, les fit passer sous ses épaules et réussit à se soulever en poussant. Une coupure sur son front piqua et palpita sous l'effort ; son épaule gauche était douloureuse, mais elle supporta son poids. Un filet de sang frais coula sur son sourcil et dégoulina sur le gravier de la rive. Il se maintenait ainsi, dans ce que son père appelait la « position de la planche ». Douloureux et chancelant au début, mais il puisait de la force dans la terre. Les mouches noires, voilà ce que c'était, lui piquaient les narines, les lèvres, les paupières.

Aucun souvenir de chez lui ne correspondait à ce fléau. Une panique pour y échapper bégayait et gonflait dans sa poitrine. Il avait lu des articles sur des troupeaux de caribous rendus fous par ces insectes, courant jusqu'à ce que leur cœur éclate ou qu'ils se noient dans les rivières gonflées par la fonte des neiges, leurs faons sans défense saignés à blanc.

Il rampa à reculons jusqu'au lac – une inversion de l'évolution. La chute fut raide et il coula jusque sur le fond tapissé de graviers. Sous l'eau, il se retourna sur le dos, ses oreilles se débouchèrent – du bleu flou au-dessus, le soleil lointain, les bulles qui montent. Un bruit de fond distant, la chute d'eau où Porcupine Creek se jetait dans le lac, du côté ouest. Ici, du froid. Pas d'insectes. Soulagement et répit. Il pouvait retenir sa respiration très longtemps, mais pas éternellement.

Les insectes se collèrent à lui dès qu'il refit surface. Des mouches noires surtout, mais aussi des taons et les moustiques habituels. Meuglements de vaches à nouveau. Puissante odeur de bétail. *Des vaches ? Qu'est-ce qu'elles font là ?* Il pataugea à mi-genoux dans l'eau jusqu'à une rangée de prêles, à l'embouchure d'un petit ruisseau qui alimentait le lac, où ses pieds s'enfoncèrent dans une fine boue limoneuse. Des libellules et des demoiselles s'élevaient des hautes tiges vertes. Tout près de lui, des hirondelles plongeaient et effleuraient la surface des eaux.

La boue fraîche sentait la matière végétale en décomposition et s'écoulait de ses mains en giclant pendant qu'il s'en frottait la poitrine et les épaules, les jambes, l'entrejambe, les fesses, s'en badigeonnait le visage et la tête, puis en répandait de pleines poignées sur la rive, où il s'allongea sur le dos. Une fois qu'il se fut enduit tout le corps, il s'éloigna du lac et marcha dans les hautes herbes de la prairie jusqu'à ce qu'il arrive à une clôture en léger fil métallique tissé, à hauteur de poitrine, soutenue par des poteaux en plastique d'apparence fragile. Un champ électromagnétique émanait du fil, qu'il évita donc de toucher. De l'autre côté se trouvait la source des meuglements et, vraisemblablement, la raison de l'invasion d'insectes. Des dizaines de vaches noires paissaient paisiblement, comme sur une carte postale.

Quelques jeunes animaux le remarquèrent et eurent un mouvement de recul, puis les vaches adultes jugèrent qu'en fait il n'était pas un bipède normal, et toutes alors s'éloignèrent en poussant des mugissements plus insistants et alarmés. Elles attendirent d'être à quatre cents mètres plus à l'ouest, près de l'extrémité de l'enclos, pour se remettre à brouter, sauf deux vaches parmi les plus âgées qui le regardaient toujours avec insistance.

Il tourna vers le nord et laissa l'enclos derrière lui, la puanteur et la quantité de mouches noires diminuant peu à peu. Bientôt, chacun des pas qu'il faisait pieds nus lui parut familier. Les sons, les odeurs l'attiraient plus profondément vers une ancienne version de lui-même qui incluait, dépendait de – se confondait avec – cette terre particulière, cet espace qui l'enveloppait. De la lumière tomba sur sa rétine, des images correspondant à ces lieux gravés là dans une vie antérieure : les pentes sèches et les falaises rouges à l'est, le flanc vert de la montagne à l'ouest, les prairies et la forêt alternant sur les façades sud et nord, les éboulis post alpins plus haut, les pics de roches brisées. Tout cela ressemblait à une clé gigantesque et complexe qui trouvait sa combinaison à l'intérieur de Bowman, tournant et déverrouillant le quelqu'un qu'il avait été.

Il y avait les Autres, qui devaient être ici. Ils prirent forme dans son esprit, les fantômes des Anciens, les bisons, les longhorn sauvages éparpillées. Des wapitis, des cerfs, des orignaux et des antilocapres, des coyotes, des couguars, des hiboux, des faucons. Une famille de loups. Les ours noirs, le grizzli discret et furtif, le glouton. Les aigles. Où était Alecto maintenant ? Il savait qu'il l'avait libérée, comme il en avait toujours eu l'intention, mais il ne se souvenait pas de l'avoir fait. Il regarda le ciel : un bleu plus profond et plus sombre à cette altitude, encore plus sombre au nord. Des hirondelles au-dessus du lac. Un couple de rouges-queues qui tournoyait vers le sud.

Les visages de ses parents lui apparurent alors, puis leurs monticules rocheux sur la crête. D'autres visages : oncle Jeremy, oncle Darwin. Il vit Summer, qui n'était plus une fille mais une femme adulte. Étaient-ils là ?

La tanière des loups devait être plus au nord, dans les bois les plus denses de vieux pins ponderosa et de sapins de Douglas. C'est là qu'ils avaient élu domicile, chassant la nuit et se protégeant en restant groupés. Après une longue période de suspicion, puis de méfiance, puis une sorte d'initiation, ils l'avaient accepté. Il se rappelait avoir voulu rester avec eux, ne jamais retourner chez lui, dans sa famille humaine. Mais il y était toujours retourné.

Il irait voir les loups. Il avait été longtemps absent, aussi pourraient-ils ne pas l'accueillir tout de suite. Il resterait caché, par respect.

Dans la forêt, la lumière changeait en même temps que les odeurs, les chants d'oiseaux et le bourdonnement des insectes. Il connaissait ces entités – les arbres, les buissons et les petites plantes écrasées sous ses pieds qui dégageaient un parfum plus astringent, quatorze insectes différents maintenant, huit oiseaux, tous catalogués dans un ancien coin de son esprit, mais plus il s'efforçait de faire surgir leurs noms, plus il était agacé de ne pas y arriver. Chaque entité avait plusieurs noms : les noms qu'elles se donnaient elles-mêmes, ceux que sa sœur et lui avaient inventés pour elles, les noms familiers et autochtones, les noms officiels, scientifiques et composés linnéens, destinés à indiquer leur place dans le monde vivant, et enfin les noms décrivant leurs rôles dans le biotope complexe qui, encore maintenant, commençait à l'absorber, à lui arracher des touffes de conscience – il était un duvet de chardon sans centre ni noyau, s'abandonnant à la brise et à la lumière du soleil, au caractère totalement improbable et parfaitement dénué de sens de l'existence.

À quatre pattes, il scrutait la vieille berge du ruisseau, asséchée depuis des générations après que le torrent eut changé de cours, là où les loups avaient creusé leur tanière. Il renifla, la bouche entrouverte. La tanière elle-même s'était effondrée et la vieille berge était recouverte de végétation. Aucune odeur de loup.

La chape de plomb des années – des décennies – vint peser sur ses épaules, plaquant son visage sur le sol mou de la forêt, dans les aiguilles de pin éparpillées sur la litière forestière qui lentement s'accumulait. Il creusa avec ses doigts, en retira une poignée. Les débris de la forêt en décomposition étaient frais, d'une odeur âcre. Jusqu'où devrait-il creuser pour atteindre le lit d'aiguilles sur lequel il s'était reposé la dernière fois ? Allongé sur le ventre, un garçon regardait l'unique louveteau survivant, inconsolable, à l'entrée de la tanière, ses sœurs mortes d'un virus quelconque, grognant à l'approche lente et rampante de Bowman, la mère assise, alerte mais tolérante, dans un coin de forêt à la lumière verte et filtrée, à vingt pas de là.

Ces trois loups – parents petits, louveteau plus petit encore –, il avait connu leurs noms jadis. Le louveteau avait-il passé des jours heureux ici ? Il était intelligent, Bowman s'en souvenait. Fort et rapide. Était-il parti ailleurs pour y vivre ? Le couple en avait-il élevé d'autres ? Où étaient leurs os ?

Tristesse et manque. Tant de temps avait passé, tellement plus de temps qu'il ne s'en était avisé. Une période si longue, dont le poids poussa son visage à s'enfoncer à nouveau dans le sol. La plupart des êtres qu'il avait connus dans cette vallée avaient certainement disparu maintenant.

Il avait été un adolescent, créature absurde dans n'importe quel contexte, et ce que la terre lui disait maintenant était qu'il avait manqué à sa parole. Qu'il avait eu tort d'abandonner Panther Gap, de s'arracher d'ici pour suivre le jaguar vers le sud. Il n'y aurait aucune rémission pour son idéalisme malavisé et irascible, pour sa rupture intentionnelle des anciens liens.

*Mais je suis de retour, maintenant.*

Ne pourrait-il pas simplement rester ici ? Vivre ici seul et renoncer à son ego humain. Une sorte de pénitence pour être parti. Il pourrait survivre assez facilement : il savait où trouver de l'eau, où creuser pour extraire des racines, se nourrir de baies sauvages aux côtés des ours noirs, poser des pièges, tendre une embuscade à un jeune wapiti. Il pourrait vivre, son corps devenant plus fort tandis qu'il oublierait, oublierait, une inexorable entropie cognitive déchiquetant le moi qu'il avait construit pendant ses années d'absence. Comme des doigts qui effeuillent le duvet de chardon jusqu'à ce que les derniers filaments se séparent et partent à la dérive dans la brise. Ne laissant que du vide.

# 33

Summer inclina l'avion presque à la verticale et Sam se réveilla, haletant, le cou tordu par la position qu'il adoptait toujours pour dormir dans un avion : menton sur clavicule. Alors qu'il ne pensait pas s'être assoupi longtemps, Jeremy pointa du doigt le hublot et dit quelque chose à propos d'une bâche verte au sol qui serait le signal que tout était OK pour l'atterrissage. Ils n'étaient qu'à environ trois cents mètres d'altitude et Sam distingua un véhicule qui ressemblait à une jeep. Quelqu'un installait une bâche verte juste à côté. Une petite manche à air pendait mollement d'un poteau à l'extrémité de ce qu'il devinait être la piste d'atterrissage, un étroit chemin creusé au bulldozer au milieu des broussailles plusieurs années auparavant.

« Pourquoi ne nous tireraient-ils pas tout simplement dessus pour prendre ensuite le sac ? » demanda Summer.

La personne près de la jeep se redressa, une femme, visiblement. Elle retourna au véhicule et laissa la portière côté conducteur ouverte.

« Les cartels ne tuent pas les gens comme moi, s'ils peuvent s'en passer.

– Les gens comme toi ? »

Jeremy l'ignora. « Rappelle-toi que tu dois très vite faire faire demi-tour à cet engin. On est loin au nord de la frontière, mais il faudra se dépêcher de foutre le camp au cas où la police aux frontières se pointe. » Il se retourna pour lancer un coup d'œil à Sam. « Et s'ils arrivent en trombe quand on atterrit, c'est qu'ils essaient de nous kidnapper. Passe-moi ce pistolet. »

Summer mit l'avion à l'horizontale, puis s'inclina à nouveau en un cercle serré autour de la petite piste d'atterrissage. Luttant contre la force de gravité et son estomac noué, Sam réussit à se tordre sur son siège et à faire glisser la valise vers l'avant. Un bord heurta la tête de Summer avant que Jeremy ne la récupère sur ses genoux. Elle réajusta son casque sans commentaire.

« Qu'est-ce que tu en penses ? » demanda Jeremy.

Summer regardait par sa fenêtre latérale. « La piste est assez longue, mais le soleil est encore trop haut, je ne vois pas les ombres. Je vais la survoler à basse altitude, mais il n'y a aucun moyen de savoir à quel point c'est accidenté avant de toucher.

– Ça va aller. »

Sam jeta un coup d'œil au sol et essaya de trouver quelque chose d'encourageant à déclarer. À part la jeep de la femme, il n'y avait aucun véhicule en vue.

Après le survol, Summer effectua deux approches, le nez de l'avion pointé vers le haut, et les abandonna toutes deux en jurant. Lors du troisième essai, elle tira à fond le manche vers l'arrière pour réaliser l'arrondi. Les gros pneus se stabilisèrent pendant quelques secondes avant de heurter une énorme bosse qui fit rebondir l'appareil. Elle corrigea, jurant à nouveau, maîtrisant l'avion. Ils avaient de la place et tout s'annonçait plutôt bien, mais soudain la manche à air au bout de la piste se gonfla puis se dressa à angle droit – un vent de travers stupéfiant qui saisit l'avion en un instant ; les roues heurtèrent le sol avec une légère torsion, quelque chose dans le train d'atterrissage se brisa net et le Cessna gîta sur la droite, raclant la piste jusqu'à ce que Summer puisse orienter les pneus dans la bonne direction et couper le moteur, si bien que le mouvement s'interrompit et qu'ils furent tous projetés vers l'avant dans leurs harnais, puis rebondirent vers l'arrière dans leurs sièges, et tout fut fini.

« Merde ! s'exclama Summer. Ça va, les gars ? »

Jeremy grogna, fit sauter les loquets de l'étui à pistolet, le sortit et le pointa vers le sol. Tous regardaient la jeep, toujours garée à environ deux cents mètres en arrière.

La femme se tenait à côté, les mains sur les hanches. Puis elle remonta dans la jeep et commença à rouler vers eux sur la piste d'atterrissage.

« La voilà qui vient nous kidnapper, dit Sam.

– On ne pourra pas repartir », prévint Summer en ouvrant sa porte.

Elle avait l'air dégoûtée d'elle-même. Elle sortit, s'appuyant de la main à un hauban, grimaçant de douleur, et se pencha pour regarder sous l'appareil.

La jeep s'arrêta en dérapant. Jeremy replaça le pistolet dans son étui et Sam et lui sortirent de l'avion dans la chaleur intense de l'après-midi. Les deux jambes du train d'atterrissage étaient tordues, et la roue droite était inclinée vers le haut à presque quatre-vingt-dix degrés.

« Bel atterrissage », dit la femme.

Elle se tenait devant sa jeep et les regardait tous les trois avec leur avion estropié, comme s'ils avaient parcouru six cents kilomètres dans le seul but de lui gâcher sa journée. Elle était mince, jeune, probablement autour de la vingtaine ; de longs cheveux noirs, des yeux sombres. Habillée pour une randonnée par temps caniculaire : short, chaussures de marche, débardeur vert. Elle n'avait pas l'air particulièrement amicale.

« Belle piste d'atterrissage, ironisa Summer. Quelqu'un a vraiment déjà fait atterrir un avion ici ? »

La femme la regarda en esquissant un sourire. Sam sentit que Summer ne la laissait pas indifférente et, avant même de pouvoir la réprimer, il éprouva une bouffée de jalousie.

Summer n'était pas perturbée. Soit elle était habituée à ce genre de regard, soit elle ne l'avait pas remarqué.

« Pouvez-vous nous emmener à Douglas ?

– Non. Lequel d'entre vous est Jeremy ? »

Jeremy était remonté dans l'avion et avait déchargé leurs sacs sur le sol, il était maintenant allongé sur le ventre, traînant le lourd sac de Melissa. Sam se retourna et désigna ses jambes et ses fesses.

« Allons-y, Jeremy », dit-elle.

Il se redressa, le sac jaune à la main, le visage rougi par l'effort et la chaleur accablante.

« Quel est votre nom, déjà ?

– Apryl.

– Qu'est-ce qui va leur arriver si on les laisse ici, Apryl ?

– Ils vont attendre avec l'avion que quelqu'un qui en aurait quelque chose à foutre passe par là. Ou peut-être quelqu'un qui aura remarqué votre spectacle aérien. La police aux frontières reçoit un appel et, plus tard dans la journée, quelques agents se pointeront, blasés. Ces deux-là vont rester dans un centre de détention près de Sierra Vista pendant que la patrouille démontera l'avion à la recherche de contrebande. »

Summer fit un pas en avant. « Il faut absolument qu'on soit à Denver ce soir. Je vous paierai un supplément.

– Summer, on ne peut pas emmener ça ailleurs que directement à la frontière – Jeremy montra le sac à dos de Melissa. » Il ramassa tous les bagages d'un coup, se dirigea vers la jeep et commença à empiler les sacs dans l'espace de chargement par le hayon arrière.

Sam n'aimait pas l'idée de se promener dans une jeep avec le sac à dos radioactif, mais attendre ici serait pire.

« On devrait y aller, dit-il. Il vaut mieux pas que la police aux frontières vienne nous chercher. Plus on attend, plus c'est risqué.

– Bowman est peut-être déjà au ranch », suggéra Summer.

Jeremy avait l'air de trouver ça drôle. « Darwin s'occupera de lui.

– C'est bien ce que je crains. Et merde, il faut que j'appelle Stu pour son avion. »

Summer secoua la tête comme pour s'éclaircir les idées. « Bon, nous devrions tous nous tirer d'ici. On trouvera un moyen d'aller à Denver plus tard. » Elle se tourna vers Apryl. « Vous avez de la place pour nous dans la jeep ? »

Apryl fit mine d'y réfléchir, tout en gratifiant Summer d'un autre long regard insistant. Elle regarda Sam, puis Jeremy qui arrivait de l'arrière de la jeep. Sembla se résigner.

« Je ne sais pas dans quoi vous êtes ni ce qu'il y a dans ces sacs, et je ne veux pas le savoir. On va sûrement croiser la police aux frontières dans le canyon, mais ils me connaissent. Je suis censée guider un ornithologue. Maintenant vous êtes tous des ornithologues amateurs. Vous pouvez faire ça ? On cherche un putain de trogon élégant. Vous pourrez faire semblant de savoir ce que c'est ? »

Tous hochèrent la tête.

Apryl déverrouilla le siège du conducteur pour qu'il bascule vers l'avant. « Si vous devez venir, montez. »

# 34

*1989*

Summer attrapa Milly et monta à cru jusqu'à la crête où sa mère et son grand-père étaient enterrés. Oncle Jeremy avait dit que son père avait besoin de son aide, qu'il était à la recherche d'Alecto et qu'il voulait que Summer le retrouve près des tombes. Elle avait cherché l'appât-renard dans la grange, mais il n'y était pas.

Il y avait plus encore que la disparition de l'aigle.

La nuit précédente, Bowman était venu dans sa chambre et ils étaient sortis doucement par la fenêtre sur le toit, comme ils le faisaient lorsqu'ils étaient plus jeunes. Il lui avait dit qu'il craignait que leur père ne soit instable, qu'il ne perde la tête. Alors qu'elle commençait à lui demander ce qu'il voulait dire, on avait frappé à la porte et Leo avait appelé Summer. Ils étaient revenus au moment où leur père entrait. Il les avait regardés, le visage dur. D'une voix froide, il avait demandé à Bowman de le suivre.

Elle n'avait pas vu Bowman de la matinée. Darwin était à Durango. Ni son père ni Jeremy n'avaient pris de petit-déjeuner. Elle avait avalé le sien, puis était retournée à ses livres dans la bibliothèque jusqu'à ce que Jeremy l'y trouve.

Summer descendit de cheval et se mit à la recherche de la pierre parfaite à ajouter sur la tombe de sa mère. Combien de centaines en avait-elle déposé depuis la première, le jour où ils l'avaient enterrée ? Elle avait alors cinq ans, et elle ne savait même pas si ce qu'elle se rappelait était le souvenir d'un souvenir, ou de quelque chose que Bowman lui avait dit. Ils se rendaient tous – elle, Bowman, leur père, l'oncle Jeremy et l'oncle Darwin – de temps en temps sur les tombes, et elle n'était pas la seule à ajouter des pierres – les deux monticules étaient à hauteur de poitrine maintenant.

Milly poussa un léger hennissement. Le cheval de son père répondit depuis la pente en contrebas. Elle attendait d'être sûre qu'il soit derrière elle pour se retourner. Bowman et lui, et même l'oncle Jeremy, prenaient un malin plaisir à s'approcher d'elle furtivement pour la surprendre. Mais, ces derniers temps, elle s'était entraînée à entretenir ce que l'oncle Jeremy appelait «la perception de la situation», ce qui lui permettait de les repérer avant.

Elle se retourna en souriant, mais son père ne jouait pas. Il fronçait les sourcils, les yeux rouges. La crainte insondable qu'elle sentait grandir en lui depuis l'année précédente semblait s'être soudainement accrue.

«Qu'est-ce qui s'est passé?

– Ton frère l'a libérée.»

Il avait l'air ailleurs, et Summer pensa à nouveau que la libération d'Alecto n'était que l'ombre du véritable problème, quel qu'il fût.

«Où est-il?»

Son père haussa les épaules. Plus qu'inquiet, pensa-t-elle. En colère. À propos de l'aigle? Bowman pourrait la récupérer facilement. Même elle pourrait le faire, tant que son père n'était pas à proximité. La haine d'Alecto envers Leo n'avait pas diminué après cinq ans et demi. C'est pourquoi son père lui demandait de l'aide.

«Tu as l'appât? demanda-t-elle.

– Dans ma sacoche. Et un gantelet.

– Elle ne viendra pas à toi.»

Son père ne répondit pas. Il regardait Panther Gap sans vraiment voir, sans enregistrer ce qu'il voyait.

«On s'est disputés hier soir.

– Où est oncle Jeremy?

– Il le cherche du côté de la ligne sud. Darwin est sur le chemin du retour. Quand il arrivera, il sillonnera les routes.»

Cela la troubla. Il n'était pas rare que Bowman disparaisse à l'improviste pour partir en bivouac, mais il restait toujours à Panther Gap, là où vivaient les animaux sauvages. Depuis que Leo leur avait fait part de sa décision de les envoyer à l'école, Bowman et elle avaient profité intensément l'un de l'autre durant le printemps et l'été. Ils avaient allumé le feu de signal la veille du solstice. Elle s'était persuadée qu'il ne partirait pas avant l'automne.

«Tu penses qu'il est là-bas.» «Là-bas» était l'expression que son père utilisait pour désigner le monde au-delà des limites de Panther Gap. Une notion d'insularité dont elle avait fini par comprendre qu'elle était au moins problématique, sinon pathologique – ce que confirmait l'initiation accélérée à la prétendue civilisation que Leo lui imposait depuis deux ans.

Son père haussa à nouveau les épaules et lui fit signe de le suivre.

«Je veux que tu trouves Alecto, et que tu la ramènes si tu peux. On se séparera à la fourche et je monterai sur la crête, pour chercher des traces.»

Il semblait réticent à prononcer le nom de Bowman. Ils enfourchèrent leurs chevaux et se dirigèrent vers le nord, en suivant l'étroit sentier sous la crête, dissimulé à la vue depuis l'est. Summer scrutait le ciel au-dessus de Panther Gap lorsqu'un bruit de toile déchirée se fit entendre sur leur droite, soudain et violent, tandis qu'Alecto surgissait de derrière la crête et frappait son père, les serres en avant, le faisant tomber de sa selle. Son cheval prit peur, et Leo roula sur une vingtaine de mètres vers le bas de la pente jusqu'à un genévrier, où il resta étendu, immobile. Glatissant furieusement, Alecto se redressa et pivota vers l'ouest avant de se retourner pour fondre sur Leo. Summer hurla et se laissa glisser de Milly, puis couru vers son père en portant le lourd gantelet en cuir qu'il lui avait donné, comme s'il pouvait servir d'arme – tout en sachant qu'elle arriverait trop tard. Son père, étourdi mais conscient, regardait Alecto arriver sur lui, lorsqu'au dernier moment elle déploya ses ailes immenses, freina juste avant de toucher son visage, serres repliées, et se posa sur le genévrier squelettique au-dessus de lui, où elle se détendit immédiatement et se mit à lisser ses plumes.

Quand Summer rejoignit son père, il s'était redressé et regardait l'aigle, à présent indifférente. Son bras et son épaule saignaient de profondes entailles.

« Je vais bien », dit-il.

Elle brandit le gantelet et siffla, mais Alecto l'ignora, poursuivant son lissage.

« Je vais chercher l'appât.

– Non, dit son père en fixant Alecto d'un regard soulagé mais mélancolique. Il a coupé ses manchettes. Elle est libre. On devrait la laisser partir.

– Mais si elle te refait ça ?

– Elle ne le refera pas. Je pense qu'on est quittes maintenant. »

Summer aussi regardait Alecto dans l'arbre, en pensant : *Magnifique créature, je t'ai nourrie, nettoyée et j'ai aidé à te dresser. Tu vas me manquer*. L'aigle la regarda, puis baissa les yeux vers Leo. Elle s'élança d'un seul grand battement d'ailes, faisant trembler la branche au moment de s'en détacher, et plana au-dessus de Panther Gap.

« Et Bowman ? Où est-il allé ? »

Leo secoua la tête – d'un geste de contrariété plus sombre. « Je ne sais pas. Et je ne sais pas s'il reviendra. »

# 35

***2009***

Un lynx roux, musclé, portant les cicatrices de divers combats, se leva et s'étira sur l'arbre mort où il s'était arrêté pour observer une étrange créature qui se déplaçait dans la forêt. C'était un humain, mais qui avançait à quatre pattes, émettant des bruits de détresse plus proches de ceux d'un coyote, avec une haleine chaude et fétide et une odeur de grenouille, de tortue et de boue. Il était tombé la tête la première sur le sol. Il ne s'était pas relevé.

Le félin se laissa tomber sans bruit du tronc du vieux pin et s'approcha de la créature couchée, en fit deux fois le tour avant de s'asseoir à proximité. La chose tressaillait et soufflait, en proie à des rêves inexplicables. Puis elle s'immobilisa. Il approcha et renifla son pied, se retourna et projeta un jet d'urine âcre qui éclaboussa le talon de la créature, puis déterra un petit tas de débris végétaux qu'il empila sur son pied avant de s'éloigner vers l'ouest sans se retourner.

Une heure plus tard, Bowman se leva et se secoua. La boue sur sa peau avait séché et s'écaillait par endroits. Il se sentait vigoureux mais triste. Il savait où il était mais avait du mal à se rappeler comment il était arrivé là.

Un souvenir s'assembla dans son esprit, peut-être un rêve, récent, terrifiant, *la ruée verte et fraîche d'une eau de rivière, la loutre se hissant sur un rocher gris et chaud, sa fourrure huileuse humide et luisante, se tournant pour regarder vers l'aval un homme allongé sur le flanc sur la rive herbeuse, saignant, toussant et vomissant. Une courte et forte explosion de sons, du danger sur la rive opposée. L'homme se met péniblement en position assise, cherchant la source du bruit. Il regarde en amont, vers la loutre, mais ne voit rien.*

*Les bruits se poursuivent et la loutre est sur le point de retourner à la rivière lorsqu'un autre son se fait entendre : un terrible cliquetis en provenance rapide de l'aval. Le tir s'arrête brusquement et une machine volante apparaît, ralentit et se fixe derrière l'écran de saules sur la rive opposée. La loutre plonge dans l'eau.*

*Une centaine de mètres plus loin en amont, la loutre se retourne pour regarder. D'autres hommes pénètrent dans l'eau et nagent dans la partie la plus profonde. Ils parlent avec l'homme sur la rive, l'un des nouveaux fait rapidement demi-tour et bientôt l'engin volant est reparti dans les airs, au-dessus de la rivière, descendant plus bas et apportant des rafales d'ouragan, le bruit et la puanteur de la fin du monde. La loutre plonge vers les pierres froides, calmes et glissantes du fond de la rivière. La machine passe et repasse trois fois avant de s'envoler vers l'aval. La loutre se fraie un chemin jusqu'au pied des montagnes. L'eau y est plus froide et plus claire, elle l'appelle vers le haut.*

L'odeur des vieux pins ponderosa chauffés par le soleil de l'après-midi le fit revenir à lui, une légère douceur vanillée. Les énormes troncs tout autour, l'écorce jaune, les arbres de soixante mètres de haut se dressant dans une lumière filtrée, verdâtre. Ils étaient familiers, inchangés, son absence de vingt ans était passée inaperçue. Les arbres clignaient de l'œil et Bowman était là, de retour. Cette perspective le calma. Ses pensées devinrent plus rationnelles, une orientation efflorescente dans le temps et l'espace. Inquiétudes, préoccupations, curiosité. Il avait été malade de la ciguatera, de la fièvre. Allait mieux maintenant. Alors que les détails affluaient dans sa conscience, il commença à ressentir une certaine urgence. Il ne savait toujours pas qui était Bickford Rangely, ni ce qu'il voulait, ni pourquoi les gens dans le camion et le SUV leur avaient tiré dessus et les avaient éjectés de la route. Après l'accident, il y avait eu d'autres coups de feu. Et, s'il en croyait son rêve de loutre, un hélicoptère.

Se battaient-ils pour lui ?

Plus important maintenant : où était Summer ? Était-elle en sécurité ? Jusqu'à présent, il n'avait réussi à lui faire aucun bien. La meilleure chose à faire était de la retrouver.

Il marcha vers le sud-est, dévala les pentes et sortit de la forêt. Il marcha dans la lumière chaude du soleil puis s'arrêta dans une prairie d'herbes hautes. Un endroit qui grouillait de souvenirs. Il donna des coups de pied dans l'herbe jusqu'à ce qu'il trouve le foyer en pierres qu'ils avaient utilisé, à présent enfoui dans le sol.

Après la mort de la mère des enfants, après le départ de Darwin et Jeremy, Leo avait déménagé les trois personnes restantes de la famille pour qu'ils aillent vivre dans la vallée, loin des murs de pierre et des pièces qu'il ne pouvait plus supporter. Ils y avaient passé neuf mois, à se nourrir de viande fraîche, de racines et de légumes trouvés ici ou là, à partager des toilettes de fortune près de la lisière de la forêt, à se baigner dans le lac, à ne retourner à la maison que pour aller chercher des couvertures et des vêtements plus chauds à l'approche de l'hiver. Tout cela avait semblé être une belle aventure pour Summer et Bowman, puis avait fini par devenir leur vie normale, mais il savait à présent que leur père n'allait pas bien. Leur régime alimentaire s'était détérioré avec l'arrivée de l'hiver, et tous les trois commençaient à souffrir de malnutrition quand, juste après Noël, une lourde neige avait fait s'effondrer la tente, le poêle ventru avait été renversé et la toile avait pris feu. Ils avaient failli être asphyxiés. Cela avait précipité leur retour dans la maison froide et sombre, qui était moins confortable que la tente mais offrait au moins un toit solide.

Il se positionna dans l'empreinte de la vieille tente et examina les hautes pentes à l'est. Cherchant la ligne horizontale d'un toit, quelques angles droits trop parfaits. Il fallait savoir où regarder. Un reflet sur une fenêtre quand la lumière tombait pile. Ce n'était pas loin.

Il frappa à la porte, puis recommença quelques minutes après, plus fort, utilisant pour la première fois de sa vie le heurtoir en laiton à tête de loup qui était là depuis avant sa naissance. Il doutait que quelqu'un d'autre l'eût jamais utilisé. Son existence même lui parut soudain amusante, là depuis toujours et jamais remis en question, le geste décoratif et narquois du grand-père Martin, perdu pour deux générations qui ne l'avaient même pas remarqué, jusqu'à maintenant, jusqu'à ce que Bowman revienne à la maison après vingt ans d'absence.

Ses rêveries furent interrompues par l'ouverture soudaine de la porte d'entrée, révélant l'oncle – Darwin sans doute –, qui se tenait là dans un jean neuf et une chemise rouge foncé boutonnée jusqu'au cou, tenant par le collier un énorme chien blanc à poil long aux oreilles tendues vers l'avant, le superbe plumeau blanc de sa queue dressé haut.

Lorsque, en montant, il s'était arrêté pour saluer les chevaux de Jeremy dans le paddock, ils s'étaient éloignés, et maintenant le chien gémissait et essayait de se jeter sur lui. Darwin le maintenait à grand-peine. Le chien n'était pas si agressif que ça, plutôt très intéressé. Darwin l'était moins.

Il observait Bowman d'un regard si neutre, si dépourvu d'émotion, avec un air de si profonde déception, que Bowman s'éveilla progressivement à une conscience de soi rudimentaire : un primate social se voyant reflété dans les yeux d'un autre primate social – perspective nouvelle s'il en était – encore nu et couvert de boue séchée.

« Regarde-moi ça, dit oncle Darwin d'une voix plus grave et plus mélodieuse que dans le souvenir de Bowman. Comme tu as grandi. »

# 36

Sam commençait à avoir le mal des transports. Ça faisait plus d'une heure qu'ils roulaient sur les pires routes qu'il ait jamais vues, sinueuses, pleines d'ornières et de nids-de-poule. Des nuages de poussière entraient par les fenêtres avant, qu'Apryl avait insisté pour laisser ouvertes parce qu'elle disait que la climatisation ne fonctionnait pas. Summer, assise à côté de lui sur l'étroite banquette arrière, se pencha sur la droite et regarda par la fenêtre les affleurements rocheux qui se dressaient au-dessus de la route, essayant de nettoyer la vitre avec sa main, mais la plus grande partie de la poussière se trouvait à l'extérieur. Apryl accéléra sur une pente abrupte, et la jeep se mit à vibrer comme si elle était sur le point de se désintégrer.

Summer tendit le bras et posa la main sur l'épaule d'Apryl.

Celle-ci sursauta. « Quoi ?

– Arrêtez-vous, s'il vous plaît.

– On est presque arrivés. Qu'est-ce qu'il y a ?

– Un homme avec un fusil en haut de cette falaise. Il nous observe. »

Jeremy lança un juron et se pencha pour regarder à travers sa propre vitre, déverrouillant l'étui à pistolet qu'il avait posé à ses pieds.

Apryl ralentit et la poussière pénétra en volutes par les fenêtres ouvertes. Sam toussa et remonta son tee-shirt pour respirer à travers le tissu. Quand le nuage fut dissipé, ils clignèrent des yeux en plissant des paupières, cherchant la falaise que Summer désignait.

«À quoi ressemblait-il? demanda Apryl. Hispanique? Blanc? Il y a des éclaireurs du cartel par ici.

– Blanc. En tenue de camouflage. Il avait des jumelles. Grand, les cheveux noirs, un sac à dos brun.»

Une radio portable sophistiquée, qui rebondissait dans sa boîte entre les deux sièges avant, se mit à grésiller et une voix masculine dit: «Pourquoi tu t'es arrêtée?»

Apryl la ramassa. «Tu viens d'être repéré par un de nos clients. Tu fais peur, enfoiré.» Elle lâcha le frein et accéléra, les quatre pneus projetant des gravillons.

«Je pense pas, dit la voix.

– Désolée, insista Apryl. Rice est mon associé. Il surveille la route jusqu'au lieu de rencontre, sur la frontière.»

Cinq minutes plus tard, ils bifurquèrent sur une deux-voies à peine visible, franchirent une petite colline et s'arrêtèrent près d'un campement: tente, réchaud à gaz, grands bidons d'eau, glacière. Ils descendirent, sortirent leurs sacs de l'arrière. Apryl montra un ensemble de combinaisons de camouflage et un chapeau.

«J'ai acheté ça, mais ce serait complètement con de n'habiller qu'un seul d'entre vous. Derrière ce buisson il y a une bâche sous un filet de camouflage.» Elle fit un signe de tête vers leurs sacs posés au sol. «Mettez toutes ces merdes sous le filet.»

Sam ramassa son sac et celui de Summer, avant de suivre Jeremy dans les broussailles.

Derrière eux, Apryl cria: «Il fait super chaud, alors restez à l'ombre, buvez beaucoup d'eau, ne faites pas d'efforts. On part d'ici dans trente-cinq minutes.»

Quand Sam se retourna, Summer s'était assise sur la glacière et Apryl lui tendait une gourde métallique couverte d'autocollants ésotériques. Elle dévissa le bouchon pour boire tandis qu'Apryl la fixait, disant quelque chose que Sam ne parvint pas à entendre. Il se retourna pour continuer de suivre Jeremy, qui trouva un léger sentier et s'y engagea, utilisant la mallette du pistolet pour écarter les branches épineuses. Ils ne parlèrent pas pendant que Sam soulevait une extrémité du filet de camouflage afin que Jeremy puisse y cacher le sac de Melissa et la sacoche en cuir de Summer. Puis Jeremy s'arrêta, le sac de Sam à la main.

« Ça te dérange si je mets le pistolet dedans ?

– Non. J'allais vous demander si vous lui faisiez confiance. Je suppose que non.

– Elle est du cartel.

– Bien vu.

– Ça veut dire que nous échangeons des colis. S'il y a un problème, il faudra que je puisse bouger et récupérer très vite le pistolet. Je t'en demande beaucoup, mais ce sera à toi de porter le gros sac jusqu'à la frontière. »

Sam déglutit. Il avait supposé que lui et Summer attendraient ici. Mais il dit : « Ouais. Bien sûr. »

Quand ils revinrent, Apryl était en train de charger des bouteilles d'eau dans son sac. Elle inspecta les chaussures de chacun, s'assurant qu'elles étaient adaptées, même si la randonnée n'était longue que de quelques kilomètres, à l'aller et au retour. Elle distribua des barres protéinées et fit circuler la bouteille d'eau qu'elle avait donnée à Summer, insistant pour que tout le monde mange et boive. Sam n'avait aucun appétit par cette chaleur, mais il se força à manger une barre chocolatée farineuse et à la faire descendre avec l'eau de la gourde d'Apryl. Il se dirigea vers une table pliante pour la remplir au robinet d'un bidon bleu, l'inclinant pour en récupérer les dernières gouttes. Lorsqu'il se retourna, il eut un léger choc : un cinquième individu, vêtu d'un treillis de camouflage et d'un tee-shirt taché de sueur, les avait rejoints et se tenait à côté de la jeep, tête baissée, en pleine conversation avec Apryl, beaucoup plus petite que lui.

Summer et Jeremy le regardaient aussi. L'homme attirait le regard, malgré son accoutrement énigmatique. Non qu'il fût très beau – c'était quelque chose de plus compliqué à décrire. Le mot qui vint à l'esprit de Sam sur le moment fut : « densité ».

Apryl leva les yeux, semblant se rendre compte dans les regards des uns et des autres que la convention sociale réclamait des présentations. Elle fit pivoter l'homme en le tenant par le coude.

«C'est mon associé, Rice.» Désignant les autres, elle les nomma à tour de rôle. Jeremy lui fit un signe de tête laconique et viril. Summer lui adressa un salut préoccupé, le regardant en plissant les yeux comme si elle essayait de se rappeler d'où elle le connaissait. Sam, le seul qui était debout, et le seul du Sud, estima qu'il devait aller vers lui et lui serrer la main. Ils étaient de même taille mais Rice faisait vingt bons kilos de plus que lui, plutôt en os et cartilages qu'en muscles travaillés en salle de muscu. Sa main était large et rugueuse, ses yeux sombres paraissaient amusés et, de près, plus chaleureux que ceux d'Apryl.

«C'est toi qui m'as vu sur la crête? demanda Rice sur un ton qui rendit Sam vaguement satisfait que ce ne fût pas le cas.

– Non, c'est Summer.»

Rice se tourna vers elle, et son demi-sourire s'estompa tandis qu'ils se regardaient.

«De bons yeux, commenta-t-il sobrement.

– On a un problème, il faut que vous soyez au courant.» Apryl parlait à Jeremy. «Nous avons été engagés par les personnes que vous devez rencontrer, mais nous entretenons également un certain instinct de survie, et nous pensons que nous allons devoir vous protéger.»

Jeremy fronça les sourcils devant cette promesse de protection faite à contrecœur. Apryl regarda Rice, qui soupesait le bidon vide. Il en souleva un autre, plein, et commença à remplir sa bouteille d'eau avant de parler. «J'ai vu un type avec un fusil à lunette installé sur une pente près du point de rencontre, du côté mexicain. Ce n'était pas un éclaireur du cartel.

– Un sniper?

– Je suppose.

– Est-ce qu'il vous a vu? demanda Jeremy.

– Non.

– Vous êtes sûr?

– Ouais.» Rice ferma le robinet, souriant à l'interrogatoire insistant de Jeremy, mais Sam eut le sentiment qu'il était judicieux de ne pas le pousser beaucoup plus loin.

«Nous devons y aller de toute façon, décréta Jeremy. C'est juste une mesure de sécurité.

– Vous ne pensez pas que ça pourrait être une tierce partie? demanda Rice. Quelqu'un qui en aurait après ce que vous transportez?

– Peu probable, dit Jeremy. Mon contact a un certain poids dans le cartel, et nos échanges ont été clairs, du moins de mon côté. Elle a promis d'envoyer un de ses lieutenants, donc je serais surpris qu'ils ne prennent pas de précautions. Ils ont besoin de ce que j'ai, et ils ne vont pas se mettre à tirer... » Mais Rice le fit taire, tendant l'oreille, plissant les yeux, sa tête légèrement tournée vers la gauche, puis de l'autre côté. Sam n'entendait rien.

« La patrouille », annonça Rice. Apryl commença à rassembler les autres pour les emmener dans les broussailles à l'arrière de la clairière, mais Rice l'arrêta. « Trop tard.

– Je n'entends rien », dit Summer.

Apryl ferma les yeux, comme si elle se concentrait pour produire un gros effort. Quand elle les rouvrit, son attitude avait changé. Presque heureuse de l'intrusion.

« Leurs pots d'échappement sont munis de silencieux, et Rice est un peu bizarre. Il est comme un hibou, ou quelque chose comme ça. » Elle montra sa tête. « Regardez, ses oreilles sont même décalées, comme celles d'un hibou, une plus basse que l'autre. Ça lui donne une perception auditive tridimensionnelle. »

Les trois autres se tournèrent et regardèrent la tête de Rice. *C'est quoi, ce bordel?* pensa Sam.

« Ils ont quitté la route principale », précisa Rice.

Sam les entendit, un bruit sourd à basse fréquence, difficile de dire d'où il venait, puis deux quads apparurent, franchirent la colline qui dissimulait le camp et s'arrêtèrent derrière la jeep. Les conducteurs portaient des casques aux visières fumées.

L'un des deux appela Apryl, lui demandant en riant ce qu'elle foutait là, dans cette chaleur infernale.

Apryl s'avança, le visage ouvert, convivial, amical... C'était ça qu'elle avait fait: se transformer en agent double.

« Salut, Randy », dit-elle. Elle lui adressa un grand sourire. « On observe les oiseaux aujourd'hui. Où est Marcia?

– Elle a été mutée à Nogales. Julio, la nouvelle recrue, fait équipe avec moi maintenant.»

Ils ôtèrent leurs casques. Randy était un Blanc au visage rond avec une barbichette et un visage ouvert. Apryl présenta les «ornithologues amateurs».

Julio devait avoir autour de dix-huit ans et essayait de jouer les durs, comme si l'amabilité de Randy l'embarrassait.

Randy demanda à voir les pièces d'identité, et ils se mirent à chercher dans leurs poches. Sam se dit qu'ils auraient été en difficulté si la patrouille avait trouvé l'avion, ou si l'aéroport de Whitespring avait dénoncé Summer... Elle avait dû commettre une infraction non négligeable en décollant comme ça.

Toujours aussi enjouée qu'une pom-pom girl de lycée, Apryl expliqua que le métier de guide payait beaucoup mieux que le travail scientifique. L'agent n'aimait pas trop l'idée que leur groupe s'approche de la frontière, et il avait entendu dire que tous les oiseaux se trouvaient dans le canyon, près de l'eau. Mais Apryl expliqua que, quelques jours plus tôt, Rice et elle avaient aperçu un trogon élégant mâle dans un bosquet de chênes épais sur les hauteurs de Simmons Wash. Il était clair que ni Randy ni Julio n'avaient la moindre idée de ce qu'était un trogon élégant mais, étant donné la bizarrerie du nom, ils semblaient accepter l'idée que quelqu'un puisse se déplacer pour l'observer.

Jeremy tendit à Randy son permis de conduire et une autre carte. Le visage de l'agent s'éclaira. «Vous êtes shérif adjoint.

– Anciennement de la police de Denver. À temps partiel maintenant avec le shérif Sartoris dans le sud-ouest du Colorado, dans le comté de Mirador. Ça aide à payer l'élevage du bétail.»

Après avoir rendu à Sam son permis de conduire, l'agent Randy se lança dans un discours sur la zone grise de part et d'autre de la frontière, un no man's land sans loi, une zone de combat dont ils devraient se tenir éloignés, oiseau rare ou non. Ça ne valait pas la peine de se faire tuer ou kidnapper pour un oiseau, pas vrai?

Sam commençait à s'agacer des conneries condescendantes et hors de propos de Randy. Personne ne dit rien pendant un court moment, pas même Apryl, comme si elle avait épuisé sa bonhomie, la batterie à plat. C'est Rice qui reprit le premier la parole.

« Je surveillerai, dit-il. Je resterai en haut et j'appellerai Apryl par radio si je vois quelqu'un. Ils feront demi-tour et reviendront.

– Vous serez avec les éclaireurs du cartel en haut de la colline, alors ?

– Ouais, ne me tirez pas dessus. »

Randy hocha la tête, comme s'il reconnaissait que ces bons citoyens américains étaient têtus et stupides, mais qu'au moins ils étaient entre des mains compétentes. « Je vais me prendre un savon si l'un de vous est blessé ! »

Après que les deux quads eurent disparu derrière la butte, Apryl lança un regard noir à Jeremy. « Vous êtes un putain de flic ? »

# 37

***1989-1990***

Elle avait coupé ses cheveux. C'est la première chose que Leo remarqua. Toute sa vie, elle les avait portés jusqu'à mi-dos, mais à présent ils tombaient en un rideau épais et sombre qui frôlait à peine ses épaules.

Il attendait, adossé au mur du fond dans le hall, caché par un étroit pilier et un panneau publicitaire en anglais pour un service de guide pour touristes. Il scruta les autres passagers à la porte des arrivées, des gens ordinaires qui débarquaient à Hermosillo pour les vacances de Noël. Personne n'avait l'air étrange, décalé. Personne ne semblait regarder Summer de façon ostentatoire. Mais ils ne seraient certainement pas ostentatoires.

Sans réfléchir, il passa la main derrière sa hanche droite pour effleurer l'étui en cuir à sa ceinture. Il était vide. Jeremy et un contact de la DEA* lui avaient fourni un pistolet, un nouveau Glock, et avaient même fabriqué un permis d'apparence officielle, mais l'apporter dans un aéroport au Mexique aurait été plus que stupide, aussi l'avait-il caché dans le pick-up. Étrange qu'il se sente si nu sans lui. Après dix-neuf ans sans port d'arme, en quelques semaines seulement, il avait régressé vers le type de dépendance aux armes qui avait déterminé une trop grande partie de sa vie.

---

* Drug Enforcement Administration : agence fédérale américaine dépendant du ministère de la Justice, chargée de lutter contre le trafic et la distribution de drogues.

Summer s'écarta de la file des gens qui débarquaient et fouilla le hall du regard. Leo resta caché. Il voulait être sûr.

Il espérait ne pas avoir commis d'erreur.

Presque quatre mois s'étaient écoulés depuis le jour où Bowman avait libéré Alecto et quitté Panther Gap. Il avait pris son sac à dos avec du matériel de camping, un peu de nourriture, et son passeport. Mais sans doute très peu d'argent : il n'avait pas touché aux espèces que contenait le coffre, pourtant ouvert. Jeremy avait repéré des traces dans East Canyon : avant de partir, Bowman avait dû rendre un dernier hommage aux habitations dans la falaise. Une douzaine d'amis et de connaissances weenuche avaient passé la réserve voisine au peigne fin sans rien trouver. Le shérif du comté de Mirador et ses adjoints avaient consacré une semaine à le chercher, et Jeremy avait discrètement sollicité tous les services des shérifs des comtés voisins pour qu'ils restent à l'affût de nouvelles.

Au début du mois d'octobre, ils avaient reçu une carte adressée à la boîte postale du ranch à Whitespring, avec la mention « Pour Summer, Papa, Jeremy et Darwin », disant qu'il allait bien, qu'il ne fallait pas s'inquiéter, qu'il « suivait le jaguar ». Cachet de la poste de Rodeo, Nouveau-Mexique, à cinquante kilomètres de la frontière mexicaine.

Leo avait appelé Summer dans son école du Massachusetts, et lui avait lu la carte. Comprenait-elle quelque chose ? Elle avait répondu que le plus proche habitat possible pour le jaguar était au nord de la sierra Madre occidentale. Bien sûr, avait dit Leo. Mais, selon lui, il s'agissait plutôt d'une métaphore, d'une sorte de quête spirituelle. Y avait-il un autre endroit où il aurait pu aller ? Des ruines préhistoriques particulières, ou un lieu sacré ?

Summer avait ri. « Il cherche des jaguars, papa. Il pensait qu'il y en avait un à Panther Gap. »

Leo avait demandé de l'aide à son ami de l'ambassade de Mexico. Un jeune homme de dix-sept ans, d'un mètre quatre-vingt-cinq et aux cheveux longs, se ferait probablement remarquer sur le chemin de la sierra Madre occidentale – et, bien entendu, durant les trois semaines qui avaient suivi, il avait reçu quelques rapports sommaires sur l'apparition, dans certaines petites villes le long de la ligne Sonora-Chihuahua, d'un tel individu qui se dirigeait vers les montagnes. Leo avait pris un avion pour Chihuahua et, en novembre, avait loué un pick-up pour sillonner les routes secondaires du nord de la sierra Madre. Il avait failli tomber sur lui à plusieurs reprises, et soupçonnait à présent que Bowman se cachait intentionnellement.

Ses yeux se posèrent sur sa fille – son expression si sérieuse. Elle avait l'air plus âgée, sensiblement plus grande qu'au mois d'août, dégingandée et émaciée, mais elle se déplaçait toujours avec la grâce insouciante d'une jeune fille.

Au téléphone, il lui avait expliqué qu'il cherchait Bowman dans une région à risque. L'arrière-pays de la sierra Madre était encore une zone de non-droit, où les gangs de trafiquants de drogue étaient de plus en plus nombreux. Il lui avait même proposé de la retrouver au ranch pour passer avec elle une partie des vacances scolaires. Elle avait rejeté cette idée – il ne pouvait pas se permettre de laisser la piste se refroidir – et souligné qu'elle connaissait Bowman mieux que quiconque.

Bien sûr, elle aurait été plus en sécurité au ranch, mais Leo s'était convaincu qu'il serait capable de la protéger ici. Non seulement elle lui serait peut-être utile, mais il voulait passer du temps avec elle, et il était heureux qu'elle le veuille aussi. Elle lui avait manqué. Jeremy lui avait dit que son jugement était altéré. Il l'avait traité d'irresponsable, ce qui était sans doute vrai. Mais, quand Leo avait suggéré que Darwin et lui essayaient de dissuader Summer de venir, Jeremy avait dit en riant : « Non merci. C'est ta fille. »

Summer le repéra enfin, et son visage s'illumina de son sourire familier alors qu'elle levait la main pour lui faire signe. Avant même qu'il ne puisse lui demander d'être prudente, elle traversa la foule des passagers et courut vers lui. Tant pis pour la discrétion. Son étreinte l'enveloppa, forte et naturelle – sa fille de quinze ans murmurant joyeusement au creux de son épaule qu'il ne devait pas s'inquiéter, qu'ils allaient trouver Bowman et le ramener à la maison.

Elle avait l'air de penser que ça allait être une aventure.

Mais ce que Summer avait en tête n'était pas tant une aventure qu'un jeu, un défi d'intelligence lancé à son frère – un frère tellement invincible que c'en était agaçant. Son père et elle passèrent la première nuit dans un hôtel sur le côté ouest du nord de la sierra Madre et, le lendemain, alors qu'ils roulaient dans l'arrière-pays, elle étudia la carte qu'il avait quadrillée, avec des points là où Bowman avait été vu, et des flèches indiquant ses mouvements. Les gens dans les montagnes étaient amicaux et ouverts, apparemment fascinés par les deux Américains, le père et sa jeune fille. Summer avait apporté d'autres photos de son frère et ils les montraient à qui voulait bien les regarder, posant des questions sur Bowman, sur *el tigre*. La nuit, ils campaient près de leur véhicule.

Mais, à la fin de la première semaine, Summer commença à remettre en question le principe initial de leur quête. D'après leurs conversations avec les gens qui l'avaient rencontré, Bowman se portait bien. En fait, il les évitait.

Et puis elle était effrayée par la multiplication des accès d'irrationalité de son père. Il faisait sans cesse allusion à une sourde menace dont eux et Bowman seraient la cible, et il insistait pour porter un pistolet qu'il disait avoir reçu du bureau de la DEA à Chihuahua. Elle se souvint de ce que Bowman lui avait dit cette nuit d'août avant son départ : que la paranoïa familiale, chez leur père, relevait désormais du délire. Mais il n'avait pas eu le temps de s'expliquer, et elle avait repoussé son inquiétude comme si celle-ci était elle-même paranoïaque ou délirante – un autre tour sur le manège affolant de la famille Girard.

Mais maintenant elle n'était plus sûre.

Elle en était arrivée à croire que son frère faisait exactement ce qu'il voulait. Elle finit par dire à son père que ce n'était pas pour Bowman qu'il devait s'inquiéter, qu'il devait rentrer à la maison et le laisser terminer ce qu'il était en train de faire, quoi que ce fût. Mais Leo déclara qu'il ne pouvait pas abandonner : il se devait de le retrouver, de le convaincre d'aller à l'école de San Diego, ou au moins de rester au ranch. L'anarchie dans cette partie du Mexique le rendait vulnérable. Vulnérable à quoi? demanda-t-elle. Sa réponse avait été confuse, mais cela avait à voir avec des gens devenus puissants depuis son départ du département d'État, des gens dangereux qui, sans doute, ne dormaient pas très bien la nuit lorsqu'ils se rappelaient ce que Leo savait sur eux. Il craignait qu'ils capturent Bowman et l'utilisent comme moyen de pression.

Lors de leur dixième nuit dans les montagnes, peu après minuit, Summer fut réveillée par la main de Leo sur son épaule. Il lui fit signe de se taire. Depuis la route, des phares balayaient l'endroit où ils se trouvaient – reculaient, revenaient, s'arrêtaient.

Bowman n'était pas loin, elle le sentait. Elle était sortie de son sac de couchage, en pantalon, tee-shirt et chaussettes. Elle enfonça ses pieds dans ses chaussures de randonnée. Son père avait insisté pour qu'ils dorment habillés, au cas où quelque chose arriverait.

Et quelque chose était en train de se passer.

«Va derrière le pick-up, derrière le bloc-moteur.

– Je sais», dit-elle.

Son père jeta leurs sacs de couchage et la toile de tente à l'arrière. Tous les soirs, il rangeait leur nourriture et leur matériel de cuisine avant de se coucher. Il la rejoignit et s'accroupit à côté du pneu avant, dans l'ombre du pick-up, son pistolet à la main. Sur la route, le véhicule n'avait pas bougé. Ses phares éclairaient les arbres autour d'eux et le petit ruisseau près duquel ils avaient campé les deux nuits précédentes. Leo se maudissait d'avoir été imprudent et de n'avoir pas cherché un autre endroit.

«Bowman est là, murmura-t-elle.

– Il est là-dedans?» Il désigna la voiture et les phares.

«Non, je ne pense pas. J'étais en train de rêver de lui.» Elle regarda autour d'eux. Il y avait un bosquet de grands pins de l'autre côté du ruisseau. Il pouvait être là.

Des rires derrière les phares. Le moteur qui rugit, puis une porte qui claque.

«Je vais te sortir de là», promit Leo. Il ouvrit la porte côté passager et se faufila jusqu'au siège conducteur. Il resta baissé, lui dit de rentrer, de refermer doucement la portière et de se mettre en boule sur le sol.

Il démarra le moteur et accéléra, le pick-up grimpant péniblement sur un talus, faisant un tête-à-queue dans la poussière, pour finalement s'engager sur la route et s'éloigner à toute vitesse. Leo alluma les phares et descendit à tombeau ouvert le flanc de la montagne, un œil sur le rétroviseur, enjoignant à Summer de rester au sol jusqu'à ce qu'il soit sûr que personne ne les avait suivis.

Sur le chemin du retour vers Hermosillo, il s'excusa auprès d'elle : il était en colère contre lui-même de l'avoir ainsi exposée au danger. Vu son humeur, elle s'abstint de lui faire remarquer qu'en matière de danger, elle n'avait rien remarqué d'autre que de simples phares, et ce qui lui avait semblé être des rires d'adolescents ivres. Ils trouvèrent un hôtel en ville et, dès le lendemain, il la mit dans un avion pour Dallas, puis pour le Massachusetts, alors qu'il lui restait encore quatre jours de vacances, prétextant qu'elle serait plus en sécurité à l'école.

Elle savait qu'il avait l'impression d'avoir échoué dans son rôle de père, et elle faisait de son mieux pour le convaincre du contraire, mais à chaque minute il ressemblait de plus en plus à un personnage de sniper paranoïaque et flippé. À l'aéroport, il était resté silencieux, effrayant. Summer se l'avoua avec honte, mais elle était heureuse de s'éloigner de lui.

# 38

***2009***

Rice trottinait le long de la crête broussailleuse de Jonas Ridge, se déplaçant plus vite qu'il n'aurait voulu par cette chaleur, s'efforçant de garder Apryl et les autres en vue tandis qu'ils suivaient un sentier qui remontait Simmons Wash en direction de la frontière. Il s'arrêtait fréquemment pour scruter la partie du sentier qui se trouvait devant eux – ainsi que les pentes sèches et clairsemées au-dessus – d'abord à l'œil nu, puis à l'aide de jumelles. Encore cinq cents mètres et il arriverait à l'endroit où il s'était caché un peu plus tôt et avait vu le sniper se mettre en position de tir. Il était attentif à ne pas commettre l'erreur de se trouver dans le champ de vision de l'homme.

Il entendit un engin aérien et se mit à quatre pattes pour se réfugier sous un pin rabougri, puis il actionna le micro de son casque. C'était un réflexe, il s'en rendit compte, il n'y avait aucune raison de se cacher alors que la police aux frontières savait qu'ils étaient dans la zone. Mais quand même.

« Drone, dit-il. Peut-être avion léger. »

Le bruit de l'engin lui passa au-dessus, suivant la frontière vers l'est. Il ne l'aperçut même pas.

« Parti », dit-il.

La voix d'Apryl, en colère : « Préviens un peu plus tôt la prochaine fois ! »

Il se remit debout et regarda le groupe sortir de derrière les rochers, se rassembler sur le sentier et continuer vers le sud. Apryl et lui couchaient ensemble depuis quelques mois maintenant, mais techniquement elle était son employeur, tant du côté licite qu'illicite de leurs affaires communes, et donner des ordres lui venait naturellement. Les Apaches Chiricahua avaient dominé les monts Peloncillo pendant au moins un siècle, jusqu'à ce qu'ils soient illégalement déplacés par l'armée américaine, et Apryl, à moitié apache, adoptait une attitude de propriétaire. Elle disait que Rice devait obéir à ses ordres parce qu'elle était la patronne et qu'ici on était dans «la putain d'Apacheria», l'ancien territoire de Mangas Coloradas, de Cochise, de Geronimo. Le plus souvent elle plaisantait, mais pas toujours. Parfois il faisait ce qu'elle disait, et d'autres fois non.

Les quatre silhouettes continuaient à monter le sentier, Apryl en tête, suivie de la séduisante et mystérieuse Summer, puis le policier, Jeremy, portant un petit sac à dos dont Rice était certain qu'il contenait une arme. L'autre type, Sam, une sorte de conseiller, se traînait à l'arrière, chargé du sac à dos jaune, plus grand et plus lourd, qui contenait manifestement le «quelque chose» de valeur dont Jorge avait parlé à Apryl.

Rice les suivit du regard jusqu'à ce qu'ils disparaissent sous une canopée d'acacias et de mesquites. Plus haut, le sentier pénétrait dans une chênaie au niveau du col qui séparait Simmons Wash d'Arena Wash, puis traversait une prairie dégagée jusqu'à la clôture en fil de fer barbelé, lâche et trouée, représentant l'ancienne idée que l'on se faisait de la frontière entre les États-Unis et le Mexique.

Il descendit une pente raide en trottinant dans l'ombre, abandonnant la piste, se frayant un chemin à travers d'épais mesquites dans un canyon rocheux latéral, et grimpa la dernière butte avant de s'arrêter sous la crête, au soleil à nouveau, en sueur, agenouillé dans la poussière, attendant d'avoir repris son souffle. Il était presque sûr d'avoir traversé la frontière quelque part au cours de ces dernières minutes. Il enfila ses gants de cuir et ses genouillères tactiques usées, balafrées, avant de ramper sur les derniers mètres, jusqu'au sommet.

Apryl et son groupe étaient sur sa droite, attendant à la lisière de la chênaie. Les points de repère qu'il avait utilisés plus tôt pour localiser la cachette du sniper semblaient différents à travers ses jumelles et depuis cette position, si bien qu'il lui fallut un certain temps pour le trouver, mais il était là, couché, à surveiller le col et la clôture frontalière. Apryl et les autres seraient exposés à ses tirs s'ils continuaient sur la piste. Ce serait un tir à longue distance, que Rice lui-même ne tenterait pas, mais un sniper habile pouvait les tuer tous les quatre.

Il parla à nouveau dans le micro. «Il est toujours là. Même place.» En réponse, Apryl verrouilla le sien. Ils retournèrent dans la forêt broussailleuse afin d'y attendre à l'ombre, à l'abri du sniper. Si l'autre partie se montrait – Jeremy avait mentionné quelqu'un du cartel nommé Mia Cortez –, ils iraient à l'endroit de la rencontre. Sinon ils supposeraient que tout cela était un piège destiné à Jeremy, et ils retourneraient au campement. Apryl contacterait Jorge et lui expliquerait que leur offre de services n'incluait pas la livraison de shérifs adjoints pour qu'ils soient abattus par des snipers du cartel.

Rice ne pouvait toujours pas voir si quelqu'un arrivait du côté mexicain, aussi se mit-il à plat ventre et rampa à travers des fourrés de yuccas, de flourensias et de graminées, ce qui n'était pas la chose la plus sûre à faire en cet endroit, mais il n'avait pas vu de serpent à sonnette de toute la matinée. Ce qui était assez inhabituel. Au cours des deux dernières années, il avait croisé par ici au moins une centaine de spécimens de six espèces différentes. Il était tellement habitué à les repérer qu'il le faisait inconsciemment.

Il avait maintenant une vue dégagée sur toute la descente d'Arena Wash jusqu'à un plus vaste canyon où se terminait une ancienne piste de jeep provenant de l'Interstate 2. L'accès mexicain à la frontière était court – à peine quelques kilomètres depuis la principale autoroute est-ouest – mais le caractère extrêmement accidenté et reculé de la partie états-unienne rendait la route, connue des deux côtés sous le nom de «Los Robles», peu attrayante sauf pour les migrants et les contrebandiers les plus endurcis, ou les plus désespérés.

Une fois à l'abri, il retira son sac, en sortit sa carabine et ajusta la crosse, puis rampa vers l'avant, écartant une touffe d'herbes avec le canon pour dégager sa vue. L'heure de la journée était propice, le soleil derrière son épaule droite, si bien qu'il ne se ferait pas repérer par un soudain éclat de lumière sur sa lunette ou ses jumelles.

Il posa l'arme sur le côté et regarda avec les jumelles, vérifiant d'abord la position du sniper, puis continuant de la barrière frontalière vers Arena Wash, où la plus grande partie du sentier était obscurcie par d'épais bosquets de chênes et de mesquites. Lors de son troisième balayage avec les jumelles, il remarqua deux véhicules dans le canyon à l'extrémité du sentier, à environ un kilomètre de là, des pick-up à quatre roues motrices surélevés, garés sous un surplomb et camouflés par des filets.

À côté des véhicules, la silhouette d'un homme apparut, qui observait le chemin de terre derrière lui. Il portait une arme qu'il était difficile de distinguer à cette distance, mais elle ressemblait à une mitraillette à canon épais, probablement équipée d'un silencieux, et pendait à une bretelle, canon pointé vers le bas, sur sa poitrine. Ce type d'arme constituait en soi un signe préoccupant, mais l'homme semblait détendu. Il s'appuya contre l'un des camions et alluma une cigarette.

Rice avait activé le micro à commande vocale afin de ne pas avoir à bouger pour communiquer. Pour la première fois, il appréciait les radios sophistiquées avec leurs écouteurs tactiques compatibles VOX et cryptage tournant. Lorsque Apryl avait proposé d'investir là-dedans, Rice avait fait remarquer qu'ils ne disaient presque jamais rien de suspect à la radio et que, si elle voulait acheter un autre jouet coûteux, ils feraient mieux de dépenser leur argent dans des lunettes de vision nocturne. Mais elle était la patronne, et à présent ils étaient là, à pouvoir parler librement dans une zone très surveillée de la frontière. Il s'était mis dans la tête que le micro mettait un moment à s'allumer et qu'il couperait la première chose qu'il disait, aussi, lorsqu'il utilisait le VOX, il commençait parfois ses phrases par une syllabe préliminaire, comme « hum », ou « ah », ce qui rendait Apryl folle.

«Euh… deux véhicules garés dans le canyon où débouche Arena, un garde posté là, bien armé, donc les autres le seront aussi. Je suppose qu'ils sont en chemin vers le haut du lit asséché du ruisseau. Je te dirai quand je les vois.

– Bien reçu.»

Apryl avait son petit pistolet Woodsman .22 dans un étui, et Jeremy tout ce qu'il avait caché dans son sac à dos, mais ils seraient dépassés en cas de fusillade.

Installé bien au-dessus de la crête, vers l'ouest, le soleil venait frapper la zone où se trouvait Rice et réchauffait l'air. Même à l'abri, la sueur dégoulinait sur son visage et lui piquait les yeux. Il sortit deux bandanas bruns de son sac et en noua un autour de son front, posant l'autre à proximité pour s'éponger le visage.

Un cliquetis nerveux derrière lui, juste quelques coups, une réaction aux mouvements prudents de Rice. Pas alarmé. Pas en colère. Mais proche. Le frottement sec des écailles sur les feuilles mortes. Il se tint immobile.

Puis un poids léger sur son tendon d'Achille gauche. Plus lourd. Maintenant, sur son mollet droit aussi.

Puis plus rien. L'envie de bouger ses jambes était presque irrésistible. Lentement, très lentement, il tourna la tête pour regarder. Un crotale de Mojave ? Pas énorme, mais assez grand et épais, plus d'un mètre de long. Il ne pouvait pas voir la queue rayée, donc ça pouvait être un diamantin, mais les diamants qui couraient sur son dos étaient distincts, davantage comme un mojave. Un mojave aurait entre les yeux moins d'écailles, mais plus grandes. Il le regarda mieux.

*Ouais, mojave.*

Fait fascinant : le crotale de Mojave était capable de produire un venin intensément toxique qui désactivait le système nerveux. Il était également capable de produire le venin habituel du crotale, qui détruit le sang et les tissus. Personne ne savait pourquoi ni précisément ce qui faisait que les serpents d'une région donnée possédaient plus d'un type de venin, ou plus de l'autre.

«Salut, Mojave, murmura-t-il. Hémorragique ou neurotoxique ?»

Pas de réponse. L'une et l'autre seraient problématiques.

Le serpent à sonnette était couché sur ses jambes comme un chat domestique.

Il souleva lentement son mollet droit, espérant que le serpent se déciderait à partir. Il cliqueta à nouveau, un peu plus agacé, et Rice baissa la jambe. Mojave avança encore de quelques centimètres jusqu'à ce que presque tout son poids soit sur ses jambes. Il s'arrêta à nouveau.

Rice essayait de ne pas y penser. Observait le sentier, la clôture frontalière, le sniper.

À cette époque de l'année, dans la fournaise avant le crépuscule, le désert était si calme que tout mouvement sautait aux yeux, et la marche lente de trois êtres humains sortant d'Arena Wash sur la piste Los Robles était si visible qu'ils auraient tout aussi bien pu agiter des drapeaux. En prenant soin de ne pas déranger le serpent à sonnette, Rice leva les jumelles.

Tous trois s'arrêtèrent à la lisière du fourré, puis le plus petit s'avança sur le sentier, à découvert. Une femme – ça devait être la Mia Cortez dont avait parlé Jeremy. Les deux autres attendaient en observant, armés de mitraillettes à silencieux comme le garde près des véhicules. Rice n'était pas expert en armes à feu mais il avait acquis pas mal de savoir-faire en ce domaine l'année précédente, et il les reconnut comme étant des HK MP5 allemands.

« Merde, murmura-t-il.

– Quoi ? réagit Apryl.

– Elle est en train de monter. Deux mecs avec des MP5 restent en arrière. »

Seules les personnalités importantes du cartel avaient une telle puissance de feu. Il fallait avoir des couilles, et des relations. Dans une transaction normale, où ils n'attendaient pas vraiment d'huiles, s'il voyait un MP5 à silencieux, il annulait tout et rappelait Apryl au plus vite. Les armes le long de la frontière étaient utilisées autant pour signaler que pour tirer – la SCAR 16S de Rice, une nouvelle carabine de style militaire fabriquée en Belgique et équipée en 5,56 mm, en était un bon exemple, un investissement important qui avait déjà été rentabilisé plusieurs fois sans qu'il ait jamais eu à la pointer sur un être humain.

La voix d'Apryl à la radio : « OK, on la voit. Tu peux décrire les deux autres ?

– Mexicains, jeunes, pas l'air d'être là pour s'amuser, bien armés. Pas des gars des rues. Disciplinés. »

Cliquetis de Mojave. Le serpent était sourd au sens classique du terme, mais très sensible aux vibrations, et il n'aimait pas la voix de Rice.

La femme avançait sur le sentier comme si elle faisait sa randonnée vespérale. Elle n'avait rien dans les mains, pas de sac, pas d'arme visible.

« Jeremy veut que tu confirmes qu'il n'y a personne d'autre avec elle.

– Je ne peux pas, chuchota Rice. Il pourrait y en avoir d'autres derrière eux. Pas moyen de savoir. Mais même s'il n'y a personne d'autre, ça fait beaucoup de puissance de feu.

– Pourquoi tu chuchotes ?

– Je t'expliquerai plus tard. »

Au bout d'un moment, Apryl reprit la parole. « L'adjoint J ne s'inquiète pas de la puissance de feu, il cherche l'autre partie de la réunion. Le lieutenant. Il attend peut-être, derrière les arbres. Il veut y aller. »

Rice secoua la tête. Il n'y avait aucune chance pour qu'un vrai lieutenant se montre. Jeremy rêvait. Mais cette femme était manifestement importante en soi, assez pour rendre Rice nerveux.

Il entendit Apryl dire : « Ce n'est pas négociable.

– Ah bon, qu'est-ce qui n'est pas négociable ? » Mais elle ne répondit pas. Jeremy et Summer discutaient avec elle en arrière-plan, elle avait dû allumer son micro à commande vocale, puis il s'éteignit d'un coup. Dix longues secondes de silence, la femme du cartel qui s'approchait de la barrière, les deux gardes qui bougeaient maintenant, l'encadrant à distance pour la garder en vue, en une chorégraphie bien rodée.

« Apryl ? Merde. » Il déplaça les jumelles à temps pour la voir sortir du bosquet de chênes et se diriger vers la femme à la barrière frontalière. Elle tenait ses mains en l'air. Pas de holster à sa ceinture. Elle marchait comme elle le faisait toujours. Douce, calme, assurée. Elle appuya de la main gauche sur un interrupteur de son casque-micro, et des sons ambiants lui parvinrent à nouveau dans l'oreillette : brise, bruits de pas, respiration.

« Qu'est-ce que tu fous ?

– Je m'assure qu'elle est au courant qu'il ne faut pas nous baiser.

– Apryl, siffla-t-il, essayant toujours de chuchoter. Elle est du cartel. C'est elle qu'il ne faut pas baiser.

– Ça, je le sais. »

Elle ralentit en approchant de la clôture. S'arrêta à quelques dizaines de centimètres. Les deux gardes étaient en alerte, mais n'avançaient pas. La femme se tenait de l'autre côté de la vieille barrière frontalière, les mains sur les hanches, dans une posture qui exprimait colère et frustration. Elle faisait à peu près la même taille qu'Apryl, avait dix ans de plus et semblait légèrement plus épaisse. Rice pouvait à peine comprendre ses paroles dans la radio.

« Où est-il ? Qu'est-ce que vous foutez ? »

Apryl se tenait immobile, réussissant tant bien que mal à adopter une posture de défi bien qu'elle tînt toujours ses mains éloignées de son corps.

« Je veux d'abord éclaircir quelque chose. Nous savons qu'il y a un tireur, juste là. » Elle fit un geste vague vers la pente au sud-ouest. « Il est là-haut depuis des heures, il doit avoir besoin d'aller pisser. S'il n'est pas des vôtres, on doit tout arrêter tout de suite. » Comme la femme ne réagissait pas, Apryl continua. « S'il est des vôtres, nous supposons qu'il est là pour votre sécurité, mais il faut que vous sachiez que nous avons aussi un tireur, qui m'écoute sur cette radio. » Elle inclina la tête dans la direction de Rice. « Question de sécurité.

– Vous oubliez qui vous a engagés.

– On nous a engagés pour assurer la sécurité d'une personne vers la frontière, aller et retour. Nous ne voulons pas lui tendre un piège pour que vous l'assassiniez. »

Silence. Un léger grincement, quelque chose dans la radio qui pouvait être un rire silencieux. « J'espère juste qu'il a ce qu'il dit qu'il a. »

Apryl déclara qu'elle ne savait rien de tout ça. Elle dit qu'elle allait l'envoyer. Elle était en train de s'éloigner lorsque Mia l'appela, mais Rice ne put entendre ce qu'elle lui disait. Apryl s'arrêta, se retourna, demeura silencieuse pendant quelques instants, puis elle indiqua son nom : Apryl Whitson.

Même Jorge ne connaissait pas leurs noms complets.

Rice déplaça sa carabine vers le sniper. Dans sa lunette, il pouvait distinguer le tracé des rochers et des branches de pin dénudées qu'il avait mémorisés grâce aux jumelles. Il savait donc où viser même s'il ne pouvait pas voir l'homme lui-même. Il se rendit compte qu'il avait oublié le serpent à sonnette. Le poids était parti. Il déplaça sa jambe gauche. Trois bruits secs et catégoriques de la crécelle. *Je suis toujours là.*

Le serpent s'était enroulé dans l'espace entre ses jambes.

Avec les deux yeux ouverts, il pouvait observer la progression terriblement lente d'Apryl vers l'abri du bosquet de chênes tout en gardant le point de visée du petit chevron jaune de la lunette sur la position du sniper.

« Hum, pourquoi tu lui as donné ton nom ? » demanda-t-il.

Il compta trois, quatre, cinq foulées avant de recevoir une réponse.

« Elle l'a demandé. »

# 39

Bowman se rinça à l'extérieur avec un tuyau d'arrosage et s'essuya avec une serviette avant que Darwin ne le laisse entrer dans la maison. Son oncle le fit asseoir, banda en silence la profonde coupure sur son front, puis l'envoya dans l'ancienne chambre de son père pour « trouver quelque chose à se mettre ». En ouvrant le placard de Leo, il se glissa momentanément dans ce qui lui parut être la conscience de son père – un lieu de perte, de nostalgie, d'espoir, de monstres tapis dans l'ombre, à peine visibles. Sentant un pincement au cœur, il recula.

Vêtu d'un Wrangler de Leo qui sentait le renfermé, d'une chemise à manches longues en flanelle à carreaux et de bottes de travail en cuir, il était maintenant assis à la vieille table en bois de la cuisine, avalant une tasse de café fort et noir de l'oncle Darwin, ce qui pourrait lui faire du bien, ou peut-être du mal. Le gros chien blanc, assis au garde-à-vous dans le coin opposé de la cuisine, le regardait fixement.

Darwin découpa une tomate rouge vif en fines tranches – avec des mouvements précis, économes. Dit quelque chose à propos de Summer pilotant un avion quelque part. Elle était pilote, mais n'avait pas volé depuis un moment, et il avait l'air inquiet. Il fit une pause.

« Il faut que tu reprennes tes esprits. »

Bowman se dit que son oncle avait probablement raison. « Elle est mariée ?

– Qui, Summer ? Non. Sois attentif. » Darwin sortit des trucs du réfrigérateur. « Tu te drogues ? »

Bowman ne répondit pas. Une série de produits apparurent brièvement sur la planche à découper : radis, carottes, un œuf dur, trois sortes de salades différentes, saucisse, thym frais, romarin.

« Alors, comment es-tu arrivé ici ?

– Je ne me souviens pas. J'ai sans doute remonté Red Creek. »

Darwin sembla sur le point d'émettre une objection, mais il se retint. Ils savaient tous deux que le cours de Red Creek n'était fait que de cascades et d'étroites chutes rocheuses.

« Avant ça. »

Maintenant qu'il était assis dans la cuisine, habillé, à boire du café en regardant son oncle préparer une salade, il avait soudain les idées plus claires. Il se projeta en esprit au moment où il s'était réveillé au bord du lac sous une invasion de mouches noires.

« J'ai pris un avion du Costa Rica à Miami, puis un autre pour Denver, mais quelqu'un me suivait, du coup je n'ai pas pris l'avion pour Whitespring. J'ai volé un pick-up, et il est tombé en panne. Un type m'a emmené. »

Un long silence s'ensuivit. Darwin attendait qu'il développe, mais Bowman était hypnotisé par le tap-tap-tap du couteau, les morceaux de légumes s'accumulant dans un bol en faïence qu'il reconnaissait de son enfance, aussi grand qu'un chapeau. Son bol. Il avait un appétit incroyable pendant son adolescence. C'est Darwin qui préparait la plupart des repas, et Bowman ne l'avait jamais remercié. Il se demanda s'il y avait autre chose qu'il avait négligé de faire, et ce qu'il négligeait maintenant.

« Il m'a dit qu'il s'appelait Bickford Rangely. Je ne sais pas qui il est vraiment ni ce qu'il prépare. Je ne lui fais pas confiance. Au début, il faisait semblant de ne pas me connaître, puis il a voulu que je lui montre comment aller au ranch. Je suis presque sûr qu'il essayait de me protéger, mais pas par altruisme. Des hommes avec des mitrailleuses ont bloqué la route, je n'ai aucune idée de qui ils étaient. Ils ont embouti notre véhicule et on est tombés dans le ravin. On s'est presque noyés dans Red Creek. »

Sans faire de commentaire, Darwin sortit un pot de vinaigrette du réfrigérateur, le secoua et en versa sur la salade, puis fit glisser le bol sur la table, avec une fourchette et une serviette en tissu écossais. Bowman fixa l'arrangement soigné, les riches couleurs, renifla les vapeurs vertes, l'ail cru écrasé.

« C'est magnifique.

– Mange, c'est tout. »

Après avoir silencieusement remercié les plantes et les animaux qui composaient son repas, Bowman prit la fourchette et commença. C'était la meilleure salade qu'il eût jamais mangée. Il prit soin de remercier son oncle, et reçut un grognement en guise de réponse. Son compte rendu de la rencontre avec Bick et de la violente confrontation qu'il y avait eu ensuite avait fait son effet, comme si Darwin n'était pas sûr de le croire, ne voulait pas le croire mais le croyait tout de même un peu, et qu'il n'aimait pas ce que cela pouvait impliquer.

Darwin changea de sujet, s'adossa au comptoir à côté du réfrigérateur et tenta d'expliquer pourquoi Summer, Jeremy et une nouvelle personne que Darwin n'aimait pas s'étaient tous envolés pour le sud de l'Arizona. Le café rendait Bowman nerveux et il avait du mal à suivre – Summer avait demandé à Jeremy d'aider quelqu'un qui avait été kidnappé, et Jeremy avait trouvé une quantité importante de cocaïne, et maintenant il devait la refiler à une femme d'un cartel mexicain pour que la famille entière ne soit pas assassinée.

Il tenait une tranche de saucisse à côté de sa chaise. Dans le coin, les oreilles du chien se dressèrent. Il agita le morceau d'avant en arrière. Le chien se leva.

« Aucun d'eux ne répond, dit son oncle. Sans doute qu'ils n'ont pas de réseau, mais quand elle appellera je lui dirai que tu es là. On verra ce qu'elle veut faire. On peut prendre un avion nous-mêmes, ou elle peut venir nous chercher à Whitespring. »

Le chien finit par s'approcher, les pattes bien droites. Darwin regarda Bowman tendre le morceau de saucisse et le chien le renifler. Ils n'avaient jamais eu de chien pendant son enfance, car son père pensait que ce genre d'animal domestique fausserait la compréhension que Summer et lui pourraient avoir des Autres, mais il y avait des chiens partout en Amérique centrale et au Mexique, et il avait découvert qu'il appréciait leur compagnie.

« C'est le chien de Jeremy. Marco. »

Marco prit délicatement la saucisse du bout des incisives, puis retourna à son coin pour mâcher, sans quitter Bowman du regard.

« Je ne l'ai jamais vu agir comme ça. Soit il est amical, soit, s'il n'aime pas quelqu'un, il l'ignore.

– Tu veux prendre l'avion pour aller où ? »

Darwin lui lança un regard impatient et Bowman se dit qu'il avait déjà dû en parler. « À Denver, pour rencontrer quelqu'un de la banque. Ils vont transférer le compte de ton grand-père. C'est pour ça que tu es là. Tu le savais depuis le début. Leo te l'a dit. »

Bowman hocha la tête. « Il disait que ce serait dangereux. Que je devais prévenir Summer. Il disait que grand-père Martin était impliqué dans des organisations criminelles, et que dès que nous aurions l'argent, ses vieux ennemis s'en prendraient à nous. Je ne l'avais pas cru. »

Darwin le regarda, vaguement méfiant.

« Mais maintenant je sais qu'il avait raison, et je suis revenu pour prévenir Summer de ne pas le prendre. »

Le regard de Darwin se fit plus vif. « Tu ne peux pas faire ça. Je ne sais même pas s'il en reste beaucoup depuis tout ce temps, mais on en a besoin. Le ranch en a besoin. C'est ce que voulait ton grand-père.

– Papa disait que c'était trop dangereux. Que ça n'en vaudrait pas la peine.

– Ça fait trente-cinq ans, Bowman. » Darwin avait presque crié ces mots-là. Puis il se calma, et on aurait presque dit qu'il allait s'excuser. « Martin pensait que ce serait suffisamment long. Il pensait qu'ils seraient tous morts, ou auraient oublié. »

Une forte sonnerie, le téléphone dans le hall. Darwin se leva en disant qu'ils avaient enfin dû trouver du réseau. Bowman savait que la technologie des communications avait changé depuis qu'il avait quitté le ranch, et il trouvait apaisant que sa famille utilise toujours le même téléphone, dans l'alcôve du hall, celui avec lequel il avait grandi. En fait, presque rien dans la maison n'avait changé. Même les appareils de cuisine étaient les mêmes.

Il entendit Darwin qui disait : *Je n'arrive pas à le joindre moi non plus. Tu devrais le dire au shérif Sartoris. Je sais ce qu'il a dit, mais tu devrais le lui dire quand même.* Une longue pause. *Bon, d'accord.* Lorsqu'il revint dans la cuisine, il secouait la tête.

« Monte. Je voudrais que tu voies quelque chose. »

À part les ordinateurs sur les deux tables, le bureau de grand-père Martin semblait aussi inchangé que la cuisine, du moins jusqu'à ce que Darwin ouvre la porte d'un grand meuble encastré sur le mur sud, révélant cinq écrans vidéo.

« C'est nouveau.

– Jeremy », dit-il, comme si ceci expliquait cela. Bowman supposa que c'était le cas.

C'était une grande pièce, la plus grande de la maison, avec une rangée de fenêtres donnant à l'ouest sur Panther Gap et la chaîne de Red Creek. Deux bureaux, dont un avec un téléphone. Avant la naissance de Summer, Martin avait acheté un deuxième bureau en acajou et l'avait installé ici pour Darwin, le seul autre membre de la famille qui avait montré le moindre intérêt pour les affaires.

Darwin saisit une télécommande complexe et l'un des écrans du mur s'éclaira avec une image de l'entrée et de la façade de la maison du gardien. Puis six petites images avec des dates sur un fond noir. L'une d'elles s'agrandit pour remplir l'écran : la même image de l'entrée que précédemment, mais dans la lumière du matin. Elle semblait statique, jusqu'à ce qu'un couple de corbeaux passe en volant. Des herbes hautes bougeaient dans la brise.

Darwin manipula la télécommande et les corbeaux volèrent en sens inverse sur l'écran, puis plus rien pendant un moment jusqu'à ce qu'un gros véhicule noir aux vitres teintées – comme l'idée exagérée qu'un enfant se fait d'une jeep militaire – arrive en reculant depuis la route publique et se gare devant la maison du gardien. Le conducteur et un passager en descendirent et marchèrent à reculons vers le perron où un homme robuste à la peau foncée, probablement le gardien, se tenait debout, les mains sur les hanches. Darwin mit la vidéo sur pause et zooma, mais les visiteurs semblaient savoir où se trouvait la caméra et gardaient leurs visages cachés sous les visières de leurs casquettes de base-ball.

«Tu connais ces hommes?»

Bowman s'assit dans le vieux fauteuil de son grand-père, qui sentait le vieux cuir et un parfum légèrement musqué. Le fauteuil de Summer à présent.

«Je connais ce véhicule. Il a failli nous tuer aujourd'hui, Bick et moi.

– Ils sont passés il y a quelques jours. Ils ont dit à Sarge qu'ils étaient des amis à toi.

– Pas du tout. Que leur a dit Sarge?

– La même chose qu'il dit à tout le monde: plus personne ne vit ici. C'était lui que j'avais au téléphone, il a revu le même Hummer en ville aujourd'hui. Il l'a suivi de l'épicerie à une station-service. On aurait dit qu'il y avait des impacts de balles dans la porte du côté conducteur. Il s'est tiré quand Sarge a essayé de prendre une photo avec son téléphone.»

Un aboiement grave et puissant venant d'en bas. Marco s'était faufilé hors de la pièce sans se faire remarquer. Au bout d'un moment, trois autres aboiements.

«Il n'aboie pas pour rien.»

Bowman descendit l'escalier en courant derrière Darwin. Marco se tenait devant une porte-fenêtre, la queue dressée, les oreilles en avant, à l'écoute. Darwin ouvrit la porte et Marco fonça dans la cour en pierre, puis contourna la maison. Bowman et Darwin suivirent et trouvèrent Marco près d'une rangée de panneaux solaires, regardant le ciel au-dessus de la crête. Un minuscule hélicoptère bourdonnait rageusement, balayé vers l'arrière après chaque avancée, luttant contre le vent fort qui protégeait la vallée. Marco aboya à nouveau.

«J'ai vu un de ces trucs ce matin.

– C'est un drone. Jamais vu ça ici.»

L'objet se stabilisa et perdit de l'altitude, puis vola le long de la crête jusqu'à un point au-dessus de l'endroit où se tenaient les deux hommes et le chien.

«Je ne suis pas sûr qu'on doive le laisser nous voir.

– Trop tard, dit Darwin. C'est une intrusion. Je vais l'abattre.»

# 40

« Pourquoi est-ce qu'il enlève ses vêtements ? »

La voix de Sam parut à Summer incrédule à l'extrême, comme si le fait de voir son oncle si coriace déboucler sa ceinture et retirer son jean pour le déposer sur la pile à côté de ses bottes et de sa chemise de cow-boy en batiste bleue, puis se tenir là, en caleçon, pendant qu'une femme à l'air très sérieux, mesurant presque trente centimètres de moins que lui, le contournait en lui tapotant les fesses et les parties intimes – comme si le fait de voir ça constituait l'ultime vision insolite, la goutte d'eau proverbiale qui faisait déborder le vase, réduisant Sam à l'état de victime bredouillante de trop de choses bizarres survenues en à peine trente-six heures.

« Elle cherche un micro, dit Apryl.

– Ah, d'accord », dit Sam.

Summer lui lança un regard. Il avait l'air hébété mais calme.

La femme, cette Mia Cortez, qui avait accepté d'amener quelqu'un ayant plus d'autorité dans le cartel – quelqu'un qui jusqu'à présent n'avait pas été visible –, se tenait près de la barrière frontalière délabrée, les bras croisés, et regardait Jeremy prendre son temps pour se rhabiller, lui montrant ainsi qu'il n'était pas ébranlé.

Jeremy n'avait d'ailleurs pas été ébranlé de toute la journée, s'émerveillait Summer, même quand elle avait failli les tuer tous les trois avec cet atterrissage. Sam avait remarquablement bien tenu le coup lui aussi, ne montrant qu'une certaine tension quand Apryl avait menacé de braquer son pistolet sur Jeremy et de lui tirer « en pleine poire » s'il ne lui lâchait pas le bras. Lorsqu'il l'avait lâché, elle avait enlevé son holster et le lui avait tendu avec un grand sourire avant de sortir dans la ligne de mire du sniper pour faire face à la femme du cartel. Pour la mettre en garde contre l'éventuel assassinat de Jeremy. Pour lui dire qu'ils avaient mis en place ce que Jeremy appelait un « contre-sniper ».

Allusion, bien sûr, à cet homme, Rice, le partenaire d'Apryl, avec qui c'était une autre paire de manches – une présence insistante dans son esprit depuis qu'elle l'avait remarqué dans la jeep, et surtout depuis qu'il l'avait regardée, au campement, comme s'il la connaissait. Encore maintenant, elle avait des flashes, comme si elle voyait à travers les yeux de Rice caché sur une crête à les surveiller avec des jumelles et une carabine Desert Brown. Bowman aurait dit qu'il s'agissait de visions, mais elle préférait l'idée un peu moins dérangeante qu'elle perdait le contrôle de son imagination. Elle était presque sûre qu'Apryl et Rice étaient en couple, même s'ils n'en avaient pas l'air... De toute façon, ça ne valait même pas la peine d'y penser, ce qui signifiait que ça l'obsèderait probablement.

Soudain, Jeremy et Mia se mirent à se crier dessus, à gesticuler – il était difficile de comprendre ce qu'ils se disaient à cette distance, mais Summer crut comprendre que Jeremy disait *Ma seule foutue condition*, et Apryl *Oh bordel*, puis elle retourna à découvert, en sortant le pistolet de l'étui qu'elle avait rattaché à sa ceinture.

Summer vit alors ce qu'Apryl avait vu : de l'autre côté de la prairie dégagée et broussailleuse, les deux gardes que Rice avait décrits trottaient vers Mia et Jeremy avec des mitraillettes pointées discrètement, et sans doute temporairement, vers le sol.

« C'est quoi, ce bordel ? » fit Sam, qui se mit à suivre Apryl et à fouiller dans le sac que Jeremy avait laissé derrière lui et dont il sortit le pistolet de Jeremy.

Summer le rattrapa. « Tu sais te servir de ça ? »

Il le tenait à deux mains, de manière raisonnablement compétente, le doigt sur la gâchette pointé droit et non enroulé prématurément autour de la détente.

«Plus ou moins», dit-il d'une voix qui tremblait nettement à présent qu'ils s'éloignaient des arbres et marchaient dans les pas d'Apryl. Summer se sentait elle-même agitée, très consciente de la présence du sniper du côté mexicain. Elle chercha la pente qu'Apryl avait indiquée plus tôt, mais le sniper était caché. Au lieu de cela, elle voyait Rice dans son esprit, sentait sa montée d'adrénaline tandis qu'ils marchaient tous les trois vers Mia et Jeremy, les gardes de Mia relevant leurs armes.

«Retournez là-bas», souffla Apryl, mais elle vit le pistolet entre les mains de Sam. «D'accord, mais restez calmes et ne vous regroupez pas, dispersez-vous, donnez-leur plusieurs cibles.»

Elle lança un regard acéré sur Summer, la seule à être sans armes. «Tu devrais retourner là-bas.

– Jamais de la vie.»

Jeremy et Mia étaient accaparés par leur dispute et ne les avaient pas remarqués, mais les deux gardes, oui; et maintenant il y avait comme un contretemps dans leur progression car ils avaient repéré une nouvelle menace, à laquelle ils s'ajustèrent promptement, professionnellement, l'apparition d'intrus armés augmentant leur concentration. Celui qui était le plus près tourna son arme pour les couvrir tous les deux et changea son angle d'approche, se plaçant entre eux et son chef. Apryl tenait son petit pistolet pointé vers le sol devant elle. Sam faisait de même avec le sien. Summer continuait à marcher. Elle avait l'impression de flotter.

Sur sa gauche, Sam dit quelque chose qu'elle ne put comprendre. Elle regrettait de ne pas avoir apporté son Glock. Pour une raison quelconque, elle s'imagina en train de positionner son pouce et son index droits selon le signe universel d'une main tenant un pistolet armé, puis se rendit compte qu'elle était vraiment en train de le faire. Si elle levait la main et pointait son doigt-pistolet sur Mia, songea-t-elle, est-ce que le sniper l'abattrait?

# 41

*1990*

«Tu sais que je t'ai cherché. Tu savais que ta sœur était avec moi ?»

Bowman hocha la tête. C'était presque deux cycles lunaires plus tôt. Il s'était caché dans la forêt et les avait observés, il voulait parler à Summer mais avait hésité tant elle avait changé. Quand l'autre pick-up s'était détourné de la route et avait éclairé le campement, il avait entendu les jeunes hommes rire, vu son père, soudain effrayé, qui pointait son pistolet au moindre bruit, les yeux écarquillés comme un cheval appaloosa. Bowman était en train de s'approcher furtivement, craignant d'être abattu, lorsque son père et sa sœur avaient grimpé dans le pick-up et étaient partis.

Il s'accroupit au bord du campement de son père. Leo avait randonné dans la réserve naturelle, et il était malade, une sorte de parasite intestinal. Bowman l'avait observé pendant deux jours alors qu'il était à court d'eau, trop faible pour descendre les mille cinq cents mètres de dénivelé raide et vertigineux jusqu'à la rivière, trop ignorant pour savoir qu'un doux ruisselet gazouillait paisiblement à quelques centaines de mètres au nord.

« Où est-elle maintenant ?

– Dans l'Est. Retournée à l'école.» Son père se redressa dans son hamac en grimaçant. Il but une nouvelle gorgée de la gourde en fer blanc que Bowman lui avait apportée.

Un lourd pistolet pendait dans le hamac à côté de lui – un nouveau, que Bowman ne reconnaissait pas.

«Tu l'as quand même envoyée là-bas, dit-il. Bien que je sois parti.»

Son père garda son regard fixe pendant un moment, puis soupira. «J'aurais dû expliquer le danger…» Sa voix s'éteignit. Bowman se rappela qu'il avait essayé, lors de cette dernière soirée au ranch. Il avait l'air fou.

«Et Alecto?

– Elle m'a pardonné. Elle passe de temps en temps. J'ai aussi libéré Horkos et Hesperus.»

Bowman était content.

«Elle voulait partir?»

Son père mit un moment à comprendre qu'il parlait de Summer. «Pas au début. Je l'ai envoyée là-bas parce que c'était plus sûr. Bowman, je dois te dire certaines choses. J'aurais dû le faire il y a un an, j'aurais dû vous le dire à toi et à Summer, mais j'espérais vous protéger encore un peu, et c'était une erreur.»

Il s'arrêta lorsqu'il remarqua que Bowman secouait la tête.

«Qu'est-ce qu'il y a?

– Tu dois faire ton sac», dit Bowman.

L'Américain, apparemment riche, qui se promenait dans les montagnes en posant des questions sur un adolescent disparu avait fini par susciter un intérêt malveillant. La seule chose qui l'avait sauvé jusqu'à présent était d'être trop faible pour allumer un feu.

À son ton, son père comprit ce qu'il voulait dire. Il ne demanda pas pourquoi. Il termina la gourde et se leva, le dos soutenu par le hamac, puis s'avança jusqu'à ce qu'il puisse tenir seul. Prit une grande inspiration. Pour autant que Bowman le sût, c'était la première fois qu'il se tenait debout depuis deux jours. Jusque-là, il avait rampé de son hamac vers le bord de la petite clairière pour chier, pisser et vomir. L'endroit puait.

Il se tenait debout, instable, mais sans s'appuyer.

«Tu peux m'aider?»

# 42

***2009***

Darwin fouilla dans un placard au fond du bureau, à la recherche de sa «carabine à wapitis».

«Tu ne préférerais pas un fusil de chasse?

– Je ne crois pas que ce truc viendra assez près.»

L'unique écran vidéo allumé montrait maintenant une image en direct de l'entrée et de la façade de la maison du gardien. Bowman regardait avec inquiétude.

«Tu devrais appeler le gardien. L'avertir.

– L'avertir de quoi? Du drone?

– Les types dans ce véhicule sont dangereux. Je pense que c'est leur drone. Et s'ils étaient à proximité?

– Sarge peut se débrouiller seul. C'est un ancien militaire. C'est Jeremy qui l'a engagé.»

Darwin posa un étui d'arme à feu en cuir tanné sur son bureau et en ouvrit la fermeture éclair. Une élégante carabine à verrou, en noyer foncé patiné par le temps et en acier bleui argenté.

«Je me souviens de cette carabine.»

Le regard de Darwin, soudain sur la défensive. «Il me l'a donnée. Avant qu'il parte à ta recherche. Il a donné tout un tas de choses, comme s'il savait ce qui allait arriver.»

Bowman laissa courir. «Je ne savais pas que tu t'intéressais aux armes.

– Je chasse. Leo disait que cette carabine ferait de moi un meilleur chef.» Darwin ouvrit le verrou, puis sortit une boîte de munitions d'une pochette sur le côté du boitier et commença à insérer de longues cartouches en laiton et en cuivre dans le chargeur. C'était la Winchester modèle 70 de Leo – « d'avant-guerre », comme il aimait le préciser – calibre .270. Il avait utilisé cette carabine pour tuer tous les animaux africains de la bibliothèque, à l'exception des plus gros, et Bowman avait appris à tirer et à chasser avec elle, avait lui-même tué un cerf mulet avec, avant de passer à des moyens plus primitifs. La lunette semblait neuve. Bowman supposa que c'était un cadeau de l'oncle Jeremy.

« Je croyais que vous ne vous entendiez pas bien, mon père et toi.

– On s'entendait bien. » Darwin accrocha la bretelle du fusil à son épaule et rangea deux boîtes de cartouches supplémentaires dans une poche de sa veste, marmonnant quelque chose sur la difficulté de tirer sur ce petit drone avec une carabine. Sur son autre épaule, il accrocha des jumelles de marine avec d'énormes lentilles frontales en forme de cloche.

Il prit une radio portative posée sur un chargeur sur son bureau, puis demanda à Bowman de rester là au cas où Summer ou Jeremy appelleraient. Bowman lui tendit la télécommande et lui demanda d'allumer les autres écrans afin qu'il puisse voir ce qui allait se passer.

Après une rapide leçon sur le fonctionnement de la télécommande, Darwin laissa Bowman regarder les écrans et répondre au téléphone. Au bout de quelques secondes, deux des écrans basculèrent sur diverses vues de l'extérieur de la maison : il vit Darwin marcher de la cour vers les panneaux solaires, s'arrêter sur le côté de la colline pour observer la crête avec les jumelles, puis, après quelques instants, sortir du cadre.

L'écran en haut à gauche montrait l'image désormais familière de l'entrée et de la façade de la maison du gardien. Le suivant couvrait les arrières de la grange, derrière la maison du gardien, où se trouvait une bifurcation peu engageante. C'est là que l'allée actuelle, mal entretenue à dessein, s'enfonçait à travers la plaine d'armoise en direction de la montagne.

Une autre caméra était pointée sur la porte fortifiée au bas des lacets.

Un mouvement sur le premier écran attira son attention : une berline bleue hésita à l'entrée, puis se gara devant la maison du gardien. Une femme aux épaisses lunettes de soleil en sortit et jeta un coup d'œil autour d'elle, dos tourné à la caméra. Cheveux bruns, taille moyenne, corpulence moyenne. Un jean bleu moulant, un débardeur de couleur claire, également moulant, un sac à main. Elle se dirigea d'un pas incertain vers le porche d'entrée, quand Sarge, le concierge, ouvrit la porte. Elle s'arrêta et lui adressa la parole, faisant de grands gestes de la main, montrant le haut et le bas de la route. Langage corporel exaspéré et apologétique.

Bowman n'y croyait pas.

Il regardait, ressentant le pouvoir de l'observateur invisible et, en même temps, une impuissance écœurante et désespérée. Il envisagea la possibilité que sa paranoïa était en train d'affecter son jugement. La femme pouvait être ce qu'elle semblait être : une touriste perdue. En bon paranoïaque averti – c'est-à-dire conscient de l'être –, Bowman avait dû apprendre à commettre les bonnes erreurs. Face à l'incertitude générale et à l'impossibilité radicale de connaître les intentions d'autrui, il évaluait pour toute situation les interprétations opposées, de façon détachée, imaginant pour chacune d'elles le pire résultat possible si elle se révélait fausse. Il choisissait alors d'agir selon l'erreur d'interprétation qui entraînait le moins de dommages. S'il appelait Sarge, le mettait en garde et que sa suspicion à l'égard de la femme était non fondée, Sarge le prendrait pour un fou. S'il choisissait l'interprétation plus raisonnable selon laquelle tout allait bien, et que ce n'était pas le cas, alors Sarge risquait gros.

Il décrocha le combiné du téléphone sur le bureau de Summer. Tonalité normale. Il était équipé d'un petit écran sur lequel il espérait que le numéro de Sarge s'afficherait en premier. Un numéro apparut et, après avoir appuyé sur d'autres boutons, il laissa le téléphone le composer, attendit. Il y eut une sonnerie, puis la voix de son oncle : *C'est Jeremy St John, laissez un message*. Il raccrocha.

Pas de notes à proximité, pas de listes de numéros usuels. Dans le tiroir du haut, un fouillis de stylos et de trombones, de ciseaux, d'agrafeuses et d'attaches pour cheveux, de cartes de visite, de petits flacons de lotion et de crème solaire. Il le referma d'un coup sec. Sur l'écran, Sarge sourit et fit un signe à la femme, reconnaissante et soulagée.

Rien d'utile non plus sur l'autre bureau, juste le chargeur pour radio et un petit ordinateur. Aucune autre radio, aucun émetteur-récepteur qu'il aurait pu utiliser pour appeler Darwin. La visiteuse était désormais sous le porche, serrant la main de Sarge. Une brève conversation. Sarge lui ouvrit la porte. Ils disparurent à l'intérieur.

Bowman attendait, paralysé par cette expérience par voie électronique d'une situation potentiellement dramatique. Lui et Summer n'avaient jamais regardé la télévision lorsqu'ils étaient enfants – l'idée même était anathème pour leur père – et, lorsqu'il lui était arrivé de le faire chez d'autres personnes au cours des deux dernières décennies, l'emprise que pouvaient avoir ces images sur les esprits, l'imagination, l'attention et le temps l'avait toujours laissé perplexe et angoissé.

Il se rendait maintenant compte que ces projections d'électrons sur un écran n'avaient jamais eu à ses yeux de rapport avec la réalité. La désincarnation inquiétante qu'elles entraînaient était très différente des effets des drogues, de la fièvre ou de la transe extatique. Ces expériences-là, bien qu'elles ne soient pas toujours agréables ou réconfortantes, lui laissaient généralement le sentiment d'un monde plus vaste, d'une réalité élargie. Le sentiment de contentement absolu qu'éprouva sa conscience après quelques minutes passées devant un écran rectangulaire bidimensionnel – un segment si minuscule de l'expérience possible – l'oppressa au point de rechercher en haletant l'odeur du cuir et le léger parfum de musc, le froissement des vêtements contre sa peau, le dur plancher en pin sous ses bottes, la gravité qui reliait fermement ses os à la terre. Était-ce pour cela – trop de télévision – que les gens en Amérique étaient si étonnés et choqués lorsqu'ils découvraient qu'ils étaient faits de chair et d'os ?

Un nouveau mouvement sur l'écran le ramena à la réalité: un pick-up cabossé tirant une remorque remplie de balles de foin passa sur la route, laissant derrière lui l'habituel nuage de poussière. Avant qu'il n'ait disparu, la femme franchit la porte d'entrée de la maison du gardien et la referma derrière elle, avec une attitude désormais plus résolue, se dirigeant vers sa voiture à pas rapides, un foulard couvrant le bas de son visage. Elle était pressée sans être paniquée, un téléphone portable à l'oreille.

Il reposa la télécommande sur le bureau, se précipita dans le hall et descendit la première volée de marches, s'arrêtant sur le palier au moment où le gros chien se levait de l'endroit où il reposait, léonin. Marco regarda Bowman avec la même attention réservée qu'il avait affichée plus tôt. Une large tête blanche tendue vers lui, un museau et des babines d'un noir de jais. Ses grands yeux noisette lui apparurent plus que curieux ou prudents: un peu effrayés. C'était le hic, pensa Bowman. Car ce chien n'était pas habitué à la peur.

«Marco, il faut que nous allions chercher oncle Darwin.»

Un grognement sourd.

«Est-ce que Darwin t'a laissé ici pour que tu me surveilles? Es-tu supposé m'empêcher de sortir?»

Pas de réaction.

Ne tenant pas vraiment à bousculer, sur un palier de deux mètres sur trois, un chien de soixante-quinze kilos en train de grogner, il s'assit sur les marches au-dessus et tendit la main vers lui.

«Je ne suis pas comme ils t'ont dit.»

Marco ne bougea pas. Bowman contrôla son impatience et prit de longues et lentes respirations.

Un combat entre crainte et curiosité se joua dans les yeux de Marco jusqu'à ce qu'il effectue ce que Bowman n'aurait pu décrire que comme un haussement d'épaules blasé, et s'avance résolument dans l'espace de Bowman, reniflant sa main et ses genoux, puis pose ses pattes de devant sur la première marche et renifle franchement son entrejambe, sa poitrine, son visage, ses oreilles, observant Bowman de très près, de ses yeux magnifiques. Sa fourrure sentait le soleil, la résine de pin et la poussière ; son haleine, vaguement le poisson. Les mains de Bowman entourèrent son crâne lourd, flattant les muscles puissants attachés à une proéminence osseuse à l'arrière de sa tête, comme la pointe d'un boutoir. Un flash dans l'esprit de Bowman, une image, une morsure féroce et une secousse sans pitié, la puissante aptitude à l'action violente, mise en veille par un millier d'années d'élevage et un amour inconditionnel pour une famille particulière d'*Homo sapiens*.

Les oreilles de Marco se dressèrent. Il inclina la tête et détourna les yeux. Il souffla comme un ours, fit demi-tour, et descendit les marches d'un bond. Devant les portes, il se remit à aboyer avec fracas, en alerte. Bowman le suivit. Le temps qu'il le rejoigne, les vitres tremblaient du bruit d'un hélicoptère survolant Panther Gap.

# 43

Rice ne prit pas la peine de dire à Apryl de se remettre à couvert. Elle ne le ferait pas, et sa voix ne ferait que la déconcentrer. Il laissa tomber les jumelles et leva le fusil, visant avec les deux yeux ouverts.

Son esprit accéléra tandis que tout ce qui se situait en dehors de son crâne ralentissait.

Sur qui tirer en premier ?

S'il tirait, bien sûr, cela alerterait son crotale de Mojave. Le mordrait-il à la jambe ou s'éloignerait-il de la source de la secousse ? Il se dit que les chances qu'il déguerpisse étaient assez bonnes. Plus de cinquante pour cent, en tout cas. Mais, plus encore que la possibilité de la morsure ou de la fuite, la question qui le taraudait était : pourquoi le serpent s'était-il ainsi enroulé entre ses jambes ? Il ne recherchait pas la chaleur comme le font les crotales dans les vieux récits de cowboys, qui rampent jusque dans les sacs de couchage. Il faisait chaud, trop chaud. Et ce n'était pas comme si le serpent ne savait pas ce qu'était Rice. À sa connaissance, la perception infrarouge d'un crotale était tout à fait capable de distinguer une jambe humaine de la chaleur environnante. L'*Umwelt* du serpent, son monde perçu, résultait de la synthèse de données combinées par ses fossettes sensorielles sensibles aux infrarouges, la réponse de ses yeux à la lumière visible, les analyses chimiques de sa langue frétillante, les capteurs de vibrations de sa peau et de son crâne, et par on ne savait quoi encore.

Donc, oui, Mojave s'était intentionnellement installé entre les deux pattes d'un grand mammifère, une créature susceptible de constituer un danger pour lui. Pourtant il semblait s'être endormi.

Toutes ces pensées avaient traversé l'esprit de Rice en un temps très bref : trois pas d'Apryl. Il avait déjà connu ça auparavant, comme si une pression extrême activait cette fameuse partie inutilisée du cerveau, fournissant une surcapacité de conscience, bien au-delà de ce qui était nécessaire pour faire face à la crise immédiate, laissant de la place pour d'autres considérations, telles que : *Pourquoi un serpent à sonnette de Mojave s'est-il enroulé entre mes jambes ? Qu'est-ce que ça signifie ?* Il réfléchit à la façon dont les modes de perception déterminaient l'appréhension de la « réalité » : l'expérience que chaque organisme avait du cosmos était étroite et incomplète, mais suffisante pour sa survie et sa reproduction. Et les humains avaient tendance à croire que ce qu'ils percevaient était la totalité de ce qui existait...

Le garde sur la gauche pivota pour pointer son arme sur Apryl.

*Voilà ma cible.*

Il nota les bons réflexes du garde, qui avait fait sa propre évaluation de la menace en une fraction de seconde : tirer d'abord sur la femme qui avait un pistolet comme une extension de son bras, puis sur machin... Sam... qui tenait ce gros .45 avec un peu moins d'assurance. Summer était là avec les deux autres, non armée, tous les trois se déployant et avançant en ligne. Il se dit que Summer était soit très courageuse, soit complètement folle.

Rice ôta la sécurité et positionna le chevron jaune lumineux sur le garde, comme un chapeau, puis l'abaissa sur sa poitrine – pas de gilet pare-balles par cette chaleur. Et pas besoin de monter la hausse à cette distance. Un tir facile, puis l'autre garde, puis ignorer Mia, qui pouvait être armée, mais, si tel était le cas, son arme était petite et dissimulée et il lui faudrait un certain temps pour la sortir ; la laisser à Apryl, parce que c'était le sniper la plus grande menace, à quatre cents mètres, un tir très lointain pour Rice, il n'aurait pas le temps de viser, mais il tirerait quelques balles dans sa direction, espérant détourner son attention assez longtemps pour qu'Apryl et les autres se mettent à l'abri.

Il se dit que la situation n'était pas idéale.

«Dans cinq secondes je vais tirer sur l'enfoiré le plus proche de toi, puis sur l'autre, puis sur le sniper.» Il exerça une légère pression sur la détente. Il détestait celle d'origine du SCAR, rugueuse et lourde, alors il l'avait remplacée par une détente à double action de seconde main, qui avait nettement amélioré sa précision.

«Attends, dit-elle.

– Ouais, non. Trois secondes.»

Quelques mois plus tôt, il s'était retrouvé impliqué dans une fusillade nocturne complètement folle dans le désert, feux et flammes partout, et son état d'esprit était alors très différent de cette lente progression vers un homicide méthodique. Il ressentait l'extraordinaire puissance contenue dans la pression partielle de la détente, dont il venait de parcourir les cinq premiers millimètres de course, rencontrant alors la résistance mineure de la deuxième phase ; mais il restait calme, concentré sans émotion sur la mécanique, le contrôle de sa respiration, les ajustements mineurs de sa main gauche sur le fût, maintenant le chevron du point de visée sur le haut du torse du garde.

Une chose si infime, qu'il retenait désormais : cette ultime pression délibérée de la première phalange de son index droit. Quelque part dans son esprit soudain très vif, Rice se rendait compte du peu de scrupules qu'il éprouvait à prendre la vie d'un autre être humain. C'était déconcertant, cette disposition inattendue à tuer quelqu'un. Quelqu'un qu'il aurait probablement apprécié, un professionnel, un dur à cuire à la tête froide qui s'était élevé au-dessus de la folie meurtrière et irréfléchie des fantassins du cartel pour rejoindre l'élite qui protégeait une Mia Cortez. Il ne ressentait aucune animosité envers cet homme, mais il savait aussi qu'il pouvait le tuer.

C'était quelque chose en lui dont il allait devoir se méfier.

«Attends, putain. C'est…» Il entendit un rire nerveux, très inhabituel chez Apryl. «C'est une scène de ciné, on est en pleine impasse mexicaine !»

Apryl plaisantait, maintenant. Il ne tira pas. Il était nerveux, il avait chaud, ses yeux piquaient à force d'être restés ouverts dans l'air sec. Il se dit qu'il aurait fait un piètre sniper.

Mia remarqua enfin les trois silhouettes qui arrivaient du côté américain. Effrayée, elle se tourna à droite et à gauche, vit ses gardes du corps qui s'approchaient d'elle par-derrière et leva les deux mains en criant *¡Detener!*

Tous s'arrêtèrent. Sa voix était aiguë et, bien que Rice l'eût captée à travers la radio d'Apryl, elle était suffisamment forte pour qu'une seconde plus tard, propagée dans l'air, elle parvînt à son autre oreille. Même Jeremy se figea. Mia avança, faisant signe à ses gardes de reculer et à Apryl et Sam de baisser leurs armes. Elle se pencha vers Jeremy, lui fit signe de se pencher aussi, et lui parla dans l'oreille. Tous deux restèrent dans cette position pendant un moment incroyablement long, jusqu'à ce que la tension dans le corps de Jeremy commence à se déplacer, se relâcher, mais, se dit Rice, ce n'était pas sous l'effet d'un soulagement. Mia lâchait une bombe, et ce que Rice lisait dans le corps de Jeremy relevait davantage de l'incrédulité, du choc. Et, pour finir, de la résignation.

Rice relâcha la pression de son doigt, laissant la détente revenir à sa position initiale. Il souleva ses jumelles et les posa sur la lunette de la carabine afin de pouvoir regarder sans avoir à la poser au sol.

Mia et Jeremy s'étaient redressés, mais elle continuait à parler vite, bougeant à peine les lèvres. Compliqué pour lire dessus. Et ils étaient trop loin du lieu à couvert pour qu'un microphone parabolique puisse les entendre.

Jeremy se tourna pour parler aux autres. Sam hocha la tête et tendit à Summer le gros pistolet. Elle le vérifia et jeta un rapide coup d'œil au levier de sûreté pendant que Sam retournait vers le bosquet de chênes – comme s'il avançait vers sa propre exécution.

Rice en profita pour remuer ses jambes, qui avaient toutes deux commencé à s'engourdir. Aucun cliquetis. Se déplaçant aussi lentement qu'il le pouvait, il se retourna. Mojave n'était plus là.

# 44

Un hélicoptère arrivait du sud, volant à basse altitude au-dessus du lac, comme une gigantesque libellule. Le pilote vira vers l'est lorsqu'il aperçut la maison sur la crête, ralentissant à l'approche et se mettant au niveau de Bowman, qui se tenait dehors, la main posée sur l'épaule de Marco afin qu'ils s'apaisent l'un l'autre.

L'engin tourna et se mit en vol stationnaire, la fenêtre côté passager faisant face à Bowman. Une main pressa contre la vitre une feuille de papier avec le mot *AMI* écrit dessus.

Bowman répondit par un haussement d'épaules exagéré.

Puis le pilote s'envola à quelques centaines de mètres vers le nord, se posant sur le col, à un endroit où l'allée de gravier montant de l'est se stabilisait avant de redescendre vers l'ouest dans Panther Gap.

Alors que les rotors ralentissaient, Bowman descendit depuis la maison, Marco en tête. Il espérait que le chien le protégerait si le signe à la fenêtre s'avérait être une ruse ; et, de fait, Marco affichait une certaine gravité, la queue à nouveau dressée, les pattes raides, la poitrine grondante.

La porte passager s'ouvrit et une silhouette familière apparut. Un homme descendit avec précaution, en souriant. Il avait un bandage sur la tête similaire à celui de Bowman.

« Bien bel endroit que vous avez là, M. Sherman Carver. »

Il jeta un regard théâtral sur la falaise granitique, les immenses piliers de grès, la vallée verdoyante et les montagnes sombres qui s'élevaient à l'ouest. Marco se désintéressa de la situation, sa queue s'affaissa. Il s'assit et regarda un bourdon faire ses affaires parmi les fleurs sauvages qui poussaient le long de l'allée.

« Ça ne paie pas vraiment de mine vu d'en haut, continua Bick, ça doit être lié aux courants atmosphériques, il y a beaucoup de poussière dans le vent, un sacré vent, vous vous rendez compte, il a failli nous pousser contre une falaise, sur la montagne plus au sud. Ça n'aurait pas manqué si nous n'étions pas dans un Bell 412 et si Art n'était pas le meilleur pilote de combat sorti du Corps* ces dix dernières années.

– Qui êtes-vous et que voulez-vous ? »

Bick sourit stupidement, rendossant le rôle de bon samaritain qu'il avait tenu dans la Suburban. Bowman se détourna, appela Marco et commença à remonter la colline.

« Attendez, que voulez-vous savoir ? »

Lorsque Bowman se retourna, il arborait toujours le même sourire. Bowman attendit.

« OK, voilà, en quelques mots : mon équipe a été engagée par une organisation suisse très discrète, qui détient un compte secret de votre grand-père depuis trente-cinq ans, afin que nous protégions votre famille jusqu'à ce que vous perceviez cet argent et que vous puissiez vous débrouiller seuls.

– Et qui sont ces gens qui nous ont éjectés de la route ? Avec ce gros 4x4 militaire noir ?

– Ouais, un Hummer H1. On n'en voit pas beaucoup, des comme ça. »

Il s'arrêta, regarda à nouveau le paysage d'un air approbateur. Quelque peu déstabilisé, Bowman ne laissa pas paraître son impatience ni son inquiétude au sujet du gardien. Il ne pouvait pas être complètement sûr que Bick n'était pas derrière tout ça. Même si d'évidence, il ne pouvait avoir planifié l'attaque près du ruisseau, la chute et leur quasi-noyade.

Bick sortit de sa rêverie et sembla se souvenir de la question.

« Ces fils de pute sont pires que ce que je pensais, dit-il. Un gang de détenus, croyez-le ou non. Très actifs à l'extérieur : drogue et trafic d'armes, kidnapping, extorsion de fonds,

* United States Marine Corps of Aviation, « aviation du corps des Marines aux États-Unis ».

prostitution, meurtres commandités... Ils utilisent l'écosystème criminel de la réinsertion et de la récidive pour bâtir une organisation nationale à prétention politique. Ils sont présents dans quarante-deux États, se développent comme une secte, le tout dirigé par un cinglé qui a fait ses classes dans la vieille mafia de Vegas, un copain de votre grand-père. On dit que c'est un odiniste*. Nos gars du renseignement m'avaient prévenu qu'ils étaient dangereux.»

Bowman prit un moment pour faire le tri parmi les divagations superflues de Bick. «Est-ce qu'ils enverraient une femme pour tuer le gardien?

– Oh, je suis sûr que oui.

– Si vous n'êtes pas là pour m'aider, je dois y aller.»

Alors que Marco et lui rebroussaient chemin vers la maison, Bick appela.

«Attendez, je vous ai apporté un cadeau.» Il dit cela avec un tel élan de jubilation qu'il se mit à luire. Un éclat de couleur, magenta pâle dans l'air qui l'entourait, un avertissement auréolé. Cette première manifestation de synesthésie depuis une décennie ou plus surprit Bowman, le magenta indiquant un niveau complexe et dangereux d'autosatisfaction.

Bick ouvrit la deuxième portière de l'hélicoptère et en sortit un énorme sac à dos en camouflage militaire, haut, étroit et plat, comme s'il contenait une paire de skis, mais en beaucoup plus lourd. Il le posa au sol et en sortit une plus petite sacoche, revêtue du même tissu de camouflage. Bien que plus petite, elle semblait aussi lourde que le sac. Curieux, Marco se mit à trottiner et vint renifler les deux paquets.

Bick fit un pas en arrière. Ils regardèrent Marco mener son enquête. Bowman espérait qu'il lèverait la patte sur ces «cadeaux». Mais au lieu de cela, il s'assit et regarda Bowman, dans l'expectative.

«Qu'est-ce que c'est?

– C'est un fusil. Et des munitions! Un putain d'attirail, vous avez des balles, des A-Max, des balles perforantes, Raufoss, SLAP découplées, quelques balles traçantes...

* Odinisme: version néo-païenne de l'ancienne religion nordique. Aux États-Unis, certains suprémacistes blancs s'en réclament.

– Je ne vais tirer sur personne.

– Je sais ! »

Une autre effusion de joie d'arnaqueur, le magenta virant au violet. Le fait que Bickford Rangely s'amuse autant déclenchait de puissantes alarmes dans les articulations de Bowman – une anxiété, une disposition certaine à faire un bond de côté.

« Je sais », répéta Bick, qui luisait en violet à présent, tout en malice complexe à déchiffrer, à côté de l'hélicoptère encore chaud qui vrombissait, ronronnait et puait le kérosène ; presque caché et ignorant la conversation à l'extérieur, le pilote casqué et engoncé murmurait dans un microphone et tripotait des interrupteurs au-dessus de lui, vérifiant périodiquement un petit écran d'ordinateur sur un bras articulé devant son visage.

« Vous n'avez pas à tirer sur qui que ce soit. » Bick surjouait la parfaite rationalité, l'empathie. « C'est un calibre cinquante, on peut tirer sur des engins. » Il fit une pause, comme s'il attendait que Bowman saisisse, qu'il soit au diapason. « Vous pouvez tirer sur des *véhicules*. Des voitures, des camions. Les hippies détestent les machines, non ? Voilà votre chance ! »

Un coup de fusil retentit depuis la crête au-dessus. Ils se tournèrent tous les deux – Marco aussi – dans cette direction, attendant avec une prescience partagée le deuxième coup de feu. Lorsqu'il survint, Bick dit : « J'espère que c'est votre oncle.

– Il tire sur leur petit hélicop… leur drone. »

Bick secoua la tête à cette suggestion – on ne pouvait pas tirer sur ce genre de machine – et reprit où il s'était arrêté.

« Tu es un hippie, Sherman Carver. Malgré ta coupe de cheveux bien sage. Un hippie écolo, et je déteste les hippies. Dans ta tête tu as toujours dix-huit ans, tu es un vaurien arrogant et naïf qui se croit supérieur, qui est allergique à l'Amérique, et ça me gonfle carrément. » Il avait dit tout ça avec le même ton doux et agréable qu'il avait utilisé depuis qu'ils s'étaient rencontrés – quand était-ce déjà, ce matin ? Avec cet accent du Sud difficile à déterminer.

« De plus, continua Bick, aussi amical qu'il pouvait l'être, on m'a dit d'être plus prudent. J'ai commis trop d'*erreurs* – il fit des guillemets avec les doigts – et mon patron a dit: "Plus de mesures radicales, suivez les règles." Cependant, tu m'as sauvé la vie, du coup je vais me mouiller pour toi.»

Adoptant un registre technique, il égrena une série d'instructions et de descriptions: le fusil était semi-automatique, réglé à trois cents mètres; dans la mallette se trouvaient trois chargeurs amovibles de dix coups, déjà chargés; il y avait un dispositif de vision nocturne dans une pochette rembourrée à installer devant la lunette de visée lorsqu'il faisait sombre; le silencieux était là aussi – le fusil était en état de marche. «N'oublie pas de le fixer, ou tu le regretteras.»

Lorsqu'il remarqua le regard incrédule de Bowman, il s'arrêta.

«Ne me dis pas que tu ne sais pas tirer. Leo Girard n'a pas élevé un fils ou une fille qui ne sache pas tirer.»

C'était la première fois qu'il utilisait leur vrai nom de famille. Bowman supposa qu'il était soulagé que la mascarade soit terminée.

«Comment en savez-vous autant sur ma famille?

– Vous êtes devenus une sorte d'obsession ces deux dernières années, je dois l'admettre.»

Un autre tir du .270 interrompit la conversation. Puis deux autres.

«Tu ferais mieux de prendre ça avec toi, dit Bick en désignant les sacs. S'ils ont vraiment tué ton gardien, ils ne tarderont pas à monter ici. C'est un sacré refuge ici, qu'il est possible de défendre, mais encore faut-il le défendre.

– Je ne tire sur personne ni sur quoi que ce soit.

– Alors tu ne seras pas d'une grande utilité à ta famille.» La déception de Bick était si sincère qu'elle en était presque touchante. «Tu peux toujours descendre dans la vallée et disparaître. Ils ne t'attraperont jamais. C'est plus dans ton style, n'est-ce pas?»

Bowman ne répondit pas. Il courut vers la maison, passa devant le panneau solaire, Marco sur ses talons. Il suivait le sentier de la colline pour rejoindre Darwin, mais Bick avait raison. Sans arme, il ne pourrait pas faire grand-chose.

# 45

*1990*

« Bowman ? »

Aucun signe de lui, et Leo ne pouvait savoir si le garçon avait répondu. Il n'entendait plus rien, pas même sa propre respiration irrégulière.

Le pistolet était assourdissant, et il venait de vider un chargeur complet sans protections auditives. Jeremy avait décrit l'arme, qui n'était même pas encore en vente, avec une certaine excitation : chambrée pour la nouvelle cartouche 10 mm du FBI, elle garantissait une balistique proche de celle d'un revolver .41 magnum, mais dans un semi-automatique fiable, avec dix-sept balles par chargeur. Une trajectoire beaucoup plus plate et une portée plus grande que le .45, et beaucoup plus de punch que le 9 mm. Le recul était fort mais gérable.

Il remerciait Jeremy en silence, maintenant.

Quatre hommes gisaient à quelques mètres du sentier où Leo était assis dans la boue. C'était exactement ce qu'il voulait éviter. Avec un sentiment de dissociation, il se vit éjecter le chargeur vide, en insérer un plein et relâcher la glissière.

On lui avait déjà tiré dessus. En Corée et en Afrique. Il avait aussi eu des os brisés. Il s'en sortirait. Mais, quand il essaya de se lever, la douleur le submergea et il faillit s'évanouir. Après ça, il resta assis sans bouger. Cette douleur, se dit-il, était la pire de toutes celles qu'il avait connues jusqu'ici – la sensation de fondations brisées. Quelque chose de profondément éprouvant. De démoralisant. L'un des plus anciens agents qui opérait en Afrique à la fin des années 1960 lui avait dit que la pire chose que l'on pouvait faire à quelqu'un avec une arme à feu – à part le tuer, bien sûr – était de lui briser le fémur avec une balle à grande vitesse. C'était pire encore que de lui tirer dans le ventre.

Ces hommes avaient utilisé des AK et visé ses jambes avec leurs premiers tirs. Le traumatisme lui avait presque fait perdre connaissance. C'était parfaitement intentionnel, mais ce fut leur erreur fatale, car elle révélait leur intention de le garder en vie, au moins pour un temps. Pas leur faute, vraiment, c'était bien là leur mission. Il remarqua leurs tatouages et ne douta pas qu'ils l'auraient rapidement écrasé dans un combat loyal.

Bowman, en rusée créature des bois qu'il était, avait disparu au premier tir, heureusement. Parti avant même que son père n'ait touché le sol. Leo prit un garrot dans sa trousse de secours et le serra au-dessous de son aine, manquant de s'évanouir trois fois avant d'avoir terminé. Au moins, la balle n'avait pas touché sa fémorale. Il lui faudrait poser une attelle pour pouvoir bouger mais, pour ça, il aurait besoin de Bowman. Il aurait besoin de lui très vite, en fait, avant que le traumatisme ne l'immobilise complètement.

Il l'appela à nouveau. Bowman avait-il été blessé ? Leo se rendit compte qu'il n'avait même pas envisagé cette possibilité. Ils étaient dans la forêt, l'habitat naturel de son fils. Il le pensait intouchable ici. Non en raison d'une quelconque tendance à la violence, bien au contraire : il n'avait jamais été violent, ne tuant les animaux que pour se nourrir, après une cérémonie appropriée. N'aimait pas les armes à feu. Préférait l'arc et les flèches.

Quand son fils était enfin arrivé au campement la veille, il était plus sauvage que Leo ne l'avait jamais vu. Ils avaient parcouru des kilomètres dans la forêt, hors de toute piste, avant que Bowman ne sente qu'il était à nouveau possible de s'arrêter. Il avait fait un feu sans fumée et fait bouillir du thé infusé avec une sorte de mélange d'herbes et de racines qui avait soulagé Leo de ses terribles douleurs intestinales nocturnes. Il aurait dû savoir que Bowman l'observait depuis un moment, et il aurait aimé comprendre plus tôt ce qu'il avait fallu pour ramener son fils : éprouver sa propre vulnérabilité de mortel.

Il avait essayé d'entraîner Bowman dans une conversation, essayé de lui expliquer ce dont il avait différé le récit – son passé, ce qui lui était arrivé en Afrique, l'avenir que son propre père, Martin, avait décrété pour la famille – mais le garçon avait répondu que les bandits qui les suivaient étaient des traqueurs compétents, habiles dans les bois, et qu'il était résolu à garder le silence.

Leo appela encore. Peut-être que le combat avait effrayé Bowman au point qu'il ne revienne pas.

Si c'était le cas, Leo mourrait ici. Il ne passerait pas la nuit.

Un bruissement dans les sous-bois atteignit ses tympans, qui se remettaient peu à peu ; il devait être assez fort, mais il lui fallut un moment pour le localiser. Il venait de la pente raide au-dessus du sentier. Grimaçant, Leo pivota sur lui-même et brandit le Glock.

Un cinquième corps roula pour venir s'arrêter contre le tronc d'un chêne. Bowman apparut derrière lui en bondissant, tenant à la main un gourdin improvisé, une lourde branche de bois mort, dégoulinant de sang à son extrémité.

L'homme avait les mêmes vêtements et tatouages que les autres.

Bowman tremblait de colère. Il ne disait rien. Il examina d'abord les autres corps, puis la jambe de Leo.

« Je suis désolé que tu aies eu à faire ça », dit Leo, sa tristesse s'accroissant à proportion de l'inadéquation de ses propos et de la cruelle nécessité de ce qu'il devait dire à Bowman ensuite. « Ces tatouages, ce sont les symboles d'un culte assassin guatémaltèque. Ils signifient quelque chose qui va affecter notre famille. Quelque chose dont nous devons parler. »

Bowman détourna le regard. Ses narines frémissaient. Il voyait au-delà de ce qui était visible. Plus sauvage que jamais, pensa Leo. Que lui ferait le fait d'avoir tué cet homme ?

« Il y a une route forestière à un kilomètre et demi à l'ouest, dit Bowman. Des camions passent tous les jours. L'un d'eux viendra nous chercher. »

# 46

***2009***

Sam demeura immobile un moment sous la canopée basse des chênes, fixant le sac à dos de Melissa. Il se rappelait la première fois qu'il l'avait remarqué, appuyé contre le tabouret où elle était assise, dans ce café perdu au fin fond de l'Arizona. Elle le protégeait, ne laissait pas Mac le porter pour elle. Maintenant qu'il y pensait, elle l'avait gardé à portée de main en permanence, et l'avait probablement traîné dans la tente quand Mac et elle s'étaient déshabillés et avaient fait tout ce bruit.

Attends, non, elle l'avait enfermé dans la Subaru. Il lui avait donné les clés.

Ce qui lui avait probablement sauvé la vie.

Si les ravisseurs n'avaient pas trouvé les clés, n'auraient-ils pas cherché partout ? Commencé à leur briser les os jusqu'à ce que Mac ou Melissa ne les guide jusqu'au fourré d'armoise ?

Il vit Melissa lui sourire, imagina Mac l'enterrant sous la menace d'une arme. Il avait pensé qu'elle était du genre tendue, un peu sur les nerfs.

C'était calme, ici, sous les arbres. Il faisait encore chaud à l'ombre. Les insectes bourdonnaient. On entendait le doux bruissement des feuilles qui se déplaçaient sous l'effet d'une brise trop faible pour qu'il la sente sur sa peau. Il admit qu'il était terrifié. Ne cessant de passer en revue leur situation, il se répétait depuis un moment que, dès que cette femme du cartel, Mia je-ne-sais-quoi, aurait récupéré son colis – et il était sûr maintenant que le million en coke qui alourdissait le sac était insignifiant comparé à ce que contenait le plus petit paquet –, dès qu'elle aurait eu ce qu'elle voulait, aucune raison ne l'empêcherait de tirer sur Jeremy, puis sur Summer et Apryl, et enfin sur le presque innocent et désormais-désarmé-avocat-fiscaliste-en-vacances Sam Hay.

Il s'imagina en train de courir vers le campement, puis plein ouest sur cette horrible route poussiéreuse, faisant signe à un véhicule de la police aux frontières, suppliant qu'on l'emmène à Douglas.

Marrant comme ce scénario était attrayant à cet instant.

Il souleva le sac, le mit sur son épaule et retourna vers l'endroit où les autres attendaient. En sortant du bois, il se rendit compte que tous le regardaient. Il s'arrêta presque. C'était beaucoup d'attention de la part de gens armés, surtout du sniper invisible – il pouvait la sentir sur son visage comme une chaleur. Sa peau picotait et tressaillait. Pour se rassurer, il imagina Rice dans les rochers, veillant sur eux avec une arme quelconque, improbable ange taciturne, transpirant, débraillé et barbu.

Lorsque Sam arriva à hauteur de Summer et d'Apryl, elles se précipitèrent sur lui, chacune d'un côté, et ces femmes armées de pistolets l'escortèrent jusqu'à Jeremy.

Qui n'avait pas l'air d'aller bien. Ses épaules s'affaissaient et il semblait avoir pris un gros coup de vieux. Sur son visage, Sam lisait le découragement, la déception, la défaite.

Qu'est-ce qui avait bien pu ébranler cet homme à ce point ? Le visage de Jeremy l'effrayait plus que les mitrailleuses, plus que d'avoir sa tête centrée dans la ligne de mire de la lunette du sniper.

Mia se tenait debout avec un air assez irréel de nonchalance et de confiance, comme si elle l'avait aspiré de Jeremy pendant qu'ils parlaient. Sam s'approcha, fit glisser la bandoulière de son épaule, posa le paquet sur le sol et l'inclina vers elle. Elle lui adressa un rapide petit sourire ironique et ouvrit le sac pour jeter un bref coup d'œil à la cocaïne, puis elle passa la main dans la partie inférieure du sac jusqu'à la séparation, là où Sam avait enlevé les points de couture. Après avoir tâtonné, tiré et trituré, elle en sortit l'autre paquet.

Sam se força à rester là où il était, à une longueur de bras de Mia, même si son instinct lui suggérait de s'éloigner. Mia leva les yeux vers lui mais ne recula pas.

Elle approcha le paquet plat recouvert de ruban adhésif de son visage et le retourna entre ses mains, l'inspectant pendant un temps infiniment long.

Puis elle hocha la tête.

*Si c'était son signal pour qu'on nous tire dessus, je vais la plaquer au sol.*

*Ouais, c'est ce que je vais faire. Plaquer cette femme au sol.*

Il attendit, essayant de ne pas dévoiler ses intentions.

Rien ne se passa. Elle fit un geste au garde à sa droite, lequel redescendit la colline vers les arbres.

«Il apportera la récompense.» Elle s'adressait à Sam. Pensait sans doute que c'était lui qui avait trouvé le sac à dos.

*Je suppose que c'est moi*, pensa-t-il. *Techniquement.* Il abandonna son plan de plaquage au sol. *Cette récompense, à combien pourrait-elle s'élever?*

«Hum», commença-t-il à dire, mais Jeremy prit la parole et dit «Non» avec une certaine force, comme s'il avait retrouvé son assurance.

Mia haussa les sourcils. «Vous êtes sûr?

– Je suis sûr. Mais je veux trois choses.» Jeremy leva la main, en comptant sur ses doigts. «Je veux que le cartel me rende un grand service. Je veux que vous me rendiez un grand service. Et il faut qu'on nous ramène dans le Colorado ce soir.»

# 47

Bowman se mit à quatre pattes à côté de Marco lorsqu'ils atteignirent la crête venteuse. Ils contournèrent ensemble un genévrier foudroyé et s'arrêtèrent sous son couvert. Loin en dessous, l'ombre de l'escarpement s'étendait vers l'est, sur les plaines d'armoise aux couleurs brunes, au-delà de Rosewater Butte éclairée de rouge, de Smokehouse Mesa au loin, de ces grands espaces ouverts sur des centaines de kilomètres jusqu'à un néant brumeux et bleuté à l'extrémité épuisée du monde. Ce vaste espace désertique, si différent des paysages de jungle et d'océan auxquels ses yeux étaient habitués, l'étourdissait un peu.

Un autre tir du .270 de Darwin, tout près, le neuvième en tout. Marco et Bowman sursautèrent ensemble. Il était là, recroquevillé derrière un aileron de pierre un peu plus bas, au bord d'une falaise de trois cents mètres. Bowman chercha, mais ne put voir ce sur quoi il tirait. Marco et lui dévalèrent une pente abrupte de terre meuble et de gravier, d'herbes sèches et de bigelovie. Darwin se retourna, le visage plissé par la contrariété, chassa la poussière en agitant les mains tandis que Bowman et Marco se glissaient à côté de lui.

« Ce putain d'engin a volé dans tous les sens par là-bas. J'ai failli l'avoir quand il planait au-dessus de la porte, mais maintenant il se dirige vers la maison de Sarge. Trop loin.

– Tu as vu cette voiture bleue s'arrêter devant ? Il y a une heure environ ? » La maison du gardien était à trois kilomètres. Darwin n'aurait pu remarquer la voiture qu'à condition de la chercher.

«Nan.» Darwin tendit le bras et caressa la tête de Marco. Bowman mit un genou à terre à côté de Darwin et scruta la ligne ténue de la route publique qui passait devant la maison du gardien. Aucun véhicule n'était visible.

«Je l'ai vue sur l'écran, dans le bureau. Une femme est sortie et a fait semblant d'être perdue, Sarge l'a laissée entrer dans la maison, et cinq minutes plus tard elle est ressortie, seule.

– Comment sais-tu qu'elle faisait semblant ?

– Je le sais, c'est tout.

– Je ne suis pas arrivé à le joindre avec la radio.» Il prit le combiné et dit quelques mots, attendit – pas de réponse. «J'ai cru entendre un hélicoptère.

– Tu l'as bien entendu. C'est le type dont je te parlais. Il continue à dire qu'il veut nous aider, et je continue à ne pas lui faire confiance.

– Quarante ans sans un seul vrai intrus, et aujourd'hui on a un hélicoptère à Panther Gap ?» Tout en regardant Bowman comme si c'était sa faute, Darwin essaya à nouveau de joindre Sarge avec la radio.

«Tu ne peux pas appeler le shérif avec ça ?

– Non, ça porte seulement sur quelques kilomètres : autour du ranch, mais c'est tout. Le shérif est sur une autre fréquence, de toute façon.

– Mais tu as un portable. Tout le monde a un portable maintenant.

– Je le laisse dans mon pick-up. Il ne fonctionne pas au ranch.»

Une famille de coyotes commença à aboyer quelque part dans la plaine ombragée d'armoise à l'est et, presque immédiatement, une grande meute leur répondit sur l'escarpement, au sud, hurlant et jappant, échangeant des informations sur le vacarme qu'avaient fait les humains, sur ce qui pourrait arriver ensuite.

Bowman se leva et s'éloigna de quelques pas, surpris par sa propre réaction au chant des coyotes, la gorge serrée et une envie presque irrésistible de répondre, de hurler, de japper et d'aboyer sa joie soudaine de la connexion, de sa présence ici sur une falaise dominant Panther Gap. Il se rappela certains détails imprécis des heures passées à errer durant l'après-midi. Comment semblaient avoir disparu tous les animaux extraordinaires de son enfance.

«Qu'est-il arrivé aux loups?» Bien qu'il ne fût pas certain de vouloir savoir.

Ils écoutèrent les dernières notes de la meute sur la crête. Darwin adressa à Bowman une version un peu triste de son habituel regard déçu.

«Il n'y a jamais eu de loups.

– Tu ne les as jamais vus, c'est tout.

– Ne te fâche pas. Tu étais un enfant. Tu nous répétais que tu avais vu un animal que personne d'autre ne pouvait voir, comme si tu avais des pouvoirs spéciaux. C'était la faute de ton père, il était obsédé par cette idée que nous étions des Indiens.

– Cette idée?»

Darwin semblait regretter d'en avoir trop dit. «Bon, c'est possible.»

Bowman attendait la suite.

«C'est ton grand-père qui a inventé ça, dit Darwin. Notre mère avait la peau foncée et elle a grandi dans un orphelinat à San Francisco, mais elle n'avait aucune idée de ses origines, de l'identité de son peuple. Les cow-boys qui l'ont tuée, elle et notre père, pensaient qu'elle était indienne. Mais ils l'auraient tuée de toute façon. Martin n'avait fait qu'exagérer un peu la vérité lorsqu'il nous avait convaincus qu'elle était une Amérindienne sans tribu. Il l'a fait pour nous donner une identité dont nous pourrions être fiers. Il avait fini par s'en convaincre lui-même: il aimait l'idée de transmettre cette terre à des gens de sang amérindien. Il racontait que c'était parce qu'il était français, mais ça n'a jamais eu beaucoup de sens pour moi.»

Bowman revint s'accroupir à côté de son oncle. Marco l'observait d'un œil ensommeillé depuis l'endroit où il s'était installé, sur un rocher plat quelques mètres au-dessus.

«C'est grand-père Martin qui t'a dit ça?

– La semaine avant sa mort. J'avais vingt-trois ans et il m'a raconté tout un tas de foutues choses.

– Tu l'as gardé pour toi, alors.

– Je l'ai dit à Jeremy et à ta mère. Elle a ri, mais m'a fait promettre de ne rien dire à ton père. Il était le seul à en faire tout un plat à l'époque. Il agissait comme s'il avait épousé Pocahontas.»

Ces confidences avaient assommé Bowman. Au point qu'il craignit un autre accès de fièvre ciguatera, ce qui, étant donné les circonstances, eût été inopportun.

Il ne lui était jamais venu à l'esprit de remettre en question son quart de sang amérindien. Bien sûr, il s'était demandé de quelle tribu leur mère, leurs oncles, Summer et lui étaient issus. À l'adolescence, il avait agacé ses oncles en étudiant avec insistance leurs visages, ainsi que les photos de sa mère, pour les comparer avec les images du *Grand Atlas des tribus nord-américaines* qu'il avait trouvé à la bibliothèque. Rien de bien concluant, mais il avait formé une hypothèse jamais vérifiée, fondée principalement sur le lieu où se trouvait l'orphelinat de sa grand-mère, à San Francisco, selon laquelle ils étaient des Miwok d'un sous-groupe ou d'un autre. Cela avait suscité chez lui un désir ardent, mais jamais assouvi, de visiter le parc national de Yosemite. Plus tard, il avait décidé que ce degré de précision était à la fois inutile et inatteignable, et que le plus important était qu'il ait bien du sang amérindien. Il se surprit à régresser vers son être de quinze ans, rejetant la révélation de Darwin en un réflexe désespéré d'autoprotection. À l'époque, il était persuadé que la mère de sa mère était issue d'une ancienne lignée de magiciens amérindiens, d'hommes-médecine et de puissantes sorcières.

«Pourquoi souris-tu? demanda Darwin.

– À cause de ma propre réaction horrifiée à ce que tu viens de me dire.»

Darwin haussa les épaules. «Ça ne veut pas dire qu'on n'est pas indiens», concéda-t-il.

Après ça, ils attendirent en silence. Les coyotes dans la plaine se remirent à chanter, mais la meute sur la crête ne répondit pas. Bowman scruta le ciel, espérant qu'un aigle revienne se percher à Panther Gap. Il pensa à Alecto, compta les années. Peut-être était-elle encore en vie. En bas dans l'ombre, un rapace volumineux s'élança depuis les falaises, presque invisible. Un grand duc d'Amérique, qui partait à la chasse. Il essaya de le voir mieux encore, aussi bien que lorsqu'il était enfant, mais il se rendit compte qu'il était limité à la vision humaine ordinaire. C'était suffisant. Vénus s'était levée, pâle à l'est. Un couple de corbeaux passa, étrangement silencieux, tournant la tête pour observer les deux hommes dans les rochers.

Quelque chose en mouvement dans la plaine d'armoise attira son attention. Des véhicules, tous phares éteints. Il les montra du doigt. Darwin les observa aux jumelles.

«Trois pick-up qui montent la piste, à toute vitesse. À huit cents mètres de la grange.» Il fit une pause, et Bowman sentit les craintes de son oncle augmenter de seconde en seconde. «Sarge devrait être sorti avec son quad maintenant. Il aurait dû donner l'alarme par radio.»

# 48

*1990*

Outre son père, trois hommes languissaient sur des lits de camp sous la tente de l'infirmerie. Gilberto, le jeune docteur – qui s'était formé pendant six mois comme médecin militaire dans l'armée mexicaine – était submergé par une série d'accidents survenus ces dernières semaines. Son responsable lui avait indiqué que Leo était la priorité absolue, qu'il devait le maintenir en vie assez longtemps pour obtenir le paiement négocié, dont Bowman savait qu'il s'agissait autant d'une rançon que d'une récompense.

Pendant la journée, il restait assis auprès de son père, aidant Gilberto lorsqu'il le pouvait. Mais, la nuit, il observait et écoutait depuis la forêt. Son père serait en sécurité jusqu'au moment où l'oncle Jeremy arriverait avec l'argent et un médecin, mais Bowman ne se faisait aucune illusion pour lui-même. Il se méfiait de ces bûcherons. Il les avait observés lorsqu'ils coupaient du bois dans la forêt ancienne, plus haut dans les montagnes, et avait vu la brutalité dont ils étaient capables. C'étaient des hommes rudes et besogneux, qui cherchaient quelqu'un à blâmer pour les récents accidents, et un jeune Américain itinérant qui vagabondait dans la forêt n'était pas fait pour leur plaire.

Il passait donc ses nuits dans les environs, assez près pour surveiller ce qui se passait sous la tente de l'infirmerie, mais suffisamment éloigné pour demeurer invisible aux hommes du camp. Ce soir-là, il avait accroché le hamac de Leo à douze mètres de hauteur dans un grand sapin de Douglas et s'était allongé sur le dos pour écouter les sons de la nuit. Lorsqu'arrivèrent les fortes pluies, après minuit, il se couvrit d'un vieux poncho imperméable qu'il avait dans son sac.

Son père voulait qu'il rentre à la maison. Il disait que le monde serait toujours dangereux pour leur famille, et que Bowman se mettait lui-même – et, indirectement, sa sœur – en grand danger en se promenant seul au Mexique. Les hommes qui les avaient attaqués étaient des professionnels, envoyés par un vieil ennemi pour les kidnapper tous les deux, et cet ennemi ne renoncerait pas. Il essayait de lui décrire le genre de personnes qui les rechercheraient : des politiciens puissants et corrompus ; des syndicats du crime organisé ; le gouvernement fédéral des États-Unis – confondant différentes menaces, liées à son propre passé et aux conséquences futures de l'héritage de grand-père Martin.

Bowman avait de la peine pour lui. La paranoïa irrationnelle qu'il avait vue poindre l'été précédent s'était aggravée. Les tatouages que Leo avait identifiés sur les tireurs étaient assez courants – Bowman les avait bien vus lorsqu'il cachait les corps et, depuis, il avait repéré des tatouages similaires sur plusieurs des travailleurs forestiers. Il les soupçonnait de tous appartenir au même clan, un groupe local violent qui semait la terreur, mêlé au grand banditisme.

Et ça n'avait pas été une embuscade à proprement parler. Lorsque deux hommes s'étaient avancés sur le sentier, leurs fusils pointés, son père avait réagi dans l'instant, dégainant son pistolet et les abattant tous les deux. Emportés par la surprise et la peur, les autres s'étaient enfuis dans le désordre avant de contre-attaquer. Ce n'étaient pas des professionnels. De petits truands qui cherchaient à enlever un Blanc, riche en apparence, qui avait payé des gens du coin en dollars américains pour obtenir des informations sur un garçon disparu. Bowman en arrivait à penser qu'il n'aurait pas dû se mêler à cet affrontement. Il se disait qu'il n'aurait pas dû frapper cet homme aussi fort – même si ça avait été le seul moyen d'éviter à son père de se faire tirer dessus à nouveau.

Son père lui avait donné son étrange pistolet et lui avait dit de le cacher, et de l'utiliser s'ils étaient à nouveau attaqués. Bowman l'avait enterré dans la forêt. Il ne tenait pas plus à être mêlé à cela qu'aux autres affaires de son père. Pour autant, il ne pouvait pas abandonner Leo dans ce camp. Il était donc resté, et veillait – à sa manière – jour et nuit. Il savait que l'oncle Jeremy était en route, mais Gilberto était à court d'antibiotiques, et les terribles routes de ces montagnes devenaient presque impraticables lorsqu'il pleuvait. Le troisième jour, Bowman sentit l'odeur de la gangrène.

Le matin suivant, Leo commença à divaguer. Il énumérait les noms des hommes et des organisations qui en voulaient à la fortune de Martin Girard, qui la chercheraient encore en 2009 lorsque Bowman et Summer en auraient pris le contrôle, quand il serait impossible de se cacher plus longtemps, quand Leo ne serait plus là pour les aider. Gilberto était troublé par ces débordements, par la désignation d'organisations criminelles, de puissances gouvernementales obscures. Bowman lui dit que Leo délirait. Qu'il n'avait plus toute sa tête depuis longtemps.

Lorsque Leo se tut, Bowman demanda à Gilberto s'il était en train de mourir. Il répondit que oui, bien sûr, mais qui sait à quelle vitesse ? Il devait quitter l'infirmerie pour un moment, et il demanda à Bowman de surveiller son père et l'autre patient restant, un ouvrier malade, peut-être mourant. Les deux autres étaient retournés à leurs tronçonneuses, débusqueurs et camions dès qu'ils avaient pu se lever.

Bowman s'assit par terre à côté du lit de Leo et lui parla doucement, en anglais. Il lui dit qu'à ses yeux le monde des hommes de pouvoir et d'argent, de la politique et de la vengeance n'existait pas, que ce n'était que de l'écume sur la vaste surface de la vie et de l'expérience humaines, qui étaient elles-mêmes de l'écume sur le monde plus vaste, qui ne se laissait d'aucune façon circonscrire en termes humains. Il lui dit aussi qu'il ne rentrerait pas à la maison, et il essaya d'expliquer pourquoi.

« Nous pensions vivre près de la terre, au plus près de la cruelle vérité, comme tu aimais le dire. Mais si nous avons pu le faire, c'est grâce ce que grand-père Martin avait accompli.

Après avoir détruit, empoisonné, exploité, il a fini par prendre conscience de ce qui se passait et a utilisé sa fortune pour acheter Panther Gap, et sanctuarisé un vestige de l'ancien monde pour lui et sa famille.»

Bowman expliqua qu'il cherchait une vie plus honnête. Il était venu dans le Sud, par le désert, en suivant les anciens os laissés par le jaguar, pour explorer les montagnes sauvages, sans routes goudronnées, sans parcs ni touristes blancs. Il avait déjà beaucoup appris des gens d'ici, qui étaient pauvres et menaient pourtant des vies bien remplies, riches d'un véritable travail et de liens communautaires.

Il s'arrêta, réfléchissant à ce qu'il venait de dire. Summer ne serait pas d'accord avec ça. Il entendait sa voix dans sa tête presque tous les jours, et là elle dénonçait son romantisme, son penchant à imposer son point de vue à des êtres humains complexes, riches de leur propre expérience, de leur propre histoire, de leur culture millénaire. Pourtant il avait vu et ressenti ce qu'il décrivait là. Des gens qui n'avaient presque rien à partager l'avaient accueilli, nourri et logé. Il les avait aidés dans tous les travaux qu'ils pouvaient accomplir, avait essayé de leur rendre la pareille, mais pas parce qu'ils le lui avaient demandé. Même si ce n'était pas facile de bien connaître la vie des autres, ça en valait la peine.

Il espérait, continua-t-il, que sa vie ici serait plus conforme à la vérité dans laquelle Leo l'avait élevé, plus honnête, plus proche de la terre, des anciens dieux, des Autres. Dans les montagnes, il avait trouvé des ours, des couguars et des loups, des mondes entièrement nouveaux faits de papillons exotiques, de colibris, de perroquets et d'aras, et le magnifique pic impérial – et, surtout, il avait recherché la créature qui lui avait rendu visite à Panther Gap des années plus tôt, qui avait voyagé si loin au nord, laissant une centaine de carcasses derrière elle, les os dans le désert que Bowman avait suivis vers le sud.

Il dit à son père que, lorsqu'il avait fini par arrêter de le chercher, le jaguar était venu à lui.

S'agenouiller sur la rive d'une petite rivière dans les hauteurs de La Cebadilla, boire dans le creux des mains et comprendre soudain qui était là, avec soi : sur la rive opposée, un jaguar mâle grand comme un ours dans les derniers rayons de soleil de la fin de l'automne, flamboyant dans un rêve fiévreux d'orange, de jaune et de noir sur le vert sombre de la forêt, les yeux jaunes brillants fixés sur ceux de Bowman pendant que le grand félin plongeait son museau pour boire dans le même ruisseau, à moins de quinze mètres de lui.

Le corps entier de Bowman frissonna à ce souvenir.

Leo ouvrit les yeux et sourit.

«Tu écoutais?»

Un faible signe de tête, et une tentative pour se redresser. Bowman tendit le bras pour l'aider, mais son père s'effondra sur son oreiller. Il ferma les yeux, résistant à quelque chose, une vague de douleur. Les rouvrit. Des iris bleu foncé, des cheveux couleur sable qu'il tenait de sa propre mère. Ni Bowman ni Summer ne lui ressemblaient, et Leo avait toujours été heureux que les deux enfants tirent du côté de leur mère amérindienne.

«Je suis fier de toi. Tu as dépassé tous mes espoirs. Je n'aurais jamais pu imaginer ce que tu es en train de devenir.» Il parlait lentement, ménageant quelques pauses pour respirer, ou endurer la douleur. Son attention se relâcha un instant, puis elle revint. «Tu as raison à propos des hommes de pouvoir, de l'argent. Ce n'est rien.»

Il rassembla ses pensées, son énergie.

«Mais la famille, ce n'est pas rien. Tu finiras par t'en rendre compte.»

Bowman attendit. Son père divagua, marmonna, puis parut se disputer avec quelqu'un: Martin, le propre père de Leo, le grand-père de Bowman. Leo était en colère. Martin avait maudit la famille, caché sa richesse à ses ennemis, quelque part où elle attendait Summer et Bowman, comme une maladie.

Leo ouvrit les yeux, vit Bowman à côté de son lit.

«Ce n'était pas ce que je voulais pour toi. Il était mourant, et il a projeté tout ce qu'il avait dans un futur inconnu. Ses propres petits-enfants se devaient d'être maîtres du monde, quel que soit ce monde.»

Bowman était déçu. Son père continuait avec ça. «Je ne serai le maître de rien ni de personne.

– Je sais que tu ne le veux pas. Mais ça viendra de toute façon.

– Pas à moi.

– Tu ne peux pas... tu ne peux pas te cacher. Tu ne comprends pas à quel point ce sera dangereux. Ton grand-père avait tort, à propos de la cupidité. Ces gens-là n'oublient pas, et ils transmettent leurs griefs. Summer n'est pas au courant. Tu devrais l'avertir.»

Il se tut un moment. Paisible.

Encore des marmonnements, puis: «... et vos familles, tous les deux peut-être, mariés... des enfants. C'est difficile pour moi d'imaginer... futur si lointain.»

Il perdait conscience. Bowman eut un moment de panique enfantine. Il regarda autour de la tente pour réclamer de l'aide. Pas de Gilberto. L'autre lit occupé, un homme qu'ils appelaient Cantador, le chanteur. Inerte, il ne chantait plus à présent.

«Je vous ai élevés, Summer et toi, pour que vous soyez prêts... vos esprits clairs, forts, sauvages. J'aimerais que nous ayons plus de temps ensemble.»

Les yeux de son père s'agrandirent, devinrent humides, vitreux.

«Jeremy n'arrivera pas à temps. J'ai entendu la pluie cette nuit. Promets-moi.

– Quoi ? Promettre quoi ?

– Promets-moi que tu seras avec ta sœur, quoi qu'il arrive. Cela se passera au solstice, en juin, l'année de ses trente-cinq ans. Tu pourras t'en souvenir ? Pour ton bien, et pour le sien. Tu auras peut-être plus besoin d'elle qu'elle n'aura besoin de toi. Jure-le, sur la tombe de ta mère. Jure-le sur le jaguar que tu suis. Jure-le sur les os dans le désert.»

# 49

***2009***

Darwin tendit à Bowman ses lourdes jumelles.

« Dis-moi si ce sont les mêmes qui vous ont tendu l'embuscade. »

Bowman posa ses coudes sur la pierre et regarda une image brillante du Hummer noir qui précédait le pick-up argenté à double cabine et un autre de couleur claire, tous filant devant un impressionnant nuage de poussière qui s'élevait dans l'air calme du soir.

« Ouais, c'est eux. Plus un. »

Les véhicules ralentirent à l'approche de la première intersection. La piste bifurquait une demi-douzaine de fois sur les cinq kilomètres sinueux qui séparaient la grange du portail, et ces fausses routes faisaient des cercles ou se terminaient en cul-de-sac dans l'armoise pour décourager les invités indésirables. Ils tournèrent sur la branche gauche et accélérèrent.

« Ils savent où ils vont, affirma Bowman.

– C'est parce qu'ils ont repéré l'itinéraire avec le drone.

– Tu sais qui ils sont ?

– Et toi ?

– Le type de l'hélicoptère m'a dit qu'ils étaient d'un gang de détenus dirigé par quelqu'un qui avait connu grand-père Martin.

– Jake Salifano. Ce fils de pute. »

Le nom n'était pas inconnu à Bowman, il en avait déjà été question lorsqu'il était plus jeune. « Qui ça ?… » commença-t-il, mais le coup de fusil partit alors que les véhicules ralentissaient à une autre intersection. Bowman faillit en lâcher les jumelles. Marco gémit et remonta la pente en courant pour se réfugier près du genévrier foudroyé, d'où il les regarda fixement.

«Préviens, quand tu tires...» Il pouvait à peine entendre sa propre voix. Le contrecoup cotonneux de la déflagration se dissipa, et une note cristalline aiguë retentit dans ses oreilles.

«J'étais près?»

Bowman regarda dans les jumelles. Les voitures accéléraient à nouveau, en direction du portail. La distance lui sembla bien supérieure à mille mètres.

«Je ne pense pas qu'ils s'en soient rendu compte.

– Tu es censé me dire où la balle a frappé.

– Tu devrais attendre qu'ils se rapprochent.»

Son oncle ne répondit pas. Il actionna le verrou de sa carabine et observa à travers la lunette, sans tirer à nouveau.

Les véhicules disparurent derrière un pilier de pierre massif, puis réapparurent, ralentirent et se rangèrent en ligne face au gigantesque mécanisme d'acier qui protégeait la route jusqu'à l'escarpement. Le dénivelé qui les séparait du poste de tir de Darwin était d'environ six cents mètres, mais la distance à l'horizontale était moitié moindre.

«C'est un angle raide, dit Bowman. Il faut que tu vises plus bas que tu...

– Je sais ce que je fais. Attention à tes oreilles.

– Attends un peu. Voyons ce qu'ils comptent faire avec le portail.»

Grand-père Martin avait construit le portail pendant la Grande Dépression, et Bowman se souvenait qu'il avait été restructuré au moins une fois dans les années 1980, sur l'insistance d'oncle Jeremy. Absurdement surdimensionné – un bulldozer D9 aurait eu du mal à passer au travers –, il était coincé dans un espace étroit entre deux blocs de grès de la taille d'une maison.

Trois hommes déchargèrent des caisses d'un des véhicules, peut-être des boîtes de munitions, tandis que quatre autres, tous équipés d'armes de type militaire, faisaient le guet. Un huitième homme, tenant ce qui ressemblait à un petit écran d'ordinateur, était debout devant le portail, son attention passant de l'ordinateur au portail lui-même, puis aux murs de roche situés au-dessus, de chaque côté. Le drone volait sans doute toujours dans les parages ; l'écran devait le contrôler. Les hommes qui portaient les caisses les déposèrent à côté du portail et commencèrent à en sortir des paquets plus petits.

« Ils ont des explosifs, dit Darwin. Je tire maintenant. »

Tenant les jumelles de sa main gauche, Bowman réussit à boucher son oreille droite d'un doigt juste avant que le tir ne retentisse. Un nuage de terre jaillit à côté de l'homme à l'écran. Il tomba en arrière, se baissant pour se mettre à l'abri tandis que les hommes qui déballaient les explosifs laissèrent tomber ce qu'ils étaient en train de faire et le suivirent. Les hommes armés se précipitèrent vers la droite, disparaissant derrière le pilier rocheux.

« Tu essayais de le tuer ?

– Pas vraiment.

– Tu visais quoi, alors ?

– Son genou gauche. »

Bowman se retint de demander à son oncle s'il avait déjà atteint une cible avec ce fusil. Il se retourna vers Marco, mais il avait disparu. Bowman se mit à quatre pattes et grimpa quelques mètres plus loin sur la pente raide pour essayer d'avoir une vue différente du portail. Aucune activité.

« Ils vont peut-être partir, dit-il. Ils doivent penser qu'on est en train d'alerter le shérif.

– Peut-être.

– Je ne comprends pas ce qu'ils cherchent en entrant par effraction comme ça. »

Son oncle détourna le regard vers le ciel plus sombre à l'est. Bowman aimait ça chez ses oncles ; même adolescent, il avait compris qu'ils étaient de piètres dissimulateurs.

« Qu'est-ce qu'il y a ? Tu sais ce qu'ils cherchent ?

– Ils te cherchent, toi. Toi et Summer. Vos empreintes digitales. Pour prendre le contrôle du compte bancaire de votre grand-père. »

« Comment quelqu'un pourrait-il avoir mes empreintes digitales ? dit Bowman après un temps de réflexion.

– Tu ne peux pas t'en souvenir, mais Martin a convaincu Anna de le laisser prendre vos empreintes à tous les deux. Il l'avait déjà fait avec nous, Jeremy, Anna et moi. Ton père ne l'a jamais su. Summer était bébé. On dit que les empreintes digitales ne changent pas.»

Bowman examina ses paumes, ses doigts. La lumière du soleil avait disparu sur les pentes en contrebas, mais les dernières lueurs étaient encore vives sur la crête, si bien que les cicatrices et les callosités de sa main étaient nettes, une demi-douzaine de lignes blanches, de sillons, de demi-cercles sur chaque main.

«Difficile à croire, après tout ce temps. Tu savais qu'il était en relation avec ces gens-là, avec Salifano? Que mon grand-père était un criminel?

– C'était un investisseur, il a placé l'argent qu'il avait gagné dans le bois, les mines et tout le reste. Il ne se baladait pas partout en tirant sur des gens. Ton grand-père, c'était quelqu'un de complexe.» Darwin hésitait. «Quand on était jeunes, avant que ton père ne revienne, c'était au début des années soixante...» Il s'arrêta à nouveau, mal à l'aise à l'idée de révéler les secrets de Martin. «Parfois, il nous disait de rester dans notre chambre, avec Anna, pendant qu'il recevait des invités importants. Bien sûr, on se faufilait en douce pour les voir. Il envoyait Macey Torv – c'était le gardien à l'époque – à l'aéroport de La Plata, où il récupérait un groupe d'hommes sur leur trente-et-un – et parfois quelques femmes –, il les faisait monter dans un van, leur mettait un bandeau sur les yeux, et les conduisait ici, dans la nuit noire. Puis ils dînaient tous ensemble, fumaient et buvaient dans la bibliothèque une bonne partie de la nuit, puis Macey leur bandait à nouveau les yeux, et les conduisait à l'hôtel Strater. Je suppose qu'ils reprenaient l'avion le lendemain.

– Tu penses qu'ils étaient de la mafia?

– On s'est toujours raconté des histoires sur eux. Mafieux, stars du cinéma, politiciens...»

Bowman imaginait les trois enfants à la peau brune blottis dans une cage d'escalier, ou debout sur des seaux renversés derrière une fenêtre, espionnant les adultes blancs importants.

«Il ne vous a jamais dit qui ils étaient?»

Darwin secoua la tête, le visage impassible. «Ton grand-père a fait ce qu'il fallait pour nous. Il m'a dit qu'il allait cacher de l'argent, que ce serait long... Il m'a demandé de rester, de m'assurer que la famille reste au ranch jusqu'à... jusqu'à maintenant.» Il suffoquait. «Il m'a laissé un peu d'argent pour faire le lien, à moi de le gérer, mais il n'y en a pas eu assez. Les impôts...» Il parut découragé, ne finit pas sa phrase.

Bowman était stupéfait. L'idée que cet homme, le frère de sa mère, était revenu, resté au ranch pendant des décennies, pour tenir une promesse folle faite à grand-père Martin... Sans doute que Summer ne l'avait jamais su.

«Ce n'était pas ton souhait de rester ici, de vivre ici, pendant tout ce temps.

– Ça ne te regarde pas.» La voix de Darwin avait retrouvé son mordant. «Tu n'as pas à le savoir.»

D'en bas survint un vrombissement aigu, désormais familier.

«Baisse-toi», dit Darwin en ouvrant le verrou de son fusil pour éjecter la douille usagée et introduire d'autres cartouches dans le chargeur.

Il était difficile de dire d'où venait précisément le bruit, et Bowman chercha pendant un moment avant de repérer le drone, qui se déplaçait vite, latéralement le long de la falaise, montant soudain à angle droit.

Ils s'accroupirent tous les deux derrière l'aileron de pierre, comme des chasseurs de canards à l'affût, Darwin ajustant son fusil avec un air féroce. Le bruit augmenta, puis s'estompa, puis augmenta à nouveau tandis que le drone fouillait les recoins et les corniches le long de la falaise. Enfin, il apparut à une centaine de mètres au sud, ralentissant et planant, gémissant plus fort face au vent au sommet de la crête, puis il s'arrêta, luttant pour rester stable. Darwin se mit à genoux, le fusil à l'épaule, et tira. L'explosion assourdit à nouveau Bowman, mais il entendit le bruit de la balle sur le plastique et le métal. Le drone tourna sur lui-même et s'envola vers la falaise en contrebas, perdant des pièces métalliques, rebondissant une fois contre la muraille avant de tomber hors de vue.

« Ha ! » fit Darwin.

Des balles crépitèrent au-dessus de leur tête : on les prenait pour cibles avec des armes automatiques depuis le pilier de grès à l'est de la porte. Aussitôt dégrisés par les tirs qu'ils avaient essuyés, ils se retranchèrent derrière leur protection.

« Merde », dit Darwin. Bowman se rappela que Jeremy était le plus doué des deux frères pour ce qui était des jurons. Darwin ne jurait que dans les situations extrêmes.

Bowman rampa quelques mètres vers le nord avec les jumelles, restant le plus près possible du sol, jusqu'à un endroit où il pourrait voir le portail sans s'exposer aux tireurs près du pilier. Deux des hommes étaient déjà en train de placer des explosifs sur sa charnière droite. Ils travaillaient vite. Tandis que les balles continuaient à siffler au-dessus d'eux, quelques-unes s'écrasant sur la pente rocheuse avec un bruit métallique, Bowman appela Darwin pour qu'il le rejoigne avec la carabine. Un éclair brillant sur le portail fut suivi par le bruit d'une explosion, puis un autre éclair et une autre explosion. Puis une troisième. Bowman se sentit mal, une réaction émotionnelle inhabituelle : l'énorme portail de son grand-père Martin, qui avait protégé la famille contre d'obscures menaces pendant soixante-dix ans, qui depuis l'enfance lui était toujours apparu parfait, invulnérable, impénétrable, était en passe d'être détruit.

« Change de place avec moi. » Bowman recula vivement et laissa Darwin s'allonger à plat ventre, la carabine dépassant de derrière les rochers sur leur droite.

Bowman s'assit avec les jumelles pour jeter un coup d'œil rapide. « Ils accrochent un câble.

– J'vois ça.

– Tire sur le véhicule noir, ils vont utiliser le treuil. »

Une autre détonation, et le bruit de la balle frappa quelque chose de métallique, mais Bowman ne remarqua aucun effet sur le Hummer. La seule réponse fut un tir plus nourri de la part des gardes, dont les balles ricochaient sur une petite corniche rocheuse au-dessus d'eux. Est-ce qu'ils le faisaient exprès ?

Darwin tira une nouvelle fois, puis poussa un cri et se retourna pour agripper sa jambe. Bowman rampa vers lui. Du sang s'accumulait déjà sur la terre, tandis qu'il jurait avec l'éloquence de son frère. Avec le canif de Darwin, Bowman découpa le jean au niveau du genou. Le sang jaillissait du muscle du mollet. Il l'essuya avec le morceau de jean et aperçut un trou oblong dans le mollet gauche avant que le sang ne le masque à nouveau. La balle avait dû tournoyer lorsqu'elle l'avait frappé. Avec ses doigts, il appuya doucement autour de la blessure.

« La balle est encore dedans. Je peux la sentir, pas très profonde, mais elle a abîmé des vaisseaux sanguins. Il faut stopper l'hémorragie. »

Darwin s'assit et commença à manipuler la boucle de sa ceinture.

« Attends, tu n'as peut-être pas besoin d'un garrot. La ceinture ne sert à rien de toute façon. C'est du secourisme de cow-boy. Vous ouvrez toujours vos morsures de serpents ? » Il retira sa chemise, coupa les deux longues manches de flanelle et rendit le canif. Puis il plia l'une des manches pour compresser la blessure. Le sang filtra à travers le tissu, et il ajouta la deuxième manche, appuyant sur la compresse de fortune avec sa paume gauche pressant sa droite.

« Aïe, merde !

– Désolé. C'est une vilaine blessure. Il faut retirer la balle dès ce soir.

– Tu vas fouiller là-dedans avec un couteau ? Me donner un bâton à mordre ?

– Je voulais dire qu'il faut t'emmener chez un docteur.

– Ça semble peu probable. » Les tirs avaient cessé. Darwin se tourna, essayant de distinguer le portail. « Qu'est-ce qu'ils font ? »

Bruit de moteurs qui forcent, grimpant vite la pente. Bowman se leva pour voir par-dessus le rebord de pierre et aperçut un pick-up blanc qui passait sur le côté droit béant du portail et disparaissait derrière un renflement de la paroi rocheuse.

«Ils arrivent.»

Darwin essaya de repousser ses mains. «Ma jambe va bien, tu dois les arrêter, prends la carabine.

– Je ne te lâche pas avant qu'on ait arrêté l'hémorragie.»

Il appuya fort sur la compresse tandis qu'ils écoutaient le bruit des moteurs augmenter et diminuer, accélérant dans les lacets. Bowman se demandait quel genre de violence était en train de frapper Panther Gap. Et ce qu'ils allaient pouvoir faire.

Puis une grosse détonation, rapidement suivie de deux autres, puis une pause, puis deux autres encore. Ça ressemblait moins à des coups de feu qu'à des explosions apocalyptiques provenant d'une pièce d'artillerie futuriste.

Les moteurs se turent.

«C'était quoi, ce bordel?» Darwin se dressa à nouveau, mais Bowman le repoussa doucement pour qu'il reste assis.

«Baisse-toi. Ils ont peut-être laissé un tireur en place sur le pilier.

– C'était une arme?

– Je pense.» Il vérifia à nouveau la jambe, sentit le sang s'écouler, mais moins vite. Plaça la paume gauche de son oncle sur la compresse. «Le coude raide, dit-il. Appuie dessus de tout ton poids. Ne lâche pas.» Il enfila la chemise sans manches de son père. «Je reviens.»

# 50

«J'ai entendu dire que vous saviez piloter. Que vous aviez un permis.»

Summer regarda le visage de l'homme, comprenant peu à peu qu'il lui proposait le siège de copilote.

«Vous avez besoin de moi?»

C'était un vol direct pour Whitespring, où ils prévoyaient de récupérer Darwin et – espérait-elle – Bowman. De là ils continueraient vers Denver, pour atterrir à l'aérodrome municipal vers minuit. Une promenade de santé pour un type comme lui; il n'avait pas besoin de s'encombrer d'une copilote.

«Pas vraiment.»

Il faisait sa taille, avait probablement l'âge de son oncle. Manifestement, il appréciait la compagnie des femmes. Il portait un pantalon de treillis repassé, des baskets neuves, une chemise Oxford blanc cassé amidonnée, rentrée dans le pantalon. Elle s'était attendue à la version hollywoodienne: jeune, barbu, débraillé, un génie inné, un cascadeur égaré empestant l'herbe. Mais il était pilote de ligne, du genre traditionnel, avant qu'ils ne commencent tous à ressembler à des lycéens. Basé à Tucson et travaillant au noir, littéralement*.

«Vous volez souvent la nuit?» fit-il en désignant le cockpit. C'était un avion intéressant, une version plus petite et probablement plus rapide du King Air d'Andrews**. Elle avait

* En anglais *moonlighting*, mot à mot: « au clair de lune », d'où la réplique qui suit.

** Andrews Air Force Base: base aérienne de l'US Air Force qui héberge les avions présidentiels.

beau avoir très envie de reprendre les commandes, il fallait qu'elle parle à Sam et à Jeremy. C'était la première fois qu'ils se retrouvaient seuls depuis qu'Apryl les avait récupérés dans l'après-midi près du Cessna endommagé. De plus, elle voyait bien que le pilote désirait la séduire, et elle n'avait pas assez d'énergie pour s'occuper de ça maintenant. Aussi se dirigea-t-elle vers un siège côté hublot dans la cabine, prévue pour quatre passagers, expliquant qu'elle avait déjà crashé un avion aujourd'hui et qu'elle avait besoin d'un peu de temps avant de reprendre les commandes. Quand elle prit place, ses côtes se rappelèrent à son bon souvenir – le trajet inconfortable dans la jeep exiguë d'Apryl jusqu'au hangar à Douglas n'avait rien arrangé. Elle lâcha un juron. Sam haussa les sourcils et s'installa sur le siège à côté d'elle. Jeremy rangea son sac, celui de Sam et l'étui à pistolet derrière les sièges, dans un espace de chargement vide, et les rejoignit.

« Quatre-vingt-dix minutes de vol », annonça le pilote. Puis il se glissa dans son siège et enfila son casque.

Jeremy et Sam avaient leurs téléphones collés à l'oreille, et l'oncle fronçait les sourcils de contrariété. Depuis qu'ils avaient retrouvé du réseau à Douglas, tous trois avaient essayé de passer des appels. Summer avait laissé un message à Andrew, lui disant qu'ils seraient à Denver tard dans la soirée, et qu'elle l'appellerait dans la matinée. Avec Jeremy, ils avaient essayé de joindre Darwin à la fois sur le fixe et le portable pour lui faire savoir qu'il devait rejoindre l'avion à Whitespring, avec Bowman s'il était arrivé. Jeremy tentait désormais de joindre Sarge. Il avait déjà parlé au bureau du shérif. Aucune bombe n'avait été trouvée à l'aéroport de Whitespring.

Summer appuya sa tête contre la vitre chaude. Ils roulaient vers la piste. L'aéroport était petit, mal éclairé. Une lueur au loin, qui devait être la frontière. Elle avait cédé à une impulsion et enlacé Rice en lui disant au revoir à l'aéroport, puis elle avait aussi enlacé Apryl et lui avait donné son numéro de portable, insistant pour qu'elle l'appelle si jamais elle avait besoin de quelque chose. Elle espérait qu'elle n'aurait pas à le regretter. Ils étaient des contrebandiers professionnels travaillant pour un célèbre et impitoyable cartel de drogue mexicain. Mais elle rencontrait rarement des gens qu'elle appréciait vraiment, et elle essayait de ne pas se poser de questions sur la sérendipité.

Tandis que l'avion accélérait, Jeremy laissa tomber son téléphone dans la poche de sa chemise. Summer le sollicita du regard, attendant une réponse. Il secoua la tête. L'avion décolla et prit de la hauteur selon un angle très prononcé.

« On va perdre notre signal, cria-t-elle pour couvrir le bruit du moteur. Cet avion vole beaucoup plus haut que le Cessna. » Elle composa à nouveau le numéro de la ligne fixe du ranch, puis le portable de Darwin. Pas de réponse. Sam disait au revoir à quelqu'un et, une fois qu'il eut baissé son téléphone, ils se regardèrent les uns les autres.

« Des nouvelles de ton frère ? demanda Sam. Tu as eu Darwin ? Ton pote de la banque ?

– Non.

– J'ai eu Mac chez lui. Il continue de voir des croquemitaines, mais il va bien. Je lui ai dit d'arrêter de s'inquiéter, qu'on avait arrangé les choses avec les vrais propriétaires du sac à dos. »

Jeremy soupira et baissa les yeux sur ses grandes mains posées sur ses genoux.

Sam remarqua son geste. « C'est ce qu'on a fait, n'est-ce pas ? »

Jeremy hocha la tête avec tristesse puis sembla se ressaisir, comme si la question de Sam avait brisé l'inquiétude sourde qui le tenaillait depuis cet étrange tête-à-tête avec Mia Cortez. En fait, il souriait.

« On a essayé, c'est sûr. »

Summer et Sam attendaient.

« Je commence à trouver ça drôle. » Il jeta un coup d'œil circulaire dans la cabine. Summer pouvait imaginer les petites roues de la paranoïa en train de tourner : le pilote portait son casque, rempli de bruit blanc, mais était-on bien sûr qu'il n'y avait pas de micros cachés ?

Il se pencha en avant, les sourcils froncés, et Sam et elle se penchèrent également jusqu'à ce que leurs fronts se touchent presque. Odeurs de sueur sèche et salée, haleines fétides d'une journée de stress mortel et d'estomacs vides.

«Elle bosse pour la DEA, sous couverture, chuchota Jeremy. C'est pourquoi elle n'a pas amené de big boss. Et ça m'a piégé. Récupérer ce paquet de je ne sais quoi la fera monter dans le cartel. Elle a qualifié ça de véritable coup d'État. Elle a dit que si je la dénonçais, elle leur dirait qu'on était tous dans le coup avant qu'ils ne la torturent à mort.»

Ils se regardèrent un moment, leurs visages trop proches. Summer pouvait sentir qu'elle transpirait à nouveau, même dans la froide cabine pressurisée.

«C'est ce qu'ils vont penser de toute manière, dit Sam, exprimant aussi la pensée de Summer. Si jamais elle se fait prendre.»

Jeremy se rassit en arrière. «Alors vous voyez pourquoi c'est drôle.»

Sam et Summer dirent *Non* en même temps, mais il n'expliqua pas.

«Tu l'as dit à Apryl et à Rice?», demanda-t-elle.

Il parut mal à l'aise. Jeremy s'enorgueillissait d'être quelqu'un de franc, même quand cela allait à l'encontre de ses propres intérêts. Mais il n'allait pas non plus trahir un collègue policier.

«En quelque sorte. J'ai dit à Rice de ne pas lui faire confiance.»

Ils restèrent assis, en silence. Summer réfléchissait aux implications de tout cela. Le cartel allait finir par découvrir qui était Mia, d'une manière ou d'une autre. Se souviendraient-ils de son «coup», et de la façon dont le sac à dos avait été récupéré? Oublieraient-ils qui avait été impliqué? Peut-être que s'ils étaient tous arrêtés, il n'y aurait plus personne pour s'en soucier. C'était trop lointain pour s'en inquiéter, décida-t-elle. Il y avait tant de problèmes plus urgents.

L'avion qui vibrait bruyamment était un puissant soporifique. Elle avait apporté un tube d'aspirine dans sa sacoche mais ne pouvait imaginer de se lever pour le récupérer. Jeremy regardait devant lui, les yeux dans le vide. À ses côtés, Sam s'assoupissait. Elle pouvait bien fermer les yeux quelques minutes. Elle inclina son siège à fond. S'endormit.

# 51

Quatre autres puissantes détonations émanèrent de ce que Bowman supposa être le fusil que Bick lui avait vanté plus tôt, auxquelles répondaient maintenant des rafales de tirs automatiques. Il était essoufflé et ne parvint pas, au début, à maintenir les jumelles stables. Même avec les gros objectifs qui captaient un maximum de lumière, il avait du mal à discerner les détails dans la pénombre. Cachés derrière un rocher, au moins quatre hommes pointaient leur carabine automatique depuis le dernier virage en épingle à cheveux, tirant à l'aveugle et sans aucune discipline. Le Hummer était immobile et fumant dans le virage, bloquant le passage. Trois corps gisaient à ses côtés comme des poupées de chiffon éventrées qu'on aurait jetées là.

Bowman rampa encore sur une vingtaine de mètres avant d'apercevoir deux silhouettes sur une corniche rocheuse en contrebas, près de l'arrivée de la piste, l'une couchée derrière un grand fusil à lunette reposant sur un bipied, l'autre assise en tailleur à sa gauche, observant à travers des jumelles. Ils avaient grimpé jusqu'à une large corniche sur la paroi intérieure du canyon et empilé des pierres pour former une fortification sur trois côtés. Leur avantage tactique était évident : la corniche surplombait le dernier virage en épingle à cheveux à quatre cents mètres, qui se trouvait ainsi à portée du grand fusil, mais ils étaient en revanche trop éloignés pour que les intrus puissent les viser précisément avec leurs carabines, surtout avec si peu de lumière. Le dernier tronçon de la piste passait par une tranchée de six mètres de profondeur creusée dans la roche, également à portée de leur fusil.

Le tireur était Bick, et le guetteur devait être le pilote de l'hélicoptère, qui portait toujours son casque, lunettes de protection remontées. Deux autres fusils militaires aux chargeurs courbes étaient appuyés contre la paroi rocheuse derrière les deux hommes, accessibles sans être à portée de main immédiate : des AK-47, *cuernos de chivo** déclenchant des images désagréables de postes de contrôle militaires, de truands, de trafiquants de drogue armés.

Bowman se sentait exposé sur la pente, trop visible dans la lumière déclinante de la fin de journée, mais personne ne semblait l'avoir remarqué. Recroquevillé avec les jumelles de son oncle, il attendait près d'un sapin du Colorado noueux et broussailleux enraciné dans le gravier et la roche pentue, imitant instinctivement sa forme, disparaissant comme un scarabée.

Bick tira deux autres coups, le recul du fusil projetant son épaule vers l'arrière. Il devait être au moins commotionné de l'accident survenu un peu plus tôt, et tirer avec ce truc ne devait pas être agréable, même si le recul était moins violent que ce à quoi Bowman se serait attendu. Le recul réduit – et le son étrange – devait être dû à l'épais silencieux cylindrique fixé à la bouche du canon.

En bas, le Hummer commença à rouler en arrière. Personne ne le poussait – probablement était-il équipé d'un treuil à l'arrière, comme à l'avant. Ils essayaient de dégager le passage. Puis il ne bougea plus, le pare-chocs arrière s'étant apparemment accroché à un renflement de la paroi rocheuse.

Au bout d'un moment, le pick-up blanc sortit du virage pour avoir un meilleur angle par rapport au câble, les gardes tirant avec leurs armes automatiques pour le couvrir. Deux tirs à la suite de Bick frappèrent la calandre du pick-up. De la vapeur et des éclats d'obus fusèrent vers le haut et sur le côté. Le véhicule s'arrêta et la porte du conducteur s'ouvrit, laissant tomber un homme manifestement blessé, qui rampa sur les coudes pour se mettre à l'abri.

---

* « Corne de chèvre » surnom de l'AK-47.

L'un de ses comparses courut pour l'aider, mais le tir de Bick l'atteignit en pleine poitrine, détruisant d'un coup sec les plaques d'acier ou de céramique qu'il portait dans son gilet de protection. Il tourna sur lui-même et tomba face contre terre.

Un autre tir atteignit à la cuisse le conducteur toujours en train de ramper, un impact horrible qui lui arracha presque la jambe. Il hurla, essayant de ramper malgré tout, ses bras désormais trop faibles pour le porter. Deux autres tirs firent jaillir un éclair jaune sur le côté du pick-up derrière la cabine, puis un troisième sur le réservoir d'essence, et le camion explosa dans une boule de feu qui éclaira le canyon d'une lumière orange dans le crépuscule.

Un cri de triomphe de Bick ou du pilote fut suivi d'autres hurlements en provenance du virage en épingle à cheveux : un homme était en flammes. Armés de fusils d'assaut, Bick et le pilote quittèrent leur abri en courant vers l'incendie, longeant le bord intérieur de la piste dans le virage, sautant à deux reprises par-dessus les obstacles. Puis l'un d'eux apparut et tira trois courtes rafales avec son AK. Les cris s'arrêtèrent.

Bowman se retourna et courut vers l'endroit où il avait laissé Darwin, qui avait enlevé sa ceinture et l'utilisait pour maintenir la compresse bien serrée sur sa jambe. Il était assis, tenant le .270, et regardait vers le pilier d'où étaient partis les tirs automatiques. Marco était revenu et remuait la queue, forçant sa tête entre les cuisses de Bowman, le soulevant presque du sol. Bowman repoussa doucement le chien et vérifia de ses doigts la tension de la ceinture de Darwin, à la recherche de saignements récents.

« Ce n'est pas un garrot », dit son oncle, sur la défensive. La boutade de Bowman sur les premiers soins des cow-boys avait dû le piquer.

« Non, c'est bon. »

Marco renifla le sang séché sur la jambe de Darwin, noir sur sa peau plus claire.

« Ceux qui nous tiraient dessus ont dû partir.

– Ils sont tous morts. »

Son oncle tourna le visage vers lui.

«L'hélicoptère, Bick, le type dont je t'ai parlé, et son pilote. Ils ont apporté des armes...» Il sentit sa voix faiblir. Il ne pouvait pas l'expliquer. «On doit retourner à la maison. Tu peux marcher?»

Ils regardèrent la pente raide au-dessus d'eux. Le chemin de gravillons qu'ils avaient emprunté. Darwin ne réussirait pas à grimper jusqu'au sommet de l'escarpement, seul moyen de rejoindre le sentier habituel menant à la cour et à la maison.

«N'allons pas par là. Une ancienne piste de chasse contournait la butte et arrivait au col.»

Il ne savait pas si elle existait encore, mais ils la trouvèrent, plus pentue et plus exposée que dans son souvenir. Ils descendirent dans l'obscurité croissante, suivant le train fantomatique et blanc de Marco. Bowman, qui portait la carabine et les jumelles de Darwin, s'employait à soutenir son oncle par son côté blessé sans glisser, au risque de les faire dégringoler dans les graviers.

Darwin ne se plaignait pas, mais leur progression était lente, hésitante. Il faisait nuit noire lorsqu'ils parvinrent à l'endroit où l'allée traversait le col de Panther Gap. On voyait une lumière dans l'hélicoptère: quelqu'un avec une lampe frontale se tenait dans l'embrasure de la porte passager, tournant une clé ou appliquant du lubrifiant, difficile à dire.

On dut les entendre, ou sentir quelqu'un approcher, car la lumière pointa dans leur direction et s'intensifia. Le claquement métallique d'un AK déglingué rapidement pris en main. Bowman mit son bras devant ses yeux, résistant à l'envie d'attraper la carabine de son oncle. La lumière baissa d'intensité. Une voix grave, qui n'était pas celle de Bick, les appela.

La lumière arriva vers eux. S'immobilisa quand Marco grogna.

«Vous devez être Bowman et Darwin. Moi, c'est Art. Je suis avec Bick.

– Marco!», ordonna Bowman.

Le chien s'assit, continuant à grogner en sourdine.

Art mit l'AK en bandoulière et, se plaçant de l'autre côté de Darwin, le soutint et l'encouragea, tout en les guidant vers la porte ouverte de l'hélicoptère. Darwin était silencieux, presque épuisé, mais il laissa l'homme le retourner pour l'asseoir face à l'extérieur, les pieds posés sur le patin.

«Vous êtes blessé.» La lumière s'intensifia – c'était une sorte de lampe frontale à intensité variable –, illuminant la jambe de Darwin qui, pendant leur descente, avait saigné davantage que Bowman ne l'aurait souhaité.

« Ouais, dit Darwin », puis il ajouta : « Ricochet. »

À Bowman : « Tu as pansé la blessure ? »

Bowman acquiesça.

« Ça vous dérange si je jette un œil ? J'ai un peu d'expérience en tant que médecin de guerre. Ce qui se trouve là – il désigna la jambe de Darwin – est dans mes compétences. »

Bowman entendit le sourire dans la voix de l'homme. Et, dans les battements de son cœur, un rythme régulier. « C'est à Darwin de voir, dit-il en reculant. Ce que Bick et vous avez fait, là-bas. Ces hommes qui arrivaient... » Il s'arrêta, ne sachant pas trop où il voulait en venir. À moins que les deux hommes ne planifient une ignoble trahison, Bowman et le reste de la famille leur étaient indubitablement redevables.

Art ouvrit une trousse médicale sur le siège de l'hélicoptère à la lumière de sa lampe frontale. « Ça fait partie du boulot. »

*Du boulot*, pensa Bowman. Ils avaient été engagés pour protéger la famille. Il avait des questions pour Bick. Il demanda à Art où il se trouvait.

« Dans la maison. Il a transporté un peu de matériel là-haut, et il voulait avoir l'œil sur vos vidéos de surveillance au cas où quelques autres de ces rigolos se pointeraient. »

Bowman commença à demander comment Bick savait pour les écrans vidéo, et notamment où ils se trouvaient, mais il fut frappé par le sentiment soudain de la présence de Summer, non loin. Il n'était pas sûr. Bien qu'il ait passé une bonne demi-journée sans aucune poussée de ciguatera. Difficile à dire. Summer était peut-être sur la propriété, ou alors elle se trouvait quelque part en Arizona.

« Il t'attend, dit Art. J'ai une radio. Je vais le prévenir que tu es en chemin. Pour qu'il ne te tire pas dessus. »

# 52

*1990*

Le surveillant vint la chercher pendant la quatrième heure, en cours de physique. Il frappa à la porte, se précipita vers M. Stacks, lui remit un mot et repartit sans jeter un coup d'œil à la classe. Summer était attendue dans le bureau de la directrice. Elle fourra son manuel et ses notes dans son sac à dos tandis que le professeur et les élèves, tous tendus et silencieux, manifestaient une attention et une curiosité qui lui étaient inconfortables.

Ça devait être à propos de son frère. Elle n'avait pas eu de nouvelles directes de son père depuis l'aéroport d'Hermosillo en janvier, et ses conversations hebdomadaires avec l'un ou l'autre de ses oncles n'avaient donné lieu qu'à des rapports très succincts sur les recherches en cours pour retrouver Bowman.

Était-il blessé ? Elle fouilla au plus profond d'elle-même un mauvais pressentiment concernant Bowman. Rien ne lui vint. Pourtant, ses pieds étaient engourdis lorsqu'elle monta les marches, et son estomac se retourna lorsqu'elle vit que la seule personne présente dans le bureau de la directrice était l'oncle Darwin. Il avait l'air accablé, et la première pensée de Summer fut de le réconforter : il avait porté avec lui cette catastrophe, quelle qu'elle fût, depuis le Colorado, et devait maintenant la déposer sur le cœur tendre de son unique nièce de seize ans. Elle laissa tomber son sac sur le sol et le serra dans ses bras, les yeux déjà humides de pitié – mais sans savoir envers qui.

C'était son père. On lui avait tiré dessus. Bowman était avec lui, quelque part dans la sierra Madre. Jeremy était en route avec un médecin, mais Leo avait succombé à sa blessure avant que Jeremy ne puisse le rejoindre. Darwin venait d'apprendre la nouvelle une heure plus tôt, à l'aéroport.

Elle se retint de fondre en larmes, par égard pour son oncle. Il ne saurait pas quoi faire d'elle, et ça ne ferait qu'empirer les choses. Elle se souvint que Bowman lui avait raconté comment leur père et leurs oncles avaient réagi à la mort de leur mère : chacun, devant l'autre, avait complètement occulté son chagrin, et ç'avait été comme si la mort d'Anna n'était qu'un problème à résoudre, un défi pratique à relever avec efficacité et lucidité. « Très cow-boy », avait-il ajouté.

Aussi se dit-elle en elle-même : *Joue-la comme un cow-boy, Summer*. Elle baissa sa voix d'une demi-octave et posa à Darwin des questions pratiques. Proposa des suggestions pratiques. Elle lui demanda ce qui s'était passé exactement, mais il avait peu de détails. Elle imaginait Jeremy lui faisant son rapport d'un ton taciturne depuis Sahuaripa, sur une mauvaise ligne pleine de parasites. Ils devraient attendre que Jeremy et Bowman soient là en personne pour connaître l'histoire.

Darwin dit qu'ils devaient partir au plus vite prendre leur vol à Bradley. La directrice arriva et présenta ses condoléances ; elle demanda si Summer avait besoin d'aide pour faire ses bagages, mais Summer n'avait pas besoin de faire ses bagages. Elle sortit avec Darwin et ils s'éloignèrent sous une légère bourrasque de neige, le froid humide de la Nouvelle-Angleterre traversant son pull, comme le rappel insistant qu'elle était vivante, que son père l'avait abandonnée, et qu'elle devrait assumer certaines responsabilités, bien qu'elle ne sache pas encore très bien lesquelles.

Soulagé par l'absence de réactions mélodramatiques de la part de sa nièce, Darwin restait silencieux, comme plongé dans une profonde réflexion. Summer se disait que lui aussi devait mesurer le poids de ses propres responsabilités. Leo avait compté presque entièrement sur lui pour gérer les finances de la famille. Y aurait-il assez d'argent sans sa pension? Et quels conflits, tensions ou malentendus entre Darwin et lui resteraient irrésolus, et sans possibilité de se résoudre? Pour l'instant, du moins, elle ne s'attardait pas sur le souvenir de sa propre séparation d'avec son père. Il n'avait pas été lui-même ce jour-là, et elle refusait de laisser ce moment l'empoisonner.

Ils volaient désormais vers l'ouest, dans le noir. Elle appuya son front sur la vitre en plastique froid et regarda les lueurs en bas: des villes, des autoroutes, des lumières partout. Des gens partout. Puis les nuages obscurcirent la vue et elle ferma les yeux. Ils passeraient la nuit à Durango et récupéreraient Jeremy et Bowman – et son père – à l'aéroport demain. Ça n'aurait eu aucun sens de conduire jusqu'au ranch pour dormir quelques heures et repartir aussitôt. Elle imaginait la maison vide, les animaux africains dans la bibliothèque plongée dans l'obscurité. Étaient-ils endeuillés ou joyeux? Étaient-ils au courant? Pourquoi diable pensait-elle à ça?

Elle se vit assise dans le fauteuil près de la cheminée, lisant, observant par-dessus son livre son père qui, assis dans le fauteuil d'en face, un livre également ouvert sur ses genoux, fixait les flammes. Il sentit son attention, se tourna vers elle et sourit.

Elle fut alors submergée, non par le sentiment de sa propre perte, mais par la puissante expérience empathique de celle de Leo: Anna, sa mère, morte il y a onze ans à l'âge de vingt-cinq ans. Un cancer. Là-haut sur la crête, où le vent soufflait sans cesse, son père, écrasé par sa prise de conscience tandis qu'ils empilaient les pierres: *Peu importe le temps qu'il me reste à vivre, je le vivrai sans toi.*

Son souffle se bloqua dans sa gorge, et un sanglot convulsif la fit se plier en avant comme s'il allait lui briser le dos.

*Non non non. Pas de ça. Regarde par la fenêtre.* Il faisait clair à présent; plat pays, couvert de neige, pâle sous la lumière des étoiles. Lumières plus rares, dessinant des motifs: routes géométriques, fermes, villes de silos à grains, à intervalles réguliers.

*Et maintenant?* C'est à Leo qu'elle s'adressait. Alors qu'un flot régulier de larmes coulait sur ses joues et gouttait loin des regards dans l'espace entre son accoudoir et la fenêtre, il commença à parler. Il lui expliqua ce qu'il voulait pour elle, pour Bowman, pour ses oncles, pour le ranch. Elle continuait de pleurer mais elle se sentait mieux, aussi prolongea-t-elle la conversation, s'adressant à ce père qu'elle avait connu avant le départ de Bowman. Il avait besoin qu'elle devienne le centre de gravité de la famille : elle devait maintenir son unité et protéger le ranch, leur terre. Puis une autre génération arriverait, à qui elle passerait le relais. Il comptait sur elle. *C'est à toi que cela incombe. Ton frère et tes oncles ont besoin de toi. D'accord*, dit-elle, *d'accord*, avec la conscience vague que cette conversation était un tour de passe-passe qu'elle se jouait à elle-même pour tenir son chagrin à distance jusqu'à ce qu'elle puisse l'assumer. Un jour, elle entrerait avec détermination dans ce froid interstellaire, ce monde fait de perte et d'absence. Mais pas maintenant.

Darwin et elle attendaient le vol de Dallas derrière une barrière métallique, à côté d'une jeune mère tenant les mains de ses deux bambins. C'était un matin froid et venteux de mars, avec de la neige sur les montagnes et de hauts cirrus glacés qui absorbaient toute la chaleur du soleil. Jeremy apparut à la porte de l'avion et descendit lentement les marches. Lorsqu'il les vit, il traversa le tarmac. Summer fixait toujours la porte de l'avion, s'apprêtant à voir son frère, ce frère perdu qu'elle et son père cherchaient encore quelques mois plus tôt. Mais il n'apparut pas. Jeremy remarqua son regard. Il l'enlaça par-dessus la barrière et lui parla doucement à l'oreille.

« Il est resté là-bas.

– Pourquoi ?

– Il ne l'a pas dit. Il a juste disparu.

– Mais qu'a-t-il *dit* alors ? »

Jeremy se détacha doucement de son étreinte. « On en parlera sur le chemin de la maison. Je suis vraiment désolé. »

Lorsque le cercueil en pin brut apparut sur un chariot élévateur, elle se mit à suffoquer. Jeremy lui serra la main et elle entama une autre conversation sans fin avec son père, un mantra intérieur dans lequel il lui disait encore et encore :

*Prends soin de notre famille.* Avec un certain détachement, elle se fit la réflexion que la famille était déjà passée de cinq à trois et qu'elle avait donc échoué avant même de commencer.

*Techniquement, je suis orpheline*, pensa-t-elle, bien qu'elle ne le ressentît pas ainsi.

Le conducteur du chariot élévateur posa la tête du cercueil sur le hayon ouvert du pick-up de Darwin et descendit aider ses oncles à le pousser sur les fourches, sur la plateforme du pick-up. Même poussé à fond contre la cabine, l'extrémité du cercueil dépassait du hayon, si bien qu'ils ne purent le fermer.

«Tu as des sangles?»

Jeremy lança un coup d'œil rapide et Darwin hocha la tête. Ils restèrent un long moment debout tous les quatre, avec en bruit de fond le moteur du chariot élévateur qui tournait au ralenti. Comme s'ils étaient tous, y compris le conducteur, incertains de ce qui allait suivre. Ensuite le type leur présenta ses condoléances et partit. Summer et ses oncles restèrent là, à l'arrière du pick-up de Darwin, à fixer le cercueil de Leo. Ils ne parvenaient pas vraiment à y croire, n'étaient pas préparés à un avenir sans lui – s'accrochaient encore à des instants du passé. Summer s'imagina en train de courir après des graines de peuplier flottant au loin, désireuse de les suivre partout où elles allaient.

Ses oncles allaient-ils s'en aller, comme après la mort de sa mère? Sans Bowman à ses côtés, comment pourrait-elle s'occuper du ranch? Aurait-elle assez d'argent? Serait-elle même capable de retourner à l'école? Elle se surprit à éprouver un puissant désir d'y arriver.

Une brise tourbillonnait sur le tarmac, transportant une odeur nauséabonde. Après quelques instants, elle la reconnut et comprit. Ses yeux s'écarquillèrent; ses oncles avaient compris aussi: ils se mirent soudain en mouvement, fouillant derrière le siège de la cabine pour y trouver des sangles, marmonnant avec gravité que ce n'était pas le moment de flâner à l'aéroport.

# 53

***2009***

Au moment où Summer quitta la route principale pour s'engager sur un chemin de terre rectiligne en direction du sud, Sam distinguait à peine les feux arrière de Jeremy, loin devant eux.

« Je ne pensais pas que son pick-up allait si vite.

– Il va exactement aussi vite qu'il le veut. » Elle appuya sur l'accélérateur. « Je peux le rattraper. » Elle lui jeta son téléphone sur les genoux. « Essaie encore les trois derniers numéros avant qu'on ne perde le réseau. »

Sam composa le premier numéro. C'était la quinzième, voire la vingtième fois qu'ils tentaient de joindre le ranch, Darwin et le gardien. Après avoir atterri à Whitespring, Summer et Jeremy avaient l'un et l'autre appelé plusieurs fois sans que personne ne décroche, leur inquiétude augmentant de minute en minute. Jeremy avait dit qu'il pouvait s'occuper de tout ce qui concernait le ranch pour que Summer et Sam puissent continuer jusqu'à Denver – leur vol était payé, après tout. Mais Summer avait refusé : ça n'avait d'intérêt que si toute la famille y allait. Elle avait pris congé de l'aimable pilote du cartel, et ils avaient tous couru jusqu'au parking.

Dix sonneries, ni réponse ni messagerie vocale. Même résultat avec le deuxième numéro. Avec le troisième, il tomba sur une voix masculine inconnue. Andrew Coates, de la First Denver Bank & Trust, veuillez laisser un message. Sam mit fin à l'appel.

« Ton petit ami a l'air d'être du Texas. »

Elle était sur le point d'objecter quelque chose, mais elle vit son sourire et se détendit. « Il l'est, à ce qu'il dit. On est sortis ensemble pendant un an et il ne parlait presque jamais de sa famille ; il disait que son père était un éleveur de bétail fauché et qu'il n'avait pas grand-chose à voir avec lui. Il ne m'a jamais présentée. »

Sam faillit demander ce qui s'était passé, pourquoi ils avaient rompu. Au lieu de ça, il dit : « Tu es inquiète pour lui. »

Pendant un moment, elle ne répondit pas. Ils avaient quitté les lumières de Whitespring, tandis que devant eux le ciel se dévoilait, immense et dense d'étoiles, toujours aussi surréaliste pour les yeux de Sam, habitué aux lumières de la ville. Au loin, les feux arrière de Jeremy tressautaient, s'élevaient puis disparaissaient à nouveau.

« Je suis inquiète pour lui, dit-elle, et je suis inquiète pour Bowman, et je suis inquiète pour oncle Darwin, et pour Sarge. Quelque chose ne tourne pas rond. Ce n'est pas seulement qu'on n'arrive pas à les joindre. »

Un lièvre s'élança sur la route, étirant désespérément tout son corps, le rassemblant, l'étirant à nouveau. Summer fit une embardée, et le choc nauséeux ne vint pas. Elle accéléra pour éviter un tête-à-queue et continua sa route.

« Pour une raison quelconque, sachant que Bowman est en chemin, sachant que je vais le voir bientôt pour la première fois depuis si longtemps… » Elle s'arrêta un moment, comme si elle luttait pour trouver les mots justes. « Quelque chose a déclenché des phénomènes "bowmaniens".

– C'est-à-dire ?

– Quand j'ai repéré Rice dans les rochers depuis la jeep ? C'était "bowmanien". Puis j'ai continué à le voir plus tard, quand on était à la frontière. Je ne le voyais pas, mais je voyais à travers ses yeux. C'était "bowmanien". Et maintenant cette certitude intime que quelque chose ne va pas au ranch et que Bowman est au milieu de tout ça. »

Ils arrivèrent en haut d'une colline et les feux arrière de Jeremy apparurent à nouveau, un peu plus proches. La route était plus accidentée et ils n'avaient pas croisé de voitures depuis Whitespring. L'horloge sur le tableau de bord indiquait

11 h 17. Summer conduisait avec calme, mais le véhicule oscillait sans cesse, se soulevait et s'inclinait, vibrait comme s'il était sur le point de se disloquer. Sam se pencha vers le compteur : cent quinze kilomètres à l'heure.

«Tu vas le rattraper ?

– Pas avant qu'on n'arrive. Il est hors de lui.»

Elle relâcha un peu l'accélérateur, ralentissant à cent cinq.

«Jeremy est inquiet lui aussi.

– Ouais.

– Qu'est-ce que tu crois qu'il a voulu dire quand il a parlé à Mia Cortez du grand service que le cartel devrait lui rendre ?

– Il a dit ça ?

– Quand il a refusé la récompense. Je devais être plus près que toi. Il lui a dit qu'elle devait lui rendre un grand service, que le cartel devait lui en rendre un autre. Plus notre vol de retour.

– Le service, c'est peut-être que le cartel ne nous prenne pas tous en chasse et ne nous tue pas.»

Summer ralentit et tourna dans l'entrée, surprenant Jeremy dans les phares alors qu'il courait de la grange à la maison du gardien. Elle fit le tour et passa par la porte ouverte de la grange éclairée. Garé à côté de celui de Darwin, le pick-up de Jeremy sentait comme s'il était sur le point de prendre feu. Ils venaient de mettre leurs sacs dans la remorque du quad lorsque Jeremy réapparut, le visage figé, portant une carabine militaire et un talkie-walkie. Il déverrouilla la boîte à outils sur la plate-forme de son pick-up et l'ouvrit.

«Sarge est mort, dit-il.

– Quoi ?» s'exclama Summer en s'approchant de lui. «Oh mon Dieu. Comment ?

– Une balle derrière la tête. Petit calibre. Sam, viens par là et prends le HK.» Il se tourna vers Summer. «J'ai appelé à la maison. Ton frère est là.

– Il va bien ? Tu lui as parlé ? Et Darwin ?

– Ils vont bien tous les deux. Mais c'est ton ami de la banque qui a répondu.

– Andrew ? Qu'est-ce qu'il fait là ? Comment a-t-il seulement su...

– Je lui ai demandé; il m'a répondu que ça n'avait pas été facile de trouver l'endroit, mais qu'il y était parvenu. Il m'a demandé de te ramener à la maison tout de suite. Il ne savait pas pour Sarge, mais il a dit qu'une attaque avait eu lieu plus tôt et que maintenant tout était sous contrôle. J'ai appelé le shérif Sartoris, il est en route. Mais on ne va pas l'attendre.»

Il tendit à Summer la carabine qu'il avait rapportée de la maison du gardien et le fusil à lunette, plus grand, qu'il avait utilisé lors de la remise de la rançon. Avant de sauter sur le siège conducteur du quad, il lança à Sam une bâche en plastique bleue.

«Allonge-toi derrière et couvre-toi avec ça jusqu'à ce qu'on soit loin de la caméra de surveillance.

– Pourquoi? demanda Summer. Tu penses à quoi?

– Il peut nous être utile, personne ne le connaît. Andrew n'attend que toi et moi. Faisons en sorte que ça reste comme ça.

– Tu ne fais pas confiance à Andrew.

– Je ne lui ai jamais fait confiance.»

Il démarra. Summer se glissa sur le siège passager avec les deux fusils, Sam ne voyant pas d'autre choix que de caler le HK sous sa ceinture dans le creux de son dos et de grimper dans la benne du quad. Il s'agenouilla sur les planches rugueuses où se tenait Marco lorsqu'ils étaient descendus la veille au matin, et se cacha sous la bâche tandis que Jeremy accélérait pour sortir de la grange et s'engageait sur la piste défoncée.

# 54

Bowman trouva Bick dans le bureau, prêtant moins attention aux écrans vidéo sur le mur qu'à un volumineux ordinateur portable posé sur le bureau de Summer. Au sol, à côté d'une valise en plastique ouverte contenant des gadgets électroniques logés dans des découpes en mousse, était posé un AK-47 crasseux, à la crosse en bois. De nombreux câbles allaient et venaient depuis l'ordinateur. De mystérieuses boîtes noires étaient disposées sur le bureau. Il eut l'air content lorsque Bowman entra, suivi de Marco, qui jeta à peine un regard à Bick avant de s'asseoir sur une couverture pour cheval, sous la fenêtre.

*S'il n'aime pas quelqu'un, il l'ignore.*

Le bandage sur la tête de Bick était sale, taché de sueur, de sang séché et de poussière. Bowman toucha du bout des doigts la gaze et le ruban adhésif sur sa propre coupure, qui palpitait. Il devait lui ressembler, pensa-t-il. Il rangea la vieille Winchester de son oncle dans l'étui qui se trouvait sur le deuxième bureau, où il déposa également les jumelles.

Bick affichait un sourire d'autosatisfaction. Attendant des félicitations, un remerciement.

Bowman se dirigea vers le téléphone sur le bureau de Summer. « Je dois appeler le shérif.

– De rien. Et ton oncle a déjà parlé au shérif. L'autre, celui qui fait peur, je crois. Je n'arrive jamais à les distinguer.

– Oncle Jeremy ? Où est-il ? »

Bick fit un signe de tête vers les écrans de surveillance. « Summer et lui ont débarqué là-dedans comme dans une maison en feu. Ils sont sur le point d'arriver. Ils seront là dans... enfin, ils doivent traverser le bordel qu'on a laissé... une demi-heure? Selon ton oncle, le gardien a été tué, comme tu l'avais deviné. Condoléances. Bien qu'évidemment tu ne l'aies pas connu. Il s'appelait Sarge.»

Il se leva et lui désigna le matériel sur le bureau de Summer, comme pour le lui présenter.

«J'avais préparé ça pour toi, et je pensais qu'on ferait la même chose pour Summer à Denver, mais maintenant – il regarda à nouveau les écrans – c'est tellement mieux que vous soyez ensemble. Il est temps d'organiser une réunion de famille.»

L'héritage. Bien sûr, c'est à ça que devait servir ce matériel. Toujours et encore l'argent de grand-père Martin. Bick semblait content – pas la jubilation malicieuse de tout à l'heure ni de couleurs synesthésiques, mais une bonne humeur sincère.

Bowman ne savait pas ce qui était pire.

«Nous ne ferons rien de cet argent.» Il sentit sa colère monter, se ressaisit, s'appuya contre le bureau de son oncle. Ce n'était pas tant contre Bick que contre son grand-père qu'il était en colère. «C'est pour ça que je suis là. Pour qu'on en finisse.» Il se sentait plus fort, plus déterminé que jamais, les choses trouvaient un sens. «Tout ce qui s'est passé aujourd'hui, notre accident, le gardien, l'attaque, ces hommes morts en bas» – là Bick commença à objecter, disant quelque chose sur le fait qu'il devrait être très heureux qu'ils soient morts, mais la voix de Bowman couvrit la sienne – «tout cela confirme que mon père avait raison: l'argent de grand-père Martin est dangereux. Et c'est ce que je vais dire à Summer.

– D'accord, fit Bick, après quelques instants de réflexion. Il se pencha et souleva un sac à dos noir posé au sol, fouilla à l'intérieur, en sortit un rouleau de ruban adhésif noir et des colliers de fixation en plastique. Il les posa sur l'acajou poli. «Tu n'as pas l'air bien, mon gars, viens t'asseoir.»

Bick plongea la main dans sa veste, sortit un petit pistolet de son holster d'épaule. Il en serra la poignée – un son discret d'armement – et le pointa sur Bowman.

«Viens là, assieds-toi sur cette chaise.» Il tapota la chaise de Summer de sa main gauche, d'une voix toujours aussi agréable.

La menace physique explicite de Bick était si peu surprenante que Bowman pensait l'avoir prévue dans les moindres détails. Bien sûr. Son boulot. Le patron. Tout ça était tellement logique. Il avait tué tous ces hommes pour redonner l'argent de grand-père Martin à une autre organisation.

«Vous avez besoin de mes empreintes digitales.»

En réponse, Bick écarquilla les yeux et désigna la chaise avec son pistolet.

«Vous croyez que ça m'importe que vous me tiriez dessus ?»

Bick pivota pour pointer le pistolet sur Marco, endormi sur sa couverture.

«Attendez.» Bowman fut soudain envahi par un sentiment de soulagement et d'ironie mêlés. «C'est idiot. Vous essayez de me voler ce que je ne veux pas. Vous pouvez l'avoir, je vous le donne.»

Bick soupira avec exaspération ; il relâcha sa main sur la poignée du pistolet, qui se désamorça d'un clic plus sonore. Bowman entra en contact avec l'esprit de Marco. Il rêvait, courant à côté d'un paint horse, l'herbe gelée et le givre crissant sous ses pattes. *Réveille-toi.* Marco ouvrit les yeux et regarda Bowman, les oreilles dressées. *Vas-y.* Le chien se leva et sortit du bureau, descendit l'escalier.

Tournant le dos au chien, Bick ne semblait pas avoir remarqué leur échange.

«Tu n'as toujours aucune idée de ce qui se passe, pas vrai ?

– Je sais que vous étiez sur le point d'abattre Marco.»

Bick haussa les épaules. «J'aime les chiens autant que mon voisin de palier. Mais dis-toi bien que je ne prendrai plus le moindre risque. Toi et ta sœur, vous allez encaisser vos putains de comptes pour que je puisse me refaire une réputation auprès de mon employeur, toucher mon bonus, et prendre ma retraite à Baja.

– Est-ce vraiment la vérité, cette fois ?» Bowman trouvait cela peu réconfortant, étant donné la détermination de Bick à user de violence pour obtenir ce qu'il voulait. « Pourquoi ne pas m'avoir tout dit dès le début ? Vous vous êtes donné tout ce mal pour me suivre, en prétendant ne pas savoir qui j'étais. Quel était votre but, pourquoi tout ce cinéma ?

– Je t'ai dit, je déteste les hippies », dit Bick, l'air absent.

Comme si ça expliquait tout. Il rangea son pistolet et s'appuya lourdement sur le bureau de Summer, reposant de tout son poids sur ses mains écartées. Il les examina, réfléchissant. Puis il fixa Bowman.

« J'étais pourtant sûr que tu ne pourrais pas me surprendre, mais voilà. Alors soyons clair : si je te dis que je vais voler ton argent, tu t'assieds sur cette foutue chaise et tu coopères ?

– Je l'aurais fait, dit Bowman. Mais plus maintenant. Vous avez loupé le coche. »

Sans qu'il y eût le moindre changement dans leurs positions ou leurs expressions faciales, la tension entre les deux hommes augmenta. Bowman considérait ses options en cas de nouvelle violence. Le fusil de Darwin gisait dans son étui ouvert, sur le bureau derrière lui ; les yeux de Bick étaient également posés dessus. Malheureusement, il avait déchargé le fusil à la porte du patio – un réflexe acquis lorsqu'il était enfant – et la poignée de cartouches de .270 pesait dans la poche de son jean. Le *cuerno de chivo* était sur le sol, mais plus éloigné, et il n'était pas familier avec son mécanisme ; de plus, Bick pouvait dégainer ce pistolet à canon court de son holster d'épaule.

Il croisa le regard hostile de Bick. Son esprit se calma, se vida de mots. Il s'installa dans une position d'attente, ouverte à tout.

# 55

N'ayant rien à quoi s'accrocher dans la benne du quad, Sam faillit être éjecté plusieurs fois pendant les dix minutes du trajet. Il se couvrit à nouveau avec la bâche alors qu'ils approchaient de la caméra fixée au-dessus de la porte au pied des falaises, mais bascula vers l'avant pour se cramponner au dossier du siège de Summer lorsque Jeremy freina brusquement en jurant pour contourner un obstacle, puis accéléra au premier virage. Sam baissa un pan de la bâche et vit dans la lumière rouge des feux arrière une section de la lourde porte en acier gisant au sol.

« Qu'est-ce qui a bien pu faire ça ? » demanda-t-il aux deux autres devant – mais ils ne répondirent pas.

Ils roulèrent encore sur presque un kilomètre, grimpant progressivement, empruntant un autre lacet, plus haut à présent, accélérant le long du ravin qui avait effrayé Sam lors de la descente vingt-quatre heures plus tôt. Mais là, c'était spectaculaire et beau, avec ce paysage qui disparaissait dans l'obscurité mystérieuse en dessous. Jeremy ralentit alors qu'ils approchaient du dernier virage, puis freina à nouveau brusquement. Les carcasses calcinées de plusieurs véhicules fumaient dans les phares ; des corps au sol, du sang ; des gens avaient été abattus, brûlés ; deux d'entre eux semblaient avoir été retournés de l'intérieur.

Jeremy éteignit les phares et recula de quinze mètres dans l'obscurité.

« On bouge, dit-il. Contre le rocher. »

La voie d'accès se transformait en un passage étroit entre la face de l'escarpement et une énorme dalle de pierre penchée vers l'est qui avait dû se briser des lustres auparavant. L'obscurité n'était atténuée que par la faible lumière des étoiles, qui se frayait un chemin depuis la bande de ciel loin au-dessus. Une lampe de poche éclairait la paroi rocheuse et le sol autour d'eux. Jeremy demanda à Summer et à Sam de le suivre, et chuchota ses directives : « Restez près du rocher bien derrière moi, donnez-moi mon fusil, attendez ici. » À un tournant de la paroi rocheuse, il passa sa lampe de poche à Summer et s'accroupit.

« Attends, dit-elle. Qu'est-ce que tu fais ? »

Jeremy avança, se mit à genoux et sur les coudes, et se faufila dans le virage, maintenant contre lui le fusil avec la lunette de vision nocturne.

« Éteins la lumière. »

Elle s'exécuta mais cria d'une voix étouffée : « On est pas ta putain d'équipe des Seal ! Tu dois nous expliquer. »

Jeremy soupira et bougonna, puis il y eut des bruits de frottement vers l'arrière et une forme à peine discernable à leurs pieds ; une botte heurta le tibia de Sam.

« Celui qui a fait ça pourrait encore être là-haut. Ce n'était pas mon frère. Ce n'était sûrement pas le tien. Je doute que ce soit Andrew. Donc peut-être sont-ils de notre côté, peut-être pas. Je vais jeter un coup d'œil avec ma lunette avant qu'on se retrouve dans leur ligne de mire. Ça vous convient à tous les deux ?

– Oui, dit Summer. Merci. »

Dans le silence qui suivit, Sam comprit que Jeremy attendait sa réponse, bien que dans l'obscurité il ne pouvait pas discerner s'il était agacé, ironique ou sincère, si bien qu'il dit simplement : « Ouais, bon plan » – ce qui provoqua un grognement dédaigneux de Jeremy, et quelques autres frottements tandis qu'il se remettait à ramper.

Au bout de deux minutes à peine, Summer perdit patience.

« Allez », murmura-t-elle.

Elle ralluma sa lampe de poche. Elle avait mis la carabine du gardien en bandoulière et entourait de sa main libre le verre de la lampe pour limiter l'étendue du faisceau lumineux sur le sol. Ils longèrent la courbure du rocher, assez près des cadavres invisibles pour que Sam sente le sang, les viscères et la chair brûlée. Le fusil de Jeremy était posé sur les gravillons, lui-même se tenant à découvert, les mains levées en signe de reddition. L'étroit canyon était silencieux, sans autre bruit que la voix lointaine du vent qui soufflait toujours très haut sur l'escarpement.

« Qu'est-ce que tu fais maintenant ? » Summer vint se placer à côté de son oncle. Sam ramassa le fusil de Jeremy, le cala contre son épaule et regarda à travers la lunette. Une image verdâtre et lumineuse de parois rocheuses verticales de chaque côté de la route étroite menant à la maison. Il ne repéra ni snipers ni gardes armés. Le long des falaises et des pentes plus haut, il y avait des dizaines d'endroits où des assaillants pouvaient se cacher.

« Je m'expose à leur feu, dit Jeremy. Histoire d'être fixé une bonne fois pour toutes. »

L'idée étant, conclut Sam, qu'il n'y avait aucun sens à essayer de se faufiler à partir d'ici. Il prit une inspiration, saisit le fusil et vint se placer à côté des deux autres. Ses jambes ne tremblèrent pas, pas même un peu. Les bras de Jeremy retombèrent sur ses flancs et Sam lui tendit le fusil.

« Tu aurais pu t'imaginer, demanda Summer en posant sa main sur le bras de son oncle, qu'un jour nous marcherions sur ce chemin en risquant de nous faire tirer dessus à tout moment ? » Puis elle le dépassa avec la lampe de poche et ouvrit la voie.

# 56

Crépitement statique d'une radio portative dans la valise en plastique. Bowman et Bick la regardèrent tous deux.

«Yo, Bick.» Ça ressemblait au pilote-toubib.

Bick contourna le bureau de Summer et prit la radio, un œil méfiant sur Bowman.

« Ouais.

– Ils sont là, ils marchent sur la route. Ils sont armés.»

Bick haussa puis fronça les sourcils en direction de Bowman. «Je t'avais dit qu'elle savait manier les armes à feu.» Puis, dans la radio : «Descends l'oncle.»

Avant même de savoir ce qu'il faisait, Bowman bondit en avant et attrapa la main droite de Bick alors qu'elle se dirigeait vers l'étui, puis il serra son autre main sur la gorge de Bick, le poussant contre le bureau. La surprise sur le visage de l'homme fut si extrême qu'elle en devint comique, à la limite de la peur, et il lui fallut une bonne seconde et demie pour frapper Bowman à la tête avec la radio.

Après le deuxième coup, le sang lui coula dans les yeux, le piquant et l'aveuglant. Avant qu'un troisième coup ne survienne, Bowman souleva complètement Bick par la gorge et le poignet, et le projeta sur le bureau de Summer. En tombant, Bick renversa la chaise et atterrit sur le dos de l'autre côté, glissant au sol sur plusieurs dizaines de centimètres, le pistolet pointé sur Bowman avant même qu'il se soit immobilisé.

Bowman ne bougeait pas. Il frissonnait de tout son corps.

« Que veux-tu que je fasse ? » C'était la voix d'Art, depuis la radio sur le sol où Bick l'avait laissée tomber.

Bick toussa à deux reprises avant de pouvoir parler. «Bonté divine, c'était quoi, ça? Je blaguais.» Tout en gardant le pistolet pointé sur Bowman, il tendit la main et saisit la radio: «Attends une seconde, j'ai des problèmes ici avec Sherman Carver.» Puis, s'adressant à nouveau à Bowman: «Tu vois, si je n'appuie pas sur ce bouton-là, sur le côté, la personne à l'autre bout n'entend pas ce que je dis.»

Il se releva, secoua la tête, comme dépité, surjouant encore, marmonnant quelque chose à propos d'une commotion, de l'accident, de la fusillade, et maintenant ça. Il redressa la chaise de Summer.

«Tu es beaucoup plus fort que tu n'en as l'air», dit-il.

Bowman avait l'impression qu'il faisait des efforts pour conserver cette nonchalance, contrôlant une colère qui menaçait de prendre le dessus sur sa désinvolture très étudiée. Lui-même avait été ébranlé par son propre accès de violence. Pas son genre. Ou peut-être que si?

Bick jeta un coup d'œil aux moniteurs vidéo sur le mur; tous étaient noirs. *Ils guettent la police*, pensa Bowman. Comme si l'oncle Jeremy avait vraiment appelé le shérif.

Bick parla dans la radio: «OK, fais-la monter, mais – Art?

– Quoi?

– Je les veux tous les deux désarmés.

– Ouais, je m'en doutais.»

Bick reposa la radio. «Dernière chance de faire ça en douceur, le hippie. Viens t'asseoir ou tu le regretteras.»

Bowman ne répondit pas. Si Bick avait voulu le tuer, il l'aurait déjà fait – et en effet Bick rengaina son pistolet. Mais il se mit à briller à nouveau: son aura sauta le magenta pour passer à un violet malveillant alors qu'il fouillait dans le sac sur le bureau de Summer, et en sortait un pistolet, sorte de jouet en plastique noir, d'allure futuriste. Bowman fit un pas en arrière. Avec un sourire malicieux, Bick pointa le truc sur Bowman et des confettis explosèrent dans l'air. Deux fléchettes traînant derrière elles de minuscules fils se fichèrent dans son ventre et sa cuisse et une convulsion le saisit, son corps tremblait, secoué de crampes, ses principaux muscles contractés, hors de contrôle. Il commença à basculer sur le côté, mais Bick contourna rapidement le bureau et, lorsque le courant cessa, rattrapa dans ses bras Bowman, impuissant et vidé. Il le fit basculer sur la chaise de Summer et lui attacha les mains devant lui avec un collier de serrage, puis découpa une longueur de ruban adhésif et l'enroula une demi-douzaine de fois autour du torse de Bowman et du dossier de la chaise. Quand il eut terminé, Bick tira légèrement sur les deux fléchettes, l'une après l'autre, mais les laissa enfoncées dans la peau de Bowman.

Il recula. « Alors ça... dit-il, les yeux écarquillés, avides et ravis. C'était vraiment cool. »

# 57

Sam appuya sa tête en arrière contre la pierre fraîche et fixa un groupe d'étoiles, mais tout ce qu'il voyait, c'étaient les carcasses déchiquetées et brûlées des véhicules accidentés. Il avait senti l'odeur de la chair cuite quand ils étaient passés devant dans l'obscurité.

Jeremy lui avait dit de se tenir en retrait. Il voulait que Sam reste caché jusqu'à ce qu'il donne le signal de fin d'alerte – un signal dont il n'avait pas décrit la forme –, ajoutant que la situation était « un poil roussie », ce qui semblait être un terme d'argot de policier pour « suspecte ». Summer et Jeremy voulaient tous les deux se dépêcher, et Sam trouvait sa mission d'attente frustrante et un peu humiliante. Au moins, Jeremy lui avait laissé le pistolet.

Il s'écarta de la paroi et scruta l'obscurité, cherchant la lueur de la lampe de poche de Summer. Alors qu'il se demandait s'il n'avait pas manqué le signal de Jeremy, tout s'illumina soudain, les murailles rougeâtres du passage, les gravillons devant, et Summer et Jeremy visiblement surpris, à découvert, les mains levées pour protéger leurs yeux d'un projecteur sur la droite, que Sam ne pouvait voir.

Il était sûr qu'ils allaient être abattus, mais une voix provenant d'une sorte de haut-parleur les appela par leurs noms, et leur demanda d'un ton ferme mais respectueux de déposer leurs armes au sol et de se coucher face contre terre, mains derrière la tête et doigts croisés. Sam se plaqua contre le mur et resta immobile pendant qu'une silhouette se précipitait vers Summer et Jeremy pour leur attacher les mains derrière le dos. L'homme lia les chevilles de Summer avec un collier de serrage, puis ramassa les fusils qu'ils avaient laissé tomber, en mit un sur son épaule, et demanda à Jeremy de se lever. Tous deux marchèrent, hors de vue de Sam, vers la source de lumière.

Rien ne se passa pendant plusieurs minutes, affreusement longues. Sam avança en rampant dans l'ombre projetée par la falaise à sa droite et, lorsque la lumière s'éteignit, il se dirigea à l'aveuglette vers l'endroit où Summer était allongée – mais, avant qu'il n'ait eu le temps de s'approcher, quelqu'un avec une lampe frontale apparut, courant vers elle à petites foulées. Il s'arrêta, s'accroupit, et regarda l'homme couper les liens de ses chevilles et l'aider à se relever. Sam était assez proche pour entendre Summer, visiblement hors d'elle, le presser de questions et d'objections, mais il ne put saisir ce que l'homme, d'une voix calme et tranquille, répondait. Au bout d'un moment, il lui libéra les mains ; elle les tendit face à lui pour qu'il les attache à nouveau avec un autre collier de serrage. Puis les deux silhouettes, à peine visibles à la lueur de la lampe frontale, remontèrent la colline en direction de la maison.

Il compta jusqu'à soixante avant de se glisser dans l'obscurité, tenant à deux mains le lourd pistolet de Jeremy pointé vers le sol, restant collé à la muraille sur la droite jusqu'à son extrémité, le ciel étoilé ouvert au-dessus de lui. Il marchait aussi doucement que possible, s'arrêtant tous les vingt pas pour écouter. Ses yeux s'étaient réhabitués à l'obscurité après le flot de lumière intrusif du projecteur, mais une lumière subtile persistait et il se dit que la lune devait enfin avoir illuminé la butte à l'est. Une forme étrangère se profilant dans la faible lumière le fit sursauter : un hélicoptère, une longue pale au-dessus de lui, et des vitres reflétant les étoiles. Ça devait être de là que provenaient le projecteur et la sono. Quelque chose bougea dans l'embrasure de la porte ouverte. Il pointa le pistolet.

« Ne bougez pas.

– On ne peut pas bouger, dit Jeremy. On est menottés à ce putain d'hélicoptère. Pourquoi tu as été si long ? »

# 58

Ils activèrent le détecteur de mouvements et les projecteurs de la cour supérieure s'allumèrent, éclairant l'énorme tête blanche de Marco qui les regardait à travers les portes-fenêtres. Il gémit, remua la queue à la vue de Summer, puis changea d'avis et se mit à grogner. L'homme qui s'était présenté sous le nom d'Art avait la main sur la poignée de la porte, mais il ne l'ouvrait pas.

« J'ai déjà vu ce chien. Il mord ?

– Peut-être. »

Elle ne savait pas ce que ferait Marco. Il avait toujours été moins protecteur envers elle qu'envers Jeremy, absurdité que ses oncles faisaient mine de ne pas trouver surprenante, même si elle devait bien admettre qu'elle était là, indemne, escortée jusqu'à la maison par un séduisant pilote d'hélicoptère, tandis que Jeremy était « attaché pour l'instant dans l'hélico », selon les termes d'Art, avec l'oncle Darwin. Lequel avait reçu une balle dans la jambe, une blessure qu'Art avait pansée, mais qui aurait besoin d'être examinée par un médecin dans les douze prochaines heures. Les objections outrées de Summer à l'idée d'être ligotée comme une vache lui avaient valu les excuses apparemment sincères d'Art, suivies de ses explications : lui et un certain Bick s'assuraient seulement qu'ils pouvaient « contrôler la situation, par précaution, vu ce qui s'est passé plus tôt ». Il avait dit cela sur un ton si raisonnable que ça lui était apparu comme un plan sensé, ce qui signifiait qu'elle était trop fatiguée pour réagir avec efficacité.

Elle supposa que par «ce qui s'est passé plus tôt», Art voulait parler du pauvre Sarge, et du massacre plus bas sur le chemin. Lorsqu'elle s'était inquiétée pour Bowman et Andrew, Art avait dit qu'ils allaient bien, que c'était auprès d'eux qu'il l'emmenait. Quant à savoir qui étaient ce Bick et lui, pourquoi ils avaient envoyé un hélicoptère au ranch, qui étaient ces corps sur la piste et ce qui se passait exactement, Art avait été moins loquace.

Il fit un pas en arrière et déplaça l'AK-47 accroché à son épaule devant lui, là où il pouvait l'atteindre.

«Pourquoi n'ouvrez-vous pas la porte, pour le laisser sortir?

– Pour que vous lui tiriez dessus? Pas question.

– Je ne tirerai pas à moins d'y être obligé.

– Si vous tirez sur ce chien, il n'y aura pas un seul endroit sur terre où vous serez en sécurité. Pour votre information.»

À peine avait-elle tourné la poignée de la porte que Marco passa la tête à travers et lui lança un regard interrogateur. «C'est bon, mon chien», dit-elle. Il franchit la porte, jetant à peine un regard à Art, avant de galoper à travers la cour et de descendre la colline.

Elle le regarda disparaître dans la nuit et leva les mains devant elle. «Il n'a pas dû remarquer que j'étais menottée.

– Vous lui avez dit que c'était bon.» Art lui fit signe de passer en premier. «Bick a dit qu'ils étaient dans le bureau. Je ne sais pas où c'est.»

Elle avança dans le hall d'entrée et monta l'escalier. La porte était ouverte. Elle entra.

Bowman était attaché à une chaise, vêtu d'une chemise de flanelle aux manches coupées, les poignets liés devant lui. Sa tête bandée, ensanglantée, pendait vers l'avant; il avait l'air malade, et très maigre – plus qu'il ne l'avait jamais été. Andrew se tenait à proximité, tripotant des appareils électroniques qu'elle n'avait jamais vus auparavant. Il n'y avait personne d'autre dans la pièce.

«Qu'est-ce que tu lui as fait?»

Andrew se retourna, un bandage taché sur le front lui aussi, mais d'une certaine manière ce n'était pas Andrew. Une boule gonfla désagréablement dans sa poitrine, comme si son corps savait que quelque chose n'allait pas du tout avant même qu'elle ne puisse exprimer ce que c'était – une sensation de nausée et de légère panique à l'idée que la réalité profonde des choses se modifiait et se réorganisait en de nouvelles et déplaisantes configurations. Andrew la regardait, l'air d'attendre quelque chose.

Elle parvint à lâcher : « *C'est toi* qui voles notre argent ? » avant de se diriger vers lui, ses mains liées dressées et serrées en deux poings, prête à le frapper, mais quelque chose l'arrêta. Andrew n'avait pas encore dit un mot mais sa jubilation à peine contenue – sa satisfaction pleine de suffisance – lui parut très inquiétante. Elle baissa les mains, prenant conscience que Bowman était en train de l'observer. Elle avait peur de le regarder à nouveau.

« Non, dit Andrew. Bien sûr que non. C'est exactement le contraire, en fait. » Même son accent sonnait légèrement différent. Toujours du Texas, mais moins raffiné. « Je suis content que tu sois saine et sauve, content que tu sois ici plutôt qu'à Denver. Tu n'as pas fait ce que je t'avais demandé, ça me consterne, mais finalement ça a marché.

– Summer, dit Bowman d'une voix faible. Tu connais ce type. » Ce n'était pas une question.

Elle hocha lentement la tête, mais en réalité elle n'en était plus bien sûre.

« Tu vas bien ? demanda-t-elle.

– Bien sûr qu'il va bien. Il va très bien. On va tous très bien. J'ai juste besoin que vous prouviez tous les deux votre identité à ces machines, que vous réclamiez votre héritage, et ensuite, Art et moi, on s'en va.

– Tu n'es pas vraiment vice-président de la First Denver Bank & Trust, n'est-ce pas ?

– Bien sûr que je le suis. Enfin, je l'étais. Ils m'ont viré, à l'heure qu'il est. »

Bowman dit : « Art et lui ont tué tous ces types. » Sa voix était toujours neutre, sans affect. Elle ne pouvait dire s'il approuvait, désapprouvait, ou énonçait simplement un fait.

Andrew tendit les mains comme pour dire *allons, soyez raisonnable*. « Ces hommes venaient pour vous tuer. Et voler votre argent. Ils ont tiré une balle dans la jambe de votre oncle, nom de Dieu.»

Summer avait du mal à y voir clair, à décider qui étaient les bons, qui étaient les méchants. «On dirait qu'ils n'avaient pas beaucoup de chances d'y parvenir.

– À huit contre deux? Ils avaient leurs chances.» Andrew fit une pause, affichant un sourire suffisant. «D'accord, ouais, ils n'avaient aucune chance. Des salopards de petites ordures tout juste sortis de prison. Ils se prennent pour des durs parce qu'ils ont poignardé quelqu'un avec une brosse à dents taillée en pointe. Ils se croient prêts pour une guerre civile. Mais apprendre à changer rapidement les chargeurs d'un putain de M4 ne fait pas de toi un putain de moudjahidin.»

Un long silence abasourdi. Le cerveau furieux de Summer tournait à plein régime pour réévaluer sa relation avec Andrew: certes il aimait les armes et était un peu trop conservateur en politique, mais son intelligence tranchante l'avait toujours fascinée. Il parlait beaucoup, la faisait rire, était ouvert sur le monde et cosmopolite – mais de façon prudente, calibrée avec justesse, doucement texane, ce que quelqu'un comme Summer était susceptible de trouver attirant.

«Qui donc es-tu?» demanda-t-elle.

Andrew cligna des yeux. «Pour le moment, Summer, je suis ta marraine la fée. Assieds-toi à côté de ton frère.»

# 59

L'homme qui avait capturé Jeremy et Summer – le pilote de l'hélico – avait allégé les deux oncles de leurs couteaux. Jeremy n'avait cessé de s'en prendre à Sam, à ses tares congénitales de mâle blanc américain – *Quel genre de type se balade sans couteau ? Pas même un petit couteau suisse ?* – pendant que Sam tâtonnait dans le noir jusqu'à ce qu'il trouve une paire de ciseaux chirurgicaux dans la trousse médicale de l'hélicoptère, laissée ouverte sur le siège du copilote, et qu'il puisse enfin couper les liens de Jeremy.

« J'aurais dû l'empêcher de partir avec elle.

– Non, tu as bien fait. » Jeremy était assis dans l'embrasure de la porte de l'hélicoptère et caressait les oreilles de Marco. Peut-être était-ce parce que son chien semblait en bonne santé et heureux, mais sa colère envers Sam s'était dissipée.

« Si tu avais couru vers eux dans le noir avec ce pistolet, il t'aurait tiré dessus : il t'aurait pris pour un intrus, et tu serais un autre corps allongé dans l'allée. Summer aurait pu être blessée elle aussi. »

Sam décida de le prendre au mot et d'arrêter de s'en préoccuper. Jeremy s'écarta et Sam se glissa à l'intérieur avec les ciseaux pour libérer Darwin, qui lâcha un juron lorsqu'il eut à se pencher pour que Sam puisse atteindre ses liens.

« Désolé », dit Sam.

Jeremy lui expliqua que son frère avait refusé la morphine – sans que Sam puisse deviner s'il approuvait ou non cette décision. Darwin jura à nouveau lorsque Sam l'aida à sortir de l'appareil. Il posa ses jambes sur le sol et testa son équilibre.

«Tu peux marcher ?» demanda Jeremy. Il avait récupéré son fusil et le talkie-walkie de Darwin. Il se tenait à proximité, observant le chemin vers la maison à travers la lunette de vision nocturne.

«Ouais.» Darwin plongea en avant et tomba sur sa gauche. Sam le rattrapa, passa son bras sous son épaule et le releva. Jeremy ne fit aucun commentaire, mais son impatience bourdonnait comme un essaim d'abeilles. Ils parvinrent à s'éloigner de l'hélicoptère de quelques pas.

«Tu ne prends pas appui sur ta jambe», dit Jeremy. Inexplicablement, il semblait en colère contre son frère.

«Elle va se détendre.»

Jeremy demeura là un moment à respirer, puis il se retourna et continua à marcher, vérifiant toutes les dix secondes le chemin à travers sa lunette. Sam et Darwin progressaient lentement vers le haut de la colline.

«Vous savez ce qui se passe ? demanda Sam.

– Nan.»

Quand Jeremy revint vers eux, Sam remarqua à la lumière de la lune qu'il avait la carabine de Summer – du gardien – en bandoulière sur son épaule. Il eut un flash.

«Merde, Jeremy, je suis désolé, j'ai laissé votre pistolet dans l'hélicoptère.

– Non, je l'ai là.» Il le tendit à Sam. «La sécurité est enclenchée. Écoute, Dar… »

Darwin l'interrompit. «Allez-y tous les deux. Je peux me débrouiller.»

Il se dégagea du soutien de Sam et montra qu'il pouvait se tenir debout tout seul.

Jeremy murmura quelque chose qui ressemblait à un encouragement. Il commença à courir vers le haut de la colline et Sam se dépêcha de le suivre.

«Est-ce qu'on a un plan ?» demanda Sam.

Pas de réponse. Puis : «Je suis en train d'y réfléchir. On doit éviter les caméras.»

# 60

«Summer.»

La voix de Bowman était plus forte que précédemment. Summer se tourna vers lui, fit quelques pas, s'arrêta.

«On ne peut pas prendre cet argent», dit-il.

Son visage était couvert de sang séché, mais ses yeux étaient plus vifs, et il semblait remis de ce qu'Andrew lui avait fait subir.

«C'est pour ça que je suis revenu. Papa m'avait averti avant de mourir, et je ne l'avais pas pris au sérieux. Je ne t'en ai jamais parlé. Mais regarde ce qui est déjà arrivé. Si on prend cet argent, il y aura encore plus de violence, plus de personnes qui essaieront de le voler. Nous deviendrons des cibles, pour le restant de nos jours.»

Andrew bougonna. «Tu comprends, maintenant, pourquoi j'ai dû l'attacher?» Cela pouvait s'adresser à Summer ou à Art – lequel attendait toujours tranquillement à l'entrée de la pièce. «Vous serez des cibles de toute façon.» Il parlait de ce ton condescendant qu'elle n'avait jamais supporté lorsqu'ils étaient ensemble. «Vous avez besoin de cet argent pour vous protéger.»

Summer était parfaitement consciente de son état de fatigue, et on lui avait déjà fait prendre le déraisonnable pour du raisonnable, mais cette dispute entre Bowman et Andrew lui paraissait grotesque. Elle s'adressa à son frère. «Tu as été battu et tu es attaché à une chaise avec du ruban adhésif, Bowman. Crois-tu vraiment qu'Andrew n'est pas en train de voler notre argent?

– Qui ça? demanda Bowman.

– Lui!» Elle pointa rageusement ses mains liées vers Andrew. Elle avait déjà repéré plusieurs armes planquées dans le bureau, mais aucune qu'elle puisse saisir avant qu'Art, qui se tenait derrière elle à l'observer en silence, n'intervienne. «Il t'a dit qu'il s'appelait Bick, je suppose.» Puis, à Andrew: «Lequel est le vrai?»

Mais Andrew était distrait par les images des caméras de sécurité. Trois véhicules aux feux bleus et rouges clignotants s'étaient arrêtés devant la maison de Sarge. Au lieu de répondre à la question de Summer, il s'approcha d'elle et lui tapota le coude, la poussant vers la chaise qu'il avait installée à côté de celle de Bowman. Comme elle résistait, il fit un signe de tête à Art, qui traversa la pièce pour se placer de l'autre côté, sans la toucher.

«Il y a beaucoup de choses dont nous devons parler, dit Andrew, mais ce n'est pas encore le moment. Pour des raisons évidentes, Art et moi devons être partis avant que la police n'arrive ici. Summer, je suis désolé, mais je ne peux plus attendre que vous vous décidiez à coopérer.»

Il fouilla dans sa veste et en sortit un pistolet, qu'il agita en direction de la chaise vide.

Elle sentit sa bouche s'ouvrir en grand. En dépit de tous les problèmes qu'ils avaient eus lorsqu'ils étaient ensemble, elle était certaine que, même dans ses rêves paranoïaques les plus fous, Andrew ne l'avait jamais menacée avec un pistolet.

«Il ne te tirera pas dessus, dit Bowman. Il est encore amoureux de toi.»

Andrew en eut le souffle coupé, surjouant le drame et tentant un contrepied. «Waouh. Waouh, waouh, waouh... Ces conneries de voyance vaudou ne sont vraiment pas nécessaires.» Il balaya la pièce du regard. «Ou alors je tire sur ce chien que vous appréciez tant.

– On l'a laissé sortir, dit Art. Désolé.

– OK. Je vais envoyer Art chercher les oncles. Je peux abattre celui qui fait peur, ou celui qui est gay, comme vous voulez.

– Celui qui est gay?» s'exclamèrent Summer et Bowman, presque simultanément.

«Oh, s'il vous plaît, ne me dites pas...» Il s'interrompit au milieu de sa phrase, regardant à nouveau les écrans. Deux autres véhicules de police s'étaient arrêtés devant la maison de Sarge. Des fédéraux, sans doute. Cette présence accrue des forces de l'ordre suscita chez Andrew un regain de nervosité. Il pressa un interrupteur sur la plus grande des boîtes noires posées sur le bureau, recouverte d'une plaque en verre d'environ trente centimètres de côté. Des lumières clignotèrent et un vrombissement se fit entendre.

Sur l'écran vidéo, les projecteurs des véhicules de police éclairaient la maison du gardien. Des silhouettes allaient et venaient entre les véhicules et la porte d'entrée.

«La bonne nouvelle, dit-il, c'est que tous ces policiers vont empêcher d'autres méchants de venir ici, et qu'on va pouvoir terminer.»

Il fit glisser la boîte sur le bureau, devant Bowman.

«Les mains sur le scanner.»

Bowman secoua la tête. «Non.»

Andrew soupira et passa derrière Bowman, saisit un coude dans chaque main, pressant les pouces sur ses avant-bras, jusqu'à trouver les nerfs.

«Andrew! Arrête! Qu'est-ce que tu fais?» cria Summer.

Elle se précipita vers eux mais Art la saisit aux épaules. Elle fit un pas en avant de son pied gauche, s'apprêtant à se retourner pour lui donner un coup de coude au visage, mais il avait été trop rapide, enroulant de ses bras ses côtes douloureuses, juste sous la poitrine, maintenant le visage de côté pour éviter un coup de tête en arrière.

«Attends un peu, Summer», chuchota-t-il, l'enveloppant de ses bras avec une odeur de sueur et de déodorant – un parfum qui lui parut étrangement familier. Summer lâcha un juron, étouffant sous son emprise. Art sentit qu'il lui faisait mal et relâcha son étreinte – étrangement apaisante désormais. Ils regardèrent Andrew lutter avec Bowman.

La frustration d'Andrew était évidente; Bowman, lui, demeurait calme, souriant, les poignets attachés reposant sur ses genoux tandis qu'Andrew essayait encore et encore de les lever et de les poser sur la vitre du scanner.

«Bon sang, Andrew, laisse-le tranquille.»

Andrew poussa un juron et relâcha les bras de Bowman, puis ramassa sur le bureau le pistolet à fléchettes en plastique. Un Taser. Deux fils étaient reliés à des taches de sang sur la chemise et le jean de Bowman, qu'elle n'avait pas remarquées auparavant.

«Tu sais ce que c'est, pas vrai?

– Ne fais pas ça! lui dit-elle.

– Alors dis à ton frère le hippie de coopérer.»

Bowman se mit à rire. «Ça ne me fait aucun effet. Il bluffe.»

Le visage d'Andrew fut soudain traversé d'une expression qu'elle ne lui connaissait pas: haine, peur, cruauté – tout cela à la fois.

«Le temps est écoulé.» Il pressa la détente du Taser et Bowman se raidit sur sa chaise, le dos arqué, poussant de toutes ses forces contre le ruban adhésif, gémissant du plus profond de ses tripes, son sourire se transformant horriblement en quelque chose qui ressemblait à un masque de mort.

# 61

*1996*

Summer retira le sac à dos de ses épaules et le posa sur le ponton – des planches couvertes de sel et d'écailles de poisson. Une soudaine légèreté ; ses os, ses articulations et ses ligaments soulagés. Une sensation un peu étourdissante, à peine consciente. C'était son moment préféré dans les randonnées. Elle regarda les irisations d'hydrocarbures sur l'eau, un banc de vairons scintiller et disparaître à l'unisson.

Assise sur son sac, elle ôta ses bottes et ses chaussettes moites de sueur, étira devant elle ses jambes nues, à l'ombre d'une boutique d'appâts en tôle ondulée. Il restait encore quelques heures avant le coucher du soleil. Une douzaine de bateaux scintillaient dans une lumière chaude, se balançant doucement dans le port – des voiliers et des bateaux à moteur, qui paraissaient tous inoccupés. Dans cette ville portuaire désuète du Yucatán, aucun n'était grand ni luxueux. Elle n'avait pas de goût particulier pour les bateaux mais elle trouvait la scène paisible et jolie.

C'était la basse saison ; elle supposa qu'il y avait davantage de touristes en hiver. Les quelques habitants qui passaient par là ne lui prêtaient guère attention ; ils avaient l'habitude des jeunes gens de son espèce. Elle savait qu'elle puait, qu'elle transpirait après avoir marché toute la journée, mais elle s'en fichait, elle s'y était habituée. Un sac à merde. C'est ce que Saul avait dit, qu'il était fatigué de vivre comme un sac à merde. La semaine précédente, elle l'avait accompagné à la gare routière de Boca del Río et l'avait regretté, parce qu'il avait encore essayé de la convaincre de repartir avec lui. Il lui avait répété qu'elle ne retrouverait pas son frère, que sa recherche avait été un excellent prétexte pour ces quelques mois de libre vagabondage postuniversitaire, mais que lui, Saul, n'avait jamais pensé qu'elle était vraiment sérieuse avec ça. Il avait paru inquiet, craignant peut-être qu'elle délire un peu. En s'éloignant, elle s'était sentie à la fois triste et soulagée. Saul était beau, intelligent, et ils avaient été ensemble pendant presque toute leur dernière année à Northern Arizona. Il disait alors aspirer à la bohème, vouloir vivre à la dure. Ça la faisait sourire à présent.

Assoiffée, elle laissa son sac à dos sur le ponton, entra dans le magasin d'appâts et acheta trois Modelo Especial. La bière était moins chère que l'eau en bouteille, et les sodas sucrés la rendaient malade. Se rasseyant sur son sac, elle but la première bière rapidement, consciente du léger gargouillement de son estomac vide, et sirota la seconde, se disant qu'elle offrirait la troisième à Bowman si son instinct était bon, si le grand Américain dont elle avait appris qu'il faisait partie de l'équipage du bateau de recherche français se révélait être son frère.

Les trois bières étaient terminées et elle était endormie la tête sur son sac lorsqu'elle s'éveilla soudain au bruit d'un moteur qui approchait, couvert par de fortes voix qui parlaient différentes langues. Les lumières du port étaient allumées, même sur les bateaux au mouillage qu'elle avait cru déserts. Un bateau beaucoup plus grand, qu'elle aurait presque pu qualifier de navire, se dirigeait vers elle. Le *Marion Simon* avait recueilli des données biologiques quelque part dans le golfe trois semaines durant et serait amarré ici plusieurs jours avant de repartir.

Elle emporta son sac plus près de l'endroit où le bateau allait probablement accoster. Un seul projecteur grouillant d'insectes éclairait le quai, et elle ne voulait pas manquer son frère, ou le confondre avec quelqu'un d'autre dans cette faible lumière. Instinctivement, elle se plaça dans l'ombre la plus noire qu'elle put trouver. De nouveaux cris en français puis en espagnol retentirent, les moteurs Diesel s'inversèrent et grondèrent avant d'être coupés. Des cordes furent lancées, des hommes sautèrent sur le quai et enroulèrent des nœuds compliqués sur des taquets boulonnés à de lourds poteaux. Une atmosphère de libération, d'excitation.

Deux jeunes hommes et une femme, portant des sacs à dos, se précipitèrent sur le ponton et disparurent, parlant espagnol entre eux. Summer attendit. Elle essaya de ne pas répéter ce qu'elle allait dire à son frère. Il valait mieux laisser la surprise faire son effet, et le laisser dire ce qu'il voulait lui dire.

Elle se rendit compte qu'elle savait avec certitude qu'il était sur le bateau. Une sensation qu'elle n'avait jamais éprouvée auparavant.

Ils ne s'étaient pas vus depuis plus de six ans. Allait-il la reconnaître ? Puis il y eut sa voix, reconnaissable entre toutes, qui disait au revoir à quelqu'un en français. Une silhouette mince, se déplaçant lentement dans le contre-jour d'une faible lumière jaune sur le bateau, gracieuse comme un héron, embrassant une grande femme à la peau sombre. C'était plus qu'amical, et Summer fut heureuse pour lui. La femme se retourna et partit vite, s'éloignant sur le quai, vers la rive.

Bowman la regarda partir, silencieux, avec dans sa posture une pointe de regret. Il ne la reverrait probablement jamais. Elle lui manquerait. Il resta là à regarder à gauche et à droite pendant un moment avant d'enjamber l'espace d'au moins soixante centimètres qui le séparait du ponton, puis s'arrêta à nouveau, basculant un lourd sac à dos sur son épaule, les deux pieds sur les planches solides et stables, savourant cette nouvelle sensation d'immobilité.

Il se tourna directement vers elle.

« C'est vraiment toi, dit-il. J'ai cru que je perdais la tête. »

Il laissa tomber son sac et se précipita vers elle, la soulevant du sol dans une étreinte fougueuse. Il sentait le sel, la sueur et la mer, et bien qu'il fût toujours mince, sa force était surprenante – la force d'un homme, avec des muscles noueux aux bras et dans le dos. Il lui demanda comment elle l'avait trouvé, l'air plutôt content et non furieux comme elle s'y attendait.

Il la reposa au sol, lui souriant toujours.

«Depuis quand tu aimes les bateaux ? demanda-t-elle.

– Ce ne sont pas les bateaux, Summer, c'est l'eau. Tu te souviens quand papa nous a laissés regarder dans le microscope pour la première fois ?

– Toute une faune invisible dans une goutte d'eau du lac, ouais.»

Ils avaient dix et douze ans, et ça les avait sacrément impressionnés. Ils avaient par la suite appris que d'autres petites créatures vivaient sur leur peau, dans leurs entrailles. L'un et l'autre avaient été perturbés, au début, par cette nouvelle notion de symbiote, qui compliquait leur perception d'eux-mêmes. Leur père prenait ainsi plaisir à leur soustraire certaines révélations liées au fonctionnement de la vie, puis à les leur exposer de manière à les surprendre, à les choquer et à ébranler leur conception de la réalité, entraînant ce qu'il appelait «une violente expansion de la conscience». Summer se demandait si cela avait été une si bonne idée.

«C'est comme quand on regarde dans un microscope et qu'on ne peut pas croire à ce qu'on voit, dit Bowman. Si ce n'est que sur les récifs, les Autres ne sont pas microscopiques. Qu'est-ce que j'étais à mon arrivée sur la côte ? À vingt-deux ans, découvrant un nouvel univers...»

Il ne finit pas sa phrase. Summer remarqua qu'il utilisait toujours le terme de leur père pour désigner la vie non humaine. Il semblait heureux, aussi enthousiaste que lorsqu'ils étaient plus jeunes.

«J'ai un campement, dit-il, en dehors de la ville. Achetons de la nourriture et allons-y. Après trois semaines sur un bateau avec d'autres personnes, j'ai besoin de calme.»

Ils achetèrent des tacos de poisson à un vendeur de rue qui connaissait Bowman, et une autre bière au magasin d'appâts juste avant qu'il ne ferme, puis ils se mirent à marcher, laissant derrière eux les maisons, les magasins et les panneaux de signalisation, pour finalement quitter la route gravillonnée et emprunter un chemin de terre. Summer sortit une lampe de poche de son sac et l'alluma. Bowman s'arrêta si soudainement qu'elle se heurta à son dos. Il lui demanda de l'éteindre, malgré la faible lueur de la lune. Il dit qu'il lui indiquerait quand il faudrait faire attention, quand il y aurait des racines ou des rochers.

« Je pensais surtout à un fer de lance, dit-elle.

– Ah oui, *Bothrops asper*, répliqua-t-il, comme si elle avait mentionné un ami commun. Un beau serpent, surtout les grosses femelles. Tu as raison, mieux vaut ne pas marcher dessus, il ne fait pas bon ménage avec l'espèce humaine. Je n'en ai pas souvent vu dans cette forêt. » Il continua à avancer. « Il y a des jaguars, cependant. D'ici, je peux marcher jusqu'au meilleur habitat de jaguars du Mexique. » Sa voix était redevenue pleine d'allant, naturelle, et dans l'obscurité, Summer pouvait se figurer que c'était le Bowman de leur enfance, celui qui lui parlait des animaux rares et imaginaires de Panther Gap.

« Je sais. Comment crois-tu que je t'aie trouvé ? »

Il s'arrêta à nouveau, intrigué, puis émit une sorte de rire satisfait et approbateur avant de continuer. Elle le suivait de près tandis qu'ils descendaient – ça ressemblait à une descente, bien que le paysage ici fût désespérément plat – dans une jungle humide et luxuriante où l'allure de son frère lui apparaissait de plus en plus sauvage et dégageait une puissance qui la saisit. Elle savait que c'était son imagination, et aussi la bière, et l'obscurité veloutée, et l'évidente familiarité de son frère avec un écosystème qui était, pour elle, exotique et vaguement menaçant, mais même sa silhouette indistincte avait l'air plus haute et plus sombre.

Le chemin menait à une ouverture dans la canopée – elle imagina qu'un géant de la forêt était tombé ici longtemps auparavant. Dans la lumière diffuse, elle distingua un cercle de feu fait de pierres pâles et de lourds troncs d'arbre installés comme des bancs ou des tables. Un hamac était suspendu à trois mètres de hauteur dans les branches d'un arbre immense, dont l'espèce lui était inconnue.

Bowman entreprit d'allumer un feu avec son foret à archet tout en demandant à Summer de lui parler de sa vie, de l'école, de la fac, de leurs oncles, du ranch, de la faune de Panther Gap.

Elle ne lui donna que les grandes lignes, quelque peu déconcertée par son insouciante prétention à estimer qu'il méritait d'être au courant de tout cela. Elle sortit de son emballage le vivaneau épicé et croustillant. Des flammes jaunes grimpaient à l'intérieur du tipi de brindilles tandis que Bowman brisait des bâtons entre ses mains et les posait par-dessus, reproduisant une scène qu'elle avait vue des centaines de fois lorsqu'ils étaient jeunes.

« J'ai fait un rêve après le départ de Jeremy, dit-il, quand il a ramené le corps de papa à la maison. J'étais une marmotte dans un affleurement rocheux sur la crête, et je vous regardais, Darwin, Jeremy et toi, enterrer papa à côté de maman.

– Tu nous as regardés le porter là-haut ? » Elle lâcha ça la bouche pleine. « On aurait eu besoin d'aide. »

Bowman ne répondit rien. Summer voyait aussi leur père dans ses rêves, plusieurs fois par an, et chaque fois il était de retour, ou n'était pas vraiment mort, mais il y avait toujours quelque chose de terriblement mauvais autour de lui.

Elle demanda à Bowman s'il voulait bien lui raconter ce qui s'était passé lorsque leur père avait été tué. Au début, il garda le silence.

« Tu as dit à oncle Jeremy qu'un ennemi de papa avait envoyé une équipe de tueurs d'élite venus d'Afrique.

– Je lui ai dit que c'était ce que papa avait raconté. Ce n'est pas ce qui s'est passé. Ces types étaient des truands du coin, qui voulaient nous kidnapper. C'est papa qui a tiré le premier. Ils ont répliqué en lui tirant dans la jambe. Pas pour le garder en vie et l'interroger, mais parce qu'ils étaient de mauvais tireurs. Ce n'était pas un surhomme. »

Elle avait beau s'attendre à quelque chose dans ce genre, ça ne passait pas. Elle ressentit de la tristesse pour leur père.

« Quand j'étais avec lui, à ta recherche dans la sierra Madre, j'ai pensé que tu avais raison, qu'il souffrait d'une forme de maladie mentale. Peut-être depuis un an ou plus, et elle progressait petit à petit, provoquant chez lui des accès délirants. Il semble qu'à la fin il ait eu des hallucinations.

– Ouais. Il a eu une forte fièvre avant de mourir, ce qui a empiré les choses. Mais ouais.

– Tu sais quand même qu'il ne faisait pas partie de la CIA?

– Il n'a jamais dit qu'il en faisait partie.

– Il le laissait entendre. Toujours si mystérieux au sujet de l'Afrique.»

Elle expliqua comment, l'été précédent, elle avait convaincu l'oncle Jeremy de l'aider à enquêter sur la carrière de Leo. Ils étaient remontés jusqu'à un type qui avait travaillé avec lui au département d'État en Afrique centrale dans les années 1960. Apparemment les frontières entre gouvernement et CIA étaient assez floues là-bas à l'époque. Leo avait eu un parcours militaire impressionnant, mais il n'avait jamais été un agent. L'ancien collègue avec lequel ils s'étaient entretenus était de la vieille école: selon lui, Leo était «devenu autochtone» en 66 ou 67 – sans se rendre compte qu'il s'adressait à des Amérindiens métis – et au cours des années suivantes il avait passé plusieurs mois à vivre dans la brousse au sein de tribus parmi les plus «primitives», les aidant à engager des poursuites auprès du gouvernement central contre un homme puissant qui empiétait sur leur territoire, braconnait la viande de brousse et enrôlait de force des garçons de la tribu dans sa milice.

«Papa était très remonté, il a essayé de défendre ses amis et il est allé trop loin, il a tué des gens. Non que la CIA ne tuait pas de gens à l'époque, mais ce qu'il faisait dérogeait au plan. Ils ont étouffé l'affaire, et ses supérieurs ont recommandé une retraite anticipée.»

Bowman avait l'air déstabilisé. Il fronça les sourcils; Summer sentit qu'il lui fallait assimiler ces nouvelles informations, qui l'obligeaient à voir leur père sous un meilleur jour. Ce genre de choses lui plaisait: leur père défendant des indigènes qui se battaient pour protéger leur terre afin de pouvoir continuer à vivre à l'ancienne. Si Summer ne pouvait nier l'attrait de cette lutte indigène, se concentrer sur ce seul épisode lui semblait relever d'un esprit étroit et romantique.

Un autre calme et long interlude suivit. Le rythme bien peu conventionnel des conversations avec son frère n'avait décidément pas changé.

*Bon*, pensa-t-elle, *assez tourné autour du pot.*

« Alors, demanda-t-elle, pourquoi n'es-tu pas revenu ? Aucune carte postale, aucun coup de téléphone. Ça fait six ans, Bowman. Six ans. »

Elle ne put s'empêcher d'élever la voix, et la manifestation de son émotion eut l'effet qu'elle craignait : encore plus de silence. Elle y réagit en faisant ce qu'elle s'était promis de ne pas faire : tout en colère, en douleur et en récriminations refoulées, elle lui exposa combien il avait été difficile pour elle et ses oncles de vivre sans lui, comment ils avaient essayé de le retrouver, sans même savoir s'il était encore en vie. Comment elle avait tenté une douzaine de fois de quitter l'école, de quitter la fac, de ne pas y retourner à l'automne après avoir travaillé avec Darwin et Jeremy chaque été, succombant chaque fois à l'insistance de ses deux oncles qui lui répétaient sans cesse que Leo aurait voulu qu'elle termine ses études et découvre la vie au-delà de Panther Gap. À quel point c'était désormais trop difficile, même avec Jeremy et Darwin qui récoltaient du foin dans la plaine, et malgré leurs boulots respectifs en ville.

Son frère n'avait pas l'air d'écouter. Des yeux sombres, brillants et lointains, de longs cheveux noirs sur ses épaules. Un Indien d'Hollywood, version héroïque. Grand et fort, plaisant à un public blanc, beau gosse anglo-saxon avec juste assez de traits hérités de leur grand-mère pour évoquer un indigène. Une observation vaguement insultante, qu'elle ne s'était pas autorisée la dernière fois qu'elle l'avait vu.

« Grand-père Martin a laissé une dotation qui est censée couvrir les dépenses du ranch, reprit-elle, mais les impôts du comté ont tellement augmenté que, d'après Darwin, nous n'aurons plus d'argent d'ici cinq ans. Je vais retourner au ranch pour les aider. Mais je devais d'abord te trouver. Pour te dire ce qui se passe. Pour savoir si tu reviens avec moi.

– Jeremy et Darwin sont des types bien, répondit-il. Tu devrais les écouter.

– Ce sont des types bien et ils se tuent à essayer de faire ce que notre grand-père et notre père leur ont demandé de faire. Ce n'est pas juste.

– Il y a quelque chose dans notre sang, dit-il. Des deux côtés. Ou alors c'est quelque chose à propos de l'endroit lui-même.

– De quoi parles-tu ? »

Au lieu de poursuivre, il saisit le sac en papier contenant ses tacos de poisson. Il en avait commandé cinq : apparemment, son appétit d'adolescent ne s'était pas émoussé. Il déballa le premier, en prit une énorme bouchée, ouvrit une canette de Modelo pendant qu'il mâchait, tout en regardant sa sœur. Il avait proposé de payer leur dîner, disant qu'il avait été rémunéré sur le bateau, mais elle avait insisté par réflexe : elle n'allait pas laisser son frère routard dépenser pour elle l'argent qu'il avait durement gagné. Quoique maintenant, alors qu'ils s'observaient l'un l'autre dans la lumière incertaine du feu, elle se souvenait qu'il avait plus d'argent qu'elle : alimenté par l'assurance-vie de leur père, son compte en banque continuait à générer des intérêts alors qu'elle avait vidé le sien pour un BS[42] en études environnementales avec option anthropologie – parfaitement inutile au ranch.

« Tu as fait des études, dit-il, semblant lire dans ses pensées. Sers-t-en. Aventure-toi dans le monde. Ne recule pas devant lui.

– Je ne recule pas. » Elle se sentait sur la défensive ; tous les deux retombaient déjà dans leur vieux schéma, lui agissant en supérieur et elle fulminant.

« Prends un peu de recul, continua-t-il comme si elle n'avait pas parlé. Grand-père Martin a commencé : il a déménagé à Panther Gap et ne l'a pratiquement pas quitté pendant cinquante ans. Puis, après une demi-vie d'absence, papa a fini par y retourner. Maman est morte là-bas. Nos oncles ont essayé de partir, mais ils y ont été ramenés quand nous étions enfants. Et maintenant, toi ? »

À nouveau, elle tenta de lui expliquer sa manière de voir les choses, que l'un et l'autre ne pouvaient pas se contenter de poursuivre allègrement des objectifs personnels dans la vie tandis que leurs oncles s'occupaient seuls des terres

42. Le *Bachelor of sciences* est l'équivalent d'une licence.

de la famille. Elle était sur le point de le traiter d'égoïste lorsqu'il l'interrompit.

«Pourquoi ne pas vendre? Nos oncles et toi seriez riches.»

Pendant un moment, elle crut qu'il plaisantait. Elle commença à rire. Mais il ne plaisantait pas.

«Tu ne peux pas dire ça. Tu sais ce qui se passerait alors?

– La même chose que ce qui s'est passé, se passe, et continuera à se passer dans tous les endroits du monde qui ne bénéficient pas de la protection des riches et des puissants. J'ai vu ça dans la sierra Madre.

– Et ça te convient?

– Non, c'est une tragédie, ça me brise le cœur. Les gens ne gagnent rien et la terre meurt. L'exploitation forestière illégale détruit l'habitat des jaguars dans le Sonora – des terres qui sont censées être préservées. Les Indiens qui vivent là, des gens que je connais, essaient d'arrêter ça et ils se font tuer.» Il se redressa d'un coup, incapable de rester assis, incapable de contenir ce qu'il ressentait. «Il n'y a rien qui me convienne là-dedans.»

La colère n'était pas une émotion qu'elle se rappelait avoir vue très souvent chez lui. Même à la fin, lorsque leur père et lui se disputaient, Bowman entrait rarement dans une véritable colère. Inquiet, distant, impatient de quitter le ranch, mais pas en colère. Et, encore à présent, il n'était pas démonstratif, n'écrasait pas sa canette de bière ou ne donnait pas de coup de pied dans la pile de bois. Mais elle sentait son esprit s'enflammer – l'étrange connexion fraternelle qu'ils avaient toujours eue. Il y avait un peu d'amertume aussi, et une certaine insouciance.

Elle prit le temps de digérer ce qu'il avait dit, et lâcha un souffle qu'elle contenait sans en avoir conscience.

«Pourquoi ne retournerais-tu pas là-bas, pour faire en sorte que tout ça s'arrête?»

Il lui lança un regard rapide et secoua la tête d'un air contrarié. Il devait se réadapter à leur connexion, à sa capacité à lire en lui. C'était une chose à laquelle il avait pensé. «J'étais encore un enfant quand je suis allé dans ces montagnes, dit-il. J'ai pensé que je pourrais simplement me pointer et rejoindre leur monde. Je confondais gentillesse et connexion. J'étais présomptueux. Mais tu as raison. Je pourrais peut-être aider.

– Et si Panther Gap faisait face à quelque chose de semblable ? »

Cette fois, il réagit comme si elle lui avait jeté quelque chose en pâture – ce qu'elle supposait avoir fait.

« C'est déjà une île en soi, dit-il. Tu sais ce que ça signifie, avec le temps. Au fur et à mesure que le pays tout autour se développe, est perturbé, que le climat se réchauffe... »

Il improvisait ça à la volée, une justification *a posteriori* pour avoir rejeté sa famille et l'endroit magique qu'il aimait comme une partie de lui-même. Elle l'interrompit.

« C'est vrai, et nous ferons ce que nous avons à faire. Sauver ce qui reste. Quoi qu'il en coûte. »

Elle savait qu'elle l'agaçait, et pensa qu'elle était en train de rater son objectif.

« Le problème que tu exposes, répondit-il, est que la famille Girard n'a plus assez d'argent pour conserver sa propriété. Tu es prête à renoncer à tout ce que tu pourrais accomplir dans le monde pour retourner en arrière et essayer d'empêcher ça. Pas moi.

– Tu sais très bien que nous n'avons pas été élevés dans l'idée que Panther Gap était "notre propriété" ».

Leur père avait déconstruit auprès d'eux le concept euro-américain de propriété foncière, et ce dès leur plus jeune âge. *Nous appartenons à cette terre*, disait-il.

Elle fut tentée de demander à Bowman ce qu'il pensait accomplir ici, en étant équipier sur un bateau, à dormir dans un hamac dans la jungle. Il se trompait tellement sur tout ça.

Il se rassit sur son rondin, peu à peu vidé de son ardeur.

« Nous avons un devoir, insista-t-elle. La terre est plus importante que nous. »

Mais il se contenta de fixer sa bière pendant un moment avant de lever les yeux vers elle, le visage triste.

« Je suis désolé, Summer. Je ne rentre pas. »

# 62

*2009*

Lorsque le courant cessa de circuler à travers les ardillons fichés dans son ventre et ses jambes, Bowman s'affaissa sur sa chaise, d'où il serait tombé s'il n'y avait pas eu le ruban adhésif.

Simultanément, Bowman se leva et s'éloigna de son corps.

Summer criait à Bick – ou à Andrew : « Arrête, il est malade, tu vas le tuer ! »

Bowman pensa qu'elle avait peut-être raison. Quelque chose se passait dans son cœur. Art retenait Summer mais il fronçait les sourcils, et Bowman eut l'impression qu'il n'approuvait pas ce que faisait Bick.

« C'est des conneries, il fait semblant. L'hôpital au Costa Rica a dit qu'il était guéri. »

Bowman était juste très étonné que Bick mentionne l'hôpital. Mais il avait travaillé sous couverture dans la banque de la famille : sans doute avait-il vu passer le virement.

Bick se pencha sur le corps de Bowman et lui souleva le menton avec le pistolet en plastique.

« Tu fais semblant, Sherman Carver ? »

Dans le dos de Bick, Bowman répondit « Non », mais ils ne pouvaient pas l'entendre.

« Comment tu l'as appelé ? demanda Summer.

– C'est le nom qu'il m'a donné. » Bick le gifla, fort. « Réveille-toi. »

Bowman hors-de-son-corps perçut la gifle comme une vibration à basse fréquence. Il ne parvenait toujours pas à comprendre pourquoi Bick le détestait autant. Une autre gifle, puis Bick brandit le pistolet électrique et sourit, sur le point d'appuyer sur la gâchette une troisième fois. Son sang-froid l'avait abandonné – déconcerté par la résistance de Bowman, il se déchaînait, cédant à un penchant cruel caché. Et il aimait ça.

Summer cria à nouveau et, comme pour lui répondre, un aboiement sonore retentit quelque part non loin de la maison. Un homme de grande taille que Bowman n'avait jamais vu auparavant entra précipitamment dans le bureau, tenant à deux mains un grand pistolet.

Il le pointa vers Bick et cria : « Jette ça ! »

Art lâcha Summer et attrapa l'AK qui pendait derrière son dos mais, avant qu'il puisse le brandir, Jeremy entra dans la pièce, une carabine militaire à la main, Marco à ses côtés.

« Non », dit-il. Art haussa les épaules en signe de capitulation et tendit son fusil à Summer.

Marco accourut et se mit à lécher le visage de Bowman.

Bick et Bowman hors-de-son-corps s'adressèrent en même temps à celui qui tenait le pistolet : « Qui diable tu es, bon sang ? »

Au lieu de répondre, l'homme demanda à Summer si elle allait bien. Elle hocha la tête, tenant l'AK d'Art dans ses mains menottées, ne sachant pas trop quoi en faire. Jeremy retira le pistolet de Bick de son holster, et ordonna à Art et à Bick de s'allonger sur le sol pour que l'autre type – Summer l'avait appelé Sam – puisse lier leurs poignets et chevilles avec leurs propres colliers de serrage.

Jeremy ramassa le pistolet en plastique sur le sol où Bick l'avait laissé tomber, et comprit ce qu'il avait fait subir à Bowman – il appela cela « tasing ». Un court instant, Bowman crut que son oncle allait mettre un coup de pied dans la tête de Bick.

« Merci, oncle Jeremy. C'est bon de te voir. »

Mais son oncle ne pouvait pas l'entendre.

Summer trouva une paire de ciseaux dans un tiroir du bureau, demanda à Sam de lui libérer les poignets puis se précipita vers le corps de Bowman, le Bowman spectral s'écartant du chemin, peu disposé à laisser sa sœur traverser ce qu'il était devenu.

« Il est vivant, il respire, dit Summer. Son pouls est faible. »

Sam l'aida à extraire Bowman de sa chaise et à l'allonger sur le sol.

*Pas encore mort, donc*, pensa Bowman.

« Il va bien », dit Bick. Art et lui avaient basculé en position assise sur le sol au centre de la pièce, les bras derrière le dos, les jambes tendues devant eux. « C'est ridicule. Il faut vous ressaisir, les gars ! » Il avait réintégré son personnage, aucunement perturbé par le tour qu'avait pris la situation. « Il ne reste pas beaucoup de temps. Les flics vont voir ce qui s'est passé dans l'allée et débarquer ici, armés jusqu'aux dents, et leur curiosité piquée à vif. Ils vont découvrir les comptes de votre grand-père. Il vaudrait mieux pas. »

Darwin entra en boitant, interrompant la discussion entre Bick, Summer et Jeremy. Bowman, qui s'était inquiété pour lui, fut heureux de voir qu'Art avait vraiment pansé sa jambe blessée, bien que son oncle fût pâle et eût l'air de souffrir. Darwin se laissa tomber de tout son poids sur une chaise de bureau et appuya sa jambe blessée sur l'une des boîtes que Bick avait apportées. Après quelques instants, il tira vers lui l'ordinateur ouvert de Bick et l'examina. Jeremy entra en contact avec le bureau du shérif et négocia une heure de délai, en leur assurant vaguement que les choses étaient sous contrôle, et qu'il leur transmettrait une copie de la vidéo de sécurité où la femme prenait la fuite après avoir, apparemment, tué Sarge.

Summer exposa les objections de Bowman et suggéra qu'il puisse avoir raison. Peut-être devraient-ils renoncer à l'argent de grand-père Martin.

« Merci », dit Bowman, ne parlant qu'à lui-même.

Jeremy était pour, mais pas Darwin.

« Nous allons perdre le ranch », opposa-t-il.

Bick vit en Darwin un allié et s'empressa de le soutenir. « C'est ce que les actionnaires de la banque cherchaient depuis le début. Voilà pourquoi ils vous ont vendu à Salifano. Ils iront en prison, mais la dette, elle, sera toujours là. Vous ne pourrez pas la rembourser avec votre petite exploitation bovine.

– Pourquoi ne pas prendre l'héritage et le déclarer? suggéra Sam. L'IRS * dispose d'un programme de demande volontaire de régularisation. Vous paierez vingt pour cent en plus des arriérés d'impôts, mais vous pourrez rapatrier les fonds.

– Les types en Suisse le font déjà, dit Bick. Ce n'est pas du blanchiment d'argent, mais ils ont accumulé de l'argent propre au fil des ans sur un compte spécial. Je ne sais pas combien, mais ça devrait suffire à rembourser votre créance et à couvrir vos dépenses pendant un certain temps.»

Il vérifia à nouveau l'écran sur le mur; les policiers qui s'affairaient chez Sarge le rendaient toujours nerveux.

«Il faut que vous vous dépêchiez. Une fois que vous aurez réclamé vos droits sur ce compte, Art et moi partirons. On emmènera Darwin à l'hôpital. Bowman aussi, si vous voulez.»

Summer s'assit par terre près du corps de Bowman, qu'elle recouvrit d'une couverture près de Marco, la tête reposant sur sa veste pliée. L'idée de récupérer cet argent propre pour payer la dette du ranch lui plaisait bien. Bowman vit clair dans le jeu de Bick.

«Il y a autre chose, dit-il. Tout n'est pas *clean*.» Il essaya de crier, mais personne ne réagit, à part Marco, qui dressa les oreilles et regarda dans sa direction.

«Très bien, alors», conclut Summer.

Darwin désigna le scanner sur le bureau. «Comment ça marche, ce truc?

– C'est automatique, dit Bick. Vous posez juste les mains dessus.»

Sam releva le corps de Bowman, le mit en position assise et Summer saisit un avant-bras dans chaque main, presque exactement comme Bick l'avait fait quelques minutes auparavant. Bowman essaya de l'arrêter, mais il n'avait aucun contrôle sur son corps. Elle pressa ses paumes sur le scanner

* L'Internal Revenue Service est l'agence du gouvernement fédéral des États-Unis qui collecte l'impôt sur le revenu, ainsi que diverses autres taxes (impôt sur les sociétés, successions, etc.).

qu'ils avaient placé sur ses genoux, les câbles tendus depuis le bureau. Un balayage lumineux passa d'avant en arrière.

Quand le corps de Bowman fut de nouveau allongé, Summer posa ses propres mains sur la vitre. De nouveau la barre de lumière, et au bout d'un moment l'ordinateur de Bick carillonna.

« Félicitations, dit Bick. Vous êtes bien vous-mêmes. »

Par-dessus l'épaule de Darwin, Bowman vit une page apparaître sur l'écran de l'ordinateur, avec un message demandant des instructions pour le transfert. Le solde du compte était net de la pénalité et des arriérés d'impôts : des dispositions avaient déjà été prises avec l'IRS. Son oncle se figea et, lorsque Summer lui demanda ce qui n'allait pas, il répondit : « Rien. C'est presque douze millions de dollars. »

Bowman se sentit nauséeux, ce qu'il savait être étrange pour un fantôme. Il ne pouvait pas rester plus longtemps dans la pièce. En sortant, il remarqua que Marco le regardait, l'air perplexe. Bowman lui fit un signe de la main et descendit l'escalier. Il sentait à peine les marches sous ses pieds ; l'air était devenu scintillant, la lumière des appliques murales tamisée, sous-marine.

Il avait échoué. Plus qu'échoué : en revenant ici, en livrant ses mains à scanner, il avait permis à Summer et à ses oncles de prétendre à la totalité de l'héritage qui, il en était sûr, contenait davantage que de l'argent « propre ». Sa famille, déjà fortunée, s'était enrichie. Ils allaient garder le ranch. Et un gang de prisonniers meurtriers les traquerait à jamais. Peut-être était-ce là la malédiction du grand-père Martin : la famille devrait s'isoler encore plus, elle devrait se cacher, confirmant et amplifiant la vieille paranoïa transmise de génération en génération. Ils vivraient de la même manière que Martin, probablement pour toujours, jusqu'à ce qu'ils s'éteignent.

Il n'avait jamais eu la moindre chance. La détermination de Summer à utiliser l'argent afin de sauver le ranch pour lequel ses oncles et elle avaient travaillé si dur ne céderait jamais aux arguments de Bowman sur cet argent maudit, ni aux déclarations de leur père sur son lit de mort.

Il se tenait désormais en haut de la cage d'escalier menant aux tunnels. Il devait descendre, voir ce qui pourrait se passer. Il sentait qu'il était en train de mourir. Peut-être trouverait-il le passage vers le monde souterrain. Il pensa au jaguar-garou qu'il avait affronté sous Teotihuacán. Il pourrait l'attendre ici. C'était peut-être une façon spéciale qu'avaient les gens comme lui de vivre la mort. Ou peut-être était-ce ainsi que tout le monde mourait.

Il n'était inspiré par aucune vision. Ni herbes, ni kayak, ni rouleau de billets de cent dollars pour le sauver. Il n'y avait que la descente dans les tunnels. Il trouverait le lac souterrain, les boules métalliques brillantes, et les étoiles scintillantes sur la voûte en pierre de la grotte.

Mais, lorsqu'il commença à descendre les marches, un jaguar approcha. Ce n'était pas un jaguar-garou. C'était un véritable animal, libre de toute perversion humaine. Un grand mâle, comme celui qu'il avait vu pour la première fois dans ses rêves d'enfant, puis plus tard sur la rive d'une rivière dans la sierra Madre, et encore une douzaine de fois dans le Yucatán, au Belize et au Costa Rica, chaque rencontre déposant en lui un souvenir aussi vif et réel que n'importe quel autre souvenir de sa vie – certains avaient été des visions, d'autres le félin lui-même, pour d'autres encore il n'aurait su dire.

La face et les énormes pattes avant du jaguar étaient couvertes du sang d'un animal récemment tué. Il connaissait ce félin-là en particulier, il l'avait croisé autrefois dans la sierra Madre. Ils avaient partagé la branche d'un vieux chêne pendant un violent orage.

Il regarda Bowman dans les yeux et le frôla. La fourrure de son flanc était chaude et mouillée de pluie, les rosettes orange tachetées de noir ondulant sous sa foulée. Il marcha dans le couloir en direction du hall d'entrée, laissant des empreintes de pattes ensanglantées sur la dalle de pierre. Il s'arrêta et se retourna pour le regarder. Pas une menace, pas une supplique non plus. Il attendait que Bowman prenne une décision. Bowman détourna le regard. Il s'inquiétait de ce qu'il pourrait trouver s'il descendait dans les tunnels. Quelle sorte d'enfer avait été infligée, et à qui.

« Qu'avons-nous fait ? »

Le jaguar ne répondit pas. Il s'éloigna et disparut dans le couloir. Les traces demeuraient, fleurs rouge foncé peintes sur la pierre. Bowman hésita. Il pouvait entrer dans le tunnel et découvrir ce qui s'était passé, ou laisser la violence dans le passé et affronter ce qui allait suivre. Faire face à ce que cet animal issu de ses rêves et de sa vie voulait lui montrer. Aucune des deux options, il le sentait, ne serait agréable.

Il trouva le jaguar qui attendait devant la porte d'entrée, comme un gigantesque chat domestique demandant à sortir.

« Tu ne peux pas juste la traverser ? »

Il tourna la poignée et écarta la lourde porte. Le jaguar sortit dans le clair de lune.

Bowman le suivit.

# 63

Summer repoussa Marco dont la lourde tête continuait de peser sur la poitrine de Bowman, lequel respirait à peine. Que le chien soit si rapidement tombé amoureux de son frère était si peu surprenant que c'en était agaçant.

« Inclinez sa tête en arrière », dit Art le pilote – en parlant de Bowman, pas de Marco. Art et elle avaient noué une relation qui s'opposait aux circonstances du moment, absurdes et violentes. Elle sentait qu'il avait des dons de soigneur.

« Il faut que vous caliez son cou, expliqua-t-il. Utilisez une veste, ou autre chose.

– Je ne sais pas ce qui ne va pas chez lui. Il a... sa vessie a lâché.

– Ça arrive quand on a été tasé. Comment est son pouls ? Toujours régulier ? »

Elle vérifia à nouveau et hocha la tête. Si faible, cependant. Elle se leva, alla chercher une serviette propre dans la salle de bain au bout du couloir, la plia et l'installa sous le cou de son frère.

« Je peux faire quelque chose, proposa Art. Ma trousse de secours est dans l'hélico. »

L'oncle Jeremy avait entendu et dit : « Oublie ça. » Sam et lui se tenaient derrière Darwin et regardaient par-dessus son épaule l'écran d'ordinateur d'Andrew.

« Je sais où elle est », dit Sam, et, toujours armé du pistolet de Jeremy, il quitta la pièce avant que quiconque n'ait pu le retenir.

«Vous savez, commença Andrew, ça serait vraiment une super idée que vous nous détachiez, Art et moi. On est de votre côté.»

Jeremy avait déjà menacé par deux fois de lui scotcher la bouche, et Summer souhaitait presque qu'il le fasse. Darwin avait programmé un virement de 11,87 millions de dollars sur le modeste compte courant de leur banque locale à Whitespring. Il apparaîtrait le lendemain à la première heure, et certains en seraient sans doute choqués, mais ils avaient convenu avec Andrew que la First Denver Bank & Trust n'était pas une option fiable. Andrew leur avait raconté comment grand-père Martin avait aidé les trois actionnaires à s'installer dans le secteur bancaire légal lorsqu'ils avaient voulu se ranger, et comment ils l'avaient trahi quarante ans plus tard, lorsque les gens de Jake Salifano étaient venus fouiner dans le coin. Ils convoitaient le ranch. Ils avaient de grands projets, la construction d'un complexe hôtelier haut de gamme. Bien sûr, Andrew s'attribua le mérite de les en avoir empêchés, tout en faisant de sombres allusions au fait qu'un actionnaire avait mystérieusement disparu après avoir fourni les preuves de l'implication des deux autres.

Summer lui demanda pourquoi il continuait à feindre de ne pas avoir lui-même prévu de s'emparer des comptes. Un instant, Andrew eut réellement l'air blessé – brève image de l'homme qu'elle avait connu l'année précédente. Puis il redevint suffisant, amusé et sur la défensive.

«Essaie de voir les choses autrement, Summer: je préfère accepter le généreux bonus que je vais toucher grâce à cette mission de plusieurs années plutôt que d'essayer de t'extorquer de l'argent et d'avoir à fuir mon employeur pour le restant de mes jours.

– Et le fait d'avoir une relation avec moi faisait partie de ta mission de plusieurs années?

– Mon Dieu non, c'est même ça qui nous a causé tous ces problèmes. C'est strictement contraire aux règles. Et pour de bonnes raisons.»

Darwin se racla la gorge. Cette conversation le mettait mal à l'aise. «Il y a un message. Ils demandent une authentification multifacteurs. Pour les autres comptes.

– C'est bon, dit Andrew. J'ai apporté un scanner d'iris. On va utiliser ça, ainsi que des mots de passe longs et complexes avec vos empreintes digitales, et…

– Quels autres comptes ? demanda Summer.

– Les comptes offshore. Je ne les ai jamais vus, ils seront masqués, titrés *via* des sociétés-écrans dispersées dans diverses juridictions où le secret bancaire est protégé. Tu pourras y accéder à distance, mais tu ne pourras pas transférer l'argent aux États-Unis.

– Andrew, de quoi tu parles ?

– De la plus grande partie de la fortune de ton grand-père. C'est de l'argent sale, issu d'activités criminelles. Je ne sais pas combien ça représente, mais c'est beaucoup. Le dépositaire suisse est hermétique par définition, mais j'ai l'impression que votre grand-père leur avait donné carte blanche pour investir, compte tenu de l'horizon temporel lointain. Ils prennent tout ça très au sérieux. C'est pourquoi ils ont engagé la société de sécurité pour laquelle je travaille afin d'examiner les menaces dont votre grand-père les a avertis.

– S'il est d'origine criminelle, pourquoi devrions-nous récupérer cet argent ? Pour que tu aies un plus gros bonus ?

– Ouais, déjà, mais aussi pour qu'il vous reste à tous un peu plus que quelques semaines à vivre. Le gang de Salifano n'est pas très délicat, ils vous tortureront jusqu'à ce que vous transfériez l'argent, puis ils vous tueront.

– On a assez d'argent pour le ranch. Alors donnons-leur ce qu'il y a sur les autres comptes, et qu'ils disparaissent. » Ce qui, pensa-t-elle, pourrait aider à apaiser Bowman. Dès qu'il se réveillerait. Et il allait se réveiller. Son corps était saisi de tremblements de plus en plus réguliers. Elle espérait que Sam allait vite revenir avec la trousse de secours.

« Summer. Hé. » C'était Andrew. Il lui avait dit quelque chose qu'elle n'avait pas entendu.

« Quoi ?

– Jake Salifano n'est pas un génie du crime très rationnel. Il est aussi déterminé à détruire votre famille qu'à voler l'argent, et il ne partira pas, peu importe ce que vous lui donnerez.

– Qu'est-ce que tu sais sur Salifano ?» L'oncle Jeremy avait écouté en silence, dépité, mais il se rapprocha d'Andrew et s'accroupit en face de lui, les yeux dans les yeux.

«Ce n'était pas juste un tueur à gages», poursuivit Andrew, heureux de montrer qu'il connaissait mieux qu'eux-mêmes l'histoire de leur famille. «Il était aussi secrètement associé à une branche de la mafia, que votre grand-père avait arnaquée d'une manière ou d'une autre à l'époque. Il ne l'a jamais digéré. Toutes ces années, même en prison, il a cherché la fortune des Camboust comme si c'était la mine d'or du Hollandais perdu. Maintenant c'est lui qui contrôle cette organisation criminelle. Il est vraiment super dangereux, plus encore que je ne le pensais.» Il se retourna pour s'adresser directement à Summer. «Il faut que tu fasses appel aux services de sécurité les plus perfectionnés, et le moyen le plus sûr est de passer par un compte offshore. N'utilise pas l'argent du compte du ranch. Tu peux engager ma société, tu auras les meilleurs services possible, et ne t'inquiète pas, ce ne sera pas moi : je prends ma retraite, et de toute manière ils ne m'impliqueraient pas là-dedans après tout ce merdier.»

L'oncle Jeremy avait l'air pensif, voire distrait. Il se tourna pour observer les écrans sur le mur du fond. Chez Sarge, une ambulance était venue et repartie, laissant un camion de la police scientifique et une poignée de voitures de police, dont le Tahoe bleu du shérif.

«Ils ne vont rien tenter tant que la police est là-bas, dit Andrew, qui regardait également les écrans.

– Tu es d'accord avec Andrew ? demanda Summer. Oncle Jeremy ?»

Il hocha la tête.

«Darwin ?»

Darwin avait pivoté sur sa chaise pour regarder Summer. Il hocha la tête lui aussi.

«Merde», dit-elle. Elle aurait aimé que Bowman soit conscient mais, même s'il l'était, la décision lui appartenait.

«Merde», répéta-t-elle.

# 64

Quand Sam entra dans le bureau avec la trousse de secours, Andrew était toujours ligoté, à genoux sur le sol, mais Sam fut frappé de voir à quel point il donnait malgré tout l'impression d'être aux commandes, aboyant des ordres à Summer et aux oncles. *Amenez l'ordinateur portable ici, scannez son iris, trouvez un long mot de passe.* Jeremy tenait un appareil électronique, un genre de jumelles sans objectif. Il le brancha sur une sorte de hub et le tendit à Summer. Elle regarda à l'intérieur.

Sam posa la trousse à côté de Bowman. Il tremblait si violemment que Sam craignit qu'il ne se mette à convulser. Sans vraiment réfléchir, et tandis que les autres avaient le regard ailleurs, il se dirigea vers Art avec les ciseaux de Summer et coupa les liens autour de ses jambes. Art sourit pour le rassurer, le suivit et s'agenouilla près de Bowman.

Voyant ce qui se passait, Summer les rejoignit. Suivant les instructions d'Art, Sam sortit de la trousse certains objets tandis que Summer passait un tensiomètre au bras de Bowman. Puis elle s'empara des ciseaux et libéra les mains d'Art. Ils mirent en place une perfusion de sérum physiologique et en préparèrent une autre, d'épinéphrine. Bowman se calma peu à peu. Art se retourna pour regarder les autres : Darwin tapait sur l'ordinateur portable, tout en discutant avec Andrew ; Jeremy se tenait en retrait et regardait par-dessus l'épaule de son frère.

Art présenta ses mains et chuchota : « Tu ferais mieux de me les ligoter à nouveau, ou ton oncle va péter les plombs.

– Ça va aller », dit Summer.

Sam jeta un coup d'œil à Jeremy, qui ne leur prêtait aucune attention, lancé dans un vif débat avec Darwin et Andrew.

« Qu'est-ce que j'ai raté ? »

Summer lui raconta les comptes offshore cachés, l'argument d'Andrew selon lequel le groupe qui avait essayé de forcer l'entrée représentait une menace existentielle pour la famille, d'où sa décision de prendre le contrôle des comptes – ce que Sam accepta difficilement. Elle s'arrêta au milieu d'une phrase.

Les oncles, et même Andrew, étaient tous soudainement silencieux, fixant l'ordinateur.

« Qu'est-ce qui se passe ? » demanda Summer.

Personne ne répondit.

« Hé ! »

Darwin se mit debout d'un pas chancelant, et leur présenta l'ordinateur d'Andrew, laissant traîner les câbles, un regard vitreux d'incompréhension sur le visage. Il fit pivoter l'écran pour le montrer à Summer, Sam et Art, qui s'agenouillèrent derrière lui, regardant par-dessus son épaule. Trois listes, de huit comptes chacune. Une somme totale en bas. Tous étaient stupéfaits, silencieux. Ni exclamation ni rire incrédule.

«Vous avez enfin peur ? demanda Andrew. Maintenant, vous comprenez pourquoi ces gens en ont après vous ? »

Jeremy marmonna quelque chose à propos de la nécessité d'aller faire un tour. Il vérifia l'écran de son téléphone portable, fouilla dans la valise en plastique d'Andrew, en sortit un casque de vision nocturne et l'alluma. Il portait la carabine de Sarge à l'épaule et une radio portative accrochée à sa ceinture.

«Tu sors maintenant ? » demanda Summer. Les enjeux avaient été multipliés par mille, et le danger avec. Sam avança qu'une sortie de Jeremy ne semblait pas être une bonne idée.

Jeremy lut sur leurs visages et esquissa un demi-sourire ; il était pâle, mais déterminé. « Faites-moi confiance.

– Bien sûr », dit Summer.

Jeremy fit à Sam la courtoisie d'attendre une réponse de sa part. Sam hocha la tête.

S'adressant à tous les deux, il leur conseilla de rester en alerte s'ils sortaient, et de surveiller les écrans pendant son absence. Il désigna les deux AK appuyés contre le mur près de la porte. « Utilisez-les s'il le faut. » Puis il sortit, Marco sur ses pas.

«Tu peux me détacher, s'il te plaît ? » Andrew était toujours au même endroit, à genoux sur le sol. « J'ai travaillé pour toi, pour ta famille, vous devez tous l'avoir compris maintenant.

– Non, rétorqua Summer, tu travailles pour toi, pour ton putain de bonus. Tu as torturé mon frère et ça, on ne te le pardonnera pas. »

Elle dit à Sam et à Art qu'elle voulait qu'Art emmène Bowman et Darwin à l'hôpital. Elle irait avec eux – sans préciser ce qu'elle voulait faire d'Andrew.

« OK, dit Andrew. Mais au moins, écoute-moi. Tout ça change complètement la donne. Je n'en avais pas la moindre idée, putain. »

Il se mit en position assise et se dirigea vers Summer, tirant sur ses talons et essayant de faire glisser ses fesses sur le sol. Sam s'interposa mais Andrew n'alla pas très loin avant de renoncer, frustré, toute bravade envolée.

« Summer, ta famille va devoir devenir invisible. Ma société peut vous aider pour ça. Vous aurez besoin de passeports étrangers. On appelle ça la citoyenneté mondiale : une classe de super riches, de gens qui partagent une peur justifiée du kidnapping et des rançons, de l'extorsion, de l'application arbitraire des lois. Je ne parle pas des PDG ou des ploutocrates de la Silicon Valley, mais des familles des plus grands barons de la drogue, des anciens dictateurs en exil, des oligarques russes apatrides, le un pour cent invisible des un pour cent. Tout leur argent est offshore comme le vôtre. Ils évoluent dans un univers parallèle, vivent sur des yachts géants, des îles privées, des jets de luxe, dans des penthouses à Singapour – j'ai vu ça, ou j'en ai eu des aperçus. Pour ces gens-là, la vie consiste en un étalage international, anonyme et nomade de leur invulnérabilité... »

Elle le coupa. « Andrew, tais-toi, on ne va pas faire ça. Ne sois pas ridicule.

– Il va falloir. Vous allez devoir quitter cet endroit, vous êtes grillés ici.

– Je répète : on ne va pas faire ça. Rien de tout ça. Et on ne quittera certainement pas le ranch.

– Par pitié, ne sois pas stupide ! »

Andrew ferma les yeux dans un effort théâtral pour se calmer, bien que Sam se dît qu'il ne faisait peut-être pas semblant. Il avait peur, aussi, qu'il eût raison. Andrew rouvrit les yeux et continua : « Salifano apprendra de ses erreurs, il vous frappera à nouveau, beaucoup plus fort, lorsque vous ne vous y attendrez pas. Même mon équipe ne pourra pas vous protéger si vous restez ici. Vous pouvez acheter une propriété quelque part ailleurs. Acheter un ranch dans l'Alberta, au Chili, au Kenya, en Nouvelle-Zélande, n'importe où. Mais vous ne pouvez pas rester ici. »

# 65

***2002***

L'organisation qui s'occupait de l'exploitation des forêts anciennes avait récemment fait savoir dans la région que quiconque parviendrait à le tuer ou à le capturer recevrait une récompense. Elle avait d'abord annoncé un montant modeste, bien inférieur à ce qu'elle aurait pu se permettre, car la plupart des montagnards du Nord étaient pauvres. Des rumeurs circulaient néanmoins sur ce qui s'était passé sur le Sirupa, à propos de la magie noire que Bowman aurait utilisée contre les hommes qui avaient disparu.

Il ressentait encore les vestiges de sa propre puissance, qui le laissaient tendu et fébrile. Quelque chose dont il ne voulait pas. Car d'autres personnes, ou certaines d'entre elles, pouvaient aussi la ressentir.

Si bien que personne ne l'avait recherché, et que la récompense promise avait été augmentée.

Ce soir-là, un homme de son âge l'avait suivi de la cantina jusque dans la rue. Bowman l'avait remarqué à l'intérieur alors qu'il le fixait, et il savait qu'il était maintenant derrière lui, mais il ne se retourna pas avant que l'homme l'appelle. Une salutation banale, sur un ton agressif. Un test. Bowman pouvait être armé. Il regarda ses yeux. Ce n'étaient pas ceux d'un ivrogne ni d'un fou. Ils étaient prudents. L'homme avait entendu certaines choses, mais il était courageux, affamé, et habitué à tuer ; il fit quelques pas supplémentaires avant de s'arrêter et de sortir de sa botte un pistolet de calibre .32.

Bowman se fit la réflexion que porter ainsi un pistolet, même petit, dans sa botte, ne devait guère être confortable.

Lorsque la balle le frappa à la poitrine, il eut l'impression de recevoir un coup de poing, pas très fort, et il ne tomba pas. Il demeura immobile et cligna des yeux. Il sentit à peine le deuxième impact.

Les deux hommes se regardèrent fixement pendant un long moment.

*Tire encore une fois, bon sang. Qu'on en finisse.*

« *Otra vez*, dit-il. *Una vez más.* »

Mais le valeureux homme au pistolet était un peu superstitieux après tout, et, au lieu de tirer une troisième fois sur Bowman, il laissa tomber son pistolet à terre comme s'il lui brûlait la main. Il s'éloigna à reculons jusqu'à la porte de la cantina et disparut à l'intérieur.

La poitrine de Bowman commençait à être douloureuse. Comme il semblait qu'il ne fût pas sur le point de mourir, il marcha jusqu'au centre médical de la ville. Les balles étaient passées entre les côtes et avaient glissé sans dommages le long des poumons, du cœur, des artères, des veines et des principaux nerfs, avant de se loger sous la peau de son dos. Le jeune médecin l'examinait calmement. Il dit à Bowman que si cela s'était produit à Mexico, où il avait fait ses études, il appellerait ses collègues pour que tous se penchent sur ses blessures et essaient de comprendre ce qui s'était passé. Ils écriraient un article. Ses collègues croyants seraient fébriles, ils diraient en maugréant que le cas devrait être signalé à l'Église. Pour faire reconnaître un miracle. Ou réclamer un exorcisme. Mais ici, dans la sierra ? Le docteur haussa les épaules. Ces choses-là arrivaient. Cependant, d'habitude, c'étaient les Indiens. Jamais un Américain. Il fit deux petites incisions, retira les balles et donna à Bowman un flacon d'antibiotiques en gélules.

À peine Bowman avait-il remis sa chemise que le chef de la police locale entra avec deux hommes lourdement armés et l'empêcha de quitter la clinique. Bowman savait que cet homme était payé par la même organisation qui avait essayé de le faire tuer. Mais il était né et avait grandi dans la ville, et il craignait désormais d'assassiner l'Américain ; qu'il soit ou non un puissant sorcier, il était manifestement soutenu par plusieurs familles redoutables qui habitaient les montagnes. Il confina Bowman dans une chambre de la clinique et insista pour qu'un membre de sa famille vienne le chercher et l'emmène loin de là, de préférence aux États-Unis.

Bowman indiqua le numéro de téléphone du ranch, et le chef le nota.

Il était sûr que sa famille n'en avait pas changé, même après tant d'années.

Summer prit un avion pour Chihuahua, conduisit jusqu'à la ville dans les montagnes, et se renseigna jusqu'à ce qu'elle trouve la clinique. Le fait que deux gardes de police armés de fusils soient postés à l'extérieur de sa chambre fermée à clé donnait du crédit aux sombres allusions du chef sur le sort funeste qui attendait Bowman s'il ne quittait pas le Mexique *immediatamente*.

Dans la pièce, trois Tarahumara étaient assis sur des chaises avec d'énormes et vieux revolvers sur les genoux, lui souriant comme s'ils la connaissaient déjà.

Bowman ouvrit les yeux, se leva de son lit et la serra dans ses bras, la remerciant d'avoir fait le voyage, comme si six autres années ne s'étaient pas écoulées. Il était devenu encore plus fort, sur sa peau traînait un troublant reliquat de violence, comme une huile âcre, mais derrière cette force étrange et sa violence se cachait une profonde mélancolie.

Il présenta les trois hommes en espagnol tandis qu'ils se levaient l'un après l'autre, l'observant avec une curiosité amicale. Ils sortirent tous ensemble de la clinique, l'un des Tarahumara en tête, les deux autres fermant la marche. Les deux policiers étaient déjà partis.

Un garçon descendit la rue en courant, faisant claquer ses sandales, les yeux écarquillés, se dirigeant vers le chef de la garde tarahumara. Il chuchota quelque chose à l'oreille de l'homme, qui s'immobilisa. Bowman fronça les sourcils et se dirigea vers l'homme tandis que le garçon dégingandé repartait annoncer ailleurs d'autres nouvelles terrifiantes. Ils parlèrent à voix basse dans une langue incompréhensible pour Summer. L'immobilité passa du garde à Bowman. Puis une colère monta, et ce fut comme si un arc électrique atteignait l'esprit de Summer. La violence qu'elle avait ressentie surgissait maintenant. Elle observa, effrayée, son frère qui soudain ne lui était plus familier.

Le Tarahumara posa ses mains sur les épaules de Bowman et parla vite, finissant par le calmer. La chaleur de sa colère reflua, laissant place à une tristesse douloureuse.

Dans la voiture, Bowman était engourdi, vidé, comme si cette vague bizarre de violence refoulée l'avait brûlé de l'intérieur. Summer tenta de l'interroger : pourquoi lui avait-on tiré dessus, pourquoi était-il si triste, et quelle était cette terrible nouvelle apportée par le garçon ? Tout ce qu'il répondit fut que des amis avaient été tués à cause de lui. Lorsqu'elle lui annonça qu'il allait devoir quitter le Mexique, il hocha la tête et dit que c'était probablement mieux.

Pendant les dix heures de route jusqu'à Hermosillo, elle réussit à arracher, par bribes et par à-coups, l'histoire de Bowman, ou du moins tout ce qu'elle fut susceptible d'en obtenir. Il lui rappela sa suggestion, la dernière fois qu'ils s'étaient vus, de revenir aider ses amis de la sierra Madre. Il avait fini par se convaincre qu'elle avait raison et avait quitté le Yucatán pour offrir ses services à plusieurs familles qui s'étaient montrées pleines d'attentions pour lui. Il s'était avéré que l'exploitation forestière était parrainée par un des gangs de narcotrafiquants, et que la situation était devenue intenable pour les Tarahumara. Des dizaines de personnes avaient été assassinées en toute impunité par des tueurs étrangers, incitant les dirigeants locaux à rechercher une aide internationale. Bowman avait acquis quelques notions de langue rarámuri* pendant son séjour ici lorsqu'il était adolescent et, même si la plupart des Indiens parlaient aussi espagnol, l'anglais, le français et l'allemand de Bowman faisaient de lui un précieux interprète. Il s'était associé à une poignée d'habitants qui lui

* Langue des Indiens Tarahumara.

servaient de guides, et dont les connaissances de la forêt où leur peuple vivait depuis des centaines de générations confinaient au surnaturel.

Il avait travaillé avec ces hommes pendant trois ans de calme relatif, aidant à guider en toute sécurité les scientifiques étrangers, les journalistes, les politiciens et les touristes dans la forêt. Des étrangers s'étaient montrés agressifs, il y avait eu quelques violences et des tentatives d'intimidation, mais rien de mortel. Jusqu'au mois précédent. Il faisait office de traducteur pour deux frères, Tomás et Martimano, qui accompagnaient un groupe de scientifiques de l'Union européenne, une équipe allemande qui tournait un documentaire, ainsi qu'une grande organisation caritative internationale travaillant avec les Tarahumara pour mettre en lumière les menaces qui pesaient sur les grandes forêts primaires, et leurs conséquences planétaires. Ils roulaient, au crépuscule, en direction d'un campement dans la forêt, se dépêchant pour installer le camp avant qu'une ligne de grains ne les rattrape. Mais un pick-up les y attendait, des hommes avec des AK-47, qui n'étaient pas de la région. Ils étaient en train de regrouper les personnes présentes – Bowman ne comprenait pas très bien ce qu'ils avaient en tête, peut-être allaient-ils abattre les indigènes et demander une rançon pour les étrangers, avant de finalement les abattre aussi – lorsqu'un terrible orage s'abattit sur eux, avec des éclairs, des rafales, une pluie violente, de la grêle et des branches cassées qui chutaient des arbres. Les hommes armés virent qu'ils perdaient le contrôle de la situation et commencèrent à tirer, tuant deux membres de l'équipe de tournage. Dans la visibilité quasi nulle, les autres coururent dans la forêt, où Bowman et les deux guides tentèrent de les rassembler, se hélant les uns les autres comme un troupeau de dindes éparpillées.

« Les tireurs ne nous ont pas suivis tout de suite, ils ne voulaient pas quitter la route pendant la tempête. Nous nous sommes enfoncés plus profondément dans la forêt. Tomás et Martimano connaissaient le chemin vers une falaise, sous les surplombs desquels le groupe s'est abrité. Nous trois, nous nous sommes séparés et avons attendu dans la forêt voisine. Nous avions prévu d'intercepter les tireurs s'ils se montraient, pour les éloigner des autres.»

Il s'arrêta pendant un long moment. Summer continua de rouler dans la nuit, se disant qu'elle savait sur quoi cela allait déboucher. Elle décida de ne pas faire remarquer à son frère qu'il répétait les erreurs de leur père.

«J'ai grimpé à un arbre, continua-t-il, égrenant son histoire d'un ton monocorde. C'était un chêne grand et solide, mais le vent agitait les branches d'avant en arrière comme si c'étaient des bambous. Les orages traversaient la forêt l'un après l'autre. Je savais que les conditions météo nous protégeaient, mais que les hommes armés finiraient par arriver. Je n'avais pas d'arme. Aucun de nous n'en avait. La tempête finit par se calmer, et dans l'un des derniers gros éclairs, j'ai vu qu'un jaguar mâle était couché sur la même branche que celle où je me tenais. Il était trempé par la pluie, et son énorme tête reposait sur ses pattes. Il me regardait.

– Il voulait te manger.»

Bowman ne répondit pas. Quand elle tourna la tête vers lui, son visage était contre la vitre, fixant les rochers et les arbres qui défilaient sur le côté de la route dans la lumière des phares.

«Pardon. Il était comme le jaguar-garou, celui sous Teotihuacán ?» Elle l'avait dit à moitié sérieusement, espérant l'inciter à poursuivre son histoire, mais cela lui parut condescendant, même à elle.

«Non, dit-il. Il n'avait rien d'humain. Juste Jaguar. Un dieu de la forêt. Ou c'était peut-être un jaguar ordinaire. Je ne sais pas.

– Et qu'est-ce qui s'est passé ?

– J'ai attendu les hommes armés dans l'arbre, avec Jaguar. Je ne pense pas que j'aurais pu dormir sans tomber, mais j'ai fait des rêves.»

Il s'arrêta à nouveau. Elle sentait que son esprit se détournait de cette partie du souvenir. Il ne pouvait pas le supporter.

«Plus tard dans la nuit, quelque chose a effrayé les Européens. Ils ont paniqué et quitté la falaise. Un homme, un vieux biologiste suédois, s'est noyé dans une rivière à huit cents mètres de là.

– Et les tireurs ?» Elle avait posé la question avec une légère inquiétude.

« Ils avaient disparu. Tous. Leur véhicule a été retrouvé vide, au campement d'où nous nous étions enfuis. Nous – Tomás, Marti et moi – avons été accusés de les avoir tués, et le gang qui les avait envoyés a promis de se venger. Ce que le garçon nous a dit tout à l'heure en ville, c'est que mes deux amis et leurs familles ont été assassinés la nuit dernière par un autre groupe d'hommes armés.»

Il replongea dans le silence. Summer essaya de le consoler mais il réagit à peine. Elle continua à parler, à lui donner des nouvelles de la famille, du ranch. Elle faisait cela en partie pour combattre le silence, pour repousser le chagrin palpable de son frère qui se transformait en un profond désespoir qui l'effrayait.

Elle lui dit qu'elle vivait au ranch avec Darwin et Jeremy depuis six ans et que, malgré tous leurs efforts, la dotation s'était épuisée, les obligeant à emprunter de l'argent à la vieille banque de leur grand-père pour lancer une exploitation bovine de taille modeste. Comme Bowman ne réagissait pas, elle poursuivit en expliquant que les restaurants de toutes les stations de ski recherchaient du bœuf nourri à l'herbe provenant des ranchs du Colorado. Ils avaient donc clôturé les meilleures prairies de la vallée et élevaient des bouvillons pendant l'été, de jeunes bœufs qui prenaient du poids et pouvaient être vendus avant l'hiver.

Elle lui rappela qu'il avait de l'argent hérité de leur père sur un compte en banque. Bien sûr, elle avait dépensé le sien pour ses études, mais elle avait repris le rôle de Darwin au sein de la fondation caritative de leur grand-père et en retirait un salaire modeste. Elle essaya de l'intéresser à son travail, aux nouvelles orientations qu'elle donnait à la fondation, soutenant des expériences de pratiques alternatives de pâturage, de gestion durable des forêts, et mettant en œuvre certaines de ces idées au ranch Girard. Elle lui dit qu'elle avait l'impression de faire bouger les choses. Il ne répondait rien. Il était difficile de dire s'il écoutait.

Elle lui demanda s'il avait entendu parler du tunnel découvert récemment à Teotihuacán, sous le temple du Serpent à plumes. Elle lui lança un coup d'œil, prudente, ne sachant pas si elle pouvait aborder le sujet. Il la regarda, davantage intéressé maintenant. Il fit non de la tête.

« C'était comme un diorama, dit-elle, un paysage miniature avec des montagnes et des bassins de mercure. Les habitants de Teotihuacán avaient collé de la pyrite en poudre sur les murs et le plafond, si bien qu'à la lumière des torches on aurait dit un ciel constellé d'étoiles. Des boules de métal éparpillées partout. Des os de jaguar, des jaguars sculptés. Les archéologues pensent que c'était supposé être un modèle de l'outre-monde. Ça date d'il y a mille huit cents ans, et rien n'a changé depuis. Comment as-tu pu le voir ? Nous n'étions pas près de ce temple-là, je ne comprends vraiment pas comment tu savais ça.

– Le jaguar-garou me l'avait montré, dit-il, apparemment peu surpris par cette découverte. Il voulait m'y emmener. Je suis content de ne pas y être allé. »

Le flash de l'appareil photo pour sa photo d'identité sembla le faire sursauter, le réveiller. Il cligna des yeux plusieurs fois, puis regarda Summer et dit : « Je ne peux pas rentrer avec toi. »

Elle fut presque soulagée. Au cours des trente-six dernières heures, il s'était montré aussi docile qu'un agneau, acceptant de l'accompagner jusqu'à Hermosillo, de se soumettre – sur son insistance – à un examen médical, signant tous les documents qu'elle avait apportés sans poser de questions, tolérant la fastidieuse procédure de renouvellement de son passeport au consulat américain. Elle avait déjà appelé un psychiatre qu'elle connaissait à Denver et lui avait pris un rendez-vous le jour où ils devaient prendre l'avion de retour.

« Bon, dit-elle. Je ne peux pas te forcer.

– Donc je n'ai pas besoin de ce passeport.

– Si, tu en as besoin. Tu ne rentres peut-être pas à la maison mais tu dois quitter le Mexique. Où veux-tu aller ? »

Apparemment, il ne s'était pas encore posé la question.

« Je veux retourner dans le passé. Au pléistocène.

– Comme papa. Mais à part ça ? »

Il parut sur le point d'objecter à la comparaison avec leur père, mais dut s'avouer qu'elle n'était pas injustifiée. Ils marchèrent ensemble jusqu'à la salle d'attente du consulat. S'assirent côte à côte sur des chaises en plastique. Il se tourna et la regarda, bien éveillé et presque souriant.

« Vers le sud, je suppose. »

# 66

***2009***

Un grand duc d'Amérique prit son envol dans l'obscurité de la vallée et vint se poser sur le toit de la maison au creux des rochers. La chasse ne serait pas bonne autour de la maison cette nuit-là : il y avait eu trop d'activité, des humains qui allaient et venaient, et les rongeurs qui s'agitaient habituellement dans les buissons étaient silencieux. Pourquoi était-il là ? Il observa la machine volante bruyante en bas de la colline, silencieuse maintenant, et l'humain qui avançait vers elle. Puis, plus près, d'autres humains, un homme et une femme portant un autre homme inconscient ou mort. Ils le couchèrent sur le dos contre un muret de pierres. L'homme retourna à l'intérieur, laissant la femme parler doucement à l'homme mort.

Le hibou n'appréciait guère le son que faisait le langage humain. Il leva la tête vers le ciel nocturne ; plusieurs chauves-souris volaient au-dessus de lui, presque inaudibles. Les chauves-souris étaient des proies, mais il appréciait la beauté de leur vol erratique, et pensa : *La dernière chauve-souris vole maintenant dans ses hiéroglyphes aigus.*

*Ça ne va pas*, se dit-il. *C'est tiré d'un poème.*

Quelque chose n'allait pas.

Il écouta à nouveau l'humain, la femme. *C'est à moi qu'elle parle.*

Le hibou se laissa tomber de son perchoir en inclinant les ailes.

Le visage de Summer, à peine éclairé par la lumière de la lune, le regardait et lui disait des mots qu'il ne pouvait pas encore comprendre. La douleur du réveil lui arracha un gémissement. Il ne contrôlait pas tout à fait son corps. Son jean était humide et poisseux.

«Bowman? Non, reste tranquille. N'essaie pas de bouger.

– J'étais un hibou. Je vous ai vus, toi et quelqu'un d'autre, me porter jusqu'ici.»

Elle se baissa et l'embrassa sur le front. «Mon Dieu, Bowman, tes conneries m'ont manqué. Je savais qu'en t'amenant dehors, tu te réveillerais. On va te conduire à l'hôpital. Art prépare l'hélicoptère.

– J'étais en colère. Je suis sorti du bureau...» Sa mémoire se remplissait peu à peu. «Il y avait un jaguar dans la maison.

– Oui, bien sûr.»

Il essaya de se détendre mais la face et les pattes ensanglantées du jaguar emplissaient son esprit. Ils se tenaient ensemble au centre d'une prairie pendant que des milliers d'Autres tournaient autour d'eux dans l'ombre de la lune, aux lisières de la forêt. Alecto était là, et le louveteau de son enfance. Il ne parvenait pas à s'en souvenir avec précision. N'était pas sûr de ce que cela signifiait.

Il se redressa sur un coude. Puis, avec l'aide de Summer, il s'assit sur le bord du mur de pierres, posant les semelles de ses bottes sur les dalles. Étourdi, pris de vertiges. Inspira profondément.

«Je vais bien. Je n'ai pas besoin d'aller à l'hôpital. Je vais me reposer un ou deux jours et vous laisser tranquilles.» Il était presque certain que c'était ce qu'il devait faire. Regagner la vie hors réseau, la péninsule d'Osa, les palmiers dans la crique.

Il se leva doucement, fit un pas hésitant et tomba sur Summer. Elle trébucha et grogna de douleur, mais retint son poids et le redressa. «Tu vas bien?» demanda-t-il.

Elle rit. «Moi? Andrew t'a électrocuté avec un Taser, à deux reprises.» Elle s'assit à côté de lui, maintenant une main sur son épaule, comme s'il risquait de basculer. «Tu as fait une attaque. Tu vas aller avec Art à l'hôpital, même si je dois pour cela te taser moi-même. Et je ne veux pas que tu nous laisses tranquilles. Où crois-tu pouvoir aller ? Tu ne peux plus partir maintenant.

– Je retourne au Costa Rica. Venir ici était une erreur. Je n'ai servi à rien. »

Mais à nouveau, alors qu'il disait cela, la vision incertaine avec le jaguar et les Autres dans la prairie prit forme dans son esprit. Il y avait quelque chose à ce sujet, quelque chose d'important. Il y reviendrait plus tard.

Elle lâcha son épaule et croisa les bras. Le regarda sans rien dire. Tout cela était si familier à Bowman, les arguments de sa sœur pour le persuader de rester n'avaient pas changé en deux décennies.

« Tu disais que tu étais venu pour m'empêcher d'accepter l'argent de notre grand-père, tu disais que papa t'avait fait promettre d'être là. »

Chaque fois que Summer commençait une dispute en répétant quelque chose qu'il avait dit, il savait qu'il devait être prudent dans sa réponse.

« Tu penses que je suis rentré pour une autre raison. » Un gémissement lointain monta de la vallée, lugubre, incongru. Au bout d'un moment, il se souvint des vaches qu'il avait rencontrées plus tôt. « Il y a de l'argent pour le ranch maintenant ; tu vas te débarrasser du bétail ? »

Cela parut l'amuser. Elle devait penser qu'il était en relation avec l'esprit de leur père pour se plaindre des vaches de manière si prévisible.

« Je n'ai pas eu le temps d'y penser. Peut-être pas toutes. On pratique le pâturage tournant, avec des clôtures temporaires, on les éloigne de l'eau. Elles ne font pas de dégâts. Je te montrerai. »

Il se souvint des essaims de mouches piquantes près du lac, de la puanteur, du bruit. Tout cela était si différent lorsqu'ils étaient jeunes. Mais il n'était pas prêt à se disputer avec sa sœur à propos des vaches.

La cour supérieure s'éclaira. Darwin avait franchi la porte et boitait vers eux. Il portait un des AK-47 en bandoulière.

« Comment va ta jambe ? s'enquit Bowman.

– Ça fait un mal de chien. On a cru que tu allais mourir.

– Pas encore.

– On doit aller à l'hélico, dit-il à Summer. Je vais demander à Art de venir te donner un coup de main pour Bowman.» Darwin fit demi-tour, tenant son talkie-walkie à la main. «Jeremy dit que le shérif est monté et a vu les cadavres. Maintenant il y a tout un convoi de police en chemin.

– Il est sur la crête ? demanda Summer.

– Ouais, il y est allé avec Star. Sam fait sortir Andrew. Il le fait avancer sur les fesses, les jambes attachées.»

Darwin fit un signe de la main et se mit à descendre la pente vers l'hélicoptère.

«D'où vient Sam ? demanda Bowman.

– Il est apparu dans East Canyon, dit Summer. Hier ou avant-hier, je crois. Il est avocat.»

Bowman digérait cette information surprenante lorsque Sam lui-même et Bick apparurent dans la cour. Bick avançait lentement, tout en adressant ce qui semblait être un flot ininterrompu d'insultes à ce Sam, lequel, d'après son langage corporel, se réjouissait de la situation difficile de Bick, un peu plus que cela n'était nécessaire. Il portait l'autre AK sur son épaule et tenait le pistolet qu'il avait brandi en faisant irruption plus tôt pour sauver Bowman du Taser.

Summer le héla : «Si la police est en route vers ici, tu devrais peut-être y aller et lui libérer les chevilles ?

– À Bowman de voir, je pense, cria Sam. Heureux que tu sois réveillé, ajouta-t-il.

– Merci, dit Bowman. Il nous a sauvé la vie.

– Enfin ! s'exclama Bick. Un peu de reconnaissance. Sauvé vos vies et, par la même occasion, fait de vous la famille la plus riche du Colorado.»

Bowman fronça les sourcils, mais il ne savait pas grand-chose là-dessus. Sam sortit de sa ceinture un énorme couteau Bowie qui devait provenir de la collection de l'oncle Jeremy et coupa le collier de serrage aux chevilles de Bick. Celui-ci se leva sans autre commentaire, les poignets toujours menottés derrière son dos, et descendit la colline dans l'obscurité, Sam à sa suite.

« Je reviens dans une minute », dit Sam.

Lorsqu'ils furent partis, Summer se tourna vers Bowman. Il sentait qu'elle était en train de bâtir un argumentaire, développant toutes les raisons pour lesquelles il devrait accepter de rester au ranch.

« Nous avons dû prendre possession des comptes offshore de grand-père Martin, et Jeremy est d'accord avec Andrew sur le fait que les gens qui essaient de nous prendre cet argent sont dangereux. Ils ont une vieille dent contre Martin et sont déterminés à détruire la famille. Alors oui, nous sommes tous en danger, comme tu l'as dit. Comme papa l'a dit.

– Vous pouvez vous cacher dans Panther Gap. Notre famille l'a fait pendant trois générations.

– Peut-être. Andrew insiste sur le fait qu'on ne peut plus être en sécurité ici, que nous devrions utiliser cet argent pour disparaître, vivre sur des yachts, voyager dans des pays étrangers.

– J'ai du mal à imaginer ça.

– Moi aussi. Nous allons rester ici, et je veux que tu restes avec nous. Tu dois nous aider à décider de la suite.

– Oncle Jeremy trouvera un moyen de vous protéger.

– Je ne parle pas de ça. C'est plus qu'une simple question de survie. On nous donne une chance à un moment charnière de l'histoire. Tout ce qu'on nous a appris à tenir pour important est en train d'être détruit. »

Où voulait-elle en venir ? Elle avait l'air de lutter avec elle-même.

« Tu penses que tu pourrais utiliser les comptes, dit-il. Pour essayer de changer les choses.

– Que *nous* pourrions ! *Je sais* qu'on le pourrait. Je ne peux pas le faire sans toi. Penses-y, Bowman, pense à l'ironie de l'histoire. C'est trop génial pour qu'on laisse passer ça. Nous allons prendre ce que notre grand-père a fait et le retourner, l'utiliser contre lui et les gens comme lui, les gens qui ont tout le pouvoir, qui ont pillé le monde pendant des centaines d'années, amassant des richesses comme si c'était leur…

– Des milliers d'années.

– Des milliers, alors. Ce n'est pas le…

– C'est trop énorme. Tellement plus énorme que l'avidité des riches, ou le capitalisme, la culture occidentale, l'industrialisation. Tu ne peux pas changer ça avec de l'argent.»

Assise à côté de lui sur le mur de pierres, elle tendit la main et saisit la sienne. La serra.

«Tu n'as pas vu le montant des comptes offshore.» Elle eut comme un frisson d'horreur. «C'est tellement d'argent que ce n'est même plus de l'argent.»

Bowman ne savait pas quoi répondre à ça. Il n'était pas sûr de ce qu'elle voulait dire. Il avait cherché pendant des années à s'éloigner le plus possible de l'humanité, de sa capacité à détruire et à exploiter en toute insouciance. Mais il n'y était pas parvenu. Il n'y avait rien que l'on puisse faire.

«Ce que tu dis vouloir changer est en place depuis le bond prométhéen, depuis avant les premières diasporas africaines. Au cours des cent derniers millénaires, les humains ont démontré avec brio et sans contestation possible qu'ils étaient incapables de se restreindre de manière significative sur une période significative. Quand on prend du recul, l'ensemble de l'histoire humaine ressemble à la chute inexorable d'un fleuve vers la mer.

– Pas toujours.»

Il sourit à son rapide désaccord – le vieux réflexe.

«Non, pas toujours, admit-il. Mais les contre-exemples prouvent seulement qu'il y a un choix à faire. Voilà pourquoi c'est tragique. On regarde le fleuve de l'histoire de l'humanité et on voit de beaux tourbillons, des remous, de grands bras morts, mais le fleuve continue à couler.»

Il entendait sa respiration. Elle fit une pause.

Il attendit.

«Alors créons un tourbillon», dit-elle.

Pendant un moment, aucun des deux ne parla. Le bruit de l'hélicoptère en train de chauffer montait et descendait avec le vent. Le ciel à l'est était devenu pâle, une fausse aurore. Bowman n'était pas optimiste quant à la possibilité pour la famille Camboust-Girard-St John de se libérer de sa niche, de faire les bons choix. Mais il se dit qu'elle pouvait essayer.

Summer avait lâché sa main et se tenait maintenant devant

lui, le forçant à la regarder dans la faible lumière provenant de la maison.

« Quand tu t'es laissé tirer dessus au Mexique, dans la sierra Madre, je n'aurais jamais dû te quitter. Tu essayais de changer les choses et tu avais agi de manière radicale, que tu regrettais peut-être, et ça n'a même pas fait de différence. Ça s'est retourné contre toi, tes amis ont été tués. Tu avais abandonné, et je ne savais pas quoi faire de toi. Je suis désolée. Mais maintenant on nous a donné cet outil, cette... massue, juste avant la fin. On doit l'utiliser. »

*Nous sommes à la fin*, pensa-t-il. De nouvelles forces avaient été libérées par les tensions et les bouleversements de la fin de l'anthropocène, des dieux destructeurs dont la puissance avait éclipsé celle des précédents. Le fleuve de l'aventure humaine avait pris une tournure catastrophique, devenant soudain une cataracte, un Niagara. Seuls les actes les plus radicaux, les plus subversifs, pouvaient créer le tourbillon de Summer.

Il vit le jaguar, sa face et ses pattes ensanglantées.

Était-ce ce que sa sœur voulait ? Il essaya de lire dans son esprit, mais il était encore trop faible.

Il avait abandonné tout véritable espoir depuis si longtemps.

Elle fit un geste vers lui, sa main agrippant à nouveau son épaule avec force. « Tu sais ce que dit oncle Jeremy à propos du désespoir. »

Il sentit sa sœur le rattraper alors qu'il tombait, bien qu'aucun des deux n'ait bougé. « Je ne me souviens pas qu'il ait parlé de ça.

– Il dit que désespérer, c'est simplement reconnaître qu'on s'est fait avoir, au départ, par de belles conneries. »

# 67

Un amas de cumulus arrivait de l'ouest, obscurcissant la lune et forçant Sam et Andrew – ou Bick, Sam ne savait toujours pas quel nom utiliser – à marcher prudemment le long du chemin jusqu'à l'endroit où Art faisait démarrer l'hélicoptère.

«Tu as bien fait de ne pas prendre la lampe de poche comme je te l'avais suggéré, dit Andrew. Nous serions déjà à l'hélico, et tu serais en train de remonter vers Bowman pour l'aider à descendre. Et on aurait pu se tirer d'ici avant que toutes les forces de police n'envahissent l'endroit.

– Attends ici une minute.» Sam avait refusé la lampe de poche d'Andrew parce qu'il pensait que cela ferait d'eux une cible trop facile. Mais il avait désormais autre chose en tête. Il fit demi-tour et remonta sur le chemin, ignorant Andrew – qui disait ne vouloir attendre ni ici ni ailleurs, qu'il allait continuer à marcher, que Sam pouvait lui tirer dans le dos s'il le voulait, et ainsi de suite.

Arrivé au niveau d'un tas de hautes pierres appuyées les unes aux autres en contrebas de la cour, il fit glisser le pistolet sous sa ceinture vers le creux de son dos, à côté du couteau Bowie de Jeremy. Celui-ci l'avait récupéré dans une malle du hall avant qu'ils ne grimpent en silence les marches vers le bureau, obéissant manifestement à une impulsion, un cadeau ironique pour le couillon qui n'avait pas sur lui le moindre canif. Le plan était d'attendre devant la porte jusqu'à ce qu'ils puissent évaluer qui était là, qui était armé, etc., puis Jeremy serait entré en premier et aurait neutralisé le pilote – c'est le mot qu'il avait utilisé –, sauf que Sam avait foncé sans réfléchir en entendant Summer crier. Jeremy s'était refusé à le réprimander pour cette entorse au plan.

Sam chercha à tâtons dans une crevasse naturelle entre les pierres et trouva le fusil de Jeremy là où il l'avait caché un peu plus tôt. Il repéra l'interrupteur de la lunette, l'alluma, puis vérifia s'il y avait des snipers sous les arbres sur la pente raide au-dessus, ou cachés dans les rochers au nord.

Personne.

Il espérait parvenir à canaliser sa peur en une intelligence tactique à la Jeremy. Cette histoire de comptes offshore le hantait. En raison de son métier, il avait déjà vu de tels chiffres – dans des déclarations fiscales de multinationales ou lors d'émissions d'obligations importantes – mais il n'en avait jamais vu vingt-quatre comme ça, empilés les uns sur les autres, tous contrôlés par une seule famille. Il se demandait ce qu'un tel pouvoir pouvait engendrer chez quelqu'un. Il avait remarqué comme un léger trouble dans l'attitude de Summer. Il y avait eu un choc, un peu de peur aussi, mais la machine était lancée.

Et Andrew avait raison sur un point : pour utiliser ces comptes, la famille allait devoir donner une dimension internationale à leur existence et disparaître. S'ils étaient très, très prudents, ils pourraient être en mesure d'en blanchir une infime partie chaque année, en en abandonnant cinquante pour cent, mais même dans ce cas, ce serait risqué. Au bout du compte, des revenus de cette importance attireraient une attention indésirable.

Il repéra Andrew dans le viseur, à une bonne centaine de mètres de là. Le point de mire sur son dos le mit mal à l'aise, bien qu'il n'aimât pas le bonhomme. Il s'assura que son doigt n'était pas près de la détente. Le deuxième AK-47 pendait à son épaule droite, si bien qu'il fit passer le fusil de Jeremy sur sa gauche et sortit de sa ceinture le pistolet qui, avec le couteau Bowie, faisait glisser son caleçon vers le bas en dépit de sa ceinture serrée. Il rejoignit Andrew, qui rit en apercevant le fusil.

« Qu'est-ce que tu comptes faire avec ça ? Tu as l'air ridicule avec ces fusils. Est-ce qu'au moins tu as déjà tiré ?

– Pas souvent, admit Sam.

– Tu n'as pas non plus l'air d'un prétendant sérieux à l'affection de la ravissante Summer Girard.

– Parce que toi oui ?

– De toute évidence, non. D'où viens-tu, d'ailleurs ? La famille travaille habituellement avec Knight et Armstrong à Denver, mais tu es de la côte Est. »

Sam ne répondit pas, agacé qu'il l'ait remarqué.

« Et je doute qu'un des avocats de Knight et Armstrong entre à l'aveugle dans une pièce en brandissant un Mark 23 comme si c'était un putain de sandwich au jambon. C'est pas dans les attributions de ce job. Tu as une sacrée chance qu'Art ne t'ait pas tiré dessus.

– Je sais m'en servir. »

Sam tenait le pistolet contre sa jambe. À chacun de ses pas, les deux fusils battaient contre ses hanches, et la poignée du couteau Bowie s'enfonçait dans le bas de son dos. Il se sentait un peu ridicule, comme un garçon de douze ans partant à la chasse aux zombies.

Andrew se dirigea vers l'hélicoptère, où Darwin et Art préparaient la zone de chargement derrière les sièges pour transporter le frère de Summer. Ils travaillaient dans la quasi-obscurité, Art n'allumant sa frontale que par intermittence, ce qui, estima Sam, confirmait le bien-fondé de sa décision de ne pas utiliser de lampe de poche. Le moteur tournait mais les rotors, pas encore. Alors qu'il passait au-dessous d'eux, il remarqua que le visage de Darwin était éclairé d'en bas par un capteur de signaux lumineux sur son talkie-walkie. La voix de Jeremy, grésillante et amplifiée : *Je n'arriverai pas à temps.*

« Alors on s'en va », dit Andrew. Il se tourna et atteignit de ses mains le coin inférieur de la portière ouverte de l'hélicoptère. D'un coup sec vers le haut, il fit sauter le collier de serrage en plastique.

« Qu'est-ce qui se passe ? demanda Sam.

– Jeremy est en train de descendre mais les fédéraux sont trop proches, dit Darwin.

– Ce qui veut dire qu'il est temps, conclut Andrew. Art, allons-y. Oncle Darwin, si vous voulez que je vous conduise aux urgences, montez. L'offre est toujours valable.»

Mais, au lieu de sauter dans le siège du pilote, Art contourna le nez de l'hélico pour venir se placer près d'Andrew et de Sam.

«Bowman a eu une attaque, Bick. Je ne sais pas ce qu'il a, mais s'il meurt avant qu'ils l'emmènent chez un médecin, on risque l'homicide involontaire.

– Et si on est arrêtés avant de décoller ? Qu'est-ce qu'on risque, là ?

– Je vais aller leur parler, dit Sam, se surprenant lui-même. Vous, allez aider Summer à faire descendre Bowman. Je vais faire patienter les flics jusqu'à ce que Jeremy arrive.»

Il tendit l'AK, le couteau et le pistolet de Jeremy à Darwin et, une fois qu'il se fut orienté, il courut dans ce qu'il espérait être la bonne direction. Il constata que s'il ne fixait pas le sol juste devant ses pieds, il pouvait mieux voir.

Comme le fusil de Jeremy sautait sur son épaule, il le dégaina et le tint contre sa poitrine. Est-ce cela qu'on appelait la position patrouille ? Il avait vu une douzaine de vieux films de guerre où les hommes marchaient avec leurs fusils tenus de la sorte. Une paroi rocheuse se dessina. Il s'arrêta. Utilisa la lunette de vision nocturne et trouva l'entrée de l'allée à quarante mètres sur sa droite.

Dans l'obscurité profonde de la faille rocheuse, il ralentit. S'immobilisa, écouta. Pas encore de gyrophares bleus, bien que Jeremy ait dit que les véhicules de police avaient rejoint le virage. Il utilisa à nouveau la lunette de visée pour regarder devant lui, et repéra dans la faille une dernière courbe dont il ne se souvenait pas lors de son avancée avec Jeremy et Summer. C'était une bonne chose : il serait capable d'intercepter la police à un endroit d'où ils ne pourraient pas voir l'hélicoptère décoller.

Il tint à nouveau le fusil en position patrouille et continua à marcher. L'allée était sombre, trop sombre pour distinguer le sol, même dans sa vision périphérique, mais la surface de gravier était régulière, et il pouvait s'orienter grâce à la bande de ciel plus claire au-dessus de lui et éviter de se heurter aux murailles de chaque côté.

Tout en marchant, il répétait ce qu'il allait dire à la police – ou au shérif, peu importait –, quelque chose du genre : *Je m'appelle Sam Hay et je suis l'avocat de la famille. L'adjoint Jeremy St John est en route et il m'a demandé de vous rassurer sur le fait que tout le monde va bien et que les intrus ont été arrêtés grâce à l'intervention héroïque de deux employés d'une société de sécurité engagée par un tiers pour protéger la famille. L'adjoint St John souhaite que nous attendions ici jusqu'à son arrivée afin qu'il puisse vous escorter jusqu'à la maison. Il a longé la crête qui borde la propriété et il a la quasi-certitude qu'il n'y a plus aucune présence hostile où que ce soit.*

Il espérait que ce dernier point était exact.

Il entendit quelque chose dans l'obscurité devant lui. Toujours pas de lumières bleues, ni de lampes de poche, ni de radios de police. Juste un bruit de frottement sur le gravier. Il écouta. Rien. Il leva son fusil et scruta de gauche à droite. Là, contre le mur de droite, deux silhouettes humaines.

Plusieurs choses se passèrent en même temps. Un rapide bruit de sabots derrière lui. La voix de Jeremy criant : *Bureau du shérif ! Reculez maintenant !* Deux flashs devant l'une des silhouettes dans la lunette. Et deux impacts dans l'estomac.

Des cris, encore. Jeremy hurla : « Je suis l'adjoint Jeremy St John du bureau du shérif du comté de Mirador, ne tirez pas, bon sang ! »

Sam comprit qu'il était allongé le dos sur les gravillons. Une forme se profilait au-dessus de lui, incroyablement grande, s'ébrouant, piétinant – le cheval. Puis un nez frais et humide toucha le sien, Marco. Léchant son visage. Jeremy l'appela. Quelqu'un ne cessait de répéter : « C'était de la légitime défense, adjoint. Il pointait ce fusil sur nous. C'était de la légitime défense. »

On le souleva. Un coup de poignard de feu, chaud et vrillant, explosa dans son abdomen et se propagea à travers sa poitrine, son dos, jusqu'à sa tête. Il gémissait. Ne pouvait s'en empêcher. Jeremy disait : *Dites au shérif Sartoris de prévenir le centre médical Mercy Regional. Des patients à l'approche. L'un d'eux pour des blessures abdominales par balles – un accident de tir entre amis.*

Encore des bousculades, des bruits de sabots, la douleur qui s'intensifie et tourne, une chose vivante qui se détache pour tournoyer autour de lui, et puis dans son ventre une sensation de froid et d'humidité, pire que la douleur elle-même.

# 68

*2010*

Bowman avait insisté pour utiliser son foret à archet, mais il en avait perdu l'habitude. Summer essayait d'être patiente, de maintenir le niveau de sérieux que Bowman, implicitement, exigeait. Elle essayait, sans succès. Se plaignit à voix haute qu'elle aurait dû apporter un livre et une lampe de poche. Elle fut soulagée de l'entendre rire. Il ne riait plus beaucoup. Finalement, un filet de fumée grise s'éleva devant son visage dans le crépuscule et, l'instant d'après, l'amadou à la base du feu de signal s'enflamma.

Il s'éloigna des flammes et s'assit à côté d'elle, jambes croisées, sur l'habituel affleurement de pierres plates. Alors que le feu grandissait, grondant et crépitant, échauffant leurs visages, elle observait son frère de profil, se demandant s'il entendait les anciennes voix.

Tant de choses de leur passé avaient refait surface.

La veille, Apryl Whitson avait utilisé le numéro de téléphone que Summer lui avait donné un an plus tôt : Rice était dans une prison mexicaine, et Apryl était tombée sur quelque chose qu'elle ne voulut pas décrire, sauf pour dire qu'elle avait encore du mal à croire que c'était réel. Elle allait venir à Whitespring la semaine suivante pour qu'elles puissent en parler face à face.

Darwin s'était installé à New York à l'automne. Mais il avait surpris tout le monde en réinvestissant le produit de la vente de ses champs de luzerne et de ceux de Jeremy dans un immeuble du centre-ville de Durango, puis en annonçant qu'il ouvrait un restaurant. Jeremy était toujours adjoint du shérif Sartoris et vivait au ranch, où il était responsable d'un dispositif de sécurité largement renforcé. On l'avait sollicité pour qu'il se présente comme shérif lorsque Sartoris prendrait sa retraite ; il avait répondu qu'il y songeait. En tant que shérif, avait-il dit, il pourrait renforcer encore davantage la sécurité de sa famille. Ils savaient tous que le gang de Jake Salifano ne serait pas la dernière organisation criminelle à découvrir l'argent sale de la famille ni la dernière à essayer de s'en emparer par la force.

À la demande de Bowman, Summer avait vendu tout le bétail et ôté les clôtures dans Panther Gap. Et, tant qu'ils y étaient, ils avaient aussi enlevé ce qui restait des barrières délimitant la réserve weenuche, en disant aux membres de la tribu qu'ils étaient bienvenus sur leurs terres, à condition qu'ils fassent preuve de respect. Summer avait recruté un directeur général pour s'occuper de leur fondation familiale et passait désormais son temps à rechercher le moyen de mettre les comptes offshore au service des projets, quels qu'ils soient, que Bowman et elle finiraient bien par concevoir. Ils s'étaient donné deux ans pour consolider leur sécurité et élaborer un plan. Elle avait voyagé : Amérique centrale et du Sud, Afrique, Indonésie. Les puissants s'installaient à nouveau dans certains endroits du monde, anticipant les perturbations à venir et sécurisant à l'avance les ressources. Un impérialisme postcolonial rampant. Summer recherchait les points de levier, là où l'argent pourrait avoir une utilité. Elle avait compris que l'invisibilité presque totale de la fortune du grand-père Martin multipliait son pouvoir.

Bowman entendait les voix dans le feu. Il les laissa le submerger. Il savait désormais qu'elles étaient une musique intraduisible et non de mystérieuses paroles. Il faisait face aux flammes mais il regardait dans la nuit, à travers l'encoche des Anciens à Rosewater Butte, vers l'ancien site de signaux de Smokehouse. Là où il s'était tenu avec la lampe de Jeremy vingt-deux ans plus tôt, relayant le signal ambigu de Summer.

Une réponse, enfin, se dessinait. Un feu intense brûlait là-bas, à cinquante kilomètres. Vers l'ouest, un autre feu brillait sur Comb Ridge et s'élevait dans le ciel nocturne. D'autres feux brûlaient vers le Sud, comme autant de signaux, une ligne de flammes allant jusqu'au Mexique, suivant la piste des carcasses de jaguars, des os secs, brisés et en décomposition dans le désert. Un message pressant venu du passé lointain, du futur proche.

« Bowman. »

Sa sœur. Assise à côté de lui. Il s'arracha à sa vision.

« Quoi ?

– Où étais-tu parti ?

– Je suis là. »

Une année durant, il n'avait pas voulu croire à ces comptes dont Summer était si sûre, à ces chiffres qui clignotaient sur un écran d'ordinateur, à leur puissance et à la malédiction transmise par leur grand-père, qui transformaient Bowman en un ploutocrate possédant précisément le genre de pouvoir qu'il avait toujours rejeté, méprisé, combattu. Il se doutait qu'une concentration aussi massive de richesse matérielle, même théorique, n'aurait bientôt plus aucun sens et serait réduite en cendres par ce qui allait advenir. Mais d'ici là, existait-il des moyens de mobiliser ce pouvoir, d'utiliser la « massue », ainsi que l'espérait Summer ?

Les personnes, les organisations riches et puissantes, les entreprises, les gouvernements – tous étaient lucides et savaient aussi bien que n'importe qui ce qui allait se passer. Avec le désastre climatique comme accélérateur, ils allaient se déchaîner de manière préventive, déployant leurs richesses, leurs technologies, leurs troupes, leurs armements, exploitant tous ceux qu'ils auraient besoin d'exploiter, détruisant tout ce qu'ils auraient besoin de détruire, afin de prolonger leur confort, leurs avantages et, au bout du compte, leur existence.

Summer vit son sourire.

« Quoi ?

– Macbeth », dit-il.

Elle était habituée à ses déclarations obscures ; elle attendit l'explication.

*« Être où je suis n'est rien…*

– … *si l'on n'y est en sûreté*, termina-t-elle pour lui. Tu es en communication avec grand-père Martin.

– C'est ce que je trouvais amusant.

– Ce n'est pas amusant. C'est terrifiant.

– Je dirais que c'est les deux. Tu te souviens quand papa nous a parlé de cette grotte en Afrique du Sud ? Du faux tigre à dents-de-sabre ? Je pense qu'il avait tiré ça du livre de Chatwin.

– Ouais. J'ai lu C. K. Brain à l'université, et Dart, et Vrba. C'est de là que Chatwin l'a tiré. Sa version est plus une métaphore que de la science. Papa appelait ça le Grand Détachement. Une des discontinuités majeures dans l'histoire de la vie sur cette planète. Je crois que je lui avais posé des questions sur les castors. Quel est le rapport avec tout ça ?

– Les castors ! dit-il. J'avais oublié. »

Comme leur père le leur avait raconté, les paléontologues avaient fouillé des millions d'années de sédiments dans le sol de la grotte de Swartkrans et, après avoir analysé leurs découvertes, les ayant classées par strates, ils avaient été émerveillés par l'histoire qui y était racontée. Depuis les niveaux les plus anciens, les plus profonds, chaque couche contenait des ossements d'animaux brisés, les restes de proies abandonnés par les redoutables prédateurs qui avaient vécu dans la grotte. Plus de la moitié des ossements trouvés étaient ceux de primates – nos ancêtres et parents – et il y avait des raisons de penser que les prédateurs étaient de grands félins du genre *Dinofelis*, aujourd'hui disparu, et que ces félins s'étaient peut-être spécialisés dans le massacre des primates.

Cette disposition se poursuivait à travers les âges, à travers les couches de dépôt, pendant des centaines de millénaires jusqu'à ce que, soudain, dans les niveaux supérieurs du sol en terre battue de la grotte, on trouve du charbon de bois, des restes d'hominidés et des os calcinés de *Dinofelis*. Après quoi il n'y avait plus de grand félin.

Nos ancêtres s'étaient dressés contre la Bête, l'avaient combattue à mort avec le feu et la lance. Le bond prométhéen :

l'univers avait basculé en un clin d'œil. Pour la première fois, une espèce s'était échappée de sa niche écologique, de l'inéluctable prison qui la retenait, elle et toutes les autres espèces ayant jamais existé. Une fois *Dinofelis* disparu, une spectaculaire boucle rétroactive s'était mise en place, les capacités cérébrales des hominidés s'étaient soudain multipliées, et de petits groupes d'hommes et de femmes s'étaient lancés, tous leurs sens en alerte, dans leurs premiers voyages sur une terre sauvage. L'Afrique d'abord, puis les grandes diasporas africaines, les gens se frayant un chemin vers tous les habitats de la planète. Leo avait cru que c'était là l'apogée, le moment où *Homo sapiens* était devenu ce qu'il avait en lui de plus beau, de plus magnifique.

Summer avait alors demandé à leur père si les castors actuels se souvenaient avec fierté du jour où un de leurs ancêtres avait découvert l'endiguement de l'eau, le qualifiant de grand moment de l'histoire de la vie sur la planète, de grande percée dans la modification des niches…

« Papa adorait ce truc-là, dit-elle alors. *Homo sapiens* qui devenait lui-même en se transformant soudain en prédateur ultime, changeant le monde à jamais par le courage, l'ingéniosité, la coopération en petits groupes. Le bon vieux temps, avant l'invention de l'agriculture, et les modes de vie sédentaires, les villes, la surpopulation, tout le bordel de la civilisation.

– Eh bien, je pense que c'est sur le point de se reproduire. Un autre renversement.

– Quoi ? » Elle lui souriait, et il sentit le vieux lien entre eux, le va-et-vient.

« L'humanité rentre dans sa boîte ? Ce sont les félins qui gagnent, cette fois ?

– Pas les félins. Quelque chose de plus gros.

– Alors, qu'est-ce que tu veux faire ? Essayer de l'arrêter ?

– On ne peut pas l'arrêter. »

Ils attendaient sur la pierre fraîche. Le feu s'intensifia, lançant des étincelles dans la nuit qui les enveloppait peu à peu. Simultanément, comme s'ils s'étaient mis d'accord, ils se tournèrent vers l'est, regardant le paysage qui s'obscurcissait, la chaleur frappant leur dos à présent. Un long moment passa avant que Bowman ne parle à nouveau.

« Tu sais qu'il est quelque part par là.

– Je sais, dit-elle.

– Que comptes-tu faire s'il ne part pas ?

– Aucune idée. »

Sam comprendrait ce qu'ils avaient fait, pensa-t-elle. Ou, plus exactement, ce qu'oncle Jeremy avait fait, et avec quoi les autres avaient appris à vivre, à contrecœur. Cela avait été une expérience totalement surréaliste, effrayante et cauchemardesque, qu'elle espérait ne jamais avoir à revivre : vos ennemis mortels, et tous leurs associés, qui disparaissent soudain, comme si c'était le Ravissement* et qu'ils étaient les Élus.

D'un côté, le prix négocié avait été vertigineux. De l'autre, il n'avait vidé que deux des plus petits comptes.

L'oncle Jeremy les avait rassurés, Sam ne leur causerait pas de problèmes. « Il est fiable », avait-il dit.

Les yeux de Summer, aveuglés par la lueur des flammes, s'adaptèrent à la nuit, mais il faisait trop sombre maintenant pour voir la route, et l'endroit où Sam allait se garer.

Tandis qu'elle regardait, le ciel à l'est se remplissait d'étoiles.

Et, au sud-est, la masse sombre de Rosewater Butte se profilait…

Elle haleta. Tendit la main, attrapa le bras de son frère.

« Bowman.

– Quoi ? »

Ses yeux s'emplirent de larmes, fixant l'impossible. Un feu orange vif qui brillait dans l'obscurité.

« Tu le vois ? Regarde. »

Il ne répondit pas, mais elle savait. Bien sûr qu'il l'avait vu. Il l'avait vu depuis le début.

---

* Doctrine eschatologique propre à l'Église évangélique américaine, qui décrit un événement de la fin des temps où les chrétiens vivants seront emportés dans les cieux, en même temps que les ressuscités, pour rencontrer le Seigneur.

# 69

Sam était assis sur le capot de sa voiture de location, avec deux bières dans son pack de six Sierra Nevada. Le grand feu sur la crête à l'ouest s'était allumé dans les dernières lueurs de l'après-midi.

Il ne se souvenait pas du vol dans l'hélicoptère d'Art, mais Summer l'avait accompagné dans une ambulance aérienne depuis le Mercy Regional jusqu'au centre de traumatologie de niveau 1 à Colorado Springs. À l'unité de soins intensifs, elle l'avait embrassé sur la joue et dit au revoir, puis il avait été préparé pour une opération en urgence. Il ne l'avait pas revue depuis. Six mois avec une poche de colostomie et trois opérations de suivi à D.C., et il n'avait jamais reçu de facture. Il avait vérifié auprès de sa mutuelle, qui n'avait jamais été contactée. Selon les hôpitaux, tout avait été entièrement payé.

En mars, alors qu'il récupérait de sa dernière opération, il avait reçu sa seule et unique lettre, postée à Denver : une note manuscrite le remerciant d'avoir aidé la famille à traverser deux jours difficiles, lui souhaitant un prompt rétablissement et de ne plus avoir à subir d'opérations, et lui conseillant de les oublier. Sous la signature de Summer il y avait écrit : *Salut Sam, On espère que tu seras bientôt sur pied. Essaie d'éviter les problèmes à partir de maintenant, signé Bowman, Darwin et Jeremy*. Au bas de la lettre, le nom d'une banque à Grand Cayman*, un numéro de compte, et un indice pour le mot de passe : *le chien de Jeremy*.

* La plus grande des îles Caïmans.

C'était, en somme, une carte de bon rétablissement.

Il avait dit à Mac qu'il n'était pas question qu'il garde cet argent, et Mac avait ri.

« Qu'est-ce que tu vas en faire, alors ? Tu ne peux pas le leur rendre, ils sont introuvables. Si tu essaies de le donner à une œuvre de charité, les Feds vont te tomber dessus comme des frelons. Laisse-le là où il est. Toi et moi, on peut aller là-bas une fois par an et dépenser les intérêts. »

Il avait démissionné du cabinet en mai et baissé le prix de vente de sa maison à la valeur du marché. Avait dit à Mac que l'argent de Summer n'avait rien à voir avec ça. Il déménagerait dans l'Ouest. L'Arizona, peut-être. Il était à peu près sûr que la chaleur ne le dérangerait pas.

Deux mois plus tôt, Mac lui avait envoyé par courriel un lien vers un bulletin d'informations en ligne avec le message suivant : *Rejoins-moi à l'Orinoco ce soir, vers vingt heures*. Il avait ouvert le lien. Une guerre des gangs, soudaine et d'une violence incroyable, avait éclaté. Plus un massacre qu'une guerre. Toute la structure de commandement d'un gang de détenus tristement célèbre, ainsi que les deux tiers de ses membres, à l'intérieur et à l'extérieur de la prison, avaient été anéantis au cours d'une attaque qui s'était étalée sur trois semaines, orchestrée par ce qui semblait être un groupe formé des hommes armés d'au moins deux cartels mexicains, d'un gang de motards hors-la-loi, et de divers gangs de rue et de détenus qui s'étaient associés pour l'occasion. Il y avait eu quelques arrestations, mais les services de police avaient eu du mal à intervenir efficacement.

Au bar, le premier commentaire de Mac fut : « Quelle coïncidence ! » Le deuxième : « Je t'avais dit qu'ils étaient flippants. » Et son troisième fut : « Tu devrais être content qu'ils soient de ton côté. » Quelques martinis et cocktails suivirent. Sam n'avait jamais parlé à Mac de l'ampleur de la fortune offshore que la famille contrôlait maintenant ni de ses soupçons sur l'utilisation radicale et subversive qu'ils pourraient en faire. Avant qu'ils ne quittent le bar, cependant, il avait avoué que son attirance pour Summer n'avait fait que croître, qu'il essayait toujours de la retrouver. Mac l'avait traité d'imbécile.

Non qu'il eût la moindre chance. Elle avait démissionné de son poste de directrice de la fondation caritative que son grand-père avait créée, et personne parmi ceux qu'il avait contactés – le nouveau directeur et les administrateurs de la fondation, ses anciens camarades à l'université, les propriétaires d'entreprises locales – n'avait la moindre idée de l'endroit où elle se trouvait ni de ce qu'elle faisait. Il avait laissé des messages pour Jeremy au bureau du shérif à Whitespring, restés sans réponse.

La veille, il avait volé vers Durango, avait passé la nuit au Strater, et ce matin-là il s'était rendu à l'entrée du ranch. Avait frappé à la porte de la maison du gardien. Le gars qui avait ouvert avait dit qu'il avait emménagé en février. Il avait acheté la maison et vingt hectares, une bonne affaire, selon lui. Il ne savait pas grand-chose des terrains dans la montagne. Il avait entendu dire qu'une entreprise d'un autre État les avait achetés.

Sam savait que ce type sympathique et terre-à-terre, qui disait « débarquer » du nord du Nevada, était très probablement un employé de la famille, ou d'une société de sécurité engagée par cette dernière. Peut-être même de la société d'Andrew. Il devait être armé et bien entraîné. Il ferait un compte rendu de la visite de Sam, de sa curiosité. Les images des caméras cachées confirmeraient qui il était. Tandis qu'il s'excusait de l'avoir dérangé, il avait résisté à l'envie d'adresser un clin d'œil au type du Nevada.

Depuis la maison du gardien, Sam avait longé la limite est de la propriété et s'était garé près du panneau PROPRIÉTÉ PRIVÉE qu'il avait ignoré jadis, puis s'était dirigé à pied vers le canyon. Cette fois, il avait emporté assez d'eau, mais il se fatiguait plus facilement qu'avant la fusillade, et il s'arrêtait souvent pour se reposer, espérant rencontrer un coyote à nouveau. Il était arrivé jusqu'au bosquet de vieux peupliers et était entré dans le canyon. Le village AP était là, mais le crâne de wapiti avait disparu, et de nouvelles pierres avaient été empilées au bord de l'alcôve, bloquant toute vue sur la porte menant aux tunnels qui perçaient la montagne. Les pierres nouvellement placées semblaient déjà anciennes, se confondant avec les vieilles maçonneries et le canyon lui-même. Après s'être reposé un moment à l'ombre, interlude méditatif parmi les pierres silencieuses, il avait repris la route et conduit jusqu'à l'aire de stationnement où Mac, Melissa et lui avaient campé un an auparavant.

Assis sur la voiture, avec sa bière, dans la rafraichissante soirée du désert, il se sentait libéré, reposé, n'attendant pas grand-chose. Il ne l'avait pas compris sur le moment, mais le dernier espoir qu'il avait eu de renouer avec Summer et la famille s'était envolé lorsqu'il avait vu les pierres qui bloquaient la porte dans l'alcôve. Quelque chose en rapport avec ce mur lisse, impossible à escalader, sans aucune possibilité qu'on lance de là-haut une corde à nœuds.

Maintenant, il se contentait de regarder leur feu sur la crête. C'était suffisamment proche, après tout.

# Épilogue

***2011***

Au début du printemps, alors qu'ils se dirigeaient vers les monticules de pierres où Anna, Leo et grand-père Martin étaient enterrés, ils trouvèrent une carcasse de coyote toute fraîche. Marco se précipita pour la renifler, la queue dressée en panache, selon son expression habituelle de vif engagement.

Le coyote était couché sur le dos, l'abdomen ouvert au-dessous de la cage thoracique.

Summer laissa Dove mâchouiller une touffe d'herbe sèche tandis que Bowman descendait de cheval pour s'accroupir près de la carcasse, le nouveau hongre paint horse – Summer ne parvenait pas à prononcer son nom – réagissant nerveusement à l'odeur. Il parla au cheval, le calmant dans une langue que Summer ne reconnut pas.

Bowman trouva un bâton et fouilla dans la cavité abdominale du coyote.

«Le cœur et le foie ont disparu.» Il le retourna. Avec son couteau, il fit une entaille dans la peau à l'arrière du cou, et dépouilla une partie du dos. «Trois profondes blessures derrière les épaules.»

Puis il se dressa et scruta le ciel démesuré au-dessus du plateau du Colorado.

Quand ils étaient enfants, il avait l'habitude de dire qu'il pouvait tirer ses paupières jusque sur le dessus de sa tête et regarder tout le ciel, d'un seul coup.

Elle laissa faire aussi longtemps qu'elle put.

«Je sais ce que tu fais, dit-elle. Arrête ça.

– Je la cherche.

– Je sais, mais c'est bizarre. Tes yeux rentrent à l'intérieur de ta tête, on dirait que tu es en crise.

– Tu peux le faire aussi.

– Je ne veux pas le faire.»

Plus d'un an et demi s'était écoulé depuis la nuit où il avait décidé de ne pas entrer dans les tunnels sous la maison, et avait suivi les traces sanglantes du jaguar jusqu'à la porte. Son souvenir de ce qui s'était passé ensuite s'était enrichi avec le temps. Le félin l'avait conduit vers un endroit ouvert et herbeux, entouré de forêts, une prairie dans Panther Gap qu'il n'avait jamais vue. Ensemble, ils s'étaient tenus au centre.

*Dans les ombres lunaires projetées par la forêt le long de ses lisières, d'autres animaux commencèrent à se rassembler : de vieux amis et des connaissances d'antan. Alecto arriva la première, puis ce fut le louveteau né dans la vallée, un adulte à présent. Puis un petit grizzli, un glouton, un ours noir, un couguar, un chat sauvage, un lynx, et d'autres espèces qui apparurent plus rapidement : un pygargue à tête blanche, trois éperviers, quatre faucons, une demi-douzaine de buses, un dindon sauvage, un urubu à tête rouge, un vautour moine, un bison, un wapiti, un orignal, un cerf mulet, un corbeau, un pékan, un renard, une pie, une belette... Ils tournaient autour de la prairie, courant marchant volant, difficiles à discerner dans les ombres, des douzaines d'entre eux passant et repassant devant lui, tour à tour perceptibles et invisibles. D'autres arrivèrent, si nombreux qu'il en perdit la trace : lièvre, campagnol, tamia, pika, marmotte, tétras-lyre, tétras des prairies, une douzaine de parulines, dix colibris, une demi-douzaine de pics, des serpents à sonnette et des couleuvres, des truites fardées qui nageaient dans les airs, des lucanes, des bourdons, des lucioles, des guêpes vespidées. Les arbres eux-mêmes se penchaient en avant, sapins érables genévriers chênes épicéas peupliers d'Amérique, leurs branches s'animaient et s'agitaient dans le vent du passage des autres créatures. Des centaines, puis des milliers d'Autres tournoyant autour de Bowman et du jaguar en un grand cercle, au départ un doux souffle de pas et de battements d'ailes, mais qui s'amplifiait, de plus en plus vite, de plus en plus fort, à présent une cacophonie de vocalisations s'élevant jusqu'à un rugissement primitif, assourdissant – et soudain réduit au silence.*

*Ils rendaient un jugement. Ils demandaient de l'aide.*

*Ils disaient au revoir.*

Il avait alors fait une promesse au jaguar. Une promesse aux Autres.

Il n'en avait pas parlé à Summer. Pas encore.

Mais il le ferait.

Il scruta le ciel pendant un moment encore. Sa sœur, Marco et les deux chevaux le regardaient. Il savait qu'ils le trouvaient étrange.

«Elle n'est pas là maintenant, dit-il. Elle va revenir.

– Ça pourrait être un autre aigle. Elle doit avoir une trentaine d'années. Est-ce que les aigles vivent si longtemps ?

– Oui. Plus longtemps encore.» Il appela Marco et se remit en selle, laissant le paint horse dépasser la carcasse. «C'est elle.»

# FIN

# Note de l'auteur sur les lieux fictifs

La plupart des lieux présentés dans cette histoire relèvent de la fantaisie de mon imagination (Panther Gap, la chaîne de Red Creek, Whitespring, Los Robles, etc.) mais s'inscrivent dans les paysages réels du sud-ouest du Colorado et du sud-est de l'Arizona. J'adresse tout particulièrement mes sincères excuses à la tribu Ute Mountain Ute pour avoir déformé la géographie de leur territoire et de leur réserve afin de faire de la place à Panther Gap.

# Remerciements

Tout d'abord à Kirby Kim, pour ses remarquables talents d'agent et d'éditeur, et à Zachary Wagman, pour son travail d'édition encore plus remarquable, pour son soutien et pour avoir cru en mon travail dans des circonstances difficiles. La loyauté, la gentillesse et la patience de l'un et de l'autre vont bien au-delà de toute mesure raisonnable d'obligation professionnelle. Merci, les gars. Merci aussi à Eloy Bleifuss et Maxine Charles, pour leur aide inestimable à, respectivement, Kirby (et moi) et Zack.

Merci à toute l'équipe de Flatiron pour m'avoir accueilli et pour le travail de très haut niveau qu'ils ont accompli pour faire connaître cette histoire aux lecteurs, en particulier Bob Miller, Megan Lynch, Malati Chavali, Marlena Bittner et Alexus Blanding, Nancy Trypuc et Katherine Turro, Omar Chapa, et l'œil aiguisé de Dave Cole, qui a repéré plus d'une erreur invisible dans le manuscrit.

Pour leur soutien moral et leurs sages conseils, merci aux amis et collègues écrivains Dabney Stuart, Michael Knight et Jordan Fisher Smith.

Pour avoir lu le manuscrit et fourni une assistance technique, ainsi que des histoires étonnantes sur l'arrière-pays de l'Ouest américain, merci à Alec Cargile, qui ne doit absolument pas être blâmé pour les innombrables et souvent extrêmes libertés que j'ai prises avec la réalité dans ce livre.

Pour sa gentillesse et sa générosité et pour les importants coups de pouce qu'elle a donnés à cet écrivain en herbe au fil des décennies, merci à Margaret McLaughlin Grove.

Merci à Peter McLaughlin, muse musicale, sage du désert de Sonora et ami des crotales du Mojave.

Pour le soutien matériel pendant mon long processus d'écriture, merci à Taylor Cole et au reste de l'équipe de Conservation Partners.

Merci à Gee McVey pour son amitié indéfectible et son flot constant d'anecdotes que je pillerai toujours sans vergogne.

Merci à mes frères et sœurs, beaux-frères et belles-sœurs, pour leur amour et leur soutien, et pour nous avoir permis, à Nancy et à moi, de passer tant de temps absolument essentiel à Maxwelton ces dernières années.

Parmi la myriade d'Autres, domestiques ou sauvages, qui nous ont fourni compagnie, motivation, espoir face au désespoir et une (globalement) saine distraction, nous remercions tout particulièrement les canidés Little Bear et Odin (RIP, les gars), les félidés Sam et Roman, les équidés Cisco, Trouble, Catcher et le reste du troupeau de Maxwelton, ainsi que les faucons pèlerins du Rocher, dont nous garderons les noms pour nous.

Enfin, et surtout, une gratitude aimante et infinie à Nancy Assaf McLaughlin. Rien de tout cela ne serait possible sans ton amour et ton inspiration, tes idées toujours brillantes et ta foi obstinée en ton mari.

**James A. McLaughlin**

Remerciements et amitiés à Brice Matthieussent.

**Christian Garcin**

# Dans la même collection

• Ernest Callenbach, *Écotopia*
Traduit de l'anglais (États-Unis) par Brice Matthieussent

• Amy Hassinger, *La Crue*
Traduit de l'anglais (États-Unis) par Brice Matthieussent

• Rita Indiana, *Les Tentacules*
Traduit de l'espagnol (République Dominicaine)
par François-Michel Durazzo

• Tania James, *D'ivoire et de sang*
Traduit de l'anglais (États-Unis) par Brice Matthieussent

• Zeyn Joukhadar, *Les Trente Noms de la nuit*
Traduit de l'anglais (États-Unis) par Nino S. Dufour

• Alexandra Kleeman, *Du nouveau sous le soleil*
Traduit de l'anglais (États-Unis) par Christian Garcin

• Norman Lock, *Un Fugitif à Walden*
Traduit de l'anglais (États-Unis) par Brice Matthieussent

• Lieke Marsman, *Le Contraire d'une personne*
Traduit du néerlandais (Pays-Bas) par Daniel Cunin

• James A. McLaughlin, *Dans la gueule de l'ours*
Traduit de l'anglais (États-Unis) par Brice Matthieussent

• Klaus Modick, *Mousse*
Traduit de l'allemand par Marie Hermann

• Julien Villa, *Rodez-Mexico*

• Madeleine Watts, *Triple Zéro*
Traduit de l'anglais (Australie) par Brice Matthieussent

Édition
Mathieu Rivat & Thomas Bout

Relecture
Laure Mistral et Hugo Gnoni

Le domaine Rue de l'échiquier fiction
est dirigé par **Mathieu Rivat**.

Charte graphique et mise en page (couverture & intérieur)
**Séditions Graphiques / Ferdinand Cazalis**

Photo de couverture
**Kyle Thompson**

Le papier de cet ouvrage est composé
de fibres naturelles, renouvelables, recyclables et fabriquées
à partir de bois provenant de forêts gérées durablement.

IMPRIM'VERT®

PEFC 10-31-1510 / Certifié PEFC

Imprimé sur les presses de Corlet
à Condé-en-Normandie, France,
en avril 2023.